ANNE McCAFFREY
ELIZABETH ANN SCARBOROUGH

Acornas Welt

Buch

Acorna, das Einhornmädchen, hat seine Herkunft entdeckt und sein Volk, die Linyaari, gefunden. Doch wirklich zu Hause fühlt sie sich nur im All und reist daher mit Captain Jonas Becker und seinem Ersten Maat Satansbraten, einem großen Katzenwesen, durch die Weiten des Weltraums. Begleitet werden sie von Aari, einem stolzen jungen Mann aus ihrem eigenen Volk, der einst die Folter der aggressiven Käferkrieger vom Volk der Khleevi erlitten und nur knapp überlebt hat. Die friedliche Reise wird von einem Hilferuf unterbrochen, der Acorna und ihre Gefährten zu einem nahe gelegenen Planeten führt. Hier stoßen sie auf ein zerstörtes, ausgebranntes Raumschiff – das grausame Werk der Khleevi, deren Ziel es schon immer war, alle Menschen und Linyaari zu vernichten. Schnell stellt sich heraus, dass der Vorfall nur das erste Vorgeplänkel eines groß angelegten Angriffs auf die beiden Völker ist. Acorna und ihre kleine Freundesschar müssen einen Weg finden, den bevorstehenden Vernichtungsschlag der Khleevi zu vereiteln.

Autorinnen

Anne McCaffrey wurde in Massachusetts geboren und veröffentlichte 1954 ihren ersten Sciencefictionroman. Der große Durchbruch gelang ihr Ende der 60er Jahre, als sie ihre berühmte »Drachenreiter«-Saga begann. In den über 40 Jahren ihrer Karriere hat sie viele weitere Zyklen und Einzelromane veröffentlicht und wurde mit den wichtigsten Preisen des Genres ausgezeichnet. Anne McCaffrey gilt als eine der besten Sciencefiction-Autorinnen der Welt und lebt heute in Irland.

Elizabeth Ann Scarborough, geboren 1947, ist die ebenfalls bereits vielfach preisgekrönte Autorin von mehr als zwei Dutzend Sciencefiction- und Fantasyromanen. Sie lebt im US-Bundesstaat Washington.

Bereits erschienen:

Anne McCaffrey & Margaret Ball:
Acorna – Einhornmädchen vom anderen Stern (24853)
Acorna – Die Fahrt zu den Sternen (24924)
Anne McCaffrey & Elizabeth Ann Scarborough:
Acornas Heimkehr (24970)
Acornas Welt (24142)

Weitere Bände sind in Vorbereitung.

Anne McCaffrey
Elizabeth Ann Scarborough

Acornas Welt

Roman

Aus dem Amerikanischen
von Regina Winter

BLANVALET

Die amerikanische Originalausgabe erschien unter dem Titel
»Acorna's World«
bei Eos/HarperCollins Publishers, New York

Umwelthinweis:
Alle bedruckten Materialien dieses Taschenbuches
sind chlorfrei und umweltschonend.
Das Papier enthält Recycling-Anteile.

Blanvalet Taschenbücher erscheinen im Goldmann Verlag,
einem Unternehmen der Verlagsgruppe Bertelsmann GmbH.

Deutsche Erstveröffentlichung 5/2001

Umschlaggestaltung: Design Team München
Umschlagillustration: Agt. Schlück/ Ennis
Satz: deutsch-türkischer fotosatz, Berlin
Druck: GGP Media, Pößneck
Verlagsnummer: 24142
Redaktion: Marie-Luise Bezzenberger
V. B. • Herstellung: Peter Papenbrok
Printed in Germany
ISBN 3-442-24142-1
www.blanvalet-verlag.de

1 3 5 7 9 10 8 6 4 2

Für Andy Logan, die mit ihrer Fürsorge und Aufmerksamkeit und mit köstlichen Mahlzeiten sowohl unsere Mägen als auch unsere Kreativität genährt hat, während sie sich unsere ersten Entwürfe anhörte.

Eins

Etwa sechs Wochen nachdem sie zur Besatzung der *Condor,* des Flaggschiffs der Interplanetaren Bergungs- und Wiederverwertungsgesellschaft Becker mbH gestoßen war, saß Acorna auf »Bergungswache« am Ruder des Schiffs, umgeben von den matt schimmernden Konsolenlichtern am Cockpit und den Milliarden von Sternen dahinter. Sie war zufrieden, beinahe, als wäre sie wieder zu Hause – in jenem ersten Heim, an das sie sich erinnern konnte, dem Erzschürferschiff, auf dem sie mit ihren Adoptivonkeln gelebt hatte. Fürs Erste hatte sie das komplizierte Gesellschaftssystem der Linyaari und ihre vielschichtige Kultur hinter sich gelassen. Stattdessen lag das gesamte Universum vor ihr, dessen Komplexität in den Notizen, Bändern und Akten von Kapitän Jonas Becker und seinem berühmten Vater, dem Astrophysiker und Bergungsmagnaten Theophilus Becker, festgehalten war.

Um während der langen Wachen etwas zu tun zu haben, hatte sie sich daran gemacht, all diese Aufzeichnungen methodisch in Karten einzutragen, sodass die Planeten, Monde, Wurmlöcher, Schwarzen Löcher, »gefalteten« Raumbereiche, der »Schwarzwasser«-Raum und andere Bereiche, die die Beckers aufgesucht hatten, leichter wiederzufinden wären, falls dies einmal notwendig sein sollte.

Becker hatte zunächst gemurrt, als Acorna damit begonnen hatte. Seit dem Tod seines Adoptivvaters Theophilus Becker, von dem er sowohl die *Condor* als auch das Bergungsunternehmen geerbt hatte, war Jonas Becker Herr und Meister der *Condor* gewesen, und nur Satansbraten – kurz SB genannt –, der riesige makahomanische Tempelkater, den er aus einem Wrack gerettet hatte, hatte ihm dabei Gesellschaft geleistet. Becker mochte es nicht, wenn man seine Sachen anfasste oder sie gar woanders hinräumte. Doch Acorna hatte festgestellt, dass SB sich oft aus den Ausdrucken der Notizen Nester baute, sie zerfetzte, wenn ihm gerade danach war, und in ein paar bedauerlichen Fällen hatte er ihnen seine ganz privaten – und mit einem ausgesprochen durchdringenden Geruch versehenen – Randbemerkungen hinzugefügt, wenn ihm der Zustand seiner Bordtoilette nicht zusagte. Obwohl Acorna den Gestank und die Flecken leicht wieder entfernen konnte, war selbst sie nicht im Stande, die zerfetzten Papiere wieder lesbar zu machen. Es war unbedingt notwendig, dass irgendwer die Notizen in die Karte übertrug, bevor SB sie sich alle angeeignet hatte. Nach ein paar »sachlichen Gesprächen« hatte Jonas aufgehört zu murren und Acorna weitermachen lassen.

Zunächst war SB auf der Brücke geblieben, um Acorna bei ihrer Arbeit zu helfen, später jedoch hatte er sich auf der Suche nach etwas Essbarem oder einem Schlafkumpan davongemacht. Vermutlich war seine Wahl bezüglich des Letzteren auf Aari gefallen, der neben Becker das einzige weitere Besatzungsmitglied war.

Wie Acorna war auch Aari Linyaari, gehörte also einem humanoiden Volk an, das pferde- und einhornähnliche Züge hatte – darunter eine wehende lockige Mähne, dünne, seidige Haarfransen von den Fußknöcheln bis zum Knie, Füße mit jeweils zwei harten Zehen und dreifingrigen Händen mit einem Knöchel an jedem Finger statt zweien. Das verblüffendste Merkmal der Linyaari allerdings – zumindest für Menschen – war das schimmernde, spiralförmig gedrehte Horn in der Mitte der Stirn. In Aaris Fall jedoch war das Horn bei Folterungen, die er als Gefangener gefräßiger insektenartiger Fremdwesen – die Khleevi – erlitten hatte, mit Gewalt entfernt worden. Aaris andere Wunden waren auf Narhii-Vhiliinyar, der Welt, auf die die Linyaari geflohen waren, als die Khleevi ihren ursprünglichen Heimatplaneten Vhiliinyar besetzten, geheilt worden, sein Horn jedoch hatte sich nicht regeneriert.

Für einen Liinyar war dies eine schreckliche Wunde. Das Horn eines Liinyar hatte verblüffende, beinahe magische Kräfte. Die

Hörner hatten die Macht, alles zu reinigen – auch Luft, Wasser und Lebensmittel –, sie konnten Kranke heilen und dienten auch bis zu einem gewissen Grad als eine Art Antenne für die geistige Kommunikation zwischen den Angehörigen dieses Volkes.

Acorna hatte viel über die Kraft ihres Horns und über ihr Volk gelernt, als sie mit einer Linyaari-Delegation nach Narhii-Vhiliinyar gekommen war. Leider waren ihre Tante und deren beide Schiffskameradinnen wegen eines Notfalls sofort wieder auf eine neue Reise geschickt worden, und Acorna war unter Fremden zurückgeblieben und hatte versucht, sich an die Kultur ihres Volkes zu gewöhnen – eines Volkes, mit dem sie keinen Kontakt mehr gehabt hatte, seit sie ein Kleinkind gewesen war.

Ihre einzigen wahren Freunde auf Narhii-Vhiliinyar waren die Älteste der Linyaari, Großmama Naadiina, gewesen, und Maati, ein kleines Mädchen, die verwaiste jüngere Schwester von Aari, die der *Viizaar* als Botin diente.

Als Becker unerlaubterweise auf Narhii-Vhiliinyar gelandet war, um Aari und alle Gebeine des alten Linyaari-Friedhofs auf den neuen Heimatplaneten des Volkes zu bringen, hatten Acorna, Großmama Naadiina und Maati dem Begrüßungskomitee angehört. Aari war zu diesem Zeitpunkt von der Folter durch die Khleevi immer noch schrecklich entstellt gewesen, und die *Viizaar* Liriili und einige andere nicht sonderlich sensible und mitfühlende Linyaari hatten ihm die Rückkehr nicht leicht gemacht.

Vielleicht war es ihre eigene Einsamkeit gewesen, die Acorna zu Aari hingezogen und in der sie einen Spiegel gefunden hatte. Als ein Notruf Becker von Narhii-Vhiliinyar weggerufen hatte, waren Acorna und Aari mit ihm gekommen. Sie hatten bei einer Krise helfen können, die sowohl einige von Acornas menschlichen Freunden als auch die Linyaari bedrohte. In der Folge war ein Ableger einer föderationsweiten kriminellen Organisation vernichtet und viele Linyaari-Raumfahrer, darunter auch Acornas geliebte Tante, zusammen mit den anderen Gefangenen der Verbrecher gerettet worden. Acorna, Becker, Aari und Acornas Onkel Hafiz, der ebenfalls an der Rettung beteiligt gewesen war, standen nun hoch in der Gunst der Linyaari.

Acorna hätte bequem auf Narhii-Vhiliinyar bleiben können, nachdem ihre Tante und die anderen raumfahrenden Linyaari dorthin zurückgekehrt waren. Doch sie war lieber mit Becker und Aari weitergezogen.

Sie bedauerte diese Entscheidung nicht. Sie war vielleicht auf einem friedlichen Planeten zur Welt gekommen, der von Geschöpfen bevölkert war, die sich telepathisch miteinander verständigen konnten, aber die Art, wie sie aufgewachsen war, hatte sie anders werden lassen als die Angehörigen ihres Volkes, und das war für beide Seiten manchmal ein Problem. Der Weltraum war ihr vertraut, und sie empfand die Verschiedenheit seiner Völker, Spezies und Persönlichkeiten als äußerst stimulierend. Sicher, hier zu sitzen, in aller Ruhe Koordinaten einzutragen und dann die Augen ein wenig auszuruhen, indem sie sich die Sterne ansah – das war im Augenblick nicht sonderlich aufregend, doch diese friedliche Umgebung tat ihr gut. Die Routine dieser Wache war irgendwie tröstlich, und Acorna befand sich im Einklang mit dem Universum.

Vielleicht, dachte sie, *lebt man wirklich nur in Märchen glücklich bis an sein Ende, aber es ist allemal ruhevoll und heilsam, hin und wieder glücklich zu sein.*

Die Kabinenlichter flackerten auf und erfüllten ihre sternenbeleuchtete Welt mit der blendenden Helligkeit der Tagschicht. Sie blinzelte ein paarmal, bis sich ihre Augen daran gewöhnt hatten.

»He, Prinzessin!«, sagte Becker. »Deine Wache ist vorbei. Was ist los mit dir – sitzt da so im Dunkeln und tippst vor dich hin? Hat dir nie jemand gesagt, dass das schlecht für die Augen ist?«

Er stellte sich hinter sie und starrte ihr so angestrengt über die Schulter, dass sein buschiger Schnurrbart, der SBs Halskrause sehr ähnlich war, ihr Horn streifte. Becker roch intensiv nach dem Aftershave, das er benutzte, seit er begonnen hatte, sich wieder zu rasieren – kurz nachdem Acorna an Bord gekommen war. Es ging ihm nicht darum, sie auf diese Weise beeindrucken und um sie werben zu wollen, das wusste sie. Es war nach menschlichen Maßstäben einfach ein altmodisches Zeichen der Höflichkeit und des Respekts ihrem Geschlecht gegenüber. »He, was ist das denn? Du hast den ganzen Flug eingetragen, von unserem ersten Abflug von Narhii-Vhiliinyar zu diesem Mond, wo Ganoosh und Ikwaskwan deine Leute gefangen gehalten haben, und den gesamten Rückweg! Ich dachte, bei all der Aufregung und dem ganzen Hin- und Herspringen würde das niemand je wieder nachvollziehen können. Wie hast du das bloß geschafft?«

»Du hast gute Notizen gemacht, Kapitän«, erwiderte sie lächelnd.

»Mann, das ist toll! Und so schnell! Wo hat ein hübsches junges Ding wie du das gelernt?«

»Elementar, lieber Becker«, sagte Aari, der hinter dem Kapitän hereingekommen war und über ihm aufragte. Aari war hoch gewachsen und schlank und jetzt, nachdem seine Knochenbrüche richtig verheilt waren, bewegte er sich auch wieder viel geschmeidiger. Seine Haut war weiß, seine Mähne silbern – Eigenschaften, die er mit Acorna und den anderen Raumfahrern der Linyaari teilte.

Aari hatte in letzter Zeit eine abgegriffene Ausgabe von *Die Abenteuer des Sherlock Holmes* gelesen. Becker und Acorna konnten weitere direkte Folgen seiner literarischen Vorlieben auch daran erkennen, dass er sich zwei Baseballmützen aus Beckers Sammlung geliehen und sie so übereinander gesetzt hatte, dass der Schirm der einen hinten über seine lange Silbermähne hinausragte, der andere über seine Stirn. Dies war nicht nur eine ziemlich gute Imitation der traditionellen Jagdmütze, wie Holmes sie getragen hatte, sie verdeckte auch die Narbe an Aaris Stirn, wo sich sein Horn einmal befunden hatte. Außerdem hatte er sich eine makahomanische Ritualpfeife zwischen die Zähne geklemmt. Sie war ein wenig länger als eine antike Meerschaumpfeife, doch bei Aaris Größe machte das nichts aus. Der Holmes-Effekt wurde nur geringfügig dadurch getrübt, dass auf der nach vorne gewandten Mütze BERGER-

BRUNCH ’84 aufgestickt war, mit einem stolz aufragenden Müllcontainer unter dem Schriftzug.

»Raumfahrende Linyaari«, sagte Aari, »entwickeln eine gesteigerte Empfindsamkeit für navigatorische Beziehungen zwischen Raum und Masse, sogar für Energiefluktuationen. Viele dieser Beziehungen werden uns telepathisch von unseren Eltern vermittelt, wenn wir noch klein sind. Zum Teil war ich auch deshalb in der Lage, dich nach Narhii-Vhiliinyar zu führen, obwohl ich selbst nie dort war.«

»Mm«, meinte Becker und betrachtete nachdenklich die neueste Aufmachung seines Besatzungsmitglieds. »Da frage ich mich doch wirklich, ob mein alter Herr nicht zum Teil Linyaari war. Bist du sicher, dass du den Weg zum Planeten nicht einfach durch Deduktion gefunden hast?«

Aari schien verdutzt. »Nein, Joh. Wir benutzen für so etwas keine Fußspuren, Erdsorten und Tabakasche. Es ist eine Sache des Geistes.«

»Muss wohl so sein«, sagte Becker. »Acorna hat die Wurmlöcher und den Schwarzen Raum mit einer Präzision aufgezeichnet, wie man sie auf den üblichen Karten nicht findet, wenn man die Instabilität dessen bedenkt, was da verzeichnet werden soll, und die Gefahren, die damit verbunden sind, nahe genug heranzukommen, um es kartographisch aufnehmen zu können. Sie hat sogar das gesamte Wurmlochsystem festgehalten, durch das wir zurückgesaust sind, um Ganoosh und Ikwaskwan ins Jenseits zu pusten.«

Acorna blickte von ihrer Arbeit auf und zuckte die Achseln. »Immerhin waren wir dort. Die Koordinaten der Löcher und Falten sind grob in deinen Notizen angegeben, und ich habe sie im Kopf nur präzisiert.« Sie hielt inne und dachte über etwas anderes nach, das Jonas gesagt hatte. »Und was deinen Vater angeht – wahrscheinlich hatte er kein Linyaari-Blut. Ich glaube nicht, dass es möglich ist, dass unsere Spezies sich mischen. Und auf den Bildern deines Vaters, die du mir gezeigt hast, sieht er ganz bestimmt nicht wie ein Liinyar aus, obwohl ich zugeben muss, dass seine Intuition, was Beziehungen im Raum angeht, mir genau wie deine ganz ähnlich vorkommt wie die Fähigkeiten, über die unser Volk verfügt. Ich verstehe natürlich, dass du ohne Besatzung darauf angewiesen warst, alle Phasen deiner Arbeit allein durchzuführen, und dass auch dein Vater es so gemacht hat, als du noch ein Kind warst. Ihr hattet beide keine Zeit, diese Beobachtungen zusammenzutragen und aufzuzeichnen. Aber um ehrlich zu sein, nur hellseherische Fähigkeiten können erklären, dass du in diesem Durcheinander hier je etwas wiederfinden konntest.« Sie zeigte mit beiden Händen auf die Berge von Papier, Computerchips und Bändern, die auf dem Pult verstreut lagen.

»Ich weiß für gewöhnlich zumindest, in welchem Stapel oder in welcher Computerdatei ich suchen muss«, widersprach Becker. »Zumindest war das früher mal so«, murmelte er. Dann fügte er freundlicher hinzu: »Aber ich bin sicher, es wird hilfreich sein, alles schön ordentlich zu haben.«

Satansbraten sprang auf einen der Papierstapel, was eine Papierlawine über den Tisch rutschen ließ.

»SB, du dummes Vieh, das hast du doch schon mal versucht«, sagte Acorna und versuchte verzweifelt, die umherfliegenden Papiere zu schnappen.

Der Kater jagte ein paar Blättern nach, bis diese zu Boden geflattert waren, sprang auf eines davon und zerfetzte es mit den Hinterbeinen, dann verlor er ganz plötzlich das Interesse und begann stattdessen, sich den gestreiften Bauch zu putzen.

Acorna bückte sich und schob die Papiere, die jetzt ein wenig zerfledderter aussahen, wieder zu einem ordentlichen Stapel zusammen.

»Es freut mich, dass du einverstanden bist, Kapitän. Es ist wirklich eine lohnende Arbeit, und so habe ich etwas zu tun.«

»Ja, du musst dich furchtbar gelangweilt haben, nachdem du diesen Schrotthaufen von einem Replikator, den ich im Frachtraum Zwei hatte, neu programmiert hast, damit er nun all meine Lieblingsgerichte herstellt und ich kein Katzenfutter mehr essen muss, wenn ich zu viel zu tun habe, und nachdem du zusammen mit Aari Deck Drei in einen hydroponischen Garten verwandelt hast, um selbst etwas zum Naschen zu haben. Und immerhin hast du in der Zwischenzeit auch noch meine restliche Fracht inventarisiert und katalogisiert.«

»So viel war das gar nicht, Kapitän. So was ist schließlich nichts Neues für mich. Als ich noch mit meinen Onkeln an Bord des Schürfschiffs gelebt habe, habe ich auch immer Gerichte repliziert und geholfen, mein eigenes Essen anzupflanzen. Ich habe auch unsere Proben katalogisiert und beim Festlegen des Kurses geholfen. Ich helfe gern.«

»Wahrhaftig! Du und KEN« – er meinte den Allzweckandroiden, den sie mehr oder weniger zufällig auf der letzten Fahrt der *Condor* aufgelesen hatten – »ihr macht hier wirklich …«

»Klar Schiff, Joh?«, bot Aari an. »Ich habe die nautischen Schriften von Robert Louis Stevenson gelesen, und dort wird dieser Begriff verwendet, wenn es darum geht, ein Schiff in einen makellosen Zustand zu versetzen.«

»Ja, das passt«, stimmte Becker zu. »Seit ihr beiden und Aari zur Besatzung gehört, habe ich so viel Freizeit, dass ich eigentlich anfangen könnte zu stricken oder Körbe zu flechten.«

»Eine sehr gute Idee, Joh«, meinte Aari. »Du besitzt auch ein paar sehr gute Nachschlagewerke zum Thema Häkeln, Perlenstickerei, Handweben, Töpferei und Origami.«

»Kein Wunder, dass ausgerechnet du das weißt, Kumpel. Schön, dass du so viel mit den alten Büchern anfangen kannst, die ich auf der Müllhalde gefunden habe – von den Vids gar nicht zu reden. Aber lass dir eins sagen: Lass die Finger von den ›Jeder sein eigener Tierarzt‹-Ratgebern.« Becker warf einen Blick auf SB, der ein Bein hoch erhoben hatte und ihn aus großen goldenen Augen misstrauisch anschaute. In überlautem Flüsterton fuhr Becker fort: »Ich habe mal versucht, etwas aus diesen Tierarzt-Selbsthilfebüchern an der Katze da auszuprobieren. Keine gute Idee. Danach waren wir beide nicht mehr das, was wir einmal waren.«

Aari sah ihn fragend an. »Warum sollte ich Tierarztbücher lesen, Joh? Wenn Sahtas Bahtiin« – besser konnte Aari den Namen der Katze nicht aussprechen – »krank wird, kann Acorna ihn heilen. Wir brauchen keine der Operationen, die in den Büchern beschrieben sind.«

»Und das ist auch gut so«, schnaubte Becker. »Das Problem bei Operationen an unserem guten Sahtas Bahtiin hier ist nämlich, dass er sich nicht entscheiden kann, wer der Operierte ist und wer der Operateur. Nach unserem kleinen Abenteuer haben uns beiden einige ausgewählte Stücke unserer Anatomie gefehlt. Zum Glück wurden Satansbraten und ich schließlich wieder geheilt, dank der Linyaari.« Er wandte sich Acorna zu und sagte: »Da wir gerade darüber sprechen, du weißt, dass die Bibliothek auch für dich da ist, Prinzessin.«

»Ja, Kapitän Becker, das ist sehr freundlich, aber ich habe den größten Teil der Bücher, die du hier hast, bereits in den Jahren gelesen, in denen ich bei meinen Onkeln und Vormündern gelebt habe. Ich wurde von Menschen aufgezogen – anders als Aari, der keine Menschen kannte, bis er dir begegnet ist. Also brauche ich die Bücher nicht. Die Vids sind etwas anderes. Ich finde es allerdings schade, dass wir nur diese eine Vid-Brille haben, um die Filme zu sehen. Es würde viel mehr Spaß machen, wenn wir sie zusammen anschauen könnten.«

Becker warf ihr unter buschigen Brauen einen bissigen Blick zu. Ihre Fähigkeiten, Gedanken zu lesen, waren gewachsen, während sie sich bei ihrem eigenen Volk aufgehalten hatte, doch sie brauchte sie nicht einzusetzen, um zu wissen, dass er begriff, was sie wirklich meinte. Dennoch neckte er sie: »Selbstverständlich sollten immer nur zwei Personen gleichzeitig zusehen, weil ja jemand auf Bergungswache bleiben muss.«

Er wusste, dass sie die Bücher und Vids gerne mit Aari geteilt hätte, damit er nicht so viel Zeit allein verbrachte und damit sie sich gemeinsam an etwas freuen konnten. Sie errötete ein wenig. »Ich dachte einfach, es wäre netter.«

»Ja, Joh«, meinte Aari. »Und was die Bergungswache angeht, hast du früher einmal alles auf dem Schiff hier allein erledigt, und dein Metabolismus verlangt lange Schlafphasen. Damals hast du dich doch sicher auch hin und wieder von den Computern vertreten lassen. Das könntest du jetzt auch tun. Ich weiß wirklich nicht, wieso wir uns diese Vids nicht gemeinsam ansehen sollten.«

Becker grinste und schüttelte den Kopf. »Was soll das werden, Leute? Meuterei? Also gut, halten wir eben nach etwas Ausschau, das wir zu einem großen Schirm für die Vids umbauen können, statt sie mit der Brille anzusehen.«

»Danke, Kapitän«, sagte Acorna. Sie war der Ansicht, dass es Aari viel besser gehen würde, wenn er nicht so viel Zeit allein verbrächte. Er hatte jahrelang allein in einer Höhle auf dem verlassenen Planeten Vhiliinyar gelebt und sich vor den Khleevi versteckt, die ihn gefoltert hatten, bevor Becker ihn gefunden und gerettet hatte. Aari wusste kaum mehr, wie man mit anderen Leuten sprach. Und jedes Mal, wenn Acorna gerade nicht Wache hatte und versuchen wollte, ein Gespräch mit ihm anzufangen, war er verschwunden. Kapitän Becker schien immer irgendeine Aufgabe für sie zu haben, bei der er ihre Hilfe brauchte. Und selbst SB versuchte, sie von Aari fern zu halten. Seine Krallen und sein durchdringendes Geschrei konnten recht eloquent sein, selbst für jene, deren Verständnis der Katzensprache nur auf ihrer verwundbaren Haut beruhte, zu der man mit Zähnen und Krallen sprechen konnte. Acorna spürte, dass ihre Freunde sich zu einer Art Männerbund zusammengeschlossen hatten, um Aari zu schützen. Das war ganz bestimmt keine bewusste Reaktion, aber sie begriff es einfach nicht. Sie wünschte ihrem Mit-Liinyar doch nur Gutes und versuchte ausschließlich, ihm zu einer tiefer gehenden Heilung zu verhelfen, als es bei den Verwundeten notwendig gewesen war, die sie zuvor behandelt hatte.

Aaris »literarische Verkleidungen«, wie Becker sie nannte, stellten Acorna vor ein Rätsel. Sie waren gleichzeitig komisch und traurig. Wenn er den Kopfputz und das Kostüm einer Person aus einem

Buch oder Vid übernahm, sah Aari weniger aus wie ein verstümmelter Liinyar und mehr wie ein interessant, wenn auch eher seltsam gekleideter Mensch. Natürlich hatte auch Acorna sich häufig so verkleidet, dass ihr Horn und ihre Füße verborgen waren, damit sie als Mensch durchgehen konnte, und das hatte sich als sehr nützlich erwiesen. In Aaris Fall jedoch spürte sie den Kummer, der hinter seinen Versuchen stand, ein anderer zu sein. Es war, als betrachtete er sich nicht mehr wirklich als Liinyar. Das Horntransplantat, das die Ärzte auf Narhii-Vhiliinyar einzusetzen versucht hatten, war von seinem Körper wieder abgestoßen worden. Ein Hornstück von einem nahen Verwandten zu transplantieren wäre vielleicht mithilfe Maatis möglich, wenn sie älter war, konnte jedoch nicht versucht werden, solange ihr Horn noch wuchs. Sie würden warten müssen, bis Aaris kleine Schwester erwachsen war, ehe sie es wagen konnten, ihr genügend Gewebe zu entnehmen, das vielleicht erfolgreich auf Aaris Stirn transplantiert werden konnte.

Die Komanlage leuchtete auf und piepste, als Aari einen weiteren heruntergefallenen Papierstapel auf die Konsole zurücklegte, SB auf seine Schultern hob und sich wieder in den Frachtraum aufmachte, um weiterzulesen.

»Nimm du das entgegen, Acorna«, meinte Becker. »Ist wahrscheinlich sowieso für dich.«

Sie legte den Schalter um und erwartete, entweder die Stimme ihrer Tante, *Visedhaanye feriili* Neeva, zu hören, die wissen wollte, wie es ihr ging, oder die der *Viizaar* Liriili mit einer weiteren Liste von Anweisungen und Forderungen, die Acorna ihren Geschäftspartnern in der Föderation im Allgemeinen und ihrem Onkel Hafiz im Besonderen übergeben sollte.

Seit der Rettung aller Linyaari-Raumfahrer, Botschafter, Lehrer, Studenten, Wissenschaftler, Ingenieure, Heiler und ihrer Familien und der darauf folgenden Rückkehr der Geretteten nach Narhii-Vhiliinyar vor sechs Wochen gab es offensichtlich große Veränderungen auf dem Linyaari-Planeten. Wenn man Neeva glauben durfte, tagte der Regierungsrat beinahe ununterbrochen und versuchte zu entscheiden, ob, wann und bis zu welchem Grad die Linyaari ihre Politik der Isolation gegenüber dem größten Teil der Galaxis aufgeben sollten, und ob es wünschenswert wäre, Handelsverbindungen mit Föderationsplaneten und -firmen einzugehen.

Der Rat hatte sich bereits einstimmig für ein bevorzugtes Handelsabkommen mit dem Haus Harakamian entschieden, jenem Firmenimperium, das Onkel Hafiz kürzlich seinem Neffen Rafik Nadezda, einem von Acornas Adoptivonkeln, übergeben hatte. Die Linyaari hatten allerdings noch nicht darüber abgestimmt, ob sie Schiffen des Hauses Harakamian gestatten würden, in den Linyaari-Raum einzudringen. Im Augenblick sprach sich die Mehrheit des Rates dafür aus, dass der Warenaustausch an einem beiden Partnern genehmen Ort außerhalb des Planeten stattfinden sollte. Doch der Rat war nicht einstimmig dafür. Einige der fortschrittlicheren Linyaari-Raumfahrer sprachen sich sogar dafür aus, der Föderation beizutreten. Sie wiesen darauf hin, dass die Isolation ihr Volk nicht vor den Khleevi oder vor Gefangennahme und Missbrauch durch Edacki Ganoosh, den Räuberbaron von Kezdet, geschützt hatte. Diese lautstarke Minderheit des Rates war der Ansicht, dass das Wissen anderer Zivilisationen, sowohl befreundeter als auch feindlicher, einen besseren Schutz für ein friedliches Volk wie die Linyaari darstellte als Ignoranz und Isolation.

Da der größte Teil des diplomatischen Korps der Linyaari derzeit noch damit beschäftigt war, sich von den schrecklichen Dingen zu erholen, die sie erlitten hatten, hatte der Rat sämtliche Verhandlungen der Linyaari mit der Föderation Acorna anvertraut, die man vor kurzem zur Linyaari-Botschafterin ernannt hatte und die praktischerweise auch Hafiz Harakamians und Rafik Nadezdas Adoptivnichte war. Der Rat hatte Acornas Einwände, dass Becker gar nicht vorhatte, sofort in den Föderationsraum zurückzukehren, vollkommen ignoriert. Der Kapitän plante, zunächst einmal in den von den Linyaari und ihren derzeitigen Handelsverbündeten bewohnten Galaxien nach Bergungsgut zu suchen, denn weder er noch irgendein anderes Bergungsunternehmen der Föderation hatten je zuvor hier gearbeitet. Acorna hatte die Botschaften des Linyaari-Rats für Hafiz an dessen Flaggschiff, die *Sharazad,* weitergeleitet, bevor es den Linyaari-Raum wieder verließ.

Hafiz' letzte Botschaft an die *Condor* und insbesondere an Becker war verdächtig ausweichend und lässig gewesen.

»Aber selbstverständlich, mein lieber Junge«, hatte Hafiz gesagt, »es ist absolut nicht notwendig, dass Sie sich unseretwillen beeilen. Bleiben Sie unbedingt in diesem freundlichen Universum. Sehen Sie sich um. Finden Sie nützlichen Abfall. Solange Acorna glücklich ist, werden ihre Tante Karina, ihre anderen Onkel und ich zufrieden sein. Wir sehen uns sicher bald wieder.«

Hatte Hafiz seine Ankündigung, in den Ruhestand zu gehen, also tatsächlich ernst gemeint? Nach Acornas Erfahrung passte es überhaupt nicht zu ihm, eine profitable Gelegenheit nicht sofort beim Schopf zu fassen und alles aus ihr herauszuschlagen, was drin war. Wenn er nicht wirklich in den Ruhestand getreten war, hatte er ganz bestimmt etwas vor.

Also hatte sie allen Grund, gerade jetzt Nachrichten von ihren Freunden zu erwarten. Aber diesmal überraschte die Komanlage sie. Als für kurze Zeit ein Gesicht auf dem Schirm auftauchte, war es nicht das ihrer Tante oder eines anderen Liinyar oder gar das ihres schlauen Onkels Hafiz. Stattdessen erschien ein stumpfes, bullenhaftes Gesicht, männlich und mit ausgeprägtem Kiefer und gebogenen bräunlichen Hörnern über den Ohren. Das Wesen benutzte eine Sprache, die Acorna nicht verstand, also griff sie nach Aaris LAANYE, einem Linyaari-Gerät, das Beispiele fremder Sprachen aufzeichnete, sie analysierte und dann sowohl als Übersetzungscomputer als auch als Lerngerät diente, das dem Benutzer im Schlaf die fremde Sprache ins Hirn pflanzte. Doch die Verbindung brach ab, als Acorna das Gerät eingeschaltet hatte.

Dem LAANYE zufolge war das letzte Wort des Geschöpfes gleichbedeutend mit »Mayday« oder »SOS« gewesen. Die einzigen Worte, die sie noch aufgeschnappt hatte, bevor der Kontakt abbrach, waren »niriianisch« und *»Hamgaard«* gewesen. Sie kannte allerdings das Volk, dem das Geschöpf angehörte, das auf ihrem Schirm erschienen war. Er kam vom Planeten Nirii – die Niriianer waren altbekannte Handelspartner der Linyaari.

Acorna ging sämtliche Frequenzen durch und versuchte, das Signal noch einmal aufzufangen, doch es nützte nichts. Dann legte Becker seine Hand auf ihre und zeigte geradeaus. Sie folgte seinem Finger mit dem Blick und sah, dass die Schirme des Langstreckenscanners, den er benutzte, um mögliche Beute zu entdecken, an mehreren Stellen weiße Lichtflecke zeigten. Einer davon war umgeben von einer Masse grünen Lichts. »Da«, sagte er. »Da ist eine feste Masse drunter. Wenn man der Anzeige glauben darf, ist es ein kleiner Planet mit einer sauerstoffhaltigen Atmosphäre. Wenn das Schiff Zuflucht sucht, ist das der wahrscheinlichste Ort in diesem Raumsektor, wo es sich hinwenden wird. Sehen wir mal, was wir finden.«

Acorna nickte. »Ja, ich verstehe. Bei der Richtung, aus der das Signal kam, ist anzunehmen, dass das Bergungsgut auf dem Scannerschirm vermutlich ein beschädigtes Schiff ist, dessen Funkspruch uns gerade erreicht hat. Das LAANYE hat das letzte Wort der Botschaft als ›Mayday‹ übersetzt. Wahrscheinlich hat das Schiff das Signal, das wir empfangen haben, ohne genaue Zielrichtung ausgesandt, als die Systeme wegen eines Unfalls oder eines Angriffs ausfielen. Wir haben es bestimmt nur aufgefangen, weil wir zufällig in der Nähe ihrer Nottransmitter waren. Wäre das Signal direkt an uns gerichtet gewesen, hätten sie die Botschaft doch in der intergalaktischen Verkehrssprache oder in Linyaari gesendet.«

Becker zuckte die Achseln. »Ja. Das nehme ich auch an. Aber mach dir keine allzu großen Hoffnungen. Wir werden den Cowboy, der das Mayday gefunkt hat, wohl nicht mehr lebend antreffen, und auch seine Besatzung nicht. Keiner dieser Flecke auf den Scannern sieht aus wie ein intaktes Schiff. Vielleicht können wir allerdings aus den Trümmern schließen, was geschehen ist. Die Botschaft ist schon ein paar Tage alt – wenn sie tatsächlich keinen Unfall hatten, sondern angegriffen wurden, sind die Angreifer anscheinend längst verschwunden.«

»Also werden wir nachsehen, was passiert ist, und dann der Föderation genau Bericht erstatten?«, fragte Acorna.

»Ja, das auch«, antwortete Becker. »Aber das Wichtigste ist, herauszufinden, ob es in diesem Sektor etwas gibt, dem wir selbst lieber aus dem Weg gehen sollten.«

Kunstvoll gewundene Ranken und Stängel, die sich verbanden, wieder trennten, umeinander schlangen, miteinander verknoteten und abermals verzweigten, bevor sie edelsteinfarbene Regenbögen üppig gefärbter Blüten hervorbrachten, erinnerten Acorna an Bilder, die sie auf den verzierten Seitenrändern keltischer heiliger Bücher von der alten Erde gesehen hatte. Nur dass diese Vegetation nicht nur eine Bordüre war, sondern ein üppiger tropischer Dschungel, in dem alles so dicht miteinander verwoben war, dass man nicht hätte sagen können, wo eine Pflanze aufhörte und die nächste begann.

Zunächst wirkte dieser Knoten pflanzlichen Lebens undurchdringlich. Acorna, Kapitän Becker, SB und Aari standen auf der abgesenkten Plattform der Hebebühne und waren von dem Anblick vollkommen überwältigt. Becker fingerte an der frisch geschliffenen Klinge seiner Machete herum, während Aari den tragbaren Scanner in der Hand hielt und darauf wartete, dass das Gerät ihm die Position des großen Trümmerstücks anzeigte, das sie auf dem Schirm der *Condor* entdeckt hatten.

Acorna war damit beschäftigt, eine Liste der Minerale und Elemente aufzustellen, aus denen dieser Planetoid bestand. Sie hatte die anderen bereits informiert, dass keine Atemgeräte notwendig waren – es gab in der Atmosphäre nichts, was für auf Kohlenstoff basierende Lebensformen schädlich war. Tatsächlich war die Luft sauerstoffreicher als auf Kezdet oder Narhii-Vhiliinyar, und im Boden befand sich ebenso viel Stickstoff. Das war natürlich nur ihre Ansicht als Wissenschaftlerin. Als sie tatsächlich mit der Luft des kleinen Planeten konfrontiert wurde, stellte sie fest, dass sie so intensiv vom Duft der Blüten durchdrungen war, dass sie sich schwer anfühlte, beladen mit einer berauschenden Mischung von Nuancen, wie Acorna sie noch nie zuvor gerochen hatte. Sie entdeckte Elemente, die auch in dem Räucherwerk vorgekommen waren, mit dem Onkel Hafiz seinen Palast parfümiert hatte, wie Zimt, Nelken, Vanille – es roch wie bei jener Art menschlichen Kochens, die man Backen nannte – und außerdem Minze, Rosen, Veilchen, Lavendel, Gardenien und Maiglöckchen. Aber alle diese Aromen waren viel intensiver und mit anderen, neuen Düften vermischt – Dingen, die sie noch nie gerochen hatte. Das Endergebnis war so intensiv, dass es beinahe Substanz und Farbe hatte.

Kapitän Becker behauptete, es rieche wie in einem teuren Freudenhaus; das schien ihm zu gefallen. Aari hatte neugierig geschnuppert. »Ich verfüge nicht über die Erfahrung, um diesen Vergleich bestätigen zu können, Joh, aber ich beuge mich deiner Fachkenntnis.« Für diesen Landausflug hatte Aari seine Holmes'schen Baseballmützen und die Pfeife gegen einen bunten Schal eingetauscht, den er sich um den Kopf gewunden hatte, und er trug ein schwarz gefärbtes Plaskin-Pflaster über einem Auge. Acorna schloss daraus Watson-mäßig, dass er *Die Schatzinsel* gelesen hatte und nun lieber als Pirat auftreten wollte. Dennoch unterzog er den Boden einer sehr Holmes-ähnlichen Inspektion – jedenfalls den Teil, den sie von der Plattform aus sehen konnten.

Der Boden war es auch, der SB am meisten interessierte. Die Schiffskatze sprang von der Plattform und hüpfte durch das Rankendickicht – das sich teilte und Satansbraten durchließ, beinahe so, als wäre der Ruf des Katers ihm vorausgeeilt. Die Wurzeln und bodendeckenden Zweige schienen zu schrumpfen, als SB begann, in der Erde zu graben, dann seinem Werk das Hinterteil zuwandte und seinen eigenen ökologischen Beitrag zum Planeten leistete.

Acorna setzte dazu an, der Katze zu folgen, doch Becker legte ihr die Hand auf den Arm und sagte: »Warten wir ab, ob er heil wieder rauskommt.«

Der Kater scharrte mit den Pfoten, um sein Werk zu vergraben, aber die Ranken und anderen Bodendecker krochen schon wieder über den Haufen hinweg. Satansbraten drehte sich um, entdeckte, was da geschah, schüttelte sich auf eine Weise, die gut die Katzenversion eines Achselzuckens hätte sein können, und sprang wieder den Pfad entlang, der sich ihm auf dem Weg in das Dickicht geöffnet hatte. Dann hüpfte er auf die Hebebühne und begann, sich die Schnurrhaare zu putzen, als wären diese bei seinen Aktionen irgendwie in Mitleidenschaft gezogen worden.

»Also gut«, sagte Becker.

»Hier entlang, Joh«, informierte ihn Aari, nachdem er noch einmal auf die Scanneranzeige geschaut hatte, und zeigte in die Richtung, aus der der Kater gekommen war.

»Also gut, dann vorwärts.« Becker hob mit einer jener dramatischen Gesten, die er so liebte, die Machete und zeigte auf den Dschungel. SB sprang ihm auf die Schulter, und die vier verließen die Plattform. Als sie sich auf den Weg machten, wichen die Pflanzen noch weiter zurück und öffneten ihnen diesmal eine breite Gasse. Acorna hatte ein seltsames Gefühl, als sie sah, wie die Pflanzen sich bewegten und ihnen auswichen. Becker trat an den Rand des Weges und hob die Machete, um eine dicke Ranke abzuhacken, doch die Ranke bog sich in der Mitte, um sich von ihm zurückzuziehen.

»Warte, Kapitän«, sagte Acorna. »Es sieht so aus, als ob die Pflanzen versuchten, uns einen Gefallen zu tun, indem sie uns den Weg freimachen. Es kommt mir falsch vor, sie trotzdem abzuschneiden.«

Becker warf ihr einen Blick zu. »Nun, wir wissen nicht, wie lange wir brauchen, um das Schiff zu finden. Und wir wissen auch nicht, was den Notfall ausgelöst hat. Es könnte gut sein, dass wir die Ursache hier direkt vor uns haben. Woher wissen wir, dass sich diese Pflanzen nicht um die *Condor* schließen und sie so tief unter sich begraben, dass wir nicht wieder starten können? Dieser Urwald ist offenbar mehrere Stockwerke hoch. Wir wären nicht einmal in der Lage, die Sonne zu sehen, wenn diese Pflanzen sich nicht entschieden hätten, den Weg freizumachen.«

»›Entschieden‹ ist hier das richtige Wort«, erwiderte sie. »Diese Pflanzen haben offenbar eine Art eingeschränktes Bewusstsein, oder zumindest die Fähigkeit, rasch auf einen äußeren Reiz zu reagieren. Vielleicht sollten wir sie nicht ärgern. Außerdem könnten wir das Schiff doch mithilfe des Scanners wiederfinden, oder?«

»Ja, aber mir ist es immer lieber, noch einen Ausweichplan zu haben«, meinte Becker, steckte aber das Buschmesser weg.

Aari wühlte in einer Tasche seines Overalls und holte ein Knäuel glitzernden Garns heraus. »Ich habe genau das Richtige, Joh.« Er band ein Ende an die Hebebühne und behielt das Knäuel in der Hand. »Wir können eine Spur legen wie Theseus, als er im Labyrinth nach dem Minotaurus suchte. Es funktioniert auch gut in Höhlen, wenn man nach verborgenen Schuhen voll Gold und Edelsteinen sucht.«

»Truhen, Junge«, verbesserte Becker.

»Wie du meinst«, erwiderte Aari freundlich und begann, das Garnknäuel abzurollen.

»Au«, entfuhr es Becker, als sich plötzlich die Krallen der mit einem Mal hyperaufmerksamen Schiffskatze in seine Schulter bohrten, die sich duckte und den grauschwarz gestreiften Schwanz hin- und herzucken ließ, die Ohren spitzte und mit dem Blick begierig dem schimmernden Garn folgte, das Aari hinter sich herzog. »Lass das, Alter«, sagte Becker.

Der Kater sprang sofort von Beckers Schulter auf Aaris hinüber. »Aaah«, sagte Aari, »seht nur! Mein treuer Pahagei Pol.«

SB sprang auf das Garn zu. Acorna versuchte, die Katze einzufangen und kam selbstverständlich nicht ohne Kratzer davon.

»Tut mir Leid, Khornya«, sagte Aari. »Ich fürchte, Sahtas Bahtiin möchte kein Pahagei sein.«

»Schon gut«, sagte sie, drückte SB liebevoll an sich und kraulte ihn sanft unter dem Kinn. Er stellte sofort jeden Versuch ein, mit dem Garn zu spielen, um zu schnurren und sich an sie zu schmiegen.

Sie drangen tiefer in den Dschungel vor. Nun öffneten ihnen die

Pflanzen einen Weg, der so breit war wie die *Condor*, und die Ranken drückten sich dicht aneinander, um jeden Kontakt mit den vieren zu vermeiden, die zwischen ihnen hindurchgingen. Der schwere Duft wich einem beißenden Gestank.

»Bah«, sagte Becker und hielt sich die Nase zu. »Was sind denn das für Stinkranken?«

Acorna sah sich um. »Sie sind von derselben Art wie die anderen, aber seht ihr, wie sich die Blüten schließen und der Geruch, den sie ausströmen, sich ändert? Es ist, als hätten sie Angst.«

»Zugegeben, es stinkt ganz ähnlich wie der letzte Bursche, der versucht hat, mich um das Geld zu prellen, das er mir schuldete«, gab Becker zu. Er beugte sich dichter zu einer Pflanze, und der Gestank wurde intensiver.

»Joh, lass das«, sagte Aari.

»Ich wollte es nur mal versuchen«, meinte Becker. »Tschuldigung, Pflanzen. War nicht böse gemeint.«

Aari war damit beschäftigt, mit einer Hand das Garn abzurollen, und hielt den Scanner in der anderen. »Es sollte jetzt nicht mehr weit sein, Joh«, sagte er. »Die Trümmer müssten direkt vor uns liegen.«

Eine Öffnung im Blätterdach war zu erkennen, und Acorna sah eine lang gezogene, röhrenartige Kapsel, die zwischen verbogenen und verkohlten Pflanzen direkt auf ihrem Weg lag.

Becker stieß mit dem Fuß dagegen und drehte sie um. Dahinter konnten sie weitere Trümmer des abgestürzten Schiffes im Dschungel erkennen. Obwohl sich unter diesen Trümmern nichts erkennbar Wertvolles befand, beschloss Becker, alles zur *Condor* mitzunehmen. »Vielleicht hilft es uns rauszufinden, warum die Niriianer das Mayday gesendet haben«, sagte er. »Vielleicht finden wir einen Hinweis darauf, was für Ärger sie hatten und wer sie angegriffen hat.« Er kratzte sich am Kopf. »Glaub bloß nicht, dass das zu meiner üblichen Arbeit gehört, Acorna, denn das wäre falsch. Wracks finden, ja, aber im Allgemeinen stolpere ich nicht über Trümmer, noch bevor sie kalt sind. Und bei dieser Geschichte hier kriege ich ein komisches Gefühl im Magen.«

»Ich auch«, gestand Acorna.

Aari blickte überrascht auf. »Entschuldigt, Joh und Khornya. Mir war nicht klar, dass ihr die Nachricht von der *Hamgaard* nicht verstanden habt. Wenn ich das gewusst hätte, hätte ich sie für euch übersetzt.«

»*Hamgaard?*«, fragte Becker.

»Das ist der Name des niriianischen Schiffs, von dem die Botschaft kam, die uns hierher geführt hat. Die Niriianer sind seit vielen, vielen Jahren Handelspartner meines Volkes. Wie wir sind auch sie ein nichtaggressives Volk. Bevor ich ... ich meine, bevor ich meinen Bruder verloren habe, war ich an mehr als einer Handelsmission nach Nirii beteiligt.«

Er wandte sich ab und stieg über die in ihrer Nähe liegenden Trümmer hinweg, um die Stücke zu holen, die weiter entfernt lagen.

Als Acorna ein paar Fragmente aufhob, bemerkte sie, dass sie zum Teil mit einer klebrigen roten Flüssigkeit überzogen waren. Zuerst dachte sie, es wäre Blut, dann jedoch erkannte sie, dass die Farbe eher ein tiefer Bernsteinton war und die Flüssigkeit viel zu transparent war, als dass es sich um menschliches oder Linyaari-Blut handeln konnte. Es war zweifellos die Quelle des beißenden Geruchs, den sie schon zuvor bemerkt hatten, und sie zog die Nase kraus. »Puh«, sagte sie zu Becker. »Das ist es, was hier so stinkt.«

Becker sah sich die abgerissenen und verkohlten Ranken in ihrer Nähe genauer an und entdeckte, dass sie einen roten Glanz hatten, den Acorna bei den Pflanzen näher am Schiff nicht bemerkt hatte. »Ich glaube, du hast Recht. Sie scheiden dieses Zeug aus.«

Acorna schaute genauer hin. Die rötliche Flüssigkeit lief die Rankenstiele entlang, sammelte sich ganz unten und floss von dort aus langsam auf die Trümmer zu.

»Wir werden dieses Zeug gut abschrubben müssen«, meinte Becker angewidert.

Aari sah es sich ebenfalls genauer an und nickte. Dann drehte er sich plötzlich um, sprang über die Trümmer und rannte schneller zum Schiff zurück, als Acorna ihn je hatte laufen sehen.

»He, Kumpel, was ist denn? Warte doch!« Becker und Acorna jagten hinter ihrem Freund her, aber Aari war schon wieder auf der Hebebühne, bevor sie ihn erreichen konnten, und rollte sich dort mit fest geschlossenen Augen und heftig zitternd in Fötusstellung zusammen. Schweiß und Tränen liefen ihm übers Gesicht. SB berührte ihn prüfend mit der Pfote und blickte dann mit großen Augen zu Becker auf.

Becker fuhr die Hebebühne hoch, und er und Acorna brachten Aari vorsichtig zurück zu seiner Koje. »Bleib du hier bei ihm«, sagte Becker zu ihr. »Ich nehme den KEN mit, um die Fracht einzuladen.«

Acorna hatte sich gegen Aari gelehnt, sodass er die ganze Zeit über mit ihrem Horn in Berührung blieb, als sie ihn ins Schiff brachten, und er war jetzt ruhiger. Er zitterte und schwitzte nicht mehr. Die heilenden Fähigkeiten der Linyaari wirkten sich bis zu einem gewissen Grad ebenso auf seelische Wunden aus wie auf körperliche, doch Acorna wusste, dass dies Grenzen hatte. Bei besonders tiefen seelischen Verletzungen konnte sie nicht viel tun, besonders wenn es um Qualen ging, wie Aari sie erlitten hatte.

Als man ihn gefoltert hatte, hatte sein Überleben davon abgehangen, sich im Geist an einen Ort zurückzuziehen, an dem die Khleevi ihn nicht berühren konnten. Leider zog er sich bei großem Schmerz immer noch dorthin zurück. Acorna konnte ihn dort nicht erreichen, und die Heilkraft ihres Horns drang ebenfalls nicht bis zu diesem Ort vor.

Sie gab sich alle Mühe, aber sie konnte Aaris Gedanken nicht lesen, weil sie viel zu sprunghaft und unzusammenhängend waren. Doch die Gefühle, die von ihm ausstrahlten, waren nur zu deutlich: tiefe Furcht und ein Hass, der in seiner Heftigkeit *ka*-Linyaari war. Es war, als hätte irgendetwas Aari an einen dunklen, albtraumhaften Ort geschleudert, von dem er nicht entkommen konnte. Er wusste nicht mehr, wo er war und wer bei ihm war. Acorna konnte ihn nur umarmen, ihr Horn tief in sein Haar vergraben, dicht an seiner Kopfhaut, und versuchen, genug beruhigende Energie auszustrahlen, um das Entsetzen zu dämpfen, das ihn gefangen hielt. Die Zeit schien bedeutungslos zu werden, während sie versuchte, Aari aus den Klauen der mentalen Dämonen zu befreien, die ihn gepackt hatten. Und dann, als sie selbst erschöpft war, schien ihr alles zu entgleiten, und ihr wurde schwarz vor Augen.

Als Becker zum Hauptdeck zurückkehrte, waren er und die KEN-Einheit beide von klebrigem, stinkendem Pflanzensaft überzogen. Er warf einen Blick in Aaris Koje und sah, dass Aari und Acorna beide schliefen, sie mit fest um ihn geschlungenen Armen, er zumindest entspannt, obwohl sein Gesicht immer noch tränenfeucht war. Becker sah, dass Acornas goldenes Horn ein wenig durchscheinend wirkte, als hätte die Anstrengung, Aari zu trösten, ihr viel von ihrer Heilenergie entzogen. Seine Erfahrung hatte ihn gelehrt, dass so etwas immer geschah, wenn Linyaari sich über Gebühr anstrengten. Er hatte dies nur zu deutlich an den Auswirkungen der Foltern gesehen, die Edacki Ganoosh und Admiral Ikwaskwan den gefangenen Linyaari zugefügt hatten. Doch es dauerte normalerweise sehr lang und bedurfte vieler Wunden, um ein Horn so sichtbar zu erschöpfen. Die Tatsache, dass Acornas Horn beinahe durchscheinend statt von gesunder Goldfarbe war, sagte ihm, dass sich der arme alte Aari tief in der Welt des Schmerzes befinden musste.

SB, der die Zeit, die Becker und die KEN-Einheit zum Verladen der Trümmer brauchten, dazu genutzt hatte, sich den Pflanzensaft vom Fell zu lecken, ließ sich nun zwischen die Linyaari-Füße in der Koje fallen und legte den Kopf auf die Vorderpfoten. Die Katze war offenbar der Ansicht, dass hier eine Wache gebraucht wurde.

Becker schaute noch einmal Acorna an und dachte, dass man nur wegen ihrer hellen Hautfarbe nicht bemerkte, wie weiß ihre Knöchel von ihrem festen Griff um Aari geworden waren. Sie klammerte sich regelrecht an ihn. Er litt, und sie war entschlossen, dem ein Ende zu bereiten. Das war oberflächlich gesehen alles in Ordnung, aber Becker war nicht sicher, ob Aari bereit war, seinen

Schmerz aufzugeben oder sich von Acorna heilen zu lassen. Acorna mochte telepathisch hoch begabt sein, doch Becker fragte sich, ob sie sich gut genug mit Männern auskannte, um zu verstehen, was für Probleme ihre Sorge um Aari ihnen beiden einbringen konnte.

Er berührte Acorna sanft an der Schulter und weckte sie, sodass sie sich ihm zuwandte und ihren Griff um Aari ein wenig lockerte. Mehr brauchte er nicht zu tun. Sobald sie sah, wo sie war und was sie tat, stand sie auf – nicht so, als ob sie sich schämte, doch als wüsste sie, dass es einfach nicht klug war.

»Er hatte große Angst vor irgendetwas da draußen«, sagte sie. »Becker, dieses Schiff muss von Khleevi angegriffen worden sein. Aaris Geist hat etwas über die Khleevi geschrien, und er hat noch einmal all die Qualen erlebt, die sie ihm zugefügt haben. Es war schrecklich für ihn.«

»Für dich war es sicher auch kein Spaziergang, Prinzessin. Pack dich lieber in die Koje und schnall dich an. Ich werde ihn auch anschnallen. Ich habe alle Trümmer verladen. Wir können sie uns in Ruhe ansehen, wenn wir wieder im Raum sind. Ich möchte hier nicht länger bleiben und diesen Pflanzen vielleicht genug Zeit lassen, dass sie sich an die *Condor* gewöhnen und uns zu einem Teil der Landschaft machen wollen. Verstehst du, was ich meine?«

Dies war ein Bild, das sie sich nur zu gut vorstellen konnte. Sie nickte verschlafen und taumelte zu ihrer Koje.

Zwei

Als die *Sharazad* endlich mit einem triumphierenden Hafiz Harakamian und einem Heer anderer auf die Maganos-Mondbasis zurückkehrte, war Rafik Nadezda so erleichtert, den alten Piraten wieder zu sehen, dass er es kaum glauben konnte.

Während die Bodenmannschaft sich um das Entladen und die Wartung des Schiffs kümmerte, ging Rafik mit den Harakamians in die Transitlounge, die die luxuriösesten Räume auf der Maganos-Mondbasis bot. Diese schalldichten Räumlichkeiten mit weichen Teppichen und dick gepolsterten Sofas und Sesseln und vollständig ausgerüsteten Büros und Konferenzräumen waren dazu gedacht, einen guten Eindruck auf Besucher, potenzielle Arbeitgeber und Käufer der Waren und Fertigkeiten zu machen, die die Bewohner der Basis anzubieten hatten. Die Maganos-Mondbasis war eine Schürf-, Manufaktur- und Ausbildungseinrichtung, die dazu dienen sollte, die Kinder und Jugendlichen umzuschulen, die früher auf Kezdet als Sklaven gearbeitet hatten. Diese betrieben die Basis nun als ein eigenständiges Unternehmen und waren für ihren Erfolg selbst verantwortlich, sowohl was die Finanzen als auch was ihre eigene Weiterbildung anging. Die gesamte Anlage war mit Geldmitteln errichtet worden, die Hafiz Harakamian und Acornas zweiter Wohltäter Delzaki Li gestiftet hatten. Außerdem hatte man Wiedergutmachungsgelder benutzt, die man aus dem Nachlass von Baron Manjari, Kezdets wichtigstem Verfechter der Kindersklaverei, bezogen hatte. Doch es war die Aufgabe der Kinder und Jugendlichen, selbst dafür zu sorgen, dass sich die Investition als profitabel erwies.

Nun eilten die ehemaligen Sklaven die Gangway hinauf, die Schiff und Ladekran mit dem Transitbereich verband. Sie begrüßten die Harakamians und die anderen Passagiere des Schiffs mit fröhlicher Vertraulichkeit, und Rafik freute sich, dass Hafiz diesen Umgangston offenbar als Kompliment betrachtete. Er lächelte und winkte und sprach hier und da ein Wort mit einem der Kinder, die er von früheren Besuchen her wiedererkannte.

Hafiz sah ein wenig schlanker und kräftiger aus als bei ihrer letzten Begegnung. Es war möglich, dass dies Hafiz' ehelichen Anstrengungen mit seiner neuen Frau zu verdanken war, doch wenn dem so war, dann war der alte Mann offensichtlich ein ebenso achtsamer wie energetischer Liebhaber. Seine Frau, die ihre üppige Gestalt in ein schmeichelhaftes Flattergewand aus lila- und orchideenfarbener Seide mit Goldstickereien gehüllt hatte, das ihre nicht unbeträchtliche Büste und die Hüften gut zur Geltung brachte, hatte nicht eine Rundung oder ein einziges Kinn eingebüßt, und sie glühte vor Zufriedenheit.

Als Hafiz ihn umarmte, hatte Rafik den Eindruck, dass auch in den Bewegungen des alten Mannes neue Lebenskraft und Entschlossenheit lag, und das Glitzern in seinen Augen und sein Griff erinnerten wieder an Stahl.

»Du siehst gut aus, Onkel«, meinte Rafik.

»Bei einem Mann der Tat hat es diese Wirkung, wenn er tausendmal beinahe getötet wurde, oh Sohn meines Herzens«, erwiderte Hafiz mit einer wegwerfenden Geste, um anzuzeigen, dass wahre Männer der Tat dies selbstverständlich wussten und es unter ihrer Würde lag, ein solches Theater darum zu machen.

»Du warst wunderbar, mein Held«, sagte Karina; dann wandte sie sich an Rafik. Goldene Reifen, die vor Amethysten und blauen Diamanten nur so glitzerten, schwangen unter dem dünnen Schleier, mit dem sie ihr dunkles Haar bedeckt hatte, an ihren Ohrläppchen hin und her. Sie gestikulierte mit schwer beringten Händen, und die Edelsteine an Hals und Busen bebten vor Stolz, als sie ihren Gatten pries. »Er war ein Löwe! Er hat eine ganze Schiffsladung von Kindern gerettet, ebenso wie die meisten von Acornas Verwandten!« Ihre Hände flatterten hernieder wie dickliche weiße

Tauben und ließen sich auf dem Arm ihres Mannes nieder. Sie klimperte mit den Wimpern und blickte schmachtend zu Hafiz auf – keine geringe Leistung, da sie fünf Zentimeter größer war als er.

»Das haben wir schon von den Sternenfahrern gehört, Onkel«, berichtete Rafik. »Auch sie sind hier auf der Basis und erholen sich.«

»Ja? Das ist gut. Wirklich sehr gut. Das passt hervorragend in meine Pläne«, erklärte Hafiz.

»Pläne?«, wollte Rafik wissen.

»Alles zu seiner Zeit, geliebtester aller Neffen. Du hast nicht zufällig ein paar Erfrischungen für müde Reisende zur Hand?«

Nachdem sich Hafiz und Karina auf einem dick gepolsterten Diwan niedergelassen hatten und die Erfrischungen bestellt waren, setzte sich Rafik auf den thronartigen geschnitzten Sessel ihnen gegenüber und sagte: »Kommen wir auf die Pläne zurück, die du erwähnt hast, Onkel. Erzähl mir mehr davon.« Der alte Mann mochte sich zwar offiziell aus dem Geschäft zurückgezogen haben, aber Rafik wusste, wenn Hafiz eines Tages aufhören würde, Pläne zu schmieden, dann hätte er auch aufgehört zu atmen.

Hafiz faltete die Hände und rieb sie zufrieden. »Es sind wunderbare Pläne, wahrhaft wunderbar, oh Sohn und Erbe meines Herzens! Dank deiner und unserer Partner Bemühungen, das Universum von unseren Feinden zu befreien, haben unsere Linyaari-Freunde und die Verwandten unserer lieben Nichte Acorna uns ihre Herzen geöffnet, und vielleicht werden sie dasselbe mit ihren Geldbeuteln tun. Aber sie sind, wie du nur zu gut weißt, sehr scheu. Und unsere geliebte Nichte, die von ihrem Volk auserwählt wurde, um es in Handelsangelegenheiten zu vertreten, möchte einige Zeit mit dem schätzenswerten Kapitän Becker und seinem neuen Ersten Maat, diesem jungen Mann mit der faszinierend tragischen Geschichte, unterwegs sein.«

»Ach ja?«, erwiderte Rafik. »Einige Sternenfahrer haben einen anderen Liinyar erwähnt – einen hornlosen. Es heißt, er hätte die Gefangenschaft bei den Khleevi überlebt, aber sicherlich …«

»In der Tat, das hat er! Ein würdiger Mann in vielerlei Hinsicht, nach allem, was ich von ihm gesehen habe. Aber das tut im Augenblick nichts zur Sache.« Er tat seine Worte mit einer wegwerfenden Geste ab.

Karina umschlang Hafiz' fuchtelnde Hand mit ihrer eigenen beringten. »Genauer gesagt, Neffe meines Gatten«, begann sie, »geht es eben darum, dass Acorna zumindest einige Zeit nicht bei uns, sondern auf der *Condor* sein möchte. Dein Onkel, wohlwollender und warmherziger Patriarch, der er ist, hat sich – selbstverständlich mit meiner Hilfe – entschieden, dies nicht als Hindernis für unsere künftigen Handelsbeziehungen mit den Linyaari zu betrachten, sondern als günstige Gelegenheit.«

Rafik hob höflich eine Braue.

Hafiz zog Karinas Hand in seine Ellenbogenbeuge und tätschelte sie. »Errätst du, was ich vorhabe, Spross meines Hauses?«

»Ich glaube, es gibt keinen Grund, so etwas zu wagen, oh Begründer meines Vermögens, denn es sieht ganz so aus, als könntest du deinen Wunsch, es mir zu verraten, kaum beherrschen.«

»Dennoch, mein Junge, dennoch. Ich gebe dir einen Hinweis. Steht nicht geschrieben, dass wenn der Profit nicht zum Berg kommen kann, der Berg zum Profit gehen soll?«

Tee und Kaffee wurden serviert, außerdem Schalen mit gekühltem Sherbet, das in Erwartung von Hafiz' Eintreffen schon aus seinem Palast in Laboue eingeflogen worden war, und vielerlei Gebäck und schmackhafte Leckerbissen. Die Lounge füllte sich langsam mit Leuten von dem Schiff und jenen, die gekommen waren, um sie zu begrüßen, unter ihnen die Sternenfahrer, von denen viele nun junge Erwachsene waren. Die Sternenfahrer waren Raumreisende, die keinen eigenen Planeten hatten und denen ihr Schiff als Welt, Land, Staat, Stadt und Zuhause diente, alles in einem. Rafik wartete geduldig, bis alle einander begrüßt hatten, dann lenkte er das Gespräch wieder zum Thema zurück.

»Der Profit wird zum Berg gehen ... so steht es im dritten der Drei Bücher des dritten der Drei Propheten, Onkel«, erklärte Rafik mit einem respektvollen Neigen seines dunkelhaarigen Kopfes. Dann blickte er auf, und ein Lächeln erhellte sein markantes Gesicht. »Onkel, du hast doch sicher nicht vor … Nein! Ich sehe schon, dass du genau das vorhast!« Er war nicht wirklich so schockiert, wie er sich gab, doch er genoss, wie sehr sein Onkel sich über seine Reaktion freute. »Aber wie? Ist die Heimatwelt der Linyaari nicht immer noch für Besucher gesperrt?«

»So ist es«, bestätigte Hafiz.

»Wie soll das dann gehen? Sicher würdest du nicht riskieren wollen, sie zu beleidigen und unsere Geschäfte aufs Spiel zu setzen, gar nicht zu reden von unseren Beziehungen zu Acornas Volk, indem du gegen ihre Gesetze verstößt?«

»Selbstverständlich nicht, mein Sohn! Das wäre undenkbar. Nicht einmal im Traum würde ich so etwas tun. Wir werden natürlich auf eine Einladung warten – und es wird selbstverständlich nicht lange dauern, bis wir sie erhalten. In der Zwischenzeit allerdings werden wir etwas so Mutiges, so Weitsichtiges, so Monumentales unternehmen, dass der Ruhm des Hauses Harakamian sich erheben wird wie der sprichwörtliche Dschinn aus dem sprichwörtlichen Rauch aus der sprichwörtlichen Flasche, und das uns all die Reichtümer, den Luxus, die Schönheit und den Gewinn einbringen wird, die einen solchen Glücksfall begleiten.«

»Du hast vor, die Verbindungen des Hauses Harakamian über den Föderationsraum hinaus auszuweiten, mein Onkel?«

Diesmal spreizte Hafiz die Finger und deutete damit seine angeborene Großzügigkeit an. »Irgendwer muss es ja tun, mein Sohn. Diesen Leuten fehlt doch sicher all das, was wir zu bieten haben, und vielleicht wissen sie noch nicht einmal, dass sie es brauchen! Und wie sollen sie es erfahren, solange wir ihnen nicht zeigen, was ihnen fehlt? Und die Linyaari sind wirklich scheu. Hätten sie nicht andere unschuldige Völker vor den Khleevi warnen müssen, dann hätten sie sich vielleicht nie in den Föderationsraum vorgewagt, hätten niemals Laboue oder die Maganos-Mondbasis gefunden. Es stimmt, eines Tages wagen sie sich vielleicht wieder über ihr eigenes Territorium hinaus, aber ein weitsichtiger Unternehmer überlässt solche Dinge nicht einfach dem Lauf der Zeit und dem Zufall, ebenso wenig, wie ein liebevoller Vater es mit dem Glück seiner Adoptivtochter täte. Im Augenblick genießen wir einen guten Ruf bei den Linyaari –«

»Dank des Mutes und des Erfindungsreichtums, den Hafiz bei der Rettung all ihrer bedeutenden raumfahrenden Verwandten an den Tag gelegt hat«, warf Karina ein und blickte bewundernd zu ihrem Gatten auf.

»Das stimmt«, sagte Hafiz. »Ich habe mich mit Ruhm bedeckt, es ist wahr. Aber nach meiner Erfahrung ist Dankbarkeit eine flüchtige Angelegenheit, und das Gedächtnis jener, die einem verpflichtet sind, ist noch kurzlebiger. Deshalb müssen wir uns mit der Schnelligkeit eines Sandsturms bewegen, wenn wir den größten Vorteil aus unseren vergangenen guten Taten ziehen wollen. Wir müssen unsere Verkaufsausstellungen organisieren, die Mittel und Wege für die Aussteller, Verkäufer und die Leute im Hintergrund, Sicherheitskräfte, et cetera, et cetera, et cetera.«

»Nadhari Kando wäre vielleicht bereit, sich um die Sicherheit zu kümmern«, sagte Rafik.

»Hervorragend! Ich bin froh, dass du mitmachen willst. Sie ist mit uns gereist. Tatsächlich sollte sie schon bald zu uns stoßen, aber sie wollte noch gewisse Angelegenheiten an Bord der *Sharazad* beaufsichtigen, ehe wir wieder starten.«

Karina legte die Fingerspitzen mit den versilberten und vergoldeten Nägeln an die Schläfen und sagte: »Ah, siehst du, Hafiz? Rafik hat genauso reagiert, wie ich es dir prophezeit habe!«

»In der Tat, meine Liebe. Karina hat wirklich gespürt, dass du diese formidable Dame einstellen möchtest, also habe ich ihr bereits den Befehl über die Sicherheitskräfte des Außenpostens angeboten und ihr freie Hand gegeben, ihre eigenen Leute zu rekrutieren.«

»Gut so, mein Onkel, Madame Karina.« Rafik neigte höflich den Kopf vor seiner »Tante«. Hafiz' Gattin hatte eine Begabung dafür, Dinge zu »spüren«, die nur jemand, der im Koma lag, nicht ohnehin gewusst hätte, doch sie machte Hafiz glücklich, und daher war Rafik bereit, ihre »Kräfte« mit einer gewissen Toleranz zu betrachten, wenn schon nicht mit der Ehrfurcht, von der sie glaubte, dass sie sie verdienten.

Hafiz fuhr fort: »Wenn wir uns in Bereichen aufhalten, wo die Föderation uns nicht helfen kann, dann will ich die besten Leute haben, selbst wenn Nadhari sie von den Streitkräften der Föderation abwerben muss, und sie wird selbstverständlich auch die neuesten und wirkungsvollsten Waffen brauchen. Und sie ist jemand, auf den man sich verlassen kann, was Diskretion und Schnelligkeit angeht.«

»Das ist wahr«, stimmte Rafik ihm zu.

»Darüber hinaus werden wir deinen Partner brauchen, deine ältere Frau – die hässliche – und das derzeitige Licht deiner Liebe und ihre erlauchte Verwandtschaft.«

Rafik grinste. Hafiz' Erwähnung seiner älteren, hässlichen Frau war ein Witz für Eingeweihte. Als Rafik noch Erzschürfer gewesen war, hatten er und seine Partner – Calum Baird und Declan »Gill« Giloglie – die kleine Acorna im Weltraum gefunden, sie vor dem sicheren Tod gerettet und sie aufgezogen. Als die drei zum ersten Mal zusammen mit Acorna zu Hafiz gekommen waren, hatten sie diesen davon abhalten wollen, Acorna als seltenes Exemplar seiner Sammlung einzuverleiben. Rafik hatte sowohl Acorna als auch Calum in weite, lange Gewänder gesteckt, verschleiert und als seine Frauen ausgegeben. Er hatte seinem Onkel erzählt, er sei zum Neo-Hadithianismus konvertiert, einem radikal fundamentalistischen Zweig des Wahren Glaubens, der Vielweiberei erlaubte, ja sogar dazu ermutigte. Er hatte auf den Respekt seines Onkels vor den »Frauen« seines Neffen gezählt, um Acorna davor zu schützen, dass Hafiz sie seiner Sammlung hinzufügte. Es hatte nicht funktioniert, und noch während dieses Besuches waren sowohl Acorna als auch Calum enttarnt worden. Doch bevor Hafiz sich etwas allzu Ruchloses einfallen lassen konnte, um Acorna in seinen Besitz zu bringen, hatte er erfahren, dass sie kein einmaliges Geschöpf war, sondern lediglich eine Angehörige eines vielköpfigen Fremdvolks. Also hatte er das Interesse an Acorna als Akquisition verloren und gelernt, sie als Adoptivnichte zu schätzen. Calum allerdings musste sich heute noch häufig Spott über seinen Auftritt als ältere, hässliche Frau anhören.

»Ich bin sicher, sie werden begierig sein, uns bei dieser Angelegenheit zu helfen, Onkel. Da ist allerdings noch die unwichtige Angelegenheit der Mondbasis, die Ausbildung der Kinder …«

»Kleinigkeiten! Solche Ideen wie die meinen sind wie die hoch aufragenden Pyramiden der Uralten und lassen sich nicht in Kleinigkeiten ersticken, die so zahlreich sind wie Sandkörner. Nimm die Kinder mit! Sollen sie etwas lernen! Sie können in den neuen Filialen arbeiten, Lehrlinge der Künstler und Techniker werden und uns unterstützen. Es wird eine wunderbare Erfahrung für sie sein, ein unvergleichliches Lernerlebnis!« Er dachte einen Augenblick lang nach. »Viele der Älteren wissen auch bereits, wie man künstliche Atmosphären und lebenserhaltende Systeme auf solch leblosen Felsen, wie es dieser hier vor der Transformation war, errichtet und betreibt. Ihre Ausbildung wird zweifellos dabei helfen –«

»In diesem Fall sollen sie bezahlt werden«, erklärte Calum Baird, der sich mit einem Becher in der Hand zu ihnen setzte und sich frischen Tee aus der Kanne auf dem Tablett nachschenkte, das zwischen Rafik und den Harakamians stand.

»Wie alle, die sich zu uns gesellen, sollen die Schüler angemessen entlohnt werden«, erklärte Hafiz. »Essen und Unterkunft, Reisekosten, lohnenswerte Verbindungen, Spielzeug für die Kleineren …«

Calum rieb Daumen und Zeigefinger der rechten Hand in jener althergebrachten Geste, die schon vor vielen Generationen von seinen keltischen Ahnen benutzt worden war. »Darum geht es, Hafiz. Wenn die Kinder das Geschäft lernen sollen, dann müssen sie auch lernen, mit ihrem eigenen Geld umzugehen. Dazu müssen sie aber erst mal welches verdienen. Und wenn sie arbeiten, dann steht ihnen auch ein Anteil am Profit zu. Und selbst dann bin ich nicht sicher, ob wir es zulassen sollten, unschuldige Kinder aus dem Schutz der Föderation ausreisen zu lassen.«

»Ah, ja«, sagte Karina und bedachte ihn mit einem jener plötzlichen Aufblitzen von Gerissenheit, die wie Haie in den unermesslichen Tiefen des Mystizismus lauerten, mit dem sie die meisten ihrer Äußerungen durchtränkte. »Ich habe gehört, wie gut die Kinder geschützt waren, als sie auf Kezdet als Kindersklaven, Bergleute, Prostituierte und Arbeiter für die Fabriken gedient haben, ohne auch nur anständiges Essen oder Unterkunft zu bekommen. Die Streitkräfte der Föderation haben sie so gut beschützt, dass ich wirklich bezweifle, dass sich die kleinen Lieblinge dazu überwinden können, sich je wieder von einer solchen Sicherheit zu trennen.«

»Da hat sie nicht Unrecht«, meinte Khetala, eine hoch gewachsene, kräftige junge Frau mit dunkelbrauner Haut und ernster Miene. Sie war über die Gangway hereingekommen, als die Erfrischungen serviert worden waren, begleitet von Dr. Ngaen Xong Hoa, dem Meteorologen. Dr. Hoas schüchternes, zögerndes Lächeln und die blitzende Intelligenz in seinen dunklen Augen hatten dafür gesorgt, dass er nicht vollkommen unbeachtet geblieben war, als er und das Mädchen schweigend der Unterhaltung zwischen den Harakamians, Calum Baird und Rafik gelauscht hatten.

Sie waren nicht die einzigen Zuhörer, obwohl Khetala die Erste war, die etwas zur Konversation beisteuerte. Wie so oft auf der Maganos-Mondbasis, hatten sich neugierige Zuhörer um den Diwan und den Sessel versammelt und jede Bemerkung, jede Geste interessiert verfolgt. Rafik störte das nicht, und der dramatische Hafiz und seine Gattin hatten ein Publikum für ihre Vorführung.

Selbst wenn die Kinder nicht in Hafiz' Plan eingeschlossen gewesen wären, hätte er sie als Zuhörer willkommen geheißen. Sie waren nicht nur hier auf der Mondbasis, um ein nützliches Handwerk zu lernen, sondern auch, um so viel wie möglich über alle anderen Fertigkeiten zu erfahren, die man zum Überleben und für ein unabhängiges, gutes Weiterleben brauchte – Fertigkeiten, die nicht in einer Atmosphäre erlernt werden konnten, die von Geheimhaltung oder dem Überlegenheitsgefühl der Erwachsenen geprägt war. Die Kinder mussten etwas von Strategie und Selbstverwaltung verstehen, und das würden sie am besten anhand von Beispielen begreifen. Sie entdeckten, wie man zu handlungsfähigen Erwachsenen wurde, indem sie beobachteten, wie die Erwachsenen in ihrem Leben Entscheidungen fällten, und zwar vom Anfang des Prozesses bis zum Ende.

Khetala – oder Kheti, wie ihre Freunde sie nannten – wurde bereits mehr als alle anderen als Lehrerin, Organisatorin und Anführerin geachtet. Als eines der älteren, kräftigeren Kinder in den Minen hatte Kheti häufig die Schläge für die Jüngeren eingesteckt und sie beschützt, hatte Lasten gehoben, die zu schwer für sie waren, und sie alle zusammengehalten, auch wenn die Lage hoffnungslos schien. Gegen Ende hatte man sie in die Freudenhäuser geschleppt, und obwohl Acorna sie aus dieser Grube der Verzweiflung gerettet hatte, lag Kheti nun besonders das Schicksal jener Mädchen und Frauen am Herzen, die einmal an diesen Orten ausgenutzt worden waren, und sie half ihnen, ihre Selbstachtung und ihre Ziele im Leben wiederzufinden. Unter jenen, die sich um Kezdet kümmerten, war sie ebenso Legende wie Acorna. Alle anwesenden Erwachsenen kannten ihre Geschichte.

Hafiz hob die Hände mit den Handflächen nach oben. »Das war alles, was ich zu sagen hatte«, erklärte er.

Dr. Ngaen Xong Hoa räusperte sich höflich. »Ich habe gerade mit Khetala darüber gesprochen, welche Kinder Interesse an Meteorologie gezeigt haben, Hafiz. Wenn ich dabei helfen kann, angenehme Umweltbedingungen für Ihren neuen Außenposten zu schaffen, würde die tatkräftige Hilfe von lebhaften jungen Geistern sich sehr wohltuend auswirken.« Dr. Hoas Spezialität war die planetare Wetterkontrolle.

»Und wir Sternenfahrer werden dabei helfen, die nötigen Kommunikationsverbindungen aufzubauen«, erklärte Johnny Greene, der Computerkommunikationsexperte der *Haven,* des Schiffs der Sternenfahrer.

»Gut, dann denke ich, wir sind alle einverstanden«, verkündete Hafiz mit einem wohlwollenden Lächeln für alle, die sich um ihn versammelt hatten. Wieder rieb er sich die Hände. »Wir lassen eine Rumpfbesatzung zurück, die sich um die Mondbasis kümmert, und machen uns auf zu unserem Abenteuer. Es ist an der Zeit, alles zusammenzustellen, was wir brauchen, und selbstverständlich auch ein paar kleine, essenzielle Luxusgüter zu besorgen.«

»Oh prima«, sagte Mercy Kendoro vom Rand der Versammlung her. »Einkaufen!«

Erheblich schneller, als jeder, der die Macht des Hauses Harakamian noch nicht in Aktion gesehen hatte, sich hätte träumen lassen, waren die grundlegenden Vorräte, Geräte und das Personal zusammengestellt, und eine Flottille von Schiffen verließ unter Führung der *Sharazad* ihre jeweiligen Planeten und Monde, traf sich an einer Stelle direkt außerhalb Kezdets Umlaufbahn und begann mit ihrem langen Flug durch den nicht kartographierten Raum zu dem Ort, den Hafiz für seinen neuen »Handelsposten« vorgesehen hatte.

Drei

Da Aari der Einzige war, der die Sprache in dem niriianischen Notruf wirklich verstanden hatte, hoffte Becker, der Junge würde in besserer Stimmung sein, wenn er wieder aufwachte. Bis dahin hatte es keinen Sinn, die Kapsel zu öffnen. Selbstverständlich, wenn niemand an Bord gewesen wäre, der die Sprache beherrschte, hätte Becker das Fundstück gleich geöffnet und gehofft, mit dem LAANYE und dem Computer auszukommen. Er hätte versucht, das Rätsel allein zu lösen, aber nun konnte er es sich leisten, zu warten. Aari musste ja schließlich irgendwann wieder wach werden.

Becker hatte auch andere Gründe, diese Aufgabe so lange wie möglich zurückzustellen. Jemand musste die Koordinaten des Planeten, auf dem die Trümmerstücke gefunden worden waren und die Räume, wo sie nun an Bord der *Condor* gelagert waren, notieren, und außer SB und der KEN-Einheit war Becker das einzige wache Besatzungsmitglied. Zumindest dachte er das.

Es war erst ein paar Stunden her, dass er die vollkommen erschöpfte Acorna in ihre Koje geschickt hatte. Nun überraschte sie den Kapitän, indem sie plötzlich hinter ihm stand.

»Ich kann wieder übernehmen, Kapitän. Aari schläft noch.«

»Hör auf, mich so zu erschrecken. Trample ein bisschen herum, wenn du das nächste Mal hereinkommst, ja? Wie geht es Aari denn? Du hast ihn ziemlich gern, wie?«, fragte Becker.

Acorna errötete. »Kapitän, auf Narhii-Vhiliinyar tragen die Leute Schilde auf ihren Hörnern, und sie tun das zum Teil, um solche Fragen zu vermeiden. Er scheint jetzt friedlich zu schlafen. Ich weiß nicht, ob ›Gernhaben‹ der richtige Ausdruck für meine Gefühle für ihn ist. Es stimmt, ich interessiere mich sehr für Aari, und ich möchte ihm genauso helfen wie du.«

»Ja, aber ich bin nicht sein Typ«, gab Becker zurück und fuhr mit der Hand durch sein grau meliertes schwarzes Haar. »Ich gebe zu, so langsam kriege ich auch eine Silbermähne. Aber ich bin kein Mädchen.« Er grinste Acorna an. Dann ging ihm ein Gedanke durch den Kopf, von dem er hoffte, dass Acorna ihn nicht las. Aari mochte doch Mädchen, oder? Becker nahm an, dass das so war. Aber er hatte natürlich keine Beweise dafür. Der Bursche war, seit Becker ihn kennen gelernt hatte, nicht unbedingt in der Verfassung gewesen, um jemanden werben zu können, und er hatte auch keine früheren Lieben erwähnt – was alles durchaus natürlich war, wenn man bedachte, was Aari durchgemacht hatte und wie allein er den größten Teil seines Lebens gewesen war. Andererseits behandelte Aari Acorna stets wie ein Bruder, obwohl Becker hin und wieder bemerkte, dass er sie beobachtete, manchmal lächelnd, manchmal mit besorgter, beunruhigter Miene. Wenn Aari dann bemerkte, dass Becker seinerseits ihn beobachtete, wandte er rasch den Blick ab. Und Acorna war sich Aaris Interesse wahrscheinlich nicht bewusst – wenn es denn Interesse war. Der junge Mann beobachtete sie immer nur dann, wenn Acorna gerade mit etwas anderem beschäftigt war.

Noch während Becker über seine Schiffskameraden nachdachte, hörte er Acorna tief seufzen.

»Ich weiß nicht, Prinzessin, du solltest mir vielleicht einfach sagen, dass ich mich da raushalten soll«, meinte Becker, der ungern sah, wie sich ihre hübschen Augen verdunkelten.

»Oh nein, Kapitän, ich würde deinen Rat wirklich zu schätzen wissen. Meine Tante hatte geplant, dass ich auf Narhii-Vhiliinyar einen Lebensgefährten finden sollte, aber ich habe – vielleicht, weil die meisten Raumfahrer den Planeten schon bald wieder verlassen haben – niemanden kennen gelernt, den ich mochte, bevor du mit Aari angekommen bist.«

»Magst du ihn wirklich, oder tut er dir nur Leid?«, wollte Becker wissen. Warum empfand er nur so väterliche Gefühle für diese hinreißende junge Frau – nun gut, hinreißende, nichtmenschliche junge Frau –, die größer war als er, vermutlich auch klüger als er und im Besitz einer Reihe recht beunruhigender Kräfte, die ihr Geburtsrecht waren, und die auch Aaris gewesen waren, bevor man ihm zumindest einige davon mit Gewalt genommen hatte. »Du musst mir darauf keine Antwort geben.«

Acorna lächelte und tätschelte ihm die Hand. »Ich weiß doch, dass du das nur fragst, weil du willst, dass ich glücklich werde, Kapitän. Du bist meinen Onkeln so ähnlich …«

»Selbstverständlich sehe ich viel besser aus als die«, erklärte Becker und schnaubte in seinen Schnurrbart. »*Viel* besser als Baird.«

Acorna kicherte. »So was sagen sie auch dauernd übereinander. Ich weiß nicht, wonach ich Ausschau halten soll, um ehrlich zu sein, habe ich so etwas noch nie gemacht. Ich bin hier, weil ich hier sein möchte und weil ich der Ansicht bin, dass es an der Zeit war, mich von den beiden Orten, die ich als mein Zuhause betrachte, zumindest eine Weile zu entfernen. Ich mag Aari. Vielleicht sorge ich mich um ihn, wie eine Heilerin sich um ihren Patienten sorgt, aber es ist auch mehr als das. Ich habe noch nie entschieden, nach der eigentlichen Heilung, die ich leisten konnte, noch zu bleiben. Etwas in ihm spricht mich an. Vielleicht wird er ein Freund aus meinem eigenen Volk sein, jemand, der mir im Alter näher steht als Großmama oder Maati. Vielleicht hat es auch mit Maati zu tun, die seine Schwester ist und mir beinahe wie meine eigene kleine Schwester vorkommt, und ich denke, ich bin an ihrer Stelle hier …«

Sie sahen einander in die Augen. Becker erkannte, wie verstört Acorna war, und das tat ihm weh. Er hatte sich in all diesen Jahren hin und wieder verliebt, doch keine dieser Frauen hatte lange auf einem Bergungsschiff leben wollen, obwohl einige kein Problem gehabt hatten, alles mitzunehmen, was nicht an dieses Schiff angeschweißt war, und auch noch dies und das von dem fest Verschweißten. Ansonsten hatte Becker seine Lieblingsfreudenhäuser und in jedem ein oder zwei Lieblingsmädchen, je nachdem, in welchem Hafen er sich gerade befand. Doch niemand hatte ihn je so angesehen wie Acorna jetzt dreinschaute, als sie über Aari nachdachte.

Satansbraten sprang ihm auf den Schoß und bohrte ihm unter

wildem Knurren die Krallen ins Fleisch. Becker hielt die Luft an und wartete darauf, dass der Schmerz nachließ. Dann rieb er das dichte gestreifte Fell der Katze mit den Knöcheln. »Ich glaube nicht, Prinzessin. Aber der Junge hat wirklich eine Menge Probleme. Und außerdem ist er wahrscheinlich der Ansicht, dass so ein tolles Mädchen wie du keinen Liinyar ohne Horn haben will.«

Acorna zuckte die Achseln. »Ich bin von Männern ohne Hörner aufgezogen worden. Und eines Tages wird er auch eins haben. Aber –«

Weiter kamen sie nicht, denn sie hörten Aaris Schritte auf dem Deck. Diesmal hatte er sich nicht verkleidet, und er sagte in einem für seine Verhältnisse brüsken Tonfall: »Dann sehen wir doch mal nach, was die Niriianer sonst noch zu sagen hatten.«

»In Ordnung«, meinte Becker und griff nach dem Stemmeisen, das er immer auf der Brücke bereit hielt, für den Fall, dass er auf ein Maschinenteil einschlagen wollte, das nicht mehr funktionierte. Während er noch darüber nachdachte, wie sie die Kapsel wohl am besten aufkriegen sollten, hörte er eine Reihe von Schnapp- und Klickgeräuschen.

Als er sich umdrehte, sah er, dass Aari die Kapsel schon geöffnet und etwas herausgeholt hatte, das aussah – und roch – wie das widerlichste Stück Käse, das Becker je gesehen hatte. Es war voller Löcher, an einigen Stellen mit grünem, leuchtendem, schimmelähnlichem Zeug überzogen, und es strömte Gerüche aus – nun, SB hatte schon ganz Recht, als er ihm das Hinterteil zuwandte und begann, schaufelnde Bewegungen mit den Pfoten zu machen.

Aari grinste Becker an und zeigte dabei seine ziemlich großen Zähne auf eine Art und Weise, die einschüchternd gewirkt hätte, falls der Bursche sauer gewesen wäre.

»Was ist denn das?«, fragte Becker.

»Niriianische organische Technologie«, erklärte Aari. »Sie haben Möglichkeiten entwickelt, ihre eigenen Körperprodukte, leicht chemisch abgeändert, zu Zwecken zu nutzen, die andere Völker mit anorganischem Material erreichen. Die Biotechnologie ist natürlich nicht für alles geeignet, aber mit einem angemessenen Gleichgewicht von biologischen Komponenten und Nährstoffen, können, äh, … Lebensformen wie diese hier recht komplizierte Funktionen erfüllen, darunter die Speicherung von Informationen und die Erzeugung von Energie.«

»Ja, aber wie stöpselt man das ein?«

Aari lachte. »Man stöpselt es nicht ein, Joh! Aber es ist lesbar – Reihungen von Information auf organischer Basis stellen eine erstaunlich kompakte Form der Datenspeicherung dar. Der Inhalt kann auf geordnete Weise erschlossen werden.«

»Klar – Schimmel und Mehltau und Schleim auf Limburger Käse – ich hatte mal einen Steuerberater, dessen Buchhaltung hat so ähnlich funktioniert. Wirklich geordnet. Acorna, Süße, kannst du irgendwas gegen den Gestank unternehmen, du weißt schon?« Er versuchte, taktvoll zu sein und zeigte auf ihr Horn, während Aari den Kopf schon wieder über das käsige Ding gebeugt hatte.

»Was brauchst du, um die Daten zu lesen?«, fragte Acorna.

»Ja, genau, was braucht man dazu? Eine Salzbrezel?«, wollte Becker wissen.

Aari verdrehte die Augen. »Nein, Joh. Den üblichen Scanner, mit dem der Computer Gegenstände untersucht und analysiert.«

»Den Anscan. Ich weiß nicht so recht, wie das funktionieren sollte, aber wie du meinst, Kumpel – he, du hast doch wohl nicht vor, dieses Ding da auf mein Schaltpult zu legen?« Becker war normalerweise nicht gerade ordentlich, doch dieser Gestank war ein gewaltsameres Eindringen fremder Dinge, als er verkraften konnte. Und der Anscan war teuer.

Acorna stellte die Kapsel aufrecht hin, und Aari steckte den Käse wieder hinein.

Dann stellten sie die Kapsel auf die Konsole. Aari zog den Anscan dorthin, wo die Sonde des Geräts die Struktur des Käses prüfen konnte.

»Dazu ist dieses hoch empfindliche Gerät nicht gedacht!«, verkündete Becker.

»Das wissen die Niriianer, Joh. Es stimmt zwar, dass sie dieses Gerät hier wahrscheinlich noch nie gesehen haben, aber sie und ihre Handelspartner verfügen über ähnliche Technologie, also wird es schon funktionieren. Es gibt viele faszinierende Vid-Seminare darüber, wie niriianische organische Geräte mit konventioneller Ausrüstung benutzt werden können – du solltest sie dir irgendwann mal ansehen.«

»Warum können sie nicht einfach mit Elektronik arbeiten wie jeder andere auch?«, knurrte Becker. Ihm wurde ein wenig schwindlig, weil er sich so angestrengt die Nase zuhielt, um diese Dämpfe nicht einatmen zu müssen.

»Weil dieser *Piiyi* billiger und wirkungsvoller ist und die Niriianer ihn selbst herstellen können«, antwortete Aari, der nun die Tastatur benutzte, um die Schnittstelle zwischen dem Anscan und dem Komgerät des Schiffs zu öffnen.

Becker war vielleicht nicht vollkommen verblüfft, einen bullenhaften, gehörnten Niriianer auf dem Komschirm zu sehen, doch er war zumindest milde erstaunt.

»Also wirklich. Dieser Käse funktioniert tatsächlich, genau wie du gesagt hast.«

»Es ist ein *Piiyi,* Joh.«

»Was auch immer, aber ...«

»Scht!«, sagte Acorna, und sie hörten sich den Notruf noch einmal an.

»Können wir abbrechen und noch mal von vorne anfangen, damit du für uns übersetzen kannst?«, fragte Becker.

»Ja. Der *Piiyi* stellt ein permanentes, lineares Archiv dar, aber der Zugang zu den Informationen kann durch dein ... Anscan gesteuert werden.«

»Also gut. Dann stopp die Nachricht bitte. Was hat er gerade gesagt?«

»Dasselbe wie vorher. Es war ein aufgezeichneter Notruf – was du als Mayday bezeichnen würdest. Ihr Schiff wurde angegriffen. Sie haben sich identifiziert und ihren Standort angegeben, aber die

Koordinaten, die sie nennen, sind weit von hier entfernt, und noch weiter von ihrem Heimatplaneten.«

»Hat er gesagt, wer sie angegriffen hat und warum?«, fragte Becker.

»Nicht hier.«

»Dann sehen wir mal, ob noch etwas anderes auf diesem Ding ist.«

»Zweifellos, Joh. Ein *Piiyi* ist ein hoch verdichteter Datenspeicher.«

»Hoch verdichteter Gestank ...«, murmelte Becker.

Aari machte sich wieder an die Arbeit. Sobald die Statik nachließ, erschien wieder ein Niriianer und begann zu sprechen. Nach ein paar Sekunden fragte Becker, was er sagte.

»Es ist das Logbuch des Schiffes. Ich glaube, wir erhalten den letzten Eintrag zuerst. Es ist schwer zu sagen, Joh. Das hier ist ein anderer Sprecher – wahrscheinlich der Kapitän. Sein Dialekt ist schwer zu verstehen. Warte! Ja! Dem niriianischen Kalender zufolge haben sie das hier ... hmmm, du würdest sagen, vor fünf Tagen gesendet.«

Aari hatte rasch und leise geantwortet und sich mit einem Ohr weiter auf die niriianische Stimme konzentriert.

»Ah, ja«, sagte Aari. »Er sagt, er und seine Besatzung seien auf einem Späherflug gewesen. Weißt du, Niriianer sind immer auf der Suche nach saftigeren Weiden – sie sind ebenso wie wir ein grasendes Volk, aber sie sind viel zahlreicher als die Linyaari. Er bezieht sich auf einen früheren Eintrag im Logbuch, etwas über einen sehr fruchtbaren Planeten, der dann aber enttäuschenderweise Anzeichen früherer – nein, derzeitiger Kolonisierung zeigte. Sehr, sehr geringfügige Anzeichen. Eine – Kapsel? Spricht er von dieser hier? Nein, er sagt etwas ... etwas über Linyaari.«

Er schaltete die Aufzeichnung ab und wandte sich Becker und Acorna zu. Seine Augen waren weit aufgerissen. »Joh, er sagte etwas über eine Art Hütte und ein kleines abgestürztes Linyaari-Schiff, aber das war nicht annähernd dort, wo wir die Trümmer gefunden haben. Sein Akzent ist einfach zu stark, Joh.«

Acorna, die ihre Aufregung nur mühsam unterdrücken konnte, sagte: »Das klingt sehr wichtig. Vielleicht sollten wir diese Information sofort nach Narhii-Vhiliinyar weiterleiten. Einer der Botschafter, der einige Zeit auf Nirii verbracht hat, wird die Nachricht sicher besser übersetzen können als wir. In der Zwischenzeit können wir Aari und das LAANYE einsetzen und versuchen, den Rest von dem, was gesagt wird, zu verstehen. Ich möchte gerne wissen, wer das Schiff angegriffen hat ... und ich möchte wissen, ob die Niriianer wirklich gestrandete Linyaari außerhalb unserer normalen Handelsrouten gefunden haben, und wenn ja, wie unsere Leute dorthin gekommen sind.«

»Wenn es eine Rettungskapsel war, sind die Linyaari vielleicht auf demselben Weg auf den fraglichen Planeten geraten, wie du die Galaxis der Menschen erreicht hast – in einer Kapsel, die von einem Schiff stammte, das Schwierigkeiten hatte«, meinte Becker.

Acornas Miene war nun so entschlossen, dass Becker annahm, sie hoffte irgendwie, es hätte auf dem Schiff ihrer Eltern vielleicht zwei Fluchtkapseln gegeben, und sie wären vielleicht entkommen. Er wies aber darauf hin, dass dies nicht sehr wahrscheinlich war.

»Wir müssen die Koordinaten herausbekommen und selbst nachsehen«, sagte er. »Es könnten Leute sein, die Ganooshs und Ikwaskwans Schlägen entkommen sind, als die angeblichen Föderationstruppen alle Angehörigen deines Volkes ›verhaftet‹ haben.«

Acorna schien ein wenig in sich zusammenzusacken. »Ja, ich nehme an, so wird es wohl sein.«

»Aber du hast Recht. Deine Leute können vermutlich schneller damit zurechtkommen als wir, und außerdem kann vielleicht jemand, der erst vor kürzerer Zeit auf Nirii war – ist deine Tante nicht dort gewesen, Acorna?«, fragte er. Sie nickte. »Nun, vielleicht werden sie wissen, welche niriianischen Behörden man darüber informieren sollte, dass die *Hamgaard* nicht mehr zurückkehren wird. Und wir sollten uns vielleicht ein bisschen umsehen, um herauszufinden, wer für den Schiffbruch der *Hamgaard* verantwortlich ist, bevor wir diese Meldung machen.«

Hätte Becker einen Hut aufgehabt, dann hätte er ihn jetzt abgenommen und an sein Herz gedrückt. Er wusste, dass der Cowboy und seine Besatzung Familien hatten, die vergeblich auf der alten Heimatwelt auf sie warteten. Das war eine der Gefahren des Raumflugs, an die niemand gerne dachte.

»Ja«, erwiderte Acorna, »du hast Recht. Wir sehen uns die Trümmer noch einmal an; vielleicht finden wir ja irgendeinen nützlichen Hinweis. Inzwischen sollten wir das Schiffslog so gut wie möglich übersetzen und die Koordinaten des Ortes notieren, wo sie die Fluchtkapsel gesehen haben.«

»Bist du sicher, dass dort nichts über den Angriff selbst gesagt wird, Aari?«, fragte Becker.

»Ich werde versuchen, alles nach solchen Informationen abzusuchen.« Aari wandte sich wieder dem Anscan und dem *Piiyi* zu. Der Monolog auf dem Komschirm brach ab, dann ertönte statisches Kreischen, und dann waren plötzlich wieder Bilder auf dem Schirm zu sehen.

Entsetzliche Bilder.

»Verdammt!«, sagte Becker. »Wer zum Teufel sind diese großen Käfer, und was machen sie ... oh nein! Heiliger Kosmos! Sie foltern diesen – Aari?«

Acornas Heilungsversuche mussten recht gut gefruchtet haben, denn Aari sprach mit sehr ruhiger, beherrschter Stimme ... genauer gesagt war Becker der Ansicht, dass sich seine Stimme so tot anhörte wie der letzte Fisch, der versucht hatte, in einem Fluss auf Kezdet zu schwimmen.

»Das da sind Khleevi, Joh. Und das bin ich. Die Khleevi haben Bilder von meiner Folter zu diesem niriianischen Schiff gesendet.«

Vier

Nachdem die Linyaari-Raumfahrer zurückgekehrt waren, hätte alles wieder in Ordnung sein sollen. Eigentlich hätten alle glücklich und zufrieden sein müssen. Maati hatte angenommen, dass zumindest sie glücklich und zufrieden sein würde. Aber zuerst hatte sich Aari entschieden, nicht auf Narhii-Vhiliinyar zu bleiben. Und dann war auch Khornya, die Maati wie eine große Schwester vorgekommen war, fortgegangen.

Maati fühlte sich ausgeschlossen, weil keiner der Raumfahrer, die sie kannte, mit ihr darüber sprechen wollte, was mit ihnen geschehen war. Wäre sie alt genug gewesen, die Gedanken anderer zu lesen, dann hätte sie sich vielleicht nicht so einsam und allein gefühlt, doch sie bezweifelte das. Aus der entsetzten, verletzten und manchmal beinahe angewiderten Art, in der jene, die nicht im Raum gewesen waren, auf die Raumfahrer reagierten, konnte Maati schließen, dass deren Erfahrungen wirklich sehr schlimm gewesen waren. Man konnte den Schmerz auch in ihren Augen erkennen, ganz gleich, wie sehr sich Khornya und die Linyaari-Ärzte bei ihrer Heilung auch angestrengt hatten.

Weil so viele Raumfahrer Großmama Naadiinas Rat suchten – schließlich war Großmama die älteste und bei weitem die weiseste lebende Liinyar – konnte Maati nicht einmal mit Großmama reden. Großmama war viel zu beschäftigt.

Das war vielleicht auch besser so. Maati hätte gegenüber Großmama nur ungern zugegeben, dass sie nicht sonderlich glücklich war, die anderen zu sehen – nicht, nachdem ihr Bruder wieder fortgegangen war, und nun auch noch Khornya. Das war vielleicht selbstsüchtig von ihr, aber so fühlte sie sich nun einmal.

Wenn die *Viizaar* nicht so gemein zu ihnen gewesen wäre, wären

Khornya und Aari vielleicht geblieben. Maati hatte begonnen, die *Viizaar* wirklich zu hassen. Hass, das wusste sie, war etwas, das ein guter Liinyar nicht empfinden sollte. Es war ein Gefühl, das zu Gewalttaten verleiten konnte, und man erwartete von ihrem Volk eigentlich, dass sie sanftmütig waren. Aber die *Viizaar* war nicht sanftmütig. Sie war gemein. Sie verbarg es nur vor allen, selbst vor denen, die gute Gedankenleser waren. Großmama sagte, Liriili sei eine gute Verwalterin, weil sie weniger sensibel sei als die meisten Linyaari und daher objektivere Entscheidungen treffen könne.

Nun gut. Offenbar hatte sie vor kurzem eine dieser Entscheidungen getroffen. Sie hatte entschieden, dass man Maati herumschubsen und hierhin und dahin schicken konnte. Es schien niemandem aufzufallen, wie eklig sie zu Maati war. Alle waren viel zu sehr mit den zurückgekehrten Raumfahrern beschäftigt.

Wenn die Raumfahrer nicht gerade in irgendwelchen Therapien waren, saßen sie im Rat und diskutierten über Handelsabkommen und anderes dummes Zeug. Auch Großmama war dort. Zumindest sorgte der Rat dafür, dass Liriili beschäftigt war, sodass sie nicht immer Zeit hatte, Maati anzuschreien.

Einmal allerdings hatte Liriili Maati sogar vor dem voll besetzten Rat angefaucht, nur weil Maati eine Botschaft fallen gelassen hatte, die die Ärzte betreffend des Wohlergehens einiger Zurückgekehrter geschickt hatten.

»Also wirklich, du bist die ungeschickteste Botin, die ich je hatte! Und die langsamste. Du hättest nie eine solch verantwortungsvolle Aufgabe erhalten, wenn der Rat nicht Mitleid mit einer Waisen gehabt hätte. Und nun sieh nur, wie du ihnen ihr Vertrauen zurückzahlst!«

Alle waren so mit all den wichtigen Dingen beschäftigt, an die sie dauernd dachten, dass es niemanden kümmerte, dass heißes Blut in Maatis Wangen stieg und ihre Ohren von *Viizaar* Liriilis verletzenden Worten klirrten. Maati konnte die Gedanken der anderen nicht lesen, aber sie die ihren, und früher waren die Leute immer nett zu ihr gewesen. Doch jetzt interessierte es niemanden mehr, was ein kleines, unwichtiges Mädchen empfand. Sie machten sich Sorgen um die schweren seelischen Wunden ihrer Wissenschaftler, Diplomaten, Lehrer und Kaufleute.

Hundert Linyaari sahen ungerührt zu, wie Maati das Papier aufhob und es Liriili reichte, die es ihr aus der Hand riss. Maati hätte sich noch mehr gedemütigt gefühlt, wenn jemand wirklich auf sie geachtet hätte, doch es war klar, dass beinahe alle die Ablenkung genutzt hatten, um wieder in ihren eigenen Gedanken zu versinken – Gedanken, die Maati nicht lesen konnte.

Früher hatte Liriili von Maati verlangt, dass sie während der Ratssitzungen in der Nähe blieb, falls Botschaften ausgetragen werden mussten, in letzter Zeit jedoch konnte die *Viizaar* es kaum erwarten, ihre Botin wieder loszuwerden. Sie übertrug Maati die albernsten Aufträge, die sie selbst ganz einfach mit einem Knopfdruck der Komanlage hätte erledigen können – alles, nur um Maati nicht mehr sehen zu müssen.

Vor kurzem hatte Maati zufällig gehört, wie *Visedhaanye ferilii* Neeva zu ein paar anderen sagte: »Ich wünschte, Khornya und dieser junge Mann, Aari, hätten sich entschieden, bei uns zu bleiben. Ich weiß nicht, wieso es so wichtig war, mit Kapitän Becker auf Bergungssuche zu gehen.«

Maati hatte bei sich gedacht, dass *sie* nur zu genau wusste, wer dafür gesorgt hatte, dass die beiden sich wie Ausgestoßene fühlten, und wer ihnen das Leben schwer genug gemacht hatte, um sie zu vertreiben. Aber noch während ihr dieser Gedanke durch den Kopf gegangen war, hatte die Stimme der *Viizaar* wie ein Laserstrahl durch ihre Überlegungen geschnitten.

»Unsere Khornya fühlte sich offenbar zu dem Jungen hingezogen, und sie wollten miteinander allein sein, ohne von Bräuchen behindert zu werden, die Khornya ohnehin nicht vertraut sind, und mit denen der Junge, um ganz ehrlich zu sein, derzeit nicht zurechtkommen kann. Maati, unser Wasser ist ziemlich abgestanden. Bitte hol neues, und sorge dafür, dass das alte weggegossen wird.«

Maati hätte beinahe gesagt: »Was glaubst du eigentlich, wozu das

Horn auf deiner Stirn da ist? Frisch es doch selber auf!« Doch das hätte nur Ärger bedeutet. Schon der halb geformte Gedanke brachte ihr einen tadelnden Blick von Liriili ein. Aber Maati war eine Botin, nicht etwas … etwas Geringeres, das man einfach herumschubsen konnte, weil der *Viizaar* gerade danach war, sich aufzuspielen.

Gerade als Maati schon annahm, es könnte nicht mehr schlimmer werden, schickten die Ahnen – die einhörnigen, vierbeinigen Geschöpfe, die damals, vor Anbeginn der Zeit, eine von zwei Spezies gewesen waren, aus denen schließlich die Linyaari entstanden – nach Großmama Naadiina. Sie bestanden darauf, dass Großmama die Raumfahrer, die trotz der Heilversuche durch ihre Verwandten und die Ärzte immer noch unter Albträumen und anderen emotionalen Problemen litten, zu ihnen brachte. Alle sollten die Ahnen in ihrem Heim in den Hügeln aufsuchen. Die persönlichen Betreuer der Ahnen bezeichneten dies als »Klausur«. Für Maati war es einfach nur Verlassenwerden.

Kaum waren Großmama und die anderen aus ihrem Blickfeld verschwunden, schickte die *Viizaar* auch schon nach Maati und erklärte ihr, sie sei zu jung, um allein in dem Pavillon, den sie mit Großmama teilte, zurückzubleiben. Also würde Maati eine Gästematte im Zelt der *Viizaar* erhalten und dort schlafen, bis Großmama zurückkehrte.

»So bist du auch gleich greifbar, wenn ich dich brauche«, sagte die *Viizaar* mit einem falschen Lächeln. Tatsächlich hatte sie einfach vor, Maati im Auge zu behalten. Jedes Mal, wenn Maati jemand anderes besuchen wollte oder eingeladen wurde, mit einer Gruppe junger Leute zu grasen, erfand Liriili einen angeblich dringenden Auftrag für ihre Botin.

Endlich begriff Maati, dass sie nur eine einzige Möglichkeit hatte, der *Viizaar* einige Zeit auszuweichen, nämlich indem sie das tat, was Liriili ihr ohnehin schon vorwarf, und sich bei ihren Aufträgen Zeit ließ.

Wie zum Beispiel bei diesem letzten Botengang. Spät am Abend, mitten in einem Regenguss, hatte man sie zum Raumhafen geschickt, um Thariinye, der Dienst in der Komzentrale hatte, einen Korb handgepflückten Grüns zu bringen, den die *Viizaar* persönlich arrangiert hatte. An dem Korb war ein kleiner Brief befestigt, um Thariinye zu zeigen, wie hoch er in der Gunst der Dame stand.

Als Maati ihm den Korb reichte, hatte Thariinye jedoch nur gestöhnt. »Oh nein.«

Maati schüttelte sich das Wasser aus der Mähne und spähte in den Korb. »Was ist denn? Magst du diese Sorten nicht? Ich werde es bestimmt nicht wieder zurücktragen. Mir tun die Füße weh. Sie lässt mich jetzt Tag und Nacht herumrennen. Ich bin müde.« Sie warf sich in den Sessel an der zweiten Komkonsole und streckte die Beine aus.

»Tut mir Leid, Kleine. Möchtest du etwas davon? Es sind ausgesprochen gute Gräser. Ich lege einfach nur keinen Wert darauf, Geschenke von unserer Anführerin zu erhalten.«

Maati betrachtete ihn einen Augenblick lang forschend aus zusammengekniffenen Augen. Thariinye hatte sich ein wenig verändert, seit er und Khornya aus der Galaxis ihres Volkes zurückgekehrt waren. Er war so eingebildet gewesen, als sie hier eintrafen, und er hatte damit geprahlt, dass er und Khornya Lebensgefährten werden sollten. Doch später hatte Maati seltsamerweise auch von vielen anderen jungen Frauen gehört, denen Thariinye den Hof gemacht hatte. Sie beschwerten sich, dass Thariinye sie gerne gebeten hätte, für immer mit ihnen zu grasen, wenn Khornya nicht auf ihn Anspruch erhoben hätte. Dabei hatte Khornya, wie Maati und auch Thariinye selbst nur zu gut wussten, ihn eigentlich überhaupt nicht gemocht und ihn erst recht nicht als Lebensgefährten haben wollen. Thariinye sah sehr gut aus, wenn man diesen hoch gewachsenen, schlanken, muskulösen Typ mochte, aber Khornya war irgendwie ... älter und klüger als er, und seine Art gefiel ihr nicht – Thariinye war ein bisschen zu sehr von sich überzeugt. Maati musste allerdings zugeben, dass jeder, dem es gelang, so viele Frauen, die Gedanken lesen konnten, für sich zu gewinnen, irgendetwas an sich haben musste. Eine Menge *Nyiiri*, sagte Großmama immer. Was so etwas Ähnliches wie Mut war, nur dass es bedeutete, dass er mutig war, Dinge zu tun, die er eigentlich nicht tun sollte, und Dinge zu sagen, die besser ungesagt geblieben wären.

»Vielleicht will sie dich nur wissen lassen, dass sie dich nicht verurteilt, auch wenn sich diese jungen Damen über dich beschwert haben«, meinte Maati nun ihrerseits mit ein bisschen *Nyiiri* und beobachtete ihn weiter, um zu sehen, was er sagen würde.

Ein Donnergrollen kündigte die nächste Windbö an, die den Regen gegen die Sichtluken peitschte. In der Ferne war ein gezackter Blitz zu sehen, der über den beinahe schwarzen Himmel zuckte und die Nacht kurz in gleißende Helligkeit tauchte.

Thariinye schnaubte und bedachte Maati mit demselben künstlichen Lächeln, mit dem er sonst seine zahlreichen Freundinnen beglückte. »Du bist so ein süßes, unerfahrenes Junges, Maati. Selbstverständlich verurteilt sie mich nicht. Nachdem sie von diesen Mädchen gehört hat, was für ein hinreißendes Beispiel an Männlichkeit ich bin, wirbt sie selbst um mich.«

Nun war es an Maati zu schnauben. »Du bist zu lange nicht mehr im Weltraum gewesen, Thariinye! Du hast die Bodenkrankheit!« Das war ein Scherz, den Raumfahrer über die Bodenleute machten, und Bodenleute machten ihn über Raumfahrer, um deren Verschrobenheit zu erklären. Bodenkrankheit war – wenn man einmal von Thariinyes Selbstüberschätzung absah – die einzig mögliche Erklärung dafür, wieso Thariinye sich einbilden sollte, dass die *Viizaar* tatsächlich zu irgendwelchen zarteren, weiblicheren Empfindungen fähig war.

»Nein, nein, es stimmt. Sie hat es auf mich abgesehen. Sie sagt mir immer, wie sehr sie mich mag. Sie meint, ich brauche eine erfahrene Frau, die mich anleitet und die dennoch im Stande ist, meine kleinen Fluchten in die Unabhängigkeit zu dulden. Aber das ist wirklich das Letzte, was ich brauche. Kein Khleev wird mir je solche Angst einjagen wie diese Frau!« Er schauderte so intensiv, dass seine Mähne bebte und seine Haut zuckte.

Maati war schockiert. »Aber Liriili ist *alt*! Ich wette, sie ist beinahe so alt wie Großmama – mindestens so alt wie Neeva, und du bist so ... na ja, ich bin noch ein Kind, und sogar *ich* kann mich noch daran erinnern, als du grau gefleckt warst!«

Thariinye verzog das Gesicht. »Du hältst sie vielleicht für alt, aber wenn ich in der Nähe bin, benimmt sich Liriili wie ein launisches Fohlen. Ich glaube nicht, dass Narhii-Vhiliinyar groß genug für uns beide ist.«

»Ich weiß genau, was du meinst«, erwiderte Maati, die sich wieder an ihre eigenen Schwierigkeiten erinnert fühlte. Doch sie würde Thariinye nichts davon erzählen. Er würde sich nur als Erwachsener aufspielen, da war sie sich sicher. Es war nie gut, ihn die Oberhand gewinnen zu lassen. Das wusste sie, weil sie mehrere dieser albernen Mädchen kannte, mit denen er sich abgegeben hatte. Solange sie so taten, als bemerkten sie ihn nicht, war er hinter ihnen her und gab sich sehr höflich, sogar bescheiden. Aber sobald sie anfingen, ihn zu mögen, wurden sie ihm gleichgültig, und schon trabte er hinter einer anderen her. Deshalb hatte er auch nicht von Khornya abgelassen, obwohl die beiden im Grunde nicht miteinander ausgekommen waren.

Maati warf ihm einen listigen Blick zu. »Das hast du nun davon, so unwiderstehlich zu sein. Also gut, ich helfe dir, dein Geschenk loszuwerden, wenn du mir ein paar von diesen *Thiisis* abgibst. Die mag ich am liebsten.« Er reichte ihr eines der zarten gelbgrünen Gräser, die würzig und ein wenig süß schmeckten.

Nachdenklich kaute er auf einem anderen Halm herum. »Ich hätte wissen sollen, was sie vorhatte, als sie mir nicht erlaubt hat, mit Neeva und Melireenya zu fliegen. Jetzt hatten alle Raumfahrer ein traumatisches Erlebnis, das sie wahrscheinlich für immer miteinander verbinden wird, und weil Liriili mich hierbehalten hat, bin ich ein Außenseiter.«

»Ich verstehe, dass du wütend auf sie bist, weil sie verhindert hat, dass du beinahe zu Tode misshandelt wurdest«, stimmte Maati ihm zu.

»Du bist noch viel zu klein, um das zu verstehen«, meinte er hochnäsig.

»Eingehende Übertragung von dem fremden Bergungsschiff *Condor*«, erklang eine leise Computerstimme vom Komgerät her. »Bitte warten.«

Wieder und wieder blitzte es, und es donnerte sofort danach. Thariinye drehte die Lautstärke höher.

»Wir haben gerade das Wrack eines niriianischen Schiffs gefunden«, erklang Aaris Stimme, aber sie hörte sich seltsam und tonlos an. »Unter den geborgenen Artefakten befindet sich ein *Piiyi* mit dem Logbuch des Schiffs und mehreren anderen Botschaften. Bitte zeichnet auf, was wir euch jetzt schicken.« Es gab keine visuelle Übertragung, aber Maati freute sich dennoch, Aaris Stimme zu hören, wie kurz auch immer. Diese Botschaft war offenbar schon vor Stunden abgeschickt worden, sodass es jetzt nicht möglich sein würde, direkt mit ihrem Bruder zu sprechen. Maati hätte sich gerne mit ihm unterhalten, doch das war heute Abend eindeutig nicht machbar.

»Es ist extrem wichtig, dass die Informationen auf diesem *Piiyi* sofort von einem Experten der niriianischen Sprache übersetzt werden. Die Aufzeichnungen enthalten den Beweis, dass das niriianische Schiff Kontakt mit den Khleevi hatte« – Aari schwieg einen Augenblick lang – »und davor vielleicht eine Fluchtkapsel der Linyaari und Überlebende auf einem nicht verzeichneten Planeten entdeckt hat. Setzt euch bitte sofort wieder mit der *Condor* in Verbindung, sobald die Aufzeichnung übersetzt ist.« Dann verabschiedete sich Aari, und es war wieder still im Komzentrum.

Maati sprang auf. »Ich gehe und versuche, einen Spezialisten zu finden.« Sie spähte hinaus in den Regen und hasste schon allein den Gedanken, die warme, trockene Station verlassen zu müssen.

»Und wo willst du den finden?«, fragte Thariinye. »Die Raumfahrer sind alle in Klausur.«

»Diese Nachricht ist wichtig genug, um sie herauszuholen. Und da es um die Khleevi geht, sollten wir lieber auch sofort Liriili Bescheid sagen. Sie kann dann die Raumfahrer zurückholen.«

»Ich spreche hervorragend Niriianisch«, erklärte Thariinye.

»Mein erster Flug führte nach Nirii, und ich war immer gut in Sprachen.«

»Schön«, sagte Maati. »Dann fang doch gleich mit der Übersetzung an. Aber Liriili wird mir das Horn abreißen, wenn ich ihr nicht sofort Bescheid sage.«

»Ich werde sie selbst informieren. Bleib einfach ein *Nannye* da, wo du bist, ja?«

Er schaltete auf interplanetare Kommunikation um. »*Viizaar* Liriili, hier ist Thariinye im Komzentrum des Raumhafens. Wir haben gerade eine Botschaft von Aari an Bord der *Condor* erhalten. Sie haben einen niriianischen *Piiyi* gefunden, der Aufzeichnungen über eine wahrscheinlich erst kürzlich erfolgte Begegnung eines niriianischen Schiffes mit den Khleevi enthielt, und auch etwas über eine Linyaari-Fluchtkapsel mit Überlebenden, die auf einem unverzeichneten Planeten gestrandet ist. Man hat uns gebeten, die Aufzeichnung sofort für die *Condor* zu übersetzen.«

»Dann tu das«, erwiderte Liriili. Nur ihre Stimme war zu hören, die *Viizaar* hatte den Sichtkanal an ihrem Ende nicht eingeschaltet. Sie klang mürrisch und verschlafen. »Du sprichst doch Niriianisch, oder, Thariinye?«

»Du möchtest also, dass ich die Übersetzung mache? Ich soll nicht zum Beispiel nach Melireenya oder *Visedhaanye ferilii* Neeva schicken?«

Liriilis Stimme wurde sanfter, nachdem sie wach genug war, um zu begreifen, mit wem sie sprach. »Ich vertraue dir vollkommen, mein Lieber. Wenn deine Übersetzung Aaris Eindruck, dass der *Piiyi* wichtige Informationen enthält, bestätigt, benachrichtige mich sofort. Wenn es wirklich so wichtig ist, wie Aari sagt – es ist allerdings möglich, dass seine Erfahrungen ihn ein wenig … sagen wir einmal ganz unter uns, *labil* gemacht haben –, dann solltest du selbstverständlich sofort die Botin nach einem anderen Experten schicken. Aber ich möchte die Klausur, die die Ahnen für so wichtig für die Heilung unserer Raumfahrer halten, nicht stören, solange es nicht absolut notwendig ist.«

»Jawohl.«

»Und, Thariinye?«

»Ja?«

»Ich erwarte, dass du mir persönlich und vertraulich Bericht erstattest, sobald du fertig bist. In meinen Privatgemächern.«

»Jawohl, *Viizaar.*« Er schaltete das Gerät ab und schüttelte frustriert den Kopf.

Es war gut, dachte Maati, dass Liriili Thariinyes Gesicht nicht sehen konnte. Er zog eine schreckliche Grimasse und bleckte Furcht erregend die Zähne.

»Du solltest vielleicht heimgehen und schlafen«, erklärte er daraufhin hochnäsig. »Ich werde viel zu beschäftigt sein, um auf dich aufzupassen, solange ich meinen Pflichten nachgehe.«

»Ich soll gehen? Bei diesem Wetter?«, fragte sie und zeigte nach draußen, wo es jeden Augenblick schlimmer aussah. »Ganz bestimmt nicht! Ich werde hier nicht verschwinden, wenn gerade etwas Interessantes passiert. Sehen wir uns die Aufzeichnung mal an.«

»Ich glaube nicht, dass diese Informationen für Kinder geeignet sind«, widersprach er. »Wenn es darin um Khleevi geht – die habe ich schon in Aktion gesehen. Verlass dich darauf, du würdest nur Albträume bekommen.«

»Aari hat gesagt, es wäre dringend, Thariinye. Glaubst du nicht, es wäre besser, mit dem Streiten aufzuhören und dich an die Arbeit zu machen?«

»Bist du sicher, dass Liriili nicht vorhat, dich zur nächsten *Viizaar* auszubilden?«, knurrte er. »Für jemanden, der noch so jung ist, kannst du einen ziemlich gut schikanieren.«

»Der *Piiyi.*« Sie zeigte mit ausgestrecktem Arm auf den Bildschirm; ihr ganzer Körper war so angespannt, dass sie befürchtete, sie würde sich etwas brechen. Es funktionierte. Thariinye wandte sich wieder dem Schaltpult zu. Maati sah sich die Bilder an und lauschte der niriianischen Stimme, während Thariinye mit der anstrengenden Arbeit begann, die Aufzeichnungen der Niriianer von

Anfang an zu übersetzen. Er rief natürlich sofort auch eine Computerübersetzung ab, doch die Computerarbeit zu verifizieren und die einzelnen Nuancen zu verbessern, kostete Zeit und Konzentration. Thariinye lauschte den Worten in der fremden Sprache und betrachtete dabei das Bild und die Übersetzung des Computers, die auf dem Schirm eingespielt wurde. Manchmal veränderte er die Übersetzung des Computers, manchmal ließ er sie unbeanstandet durchgehen. Da er mit einer Aufzeichnung arbeitete, konnte er sie immer wieder anhalten und zurückspulen, wenn es notwendig war. Thariinye beherrschte die Sprache tatsächlich viel besser, als Maati erwartet hätte. Er musste die Aufzeichnung nicht oft anhalten, und es war klar, dass er seine Arbeit sehr ernst nahm.

Als er zu den Bildern von der Fluchtkapsel im Gebüsch neben einem grob zusammengezimmerten Unterschlupf kam, bekam Maati ein komisches Gefühl im Magen. Auch als die Aufnahmen bereits durchgelaufen waren, war ihr, als sei ein Teil von ihr dort geblieben, bei der Kapsel, wo immer sie auch gelandet sein mochte.

Sie war beinahe sicher, diese Markierungen zu kennen. Tatsächlich kam ihr die ganze Kapsel bekannt vor, wenn das Bild auch viel zu schnell über den Schirm gelaufen war, als dass sie sich wirklich hätte davon überzeugen können. Obwohl Maati keinen Laut von sich gegeben hatte, drückte Thariinye den Pausenknopf und drehte sich zu ihr um.

»Wie war das?«, fragte er, und nun wusste sie genau, dass er ihre Gedanken gelesen hatte.

»Die Kapsel«, sagte sie. »Wem hat diese Kapsel gehört?«

»Ich weiß es nicht. Und ich werde diese Information für meinen Bericht brauchen. Kannst du das für mich überprüfen? An dem anderen Computer arbeitet niemand.« Er zeigte zur gegenüberliegenden Wand. Alle Linyaari-Schiffe waren Unikate, und es war leicht, die Markierungen mit der Liste der Schiffe zu vergleichen. Maati wollte auch eine Liste der Leute haben, die sich zu dem Zeitpunkt, als die Niriianer diese Bilder gemacht hatten, auf dem Schiff befunden haben sollten. Besatzungs- und Passagierlisten, geplante und tatsächliche Flugstrecken und Wartungsberichte – kurz gesagt, alles, was mit den Schiffen der Linyaari-Flotte zu tun hatte, war in den Computern der Regierung gespeichert.

Maati war so erfüllt von dem Gefühl, dass sie irgendwie mit dieser Kapsel zu tun hatte, dass sie nicht einmal abwartete, was die Aufzeichnung sonst noch enthielt, sondern tat, was Thariinye ihr gesagt hatte, und die Schiffsdatenbank aufrief.

Sie begann, die Dateien zu überfliegen, nachdem sie den Computer angewiesen hatte, die neuesten Einträge als Erste zu zeigen. Die Kapsel musste doch sicher zu einem der Schiffe gehören, dessen Besatzung von den Kriminellen angegriffen worden war, von denen Khornya und ihre Freunde die Raumfahrer befreit hatten. Doch keines der Schiffe, die sich im aktiven Dienst befanden oder derzeit im Raum waren, hatte ein solches Muster aufzuweisen. Wie seltsam!

Maati erweiterte den Suchbereich. Und sie wühlte weiter und lauschte dem Donner und dem Knistern der Blitze draußen, während drinnen der niriianische Monolog weiterging und Thariinye hin und wieder Dinge murmelte wie: »Zur ... Zuflucht? Nein. Versteck? Das ist es auch nicht ...«, während er versuchte, die passenden linyaarischen Begriffe zu finden.

Dann hörte sie, wie er etwas über Khleevi sagte und drehte sich um. Sie hatte noch nie einen Khleev gesehen. Sie war neugierig, wenn auch auf eine verängstigte Art. Wie sahen so schreckliche, gierige Wesen aus?

Sie drehte sich mitsamt dem Stuhl um, um über Thariinyes Schulter hinweg den Bildschirm sehen zu können. Die käferartigen Khleevi waren nur als Fühler, Beine und muschelartige Panzer am Rand der Aufzeichnung zu erkennen. In der Mitte des Bildschirms befand sich die Hauptperson der Aufzeichnung. Sein Gesicht war vor Blut, Schweiß und Schmerz kaum zu erkennen, und sein Körper war noch entstellter als damals, als Maati ihn zum ersten Mal gesehen hatte. Doch sie erkannte ihren Bruder sofort wieder.

»Thariinye«, flüsterte sie erschüttert, »das ist Aari! Die Khleevi haben Aari gefangen! Was können wir tun? Kommen wir schon zu spät? Wir müssen ihm helfen! Wo sind Khornya und Kapitän Becker? Hat man sie schon umgebracht?«

Thariinye drehte sich um und sah sie an. Sie hatte ihn noch nie so ernst gesehen, und vielleicht war seine Gesichtsfarbe auch ein kleines bisschen grünlich geworden. »Das hier ist eine alte Aufzeichnung, Maati. Wahrscheinlich haben die Khleevi sie zu dem niriianischen Schiff gesendet. Die Khleevi tun das gerne – sie senden Bilder alter Folterszenen an jene, die sie zu ihren nächsten Opfern machen wollen. Niemand weiß, warum. Aber das ist es. Siehst du – hier – Aari hat immer noch einen Teil seines Horns. Sie haben schon Stücke davon weggemeißelt, aber es ist noch da. Das hier ist mit ihm geschehen, bevor er hierher kam.«

Maati erkannte die Emotion nicht, die in Thariinyes Stimme mitschwang. Vielleicht musste er sich einfach nur anstrengen, sich nicht zu übergeben. Abrupt schaltete er das Bild ab.

Maati hatte das Gefühl, als hätte etwas ihr Herz fest umklammert und dann ganz plötzlich losgelassen. Sie konnte kaum atmen. »Das ist schrecklich. Schrecklich. Sind die Khleevi ... kommen sie hierher?« Sie klapperte nun mit den Zähnen und hatte begonnen, am ganzen Körper zu zittern – eine Reaktion, die nichts mit der Raumtemperatur zu tun hatte, sondern mit den Bildern, die sie gerade gesehen hatte.

»Nein. Ich habe es dir doch gesagt. Es ist eine alte Aufzeichnung. Sie haben sie an die Leute an Bord des Schiffs gesendet, in dem auch der *Piiyi* war. Hast du das Registrierungsmuster schon gefunden?«

»Noch nicht«, sagte sie und wandte sich mit einem neuen Gefühl der Dringlichkeit wieder ihrer Aufgabe zu. Sie erweiterte die Suchparameter nochmals. Die ganz normale Tätigkeit – an einem Computer nach Informationen zu suchen – beruhigte sie, und langsam hörten ihre Hände auf zu zittern. Und dann fand sie es schließlich – das Muster, die Nummer und den Namen des Schiffs, zu dem die Kapsel gehört hatte. Und die Namen derjenigen, die an Bord gewesen waren, als das Schiff zu seinem letzten Flug aufgebrochen war. Wieder wurde ihr kalt.

»Th-Thariinye?«

»Ich bin fast fertig, Maati.«

»A-aber – Thariinye, ich habe es gefunden.«

»Gut. Nur noch einen Augenblick.«

»Nein, jetzt. Es ist wichtig. Dieses Schiff, zu dem die Kapsel gehört hat. Es war auf die Namen meiner Eltern registriert. Es hat meinen und Aaris Eltern gehört. Die Leute auf dem niriianischen Schiff haben sie gefunden. Ich dachte, sie wären tot – aber wenn die Niriianer Recht haben, dann leben sie vielleicht noch. Zumindest einer von ihnen, zumindest zu dem Zeitpunkt, als die Kapsel gesichtet wurde.«

»Das ist ja wunderbar«, sagte Thariinye. »Wir müssen unbedingt Liriili Bescheid sagen. Ich dachte, dieser *Piiyi* würde nur schlechte Nachrichten enthalten, aber jetzt haben wir zumindest einen Grund, uns über die Informationen zu freuen, die er uns gebracht hat!« Er beendete seine Übersetzung und schickte sie an die *Viizaar*.

»Wir müssen es Aari und Khornya und Kapitän Becker sagen«, verlangte Maati. »Sie können unsere Mutter und unseren Vater holen.«

»Ja, ja, aber als Erstes muss Liriili Bescheid wissen. Das verlangen nun einmal die Regeln«, wandte er ein, nun wieder ganz erwachsen. Dann drehte er sich zum Komgerät um.

Er berichtete Liriili von ihrer Entdeckung.

»Ich hielt es für das Beste«, schloss er, »dich über den Inhalt der Aufzeichnung zu informieren, bevor ich meine Übersetzung zur *Condor* schicke.«

»Danke, Thariinye. Das ist alles sehr interessant. Ich denke, ich werde morgen einen Boten zu den Ahnen schicken, um sie wissen zu lassen, was da entdeckt wurde. Es wird allerdings keine weiteren Funksprüche geben, nicht an die *Condor* und auch nicht an andere.«

»Aber *Viizaar*! Zumindest Aari sollte es sofort erfahren. Die Kapsel gehörte offenbar Aaris und Maatis Eltern, die verschwunden sind –«

»Das weiß ich sehr wohl, Thariinye. Ich weiß auch aus meinen eigenen schlechten Erfahrungen, dass alles, was wir von nun an senden, diesen Planeten in Gefahr bringen könnte. Wenn dort draußen Khleevi sind, werden wir ihnen nicht verraten, wo wir uns befinden. Es ist einfach zu gefährlich. Wir müssen die Evakuierungsschiffe vorbereiten und Maßnahmen treffen, dass alle Linyaari den Planeten verlassen können, sobald das notwendig wird.«

»Schon wieder?«, fragte Thariinye. »Und wohin gehen wir diesmal? Und was ist mit Acorna – sie und Aari sind da draußen, wo diese Botschaft aufgelesen wurde. Sie haben sie uns selbst geschickt. Haben sie nicht verdient zu erfahren, um was es geht?«

»Sobald wie möglich werde ich die *Aagroni* konsultieren und entscheiden, wohin wir uns wenden sollen. Mein Junge, ich weiß, dass es dir schwer fallen wird, mich zu verstehen«, sagte Liriili. »Aber du musst meinem Urteil einfach vertrauen. Wir dürfen nichts mehr senden, und damit Schluss. Ich werde diesen Planeten nicht weiter gefährden. Wenn noch etwas Wichtiges hereinkommt, lass es mich wissen.«

Thariinye beendete das Gespräch mit einem gereizten Schnaufen. »Ich kann das einfach nicht glauben! Du etwa?«

»Von ihr? Aber sicher«, erwiderte Maati. »Die Frage ist, was machen wir jetzt?«

»Wir?«, fragte Thariinye mit aufreizender Hochnäsigkeit. »*Wir* unternehmen überhaupt nichts, Kleine. Ich allerdings werde mir eines der Schiffe aus dem Raumhafen leihen und mich auf den Weg machen, um Khornya von der Gefahr zu benachrichtigen, in der sie und ihre Freunde schweben, und ihnen sagen, dass Hoffnung besteht, dass Aaris Eltern noch leben. Und dann werde ich eure Eltern retten. Wenn Khornya und ihre Freunde mitkommen wollen, umso besser.«

»Ich komme auch mit«, erklärte Maati.

»Nein, das tust du nicht.«

»Doch, und du kannst mich nicht aufhalten.«

»Selbstverständlich kann ich das. Ich bin größer als du, falls dir das noch nicht aufgefallen ist.«

»Als ob du jemals zulassen würdest, dass ich das vergesse. Aber wenn du versuchst, ohne mich zu gehen, sage ich Liriili Bescheid, und sie wird dich aufhalten.«

»Das würdest du niemals tun. Du willst genauso wie ich, dass deine Eltern und dein Bruder und Khornya gerettet werden.«

»Mehr als du«, erklärte Maati mit fester Stimme und verschränkte die Arme vor der schmalen Brust. »Deshalb komme ich auch mit. Damit du alles richtig machst.«

»Damit ich –«

»Genau. Meine Familie besteht seit Generationen aus Raumfahrern, genau wie deine. Ich werde schon zurechtkommen. Und du brauchst Hilfe. Dazu brauchst du mir nur beizubringen, wie man die Instrumente bedient. Zwei sind besser als einer. Und ich denke, wir sollten sofort aufbrechen.«

»Bei diesem Wetter?«

»Die Schiffe sind stabil genug, um Schlimmeres zu überstehen. Und sobald wir die Atmosphäre verlassen haben, ist das Wetter ohnehin kein Problem mehr.«

»Man merkt dir wirklich an, dass du ohne Eltern aufgewachsen bist – so unverschämt, wie du bist.«

»Wenigstens tische ich nicht sechs Mädchen dieselbe Lüge auf und erwarte, dass alle mir glauben und mich hinterher immer noch mögen.«

Darauf fiel Thariinye keine Antwort mehr ein, und Maati brauchte keine Gedanken lesen zu können, um zu wissen, dass sie gewonnen hatte.

»Dann komm. Wir nehmen die *Niikaavri*. Ich habe sie schon früher geflogen, und sie ist bereits mit Vorräten und Treibstoff ausgerüstet und kann sofort starten. Wir verschwinden lieber, ehe uns jemand aufhalten kann.«

Von ihren Räumen aus folgte Liriili Thariinye im Geist, als er und Maati an Bord der *Niikaavri* gingen und alles für den Start vorbereiteten. Sie ignorierte die Gefahr nicht, die ihnen durch die Khleevi drohte. Doch wenn die Informationen aus der *Piiyi*-Aufzeichnung der Wahrheit entsprachen, befanden sich ihre Feinde am anderen Ende der Galaxis – selbst im schlimmsten Fall noch Wochen entfernt, und mit vielen anderen Planeten, auf denen sie Beute machen könnten, zwischen ihnen und den Linyaari. Morgen – nein, heute, denn es war inzwischen früher Morgen – würde sie einen anderen, vertrauenswürdigeren Boten als Maati zu den Ahnen schicken, einen, den sie vollkommen beherrschte. Sie würde um einen anderen Übersetzer bitten, einen, den sie selbst aussuchen würde, und wenn Thariinyes Ergebnisse bestätigt waren, wäre immer noch genug Zeit, um die Bevölkerung zu informieren, die Raumfahrer in Alarmbereitschaft zu versetzen und die Evakuierungsschiffe vorzubereiten, falls es wirklich notwendig sein sollte.

Im Augenblick jedoch war sie sicher, dass die Khleevi nicht wussten, wo sich die Linyaari befanden, und Liriili hatte sich selbst abgesichert, indem sie jegliche Kommunikation zwischen den Planeten und der Außenwelt verboten hatte. Beckers Schiff war schließlich kein Linyaari-Schiff, und sobald diese Nervensäge Maati und Thariinye die *Condor* erreichten, konnten sie alle auf sich selbst aufpassen.

Das Mädchen war zu einem Risiko geworden; sie hätte jederzeit Liriilis Stellung gefährden können, indem sie den Raumfahrern »enthüllte«, wie feindselig sich die *Viizaar* gegenüber Khornya und Aari verhalten hatte. Dieses Kind verstand einfach nicht, wie kompliziert die Aufgaben einer Anführerin waren, wie sorgfältig das Gleichgewicht auf dem Planeten zum Wohl aller gewahrt werden musste. Und was Thariinye anging ... wofür hielt er sich eigentlich, ihren zarten Andeutungen so auszuweichen? Auch er war ein Risiko, störte den Frieden so vieler junger Frauen und begriff offenbar nicht, dass er eine Gefährtin brauchte, die ihn leiten und ihm helfen konnte, seine verantwortungsloseren Impulse zu beherrschen.

Sie wusste, dass er ihr die Schuld gab, denn selbst wenn er sein Horn abschirmte, konnte sie seine Gedanken lesen, als wäre er aus Plasglas. Er hatte an der letzten Mission der *Balakiire* teilnehmen wollen, und nun war er der Ansicht, dass Liriili ihn um den Ruhm gebracht hatte, der ihm dabei zugefallen wäre. Also gut, sollte er jetzt neuen Ruhm suchen. Wenn – und falls – er zurückkehrte, würde er vielleicht klüger sein und begreifen, dass sie nur sein Bestes gewollt hatte. Doch im Augenblick waren ihre beiden größten Problemkinder dabei, den Planeten zu verlassen und würden vielleicht niemals zurückkehren. Liriili würde heute Nacht gut schlafen.

Am nächsten Morgen ließ sie sich viel Zeit. Als sie gerade dabei war, sich zu säubern, traf der Ruf von der Komzentrale des Raumhafens ein. »Ja?«

»*Viizaar*, ich bin hier, um Thariinye abzulösen, aber Thariinye ist nicht da. Die Geräte sind eingeschaltet, und auf dem Bildschirm läuft eine seltsame Endlosbotschaft, aber Thariinye ist nirgends zu finden.«

»Merkwürdig«, erwiderte Liriili. »Wo kann er in diesem Wetter nur hingegangen sein? Draußen ist es viel zu stürmisch zum Grasen.« Es donnerte immer noch, und durch den Stoff der Pavillonwände war undeutlich zu sehen, wie es blitzte. Liriili schauderte ein wenig und zog sich eine Decke um die Schultern.

»Außerdem ist eines der Raumschiffe nicht mehr im Dock.«

»Seltsam. War es denn gestern noch da? Vielleicht ist es zur Reparatur gebracht worden?«

»Nein, *Viizaar*. Ich – einen Augenblick, hier ist doch eine Nachricht von Thariinye. Er schreibt, dass er und Maati – er meint doch bestimmt nicht die kleine Maati, die Botin ...«

»Sicher nicht!«

»... sich aufgemacht haben, um nach den Eltern des Mädchens zu suchen. Er möchte auch andere vor einem Auftauchen der Khleevi warnen, die von einem niriianischen Schiff in dieser Galaxis entdeckt wurden – das ist die Botschaft auf dem Komschirm.«

»Wie außergewöhnlich!«, sagte Liriili. »Bleib unbedingt auf deinem Posten – ich spreche doch mit Iiril, oder?«

»Jawohl, *Viizaar*.«

»Bleib auf deinem Posten, Iiril. Halt aufmerksam nach weiteren Botschaften Ausschau, aber antworte unter keinen Umständen. Es wird von diesem Planeten keinerlei Kommunikation ausgehen, bis ich es wieder erlaube. Ist das klar?«

»Wenn Khleevi in der Nähe sind? Selbstverständlich, *Viizaar*.«

»Ich werde jemanden zu den Ahnen schicken und die Raumfahrer, die dort in Klausur sind, bitten, für eine Sondersitzung des Rates zurückzukehren.«

»Ich bleibe hier, *Viizaar*. Selbst wenn wir nicht antworten, wird Thariinye sich vielleicht mit uns in Verbindung setzen und uns weitere Informationen über die Khleevi zukommen lassen.«

»Genau das dachte ich auch, Iiril.« Mit diesen Worten beendete Liriili das Gespräch.

»Das verstehe ich nicht«, fauchte Becker und starrte wütend den Bildschirm an. »Sechs Wochen lang spuckt das verdammte Ding alle paar Minuten eine Botschaft von deiner Großmutter und deiner Tante aus, Acorna, oder von dieser ... dieser Person, die den Planeten führt. ›Bring uns auf dem Heimweg noch ein nettes Handelsbündnis mit, mein Schatz. Sieh zu, dass du gute Bedingungen für den Beitritt zur Föderation aushandelst. Und wenn du schon unterwegs bist, denk dran, noch einen Liter Milch und einen Laib Brot einzukaufen.‹«

Aari und Acorna sahen einander an und zuckten die Achseln, dann wandten sie sich höflich wieder dem immer schimpfenden Becker zu.

»Und jetzt, wenn wir ihnen wirklich etwas Wichtiges zu sagen haben und sofort Rückmeldungen von ihnen brauchen, passiert anderthalb Wochen lang überhaupt nichts. Was ist nur mit diesen Leuten los?«

Er war nicht der Einzige, der sich das fragte. Aari und Acorna hatten jede wache Minute mit dem LAANYE und dem niriianischen Logbuch zugebracht und von dem Schlaf-Lern-Programm des LAANYE die Feinheiten der niriianischen Sprache gelernt. Wieder und wieder hatten sie dem Notruf und den Logbucheinträgen der Niriianer gelauscht. Entweder hatte der Kapitän keine Einzelheiten über die Botschaft der Khleevi, die letzten Stunden des Schiffes und den Fundort der Fluchtkapsel aufgezeichnet, oder sie hatten sie nicht gefunden. Sie hatten allerdings einen Eintrag entziffern können, der sich als Besatzungsliste des abgestürzten niriianischen Schiffs erwies.

Die *Condor* hatte inzwischen noch weitere Wrackteile gefunden, doch nur ein kleiner Teil der Geräte war noch intakt.

Alle auf dem Bergungsschiff hatten selbst im Schlaf noch auf ein Signal der Komanlage gelauscht, aber sie hatten die ganze Zeit keinen einzigen Laut vernommen.

»Nun, SB scheint keine bestimmte Meinung dazu zu haben, und normalerweise würde ich eine Münze werfen«, meinte Becker. »Aber da ich jetzt eine Besatzung habe, sollte ich wohl lieber fragen – was meint ihr denn, was wir tun sollten?«

»Tun?«, fragte Aari. Seine Stimme war ein wenig heiser, weil er so lange nicht gesprochen hatte. Er und Acorna hatten sich so intensiv auf die Übersetzungen konzentriert, dass Aari vermutlich auch noch das Essen vergessen hätte, wenn Becker sich nicht am Ende Sorgen um seine Schiffskameraden gemacht hätte und zum Hydroponik-Deck gestapft wäre, um dort ein wenig Grünzeug für sie zu pflücken.

Er hatte keine Ahnung, wie man etwas Schmackhaftes oder Nahrhaftes zusammenstellte, doch er sagte sich, wenn sie dieses Zeug schon anpflanzten, würde es auch essbar sein. Selbst nachdem Acorna sicher war, dass sie die Aufzeichnung auf dem *Piiyi* so gut verstanden hatten, wie es nur irgend möglich war, ging Aari alles immer wieder durch.

Acorna spürte die Nervosität, die Aari genauso deutlich ausstrahlte, wie das Komsystem schwieg. Ihr Kopf dröhnte von Aaris

Anspannung, ebenso wie von ihrer eigenen. Normalerweise konnte sie seine Gedanken nicht wortwörtlich lesen, doch diese Nervosität war mehr wie ein emotionaler Strudel, der um ihn herumwirbelte und sie umgab, als ein bewusster Gedankenstrom. Selbst Becker und der Kater wurden von der aufgeladenen Atmosphäre in der *Condor* angesteckt.

Becker sprach weiter. »Ja, was schlagt ihr vor, was wir tun sollten – ihr wisst schon, wirklich *tun*. So, wie ich es sehe, haben wir mehrere Möglichkeiten. Nummer eins«, er begann, mit dem Zeigefinger der linken Hand an den Fingern der rechten abzuzählen. »Wir verschwinden hier, kehren in den Föderationsraum zurück und warnen die Leute. Aber das hier ist nicht das Terrain der Föderation, und Föderationstruppen werden nicht hierher kommen, wenn die hiesigen Völker sie nicht darum bitten. Zweitens, wir können wenden, nach Narhii-Vhiliinyar zurückkehren und sie direkt fragen, wieso sie nicht mehr mit uns reden. Könnte natürlich sein, dass die Khleevi ihnen den Mund gestopft haben – entschuldige, Aari. Und in diesem Fall sollten wir hoffen, dass wir schon Beweise dafür finden, bevor wir den Planeten erreichen und unsere eigenen Hinterteile noch retten können. In diesem Fall könnten wir zur ersten Möglichkeit zurückkehren und Verstärkung holen. Immer vorausgesetzt, wir können rechtzeitig welche zusammentrommeln. Möglichkeit drei sieht vor, dass wir auf dem Planeten keine Khleevi finden und alles in Ordnung ist. Ich werde gewaltig Krach schlagen und die hohen Tiere versprechen lassen, uns nie, nie, nie wieder derart zu ignorieren, ganz gleich, was geschieht. Oder viertens – wir versuchen, selbst herauszufinden, was hier los ist, halten die Augen offen, damit uns nichts passiert, und stellen fest, was überhaupt unternommen werden muss, bevor wir uns davonmachen und Hilfe holen. Das war alles, es sei denn, euch fällt noch etwas ein. Aari? Acorna?«

»Joh, wir müssen zu meinem Planeten zurückkehren«, sagte Aari. »Unser Volk muss erfahren, was geschehen ist, und außerdem müssen wir die Niriianer warnen.«

»Ja«, sagte Acorna. »Es ist immerhin möglich, dass wir so weit von Narhii-Vhiliinyar entfernt sind, dass kein Funkkontakt mehr möglich ist. Immerhin liegen mehrere Wurmlöcher und Raumverzerrungen zwischen uns und dem Planeten, und wir befinden uns weitab aller Handelsrouten, auf denen die Kommunikation entsprechend verstärkt wird. Wir können nicht sicher sein, dass sie auf Narhii-Vhiliinyar unsere Nachricht überhaupt erhalten haben. Die wahrscheinlichste Erklärung für das Schweigen ist immer noch, dass sie nichts von uns gehört haben. Es ist von größter Wichtigkeit, dass sie von der Anwesenheit der Khleevi in diesem Teil des Weltalls erfahren, und auch von der Möglichkeit, dass Aaris und Maatis Eltern noch am Leben sind. Wenn die Khleevi in der Nähe sind, muss unser Volk die Evakuierungsschiffe klarmachen und einen Plan vorbereiten, wer auf welches Schiff gehen soll. Nachdem wir die Linyaari gewarnt haben, sollten wir in den Föderationsraum fliegen und dort die zuständigen Stellen informieren, dass mein Volk, das gerade einen Mitgliedschaftsantrag erwägt, wahrscheinlich bald von den Khleevi angegriffen wird. Die Föderation weiß bereits, was von den Khleevi zu erwarten ist – nach der Schlacht auf Rushima wissen sie, mit was für Geschöpfen sie es hier zu tun haben –, und sie wissen, dass eine solche Bedrohung nicht einfach ignoriert werden kann. Wir sollten auch mit Onkel Hafiz und den anderen sprechen und sie bitten, eine neue Zuflucht für mein Volk vorzubereiten, falls eine Evakuierung notwendig sein sollte, eine Übergangsunterkunft, wo sie bleiben können, bis das Problem gelöst ist.«

»Das klingt vernünftig«, sagte Becker. »Aber irgendwie werde ich das Gefühl nicht los, dass es ihnen im Augenblick gut geht und dass dieses Biest von einer Anführerin hinter all dem steckt.«

»Du könntest Recht haben«, erwiderte Acorna, »aber wir können es nicht riskieren, uns darauf zu verlassen. Wenn unser Volk in Sicherheit gebracht werden soll, müssen sie die Schiffe vorbereiten, und das wird Zeit brauchen.«

SB, der mit einem offenen Auge geschlafen und hin und wieder mit der Schwanzspitze gezuckt hatte, gähnte plötzlich und streckte sich. Dabei schlug er die ausgestreckten, knetenden Krallen lässig in Beckers Arm.

»Au!«, entfuhr es diesem. »Also gut, das vierte Besatzungsmitglied hat gerade seine Stimme abgegeben. Wir ändern den Kurs.«

Fünf

Thariinye verfolgte den wirren Kurs der *Condor* anhand der Daten, die mit dem Funkspruch verbunden gewesen waren. Maati sah ihm zu, als er seine Berechnungen machte. Sie fühlte sich im Weltraum wie ein *Kidaaki* im Wasser. Ihre Lieblingsverstecke zu Hause waren das Dorf der Technokünstler und der Raumhafen gewesen, und sie hatte die Schiffe mit der konzentrierten Neugier eines Kindes erforscht, sogar die riesigen Evakuierungsschiffe. Sie hatte ununterbrochen Fragen gestellt – so viele, dass sie schon fürchtete, die Leute dort würden sie wegschicken oder Liriili fragen, ob ihre Botin nichts Besseres zu tun hätte, als anderen auf die Nerven zu gehen.

Dabei hatte sich Maati sogar mit den meisten anfreunden können. Aarliiyana, eine mütterliche Technokünstlerin, hatte ihr alles über die bunten Muster auf den Schiffsrümpfen erzählt und ihr erklärt, dass diese auf den Bannern der bekanntesten Linyaari-Klans und -Persönlichkeiten basierten. Aarliiyana hatte ihr auch erzählt, dass die Technokünstler eine neue, fortgeschrittenere Tarntechnik für Linyaari-Schiffe entwickelt hatten. Und genau bei jenem Schiff, auf dem Maati sich nun befand und das nach der Großmutter ihrer Freundin Acorna benannt war, hatte man dieses neue System zum ersten Mal angewandt.

Verborgen unter der bunten Pigmentschicht des Schiffsrumpfes befand sich ein Feldgenerator, der eine Illusion der Unsichtbarkeit und eine Strahlungsabsorptionsmatrix oder SAM herstellen konnte. Beides hielt Sonar, Radar, Infrarot und allen anderen Methoden stand, die eingesetzt wurden, um ein Schiff im Raum zu finden. Diese Tarnsysteme konnten je nach Bedarf ein- oder ausgeschaltet werden. Zusätzlich hatten die Technokünstler Möglichkeiten gefunden, auch den Verbrennungsausstoß und die Kommunikation des Schiffes zu verbergen, sodass ein auf diese Weise getarntes Schiff nicht lokalisiert werden konnte. Selbst das eigene Lokalisierungssignal des Schiffs war im Allgemeinen vor Freund und Feind versteckt, es sei denn, der Kapitän entschied sich, es einzuschalten. Dies musste hin und wieder geschehen, wenn man sich auf überfüllten Routen befand, um nicht von anderen Schiffen gerammt zu werden.

Maati hatte ein seltsames Gefühl dabei zu wissen, dass niemand sie hier im Raum finden konnte, wenn sie nicht gefunden werden wollten.

An Bord eines Schiffes zu sein, das sich im Raum befand, war etwas ganz anderes, als sich dort aufzuhalten, wenn es noch im Dock im Dorf der Technokünstler lag. Zum einen war die Luft trocken und roch seltsam, beinahe als käme sie aus der Dose. Vielleicht war dies der Grund dafür, dass Maati das Gefühl hatte, ihr Geruchssinn sei irgendwie abgestumpft. Es bewirkte, dass sie sich seltsam leicht vorkam. Und entsprechend waren auch die Gräser im hydroponischen Garten – viel weniger Arten, als auf dem Planeten wuchsen – nicht so schmackhaft wie zu Hause. Oder ihr Geschmack war vielleicht weniger stark. Maati nahm an, sie würde sich schon bald an die Veränderung gewöhnen.

Da sie nun nicht mehr so gut riechen konnte, schien ihre Sehkraft irgendwie wichtiger geworden zu sein. Die Innenflächen des Schiffs bestanden aus Material, das sich weicher anfühlte als Metall und in hellen Farben gehalten war, und die Quartiere der Besatzung waren wie kleine Reisepavillons gestaltet. Irgendwie gemütlich. Zuerst fehlten Maati der Horizont und der Blick auf die weiten Grasflächen, die Stadt und die Hügel in der Ferne, doch wenn sie auf die Brücke ging und hinaus auf die Sterne schaute, ließ das Heimweh nach. Die Grasfelder konnten sich nicht mit der Schönheit des Weltraums messen. Maati versank in Staunen. Die Galaxis glitzerte vor ihr wie ein Schmuckkästchen. Und sie hatte die Freuden der Raumfahrt gerade erst kennen gelernt. Wie würde eine Nacht auf einem Planeten mit einem Mond aussehen? Oder wenn der Planet einen Ring hatte – wie würde das vom Boden aus wirken? Wie aufregend, dass sie das alles bald selbst sehen sollte! Bei aller Angst, die sie weiterhin vor den Khleevi verspürte, fühlte sie sich auch zum ersten Mal in ihrem Leben wirklich frei.

Und wenn sie schon Abenteuer erleben sollte, dann hatte sie sich das richtige Schiff dafür ausgesucht. Die *Niikaavri* war nicht nur komfortabel, sondern auch mit sämtlichen neuen Geräten ausgestattet, die Maatis Technokünstlerfreunde entwickelt hatten. Das wusste Maati bereits, weil Thariinye mit dem Schiff geprahlt hatte, als er von seinem ersten kurzen Flug zur Begrüßung der *Condor* und der vielen Linyaari-Schiffe, die die Raumfahrer aus der Gefangenschaft zurückgebracht hatten, zurückgekehrt war.

»Hat das Schiff auch Waffen?«, hatte Maati damals wissen wollen.

»Was weißt du denn schon von Waffen?«, hatte Thariinye in diesem besonderen Tonfall gefragt, bei dem sie sich wie ein Kleinkind fühlte.

»Großmama hat Khornya erzählt, ihr Vater hätte eine Verteidigungswaffe erfunden, die unsere Feinde vernichten würde, wenn sie versuchten, eines unserer Schiffe zu kapern. Großmama sagte, Khornyas Eltern seien auf diese Weise umgekommen – als ihr Schiff sich selbst zerstört und dabei auch die Khleevi getötet hat, die hinter ihnen her waren. Sie glaubte, Khornyas Eltern hätten diese Waffe aktiviert, nachdem Khornyas Kapsel ausgestoßen worden war. Der Druck der Explosion war die einzig mögliche Erklärung dafür, dass Khornya so weit entfernt war, als die Männer, die sie großgezogen haben, sie gefunden haben.« Maati hatte sich damals gefragt, ob ihre Eltern auf dieselbe Weise umgekommen waren, ob sie sich ebenfalls zusammen mit ihren Feinden selbst getötet hatten, bevor die Khleevi sie gefangen nehmen konnten.

»Ja, die *Niikaavri* verfügt über dieses Verteidigungssystem«, sagte Thariinye. »Aber nicht über Angriffswaffen. Das wäre *ka*-Linyaari – es verstieße gegen alles, woran wir glauben. Selbstverständlich ist das Schiff mit allen neuen Erfindungen ausgerüstet. Und du stellst zu viele Fragen.«

Warum musste von all den vielen Leuten, die sie kannte, ausgerechnet *er* mit ihr auf diesem Schiff sein? Niemand sonst vom Personal des Raumhafens, den Technokünstlern oder den Raumfahrern hatte sie behandelt, als sei sie weniger wert, nur weil sie jünger und kleiner war als sie. Tatsächlich hatten die Raumfahrer sie im Gegensatz zu Liriili und ihren politischen Freunden fast alle respektvoll behandelt.

Aber nun saß sie hier mit Thariinye, und sie würde wohl das Beste daraus machen müssen, zumindest, wenn sie Khornya und Aari und vielleicht – nur vielleicht – auch ihre Eltern finden wollte. Es fühlte sich seltsam an, zu denken, dass sie vielleicht wirklich noch am Leben waren.

Wenn Maati sich nicht gerade mit Thariinye stritt, sah sie sich die Unterrichtsvids an, die zu jeder neuen Einrichtung auf dem Schiff gehörten, und arbeitete sich durch eine Simulation von Kapitän Beckers Kurs.

Die Menschen benutzten ungewöhnliche Navigationsmethoden; sie tauchten lieber in unvermessene Wurmlöcher und durch unerforschte Raumfalten, statt den konventionellen Wegen zu folgen. Wenn Maati und Thariinye die *Condor* tatsächlich finden wollten, würden sie dasselbe tun müssen. Thariinye bestätigte Maatis Ahnung, als sie ihn direkt nach dem Kurs fragte.

Nun starrte er nervös den Eingang des Wurmlochs an, der vor ihnen gähnte; doch dann grinste er und hatte plötzlich ein seltsames Glitzern in den Augen. Er schaltete die Steuerung auf Handbetrieb um. »Schnall dich an, Kleines«, sagte er.

»Ich *bin* angeschnallt«, erklärte sie. »Beeil dich gefälligst.«

»Also gut. Yiihiii!«, schrie er ein wenig kindisch. Maati bemerkte eigentlich nicht viel. Es gab nichts zu sehen. Einen Augenblick lang war die Öffnung noch vor ihnen, dann war sie hinter ihnen. Die Sterne waren an anderen Orten. Das war alles.

Und … noch etwas.

»Sieh sich einer das an, kleines Mädchen«, sagte Thariinye, der sich umgedreht hatte, um ihr einen kurzen Blick zuzuwerfen. Aus dem kurzen Blick war ein langes Starren geworden. »Jetzt bist du wirklich eine Raumfahrerin im Sternenkleid.«

Und das war sie! Ihre Haut war ein wenig heller geworden, seit sie den Planeten verlassen hatten, und die hellen Flecken in ihrer Mähne hatten sich gegenüber den schwarzen ausgedehnt, aber nun waren ihre Hände, die aus den Ärmeln des Schiffsanzuges hervorschauten, weiß! Vollständig. So weiß wie die von Thariinye, Khornya oder Aari. Maati wäre am liebsten zur nächsten reflektierenden Oberfläche gerannt, aber sie verhedderte sich in den Sicherheitsgurten und schaffte es kaum, die Verschlüsse zu lösen. Endlich hatte sie sich befreit und war im Stande, sich in der Körperpflegestation zu betrachten. Ihr Gesicht war so bleich wie der zweite Mond, ihre Mähne reines Silber, und ihr Horn war golden, wenn auch immer noch von kindlicher Stummellänge. Sie betrachtete ihr Spiegelbild stirnrunzelnd.

»Macht diese Farbe mich dick?«, fragte sie Thariinye und bereute ihre Worte schon, kaum dass sie sie ausgesprochen hatte.

Er lachte. »Selbstverständlich nicht. Und selbst wenn, könntest du auch nichts daran ändern. Jetzt trägst du ein Sternenkleid, Kleines.«

»Wie konnte das so schnell passieren?«, fragte sie.

Er zuckte die Achseln. »Ich weiß es nicht. Für gewöhnlich dauert es länger. Vielleicht hat die Lichtveränderung im Wurmloch den Prozess beschleunigt.«

»Da gab es doch gar kein Licht – oder?«

»Natürlich gab es dort Licht. Du bringst deine Physiklektionen durcheinander. Das da war ein Wurmloch, kein Schwarzes Loch.«

»Das *weiß* ich«, entgegnete sie. »Ich bin nur jung, nicht blöd. Aber ich habe kein Licht gesehen, ehe wir auf dieser Seite wieder rausgekommen sind.«

»Wahrscheinlich bist du ohnmächtig geworden«, sagte er. »So

was passiert, wenn man große Angst hat. Das erste Mal im Weltraum und so.«

»Ich bin *nicht* ohnmächtig geworden«, erklärte sie gereizt. »Ich habe bloß kein Licht gesehen. Hast du welches gesehen? Sei ehrlich.«

»Nein, aber ich konnte es vielleicht auch einfach nicht wahrnehmen. Wir waren so schnell, und es –«

»Bringst du da nicht deine Physiklektionen durcheinander?«, fragte sie zuckersüß.

»Wohin führt unser Kurs als Nächstes?«

»Wir durchqueren das Planetensystem von hier«, sie zeigte auf einen beinahe lilafarbenen Planeten, der am weitesten von der Sonne des Systems entfernt war, »bis dorthin«, nun war sie am siebten Planeten von der Sonne aus gesehen angelangt, »und dann gibt es dort so eine komische Stelle – wellig, wie gefaltet ...«

»Das kannst du sehen?«, fragte er und starrte Maatis Finger an, als hätte der Augen.

»Ich habe mir die Simulation angesehen, du Dummkopf. Vielleicht solltest du das auch tun. Oh, das hatte ich vergessen. Erfahrene Raumfahrer haben so was ja nicht nötig.«

»Ich werde keine Insubordination durchgehen lassen, Kleines.«

»Also gut. Du hast gefragt. Ich habe geantwortet.«

Sie ließ ihn allein auf der Brücke und stapfte in den hydroponischen Bereich hinunter, um in aller Ruhe zu grasen. Und zu schmollen, wenn man ehrlich sein wollte. Die *Condor* war schon sechs Wochen unterwegs gewesen, als die *Niikaavri* startete, und Maati und Thariinye waren erst zehn Schlafperioden lang im Raum. Maati versuchte, sich zu überlegen, was sie zu ihren Eltern sagen würde, wenn sie sie wieder sah, und wie sie Khornya und Aari überreden würde, sie mitzunehmen und nicht wieder nach Narhii-Vhiliinyar zurückzuschicken. Doch selbst ihre lebhafte Fantasie lieferte ihr nach einiger Zeit keine Ideen mehr. Sie dachte weiter darüber nach und analysierte die Unruhe, die es ihr schwer machte, still zu sitzen. Das war jedoch noch nicht alles. Ihre Aufmerksamkeit schweifte bei jeder Gelegenheit ab, und alles, was Thariinye sagte, hörte sich noch dümmer an als sonst. Sie hatte tausend Fragen darüber, wie alles hier auf dem Schiff funktionierte, aber nicht die Geduld, sich Thariinyes Vorträge darüber anzuhören. Am liebsten wäre sie unter die Abdeckungen gekrochen, um selbst nachzusehen, wie was funktionierte, statt einfach nur dazusitzen und zu warten. Und zu warten. Und zu warten.

Sie langweilte sich. Hier steckte sie mitten im größten Abenteuer ihres Lebens, und es war sooooo langweilig! Sie war gewohnt, sich überall in Kubiilikhan herumzutreiben und so beschäftigt zu sein, dass sie am Ende des Tages vollkommen erschöpft war. Sie war Gespräche mit Leuten aus allen Bereichen des Lebens der Stadt und deren Umgebung gewöhnt. Hier auf diesem Schiff saß sie nur herum und redete mit Thariinye. Der sie wie ein Baby behandelte. Bei den Ahnen, es sollte lieber bald irgendwas geschehen!

Sieben Schlafperioden später ging ihr Wunsch in Erfüllung. Sie hatte das LAANYE benutzt, das Thariinye mitgenommen hatte, um Khornyas Sprache – die intergalaktische Verkehrssprache der Föderation – besser zu lernen. Sie wollte sie so fließend wie möglich sprechen können, wenn sie Khornya, Aari und Kapitän Becker wieder sah. Wenn sie die Sprache beherrschte, würden sich die Erwachsenen vielleicht nicht allzu sehr aufregen, wenn Maati verkündete, dass sie bei ihnen bleiben würde, dass sie mit ihnen zu diesem Mond fliegen wollte, von dem Khornya gesprochen hatte – dem, auf dem lauter Kinder wohnten und viele neue Dinge lernten.

Es war ihre Wache, und sie hatte genug vom Lernen.

Wenn die *Condor* nur nicht immer noch so weit weg gewesen wäre! Linyaari-Schiffe waren schneller als die der Menschen, also sollten sie das Bergungsschiff bald erreicht haben, doch Maati wünschte sich leidenschaftlich, sie wären *jetzt* schon da. Sie spielte die Kurssimulation noch einmal durch und überlegte, ob sie vielleicht eine direktere Route berechnen könnte, statt einfach Thariinyes Extrapolation des Kurses der *Condor* zu folgen.

Während sie die diversen Trajektorien berechnete, fielen ihr ein paar vertraut wirkende Koordinaten auf.

»Thariinye?«, sagte sie in das Bordkomsystem.

Er schnaufte und schnaubte, woraus sie schloss, dass sie ihn geweckt hatte.

»Wenn wir ein paar Stunden lang nur für zwei Grad von Kapitän Beckers Kurs abweichen, kommen wir an die Stelle, wo die Niriianer den Planeten mit der Fluchtkapsel meiner Eltern gesehen haben.«

»Hm? Oh. Gut.«

»Ich finde, wir sollten unsere geplante Route ändern und meine Eltern suchen, bevor wir zu Kapitän Becker und den anderen stoßen. Sollen wir den Kurs ändern?«

»Ja, in Ordnung. Gut, Kleines. Lass mich in Ruhe«, sagte er, und dann, noch ehe sie Luft holen konnte: »*Was?* Nein, Maati, warte. Wage es ja nicht, irgendetwas anzufassen! Ich habe geschlafen. Ich komme sofort!«

Sie schüttelte den Kopf, als er kurz darauf vor ihr stand, die Mähne links ganz flach gedrückt, und sich die Augen rieb. Er stolperte ein wenig beim Gehen.

»Du ... du hast doch nichts angefasst, oder?«, fragte er.

»Nein. Technisch gesehen ist das deine Aufgabe. Deshalb habe ich dich ja gefragt. Aber ich finde, wir sollten wirklich erst meine Eltern abholen, wo es doch beinahe auf dem Weg liegt.« Sie zupfte an seinem Ärmel und zeigte auf den Bildschirm, wo sich der Kurs, den sie berechnet hatte, mit den vertrauten Koordinaten schnitt.

»Ganz bestimmt nicht.« Wieder schaute er hin, drückte einen Knopf, verglich ihren Kurs mit dem ursprünglichen der *Condor*. »Um was geht es hier überhaupt?«

»Ich habe versucht, eine schnellere, kürzere Route für uns zu finden. Die *Condor* ist auf der Suche nach Schrott. Sie haben es nicht eilig, und sie sehen sich überall um. Dabei nehmen sie nicht gerade die direkteste Route durch den Raum. Aber wir brauchen ihrem

Weg nicht zu folgen. Wir könnten sie auf einem direkteren Kurs schneller erreichen.«

»Ach ja? Ich nehme an, nun, wo du dein Sternenkleid trägst, verstehst du genauso viel von Navigation wie ein erfahrener Raumfahrer, nicht wahr?«

»Das ist es nicht. Es geht mir nur darum, dass diese schrecklichen Wesen, die meinem Bruder wehgetan haben, auch da draußen sind. Ich möchte nicht, dass sie meine Eltern finden, wenn die wirklich auf einem verlassenen Planeten gestrandet sind. Ich wollte mit dir kommen, damit ich dir helfen kann, sie zu retten. Und wenn wir unseren derzeitigen Kurs beibehalten, brauchen wir eine Ewigkeit, um die Stelle zu erreichen, wo die *Condor* gewesen ist. Und von dort aus müssen wir versuchen, sie wiederzufinden, und inzwischen könnten meine Eltern schon tot sein.«

»Hmmm«, sagte Thariinye abermals und folgte beiden Routen mit den Fingern. »Wenn wir diese kürzere Route nehmen, könnten wir deine Eltern unterwegs auflesen und uns immer noch viel schneller mit der *Condor* treffen als auf dem Kurs, den ich zuerst berechnet habe.« Maati blickte mit großen Augen zu ihm auf, doch innerlich lachte sie darüber, wie er versuchte, die ganze Sache so darzustellen, als sei es seine Idee gewesen. »Also gut. Dann ändere ich jetzt den Kurs.«

Und das tat er, wobei er für Maati ein großes Theater daraus machte – er übertrieb seine Bewegungen mit anmutigen kleinen Gesten, summte den »Heldengalopp« vor sich hin. Offensichtlich dachte er, wenn er nach Narhii-Vhiliinyar zurückkehrte, würde er nicht ein Leben lang Bodenarrest erhalten, sondern wie ein Held empfangen werden, weil er Maatis Eltern gerettet hatte – was er natürlich ebenso ausschmücken und umdeuten würde wie seine derzeitige Kursänderung, oder vielleicht sogar noch mehr. Sollte er doch der größte *Fraaki* im Teich sein, wenn er unbedingt wollte. Maati war das gleich. Sie würde endlich ihre Eltern wieder sehen.

Maati hatte wieder einmal das Ruder übernommen, als das Schiff sich anschickte, in die Umlaufbahn des Planeten einzudringen, dessen Koordinaten die Niriianer angegeben hatten. Aus dieser Entfernung sah der Planet hübsch aus. Er hatte die Farbe der kleinen lavendelfarbenen Blüten, die auf den besten Grasflächen wuchsen. Große Pfützen von tiefem Indigoblau tauchten unter den pudrig blauen Wolken auf, die diese Welt umgaben. Sie hatte sogar mehrere blaue Monde. Maati fragte sich, wie das wohl von der Oberfläche aus aussehen würde. Sicher würde sie es bald herausfinden können ...

Sie wollte gerade nach Thariinye rufen, als die Komanlage sich meldete. Was Maati hörte, waren allerdings keine Worte, sondern Geräusche, als würden Steine aneinander gestoßen: »Klick klack, klick-klick-klicketi-klack-klack-klack.«

Thariinye war wohl schon auf dem Weg zur Brücke gewesen, denn nun stand er plötzlich neben Maati. Jegliche Farbe war aus seinem Horn gewichen, und er sah aus, als hätte er etwas Entsetzliches vor sich.

»Was ist los, Thariinye? Wir sind da!«, sagte sie.

»Ja«, flüsterte er und nickte zur Komanlage hin. »Und die Khleevi auch.«

Sechs

Kapitän Becker, sieh mal«, sagte Acorna, als er auf die Brücke kam, um seine Wache anzutreten. Sie zeigte ihm ihren derzeitigen Kurs zurück nach Narhii-Vhiliinyar, und eine leicht abgeänderte Variante davon. »Wenn wir hier ein wenig abweichen, kämen wir an den Koordinaten vorbei, die die Niriianer in ihrem Log erwähnt haben. Die des Planeten, auf dem sie die Fluchtkapsel gesehen haben. Sollen wir diesen kleinen Umweg machen? Nach den Bildern zu schließen, hat zumindest eine Person überlebt. Aber selbst wenn diese Person inzwischen tot ist, wäre die Kapsel vielleicht interessantes Bergungsgut.«

Becker lächelte und tätschelte ihr die Schulter. »Wir werden noch eine Schrotthändlerin aus dir machen, Prinzessin. Das ist eine gute Idee. Und vielleicht kann uns auch jemand mehr über das abgestürzte niriianische Schiff sagen, und es mag sein, dass sie mit uns kommen wollen. Wenn nicht, haben wir immerhin etwas gefunden, das deine Leute vielleicht gerne zurückhaben würden. Und wenn selbst das nicht der Fall sein sollte, würde ich wetten, dass dein Onkel Hafiz jemanden kennt, der die Kapsel als Sammlerstück kaufen würde.«

So geringfügig der Kurswechsel auch war, er hatte eine deutliche Wirkung auf Aari, der sich ununterbrochen die *Piiyi*-Aufzeichnung ansah, wenn er auf der Brücke war, und dabei besonders das Bild von der Kapsel studierte.

Er war die Aufzeichnung so oft durchgegangen, dass Acorna sich wunderte, wie er es aushielt, es noch einmal zu tun. Er zuckte nicht einmal mehr bei den Szenen seiner eigenen Folter zusammen. Schön, er fiel anscheinend in eine Art Trance, wenn er sich die Aufzeichnung anschaute, doch da er, wenn nötig, auch wieder herausfand, war Acorna der Ansicht, dass er einfach ausführlich über sein Erlebnis nachdachte und versuchte, es zu verarbeiten, was sicher bedeutete, dass er kräftiger und gesünder wurde und besser im Stande sein würde, damit umzugehen. Jedenfalls hoffte sie das.

Becker verdrehte jedes Mal die Augen, wenn er Aari sah. Er hatte mehrmals erfolglos versucht, mit dem jungen Mann ins Gespräch zu kommen. Aari antwortete höflich, »Ja, Joh«, oder »Nein, Joh«, und wandte sich dann wieder dem Bildschirm zu. Acorna erzielte für gewöhnlich dieselben Reaktionen.

Wären der Kater und die KEN-Einheit nicht gewesen, hätten sie vielleicht nie herausgefunden, was es damit auf sich hatte.

Nachdem SBs ursprüngliche Neugier bezüglich des *Piiyi* erschöpft war, beachtete er das Ding mehrere Tage nicht mehr. Doch da das ständige Wiederholen der Aufzeichnung bedeutete, dass Aari, der zu den Lieblingspersonen des Katers gehörte, sich auf der Brücke aufhielt, verbrachte SB nun ebenfalls mehr Zeit dort. Am Ende jedoch kam er offenbar zu der Ansicht, dass es nun reiche. Als Aari sich weiterhin weigerte, sich vollkommen auf SB zu konzentrieren, begann auch der Kater, das Geschehen auf dem Schirm zu betrachten, und seine Schwanzspitze begann zu zucken. Acorna bemerkte, dass die Katze jedes Mal, wenn die Khleevi auf dem Schirm auftauchten und Aari zu quälen begannen, das Doppelte ihrer ohnehin beträchtlichen Größe annahm, die Ohren anlegte und fauchte. Als Becker diese Reaktion das erste Mal erlebte, lachte er, bis er vom Stuhl fiel. Dann fauchte SB auch ihn an. Selbst Aari lachte.

Doch SB, der offensichtlich immer mehr von dem verstand, was er da sah, wurde jedes Mal zorniger über die Szene. Und eines Tages, als alle an Deck waren und es wieder so weit war, warf die Katze sich auf den Schirm, die Krallen weit ausgefahren, die Zähne gefletscht. Die Wucht des Zusammenpralls mit der harten, glatten und vollkommen unbeeindruckten Bildschirmoberfläche schleuderte SB aufs Deck, wo er einen Augenblick lang liegen blieb. Dann setzte er sich hin und leckte sich das Fell der linken Körperseite, als hätte er nie etwas anderes vorgehabt.

Aari hob den Kater hoch, streichelte ihn und lachte.

»Da hast du wirklich einen Verteidiger gefunden, Aari«, bemerkte Becker.

Acorna streckte die Hand aus und kraulte SB unterm Kinn. Die Katze erlaubte ihr das großzügig, ging jedoch nicht so weit, zu schnurren.

Während der langen Stunden, in denen sie nicht auf Wache war und die anderen zu tun hatten oder schliefen, beschäftigte sich Acorna damit, KEN zu »erziehen«, wie Becker es ausdrückte.

Sie hatte dem Kapitän erklärt, dass der Androide nicht zivilisiert genug sei. Er war zwar grundlegend als Diener oder zumindest als Angestellter programmiert, hatte jedoch noch Unmengen an Datenspeicherplatz frei.

»Es könnte dir beim Sammeln von Bergungsgut helfen«, sagte sie zu Becker. »Wenn du zum Beispiel auf einem Planeten landest, auf dem es viel zu holen gibt, die Atmosphäre nicht atembar ist, könnte der Androide für dich arbeiten, lange nachdem der begrenzte Sauerstoffvorrat in deinem Druckanzug dich bereits gezwungen hat, aufs Schiff zurückzukehren.«

Becker nickte. »Klingt gut.«

»Ich brauche Zugang zu den Datenspeichern der *Condor.*«

»*Mi casa es su casa*«, erwiderte Becker.

»War das aus der intergalaktischen Verkehrssprache?«

»Nein, diese Sprache wird heute nur noch von den Palomelanern gesprochen«, meinte Becker. »Es bedeutet ›mein Haus ist auch dein Haus, mein Schiff ist auch dein Schiff.‹ Also mach dich an die Arbeit.«

Meistens war die KEN-Einheit während des Programmierens ausgeschaltet; während der übrigen Zeit jedoch blieb sie bei Bewusstsein und verrichtete ihre übliche Arbeit. Acorna war überrascht, wie natürlich der Androide wirken konnte. Er war immerhin nicht gerade das neueste Modell.

»Warst du ursprünglich programmiert, Emotionen zu empfinden und zu zeigen?«, fragte sie den Roboter.

»Nein«, antwortete er. Und dann, einen Augenblick später, fragte er scheinbar nervös: »War das die falsche Antwort?«

Sie lächelte, um ihn zu beruhigen. Es kam ihr albern vor anzunehmen, dass jemand, der nichts als eine Maschine war, beruhigt werden musste – andererseits hatte sie gehört, wie ihre Onkel mit ihrem Schiff sprachen, und sie hatte miterlebt, wie Becker auf dieselbe Weise mit der *Condor* sprach wie mit SB, also gab es keinen Grund anzunehmen, dass Maschinen nicht in gewisser Weise auf emotionalen Input reagierten. Besonders Maschinen, die als Abbilder von Menschen gebaut worden waren. »Ich glaube nicht, dass es eine falsche Antwort auf diese Frage gibt«, antwortete sie also. »Aber ich interpretiere deine Reaktion als emotional motiviert. Das bewirkt, dass ich mich dir gegenüber vertrauter fühle.«

»Ich hoffe, dass Sie das tun«, erklärte die KEN-Einheit. »Sie haben mir in diesen letzten paar Tagen viel beigebracht. Ich verstehe jetzt viel mehr von den Leuten hier, diesem Schiff, dem Universum. Kisla Manjari wollte nicht, dass ich selbst denke.«

Acorna verzog das Gesicht. »Kisla Manjari war ein sehr verstörter Mensch. Und sie hatte die unselige Angewohnheit, dadurch alle zu verstören, mit denen sie zu tun hatte.«

»Sie war eine sehr schwierige Benutzerin. Ich glaube, ich verstehe, was Sie meinen. Kapitän Becker andererseits schaltet mich die meiste Zeit ab. Dadurch können sich zwar meine Batterien neu aufladen, aber es trägt nicht sonderlich zu meinem Wissen bei.«

»Ich glaube nicht, dass der Kapitän dein Potenzial erkannt hat, KEN-640«, erwiderte Acorna. »Ich werde ihn um Erlaubnis bitten, dich ständig eingeschaltet zu lassen, während du die Daten assimilierst, die ich in deine Speicher geladen habe.«

»Ich habe festgestellt, dass der Kapitän, Sie und das andere Geschöpf von Ihrem Volk, und selbst das felltragende Geschöpf einander auf wenig förmliche Weise ansprechen. KEN-640 ist meine Seriennummer. Aber es ist nicht dieselbe Art von Anrede.«

»Das tut mir Leid, KEN-640. Du kannst uns alle mit unseren Vornamen ansprechen. Aari nennt mich zwar Khornya, wie die anderen von meinem Volk es tun, aber eigentlich ist mein Name Acorna, und ich ziehe es vor, so genannt zu werden. Möchtest du auch mit einer anderen Bezeichnung angesprochen werden als mit KEN-640?«

»Ja, Acorna. Ich habe die Datenbank auf Namen terranischen Ursprungs gescannt, denn schließlich ähnele ich dieser Lebensform, und ich habe entschieden, dass es angemessen wäre, mich MacKenZ zu nennen. Mac bedeutet ›Sohn von‹, und das klingt menschlicher als ›hergestellt von‹, oder?«

»Ja, so ist es.«

»Und obwohl meine Seriennummer zeigt, dass ich nicht die jüngste oder hoch entwickeltste Einheit bin, die bisher hergestellt wurde, habe ich das Gefühl, dass deine Programmierarbeit mich den Neuesten und Besten meiner Serie gleichstellt. Und wenn ein ›A‹ das erste oder früheste Modell kennzeichnet, dann steht Z sicherlich für die neueste Version. Daher MacKenZ.«

»Also gut, MacKenZ. Wenn du mich auf die Brücke begleiten würdest, würde ich dich gern unseren Schiffskameraden neu vorstellen.«

Das tat sie. Danach erklärte sich Becker gleich einverstanden, MacKenZ die meiste Zeit über in Betrieb zu lassen, und begann mit ein paar eigenen Programmierungen, die dem Androiden die wichtigsten Grundlagen der Bergungsarbeit beibringen sollten. »Ich glaube, Mac kann sich bis zu einem gewissen Grad ohnehin selbst programmieren«, meinte er und kratzte sich am Kopf. »Anders kann ich mir nicht erklären, wie er sonst all das gelernt haben sollte, was er weiß.«

Dennoch zögerte Becker noch, MacKenZ auf der Brücke allein zu lassen, obwohl er nichts dagegen hatte, ihm die Navigationstechniken seiner Firma beizubringen, wenn er sich selbst auf Wache befand.

Wenn Becker keine anderen Aufgaben für ihn hatte, verbrachte MacKenZ den größten Teil seiner Zeit auf der Brücke. Acorna war froh, Gesellschaft zu haben. Sie nutzte die Zeit für weitere Programmierungen und benutzte dazu die Bücher, die Aari vernachlässigte, seit sie den *Püyi* gefunden hatten.

Als sie jetzt auf Wache kam, um Aari abzulösen, entdeckte sie, dass auch MacKenZ begonnen hatte, sich für die Aufzeichnung zu interessieren.

Aari steckte mitten in der lebhaftesten Unterhaltung, die er geführt hatte, seit sie von der Kapsel erfahren hatten. Er und MacKenZ sprachen Linyaari. Acorna hatte den Androiden für intergalaktische Verkehrssprache programmiert. Das Linyaari war entweder MacKenZ' eigene Idee gewesen, oder vielleicht hatte Aari ihn unterrichtet.

»Auf Grund meiner Beobachtungen«, sagte MacKenZ gerade und nickte zu dem Standbild einer der Folterszenen hin, »habe ich die Bedeutung einiger der Äußerungen entschlüsseln können, die die Khleevi hervorbringen, indem sie ihre Gliedmaßen aneinander reiben.« MacKenZ wirkte allerdings eher verwirrt. »Diese Geräusche haben zwar ein eindeutiges Muster und einundzwanzigtausendvierhundertzweiundfünfzig mögliche Kombinationen, die vermutlich jeweils eine bestimmte Bedeutung haben, aber sie lassen sich nicht mithilfe des LAANYE übersetzen, was ich seltsam finde. Könntest du mir etwas über die Bedeutung dieser Klickgeräusche sagen? Ist dies die einzige Kommunikationsform, die diese Wesen anwenden?«

Aari lehnte sich im Sessel zurück, schloss die Augen und rieb den Bereich rund um die Narbe, die sich dort befand, wo einmal sein Horn gewesen war. Er sah sehr, sehr müde aus. »Sie sind Telepathen«, erklärte er MacKenZ und seufzte tief. »Das war mir zunächst nicht klar, aber sie berühren sich mit den Fühlern, und dann werden Gedanken übertragen. Die hörbare Kommunikation, die sie mit diesen Beinbewegungen vollziehen, dient offenbar der Übermittlung komplizierterer Gedanken, die nicht durch Fühlerkontakt weitergegeben werden können. Deshalb ist es für den LAANYE so schwierig gewesen, ihre Lautkommunikation zu übersetzen. Ich bin wohl das einzige Lebewesen, das lange genug unter ihnen geweilt hat, um ihre Art und Weise der Datenübertragung zu begreifen.« Er hielt inne, dann fügte er trocken hinzu: »Ich nehme an, diese zweifelhafte Ehre bedeutet auch, dass ich wahrscheinlich der einzige Liinyar bin, der in der Lage wäre, den LAANYE so zu programmieren, dass er die Khleevi-Äußerungen deuten kann.«

»Khleevi müssen also körperlich anwesend sein, um diese geistige Kommunikation durchzuführen«, meinte der Androide. »Daher benutzen sie das Klicken der Beine als hörbare Kommunikation über größere Entfernungen hinweg, zum Beispiel von einem Schiff zum anderen. Faszinierend. Was hast du sonst noch gelernt, als du dich bei den Khleevi aufhieltest?«

»Wie laut ich schreien kann. Wie lange es dauert, bis meine Stimme vollkommen versagt«, sagte Aari. »Wie ich zu einer einzigen Masse glühenden Schmerzes reduziert werden kann, ohne Gedanken, ohne höheren Sinn und ohne einen anderen Wunsch als den, dass es aufhört.«

»Und dennoch wird aus dem, was du mir erzählt hast, klar, dass es dir gelungen ist, weder die Koordinaten von Narhii-Vhiliinyar noch das Versteck deines Bruders preiszugeben. War das etwa keine Willenskraft?«

»Vielleicht ein willentlicher Gedächtnisverlust«, erwiderte Aari mit einem sehr dünnen Lächeln.

»Welche Bedeutungen hast du also diesen Klickgeräuschen zugeordnet?«

»Vielleicht werden wir bei meiner nächsten Wache versuchen, sie zu interpretieren, Maakenzi. Hier kommt Khornya, um mich abzulösen.«

Er lächelte sie an, doch sie schaute über seine Schulter hinweg zu den Schirmen hinüber, die, wie Becker es ausgedrückt hätte, plötzlich blinkten wie Flipperautomaten. »Sieh nur, Aari! Signale von überallher! Und wir nähern uns den Koordinaten der Fluchtkapsel. Vielleicht sollten wir Kapitän Becker rufen.«

»Ich bin schon da!«, rief Becker vom Flur her, und man hörte die raschen Schritte seiner nackten Füße auf den Decksplatten. »Was ist?«

»Wir empfangen ein diffuses Sonarsignal aus der Nähe des Planeten, auf dem sich die Linyaari-Fluchtkapsel befindet, Kapitän«, erwiderte Mac.

Acorna hatte ein seltsames Gefühl, als sie die Tausende von winzigen blinkenden Lichtern betrachtete, die sich über den Sonarschirm ausbreiteten. Ein solches Muster hatte sie schon einmal gesehen. »Ich weiß, was das ist, Kapitän!«, sagte sie. »Das ist ein sonar-blockierendes Signal, wie es getarnte Linyaari-Schiffe abgeben. Einer der Technokünstler hat mir vor kurzem vorgeführt, wie das funktioniert.«

»Aha«, antwortete Becker. »Wenn das da ein getarntes Linyaari-Schiff ist, was ist dann das hier?« Er zeigte auf einen deutlichen Lichtpunkt, der rasch zur Mitte des Sonarschirms hin vordrang.

Wie zur Antwort gab die Komanlage ein »Klick-klack-klick-klack-klick-klack«-Geräusch von sich.

»Khleevi«, flüsterten Acorna und Aari, während Mac dasselbe Wort sachlicher, ja, in einem beinahe vergnügten Tonfall aussprach.

»Das da?«, fragte Becker und zeigte auf den Lichtfleck, als könne er daraus die Form des Schiffes erkennen.

»Vergrößern«, sagte Acorna, und der Schirm zoomte sich auf das fremde Schiff ein, sodass seine Form, die einer Gottesanbeterin glich, tatsächlich unverwechselbar deutlich wurde.

»So sehen die kleinen Mistkerle also aus«, bemerkte Becker leise, als fürchtete er, die Khleevi könnten ihn hören. Inzwischen ging das Klicken und Klacken im Komgerät weiter. »Wir haben anscheinend eine ihrer Übertragungen aufgefangen. Hat jemand eine Ahnung, um was es dabei geht?«

»Klicketi-Klack.« Es fühlte sich an, als sendeten die Khleevi ihre Botschaften direkt in Maatis Wirbelsäule. Einen Augenblick lang schloss sie die Augen.

»Du brauchst die Augen nicht zuzumachen und zu hoffen, dass

sie dich nicht sehen können«, meinte Thariinye, doch er klang längst nicht so spöttisch, wie er vielleicht glaubte. »Wir haben schließlich unsere Tarnvorrichtung.«

»Was haben diese Geräusche zu bedeuten?«, fragte sie.

»Das weiß ich nicht. Ich habe nicht viel von ihrer Sprache gehört, als wir sie auf Rushima bekämpft haben. Und ich war nicht der Einzige. Bisher hat es niemand geschafft, genügend Aufzeichnungen von ihrer Sprache in einen LAANYE zu programmieren, um daraus eine verlässliche Übersetzung berechnen zu können. All unsere Begegnungen mit ihnen fanden am falschen Ende einer Waffe statt. Vielleicht sagen sie: ›Zeigt euch, wo immer ihr seid.‹ Aber mach dir keine Gedanken, Kleines. Wir werden uns nicht zeigen, wir verschwinden jetzt von hier. Ich steuere uns ins nächste Wurmloch und –«

Maati riss die Augen auf und streckte die Hand aus, um ihn aufzuhalten. »Aber ... meine Eltern! Sie sind immer noch auf dem Planeten. Die Khleevi werden sie umbringen.« Eine kurze Rangelei entspann sich, die Thariinye gewann.

Er bedachte Maati mit einem mitleidigen Blick und streckte die Hände wieder nach den Navigationskontrollen aus. »Tut mir Leid, Maati, aber wir wissen nicht einmal sicher, ob sie noch am Leben sind. Sollte das der Fall sein ... nun, bisher haben die Khleevi sie nicht bemerkt. Vielleicht gelingt es ihnen ja, sich weiterhin zu verstecken, bis wir Hilfe gefunden haben. Wir –«

Er brachte seinen Satz nicht mehr zu Ende.

Ein heftiger Stoß traf die *Niikaavri* und schleuderte beide Besatzungsmitglieder in ihren Sesseln nach vorn in die Sicherheitsgurte. Gleichzeitig flackerten die Lichter auf dem Schaltpult, und zwei gingen aus.

»Oh nein!«, rief Thariinye und drückte hektisch ein paar Knöpfe.

»Oh nein was?«, fragte Maati.

»Irgendwie hat dieses kleine Manöver von dir vorhin die Tarnung ausgeschaltet. Jetzt kennen sie unsere Position.«

»Dann schalt die Tarnung wieder an und nichts wie weg hier!«

»Das versuche ich ja, aber das Schiff reagiert nicht!«

Licht blitzte vor der Sichtluke auf, und wieder wurden sie hin und her geschleudert, als Schüsse aus einer Energiewaffe den Bug trafen.

Plötzlich drehte sich das eiförmige Schiff Schwindel erregend, und der blaue Planet wurde auf dem Sichtschirm größer und größer.

Thariinye griff nach dem Komgerät und schrie, als würde das seine Stimme weiter verbreiten: »Mayday, Mayday, hier spricht das Linyaari-Schiff *Niikaavri*. Wir werden von einem Schiff der Khleevi angegriffen.«

Maati glaubte, er hätte den Verstand verloren. Wer sollte sie hier schon hören? Doch dann rief sie selbst: »Sag ihnen, wer wir sind, Thariinye. Vielleicht können meine Eltern uns ja hören. Sag ihnen, dass ich hier bin, damit sie wissen, was passiert ist. Sag ihnen, sie sollen sich verstecken.«

»Hier spricht Fähnrich Thariinye vom Klan Renyilaaghe. Meine Stellvertreterin ist Maati vom Klan Nyaarya. Wir werden von einem Schiff der Khleevi angegriffen. Unsere Koordinaten sind ...«

Maati glaubte einen Augenblick lang, sie hätte Halluzinationen, als das Klicken und Klacken und der Alarm ausfallender Systeme von einer vertrauten, tröstlichen Stimme übertönt wurde.

»Thariinye, Maati, hier spricht Khornya. Ihr habt einen schweren Treffer abbekommen. Nehmt die Fluchtkapsel. Wir lesen euch auf und verschwinden hier.«

Ein weiterer harter Ruck, und das Schiff wirbelte noch schneller. Der blaue Planet wurde bei jeder Drehung größer.

»Khornya, die Khleevi! Rettet euch!«, brüllte Thariinye ins Kom. Zu Maati sagte er: »Keine Zeit, Kleines. Schnall dich los, und steig in die Kapsel.«

Die Kapsel befand sich hinter den Sesseln am Schaltpult. Maati öffnete den Gurt, machte einen Handstand auf der Sessellehne, schwang sich von dort oben auf die Kapsel und öffnete sie.

»Kein Problem, Leute«, erklang Kapitän Beckers Stimme. »Wir werden schon mit denen fertig.«

»Thariinye, die Fluchtkapsel«, wiederholte Khornya.

Maati stieg in die Kapsel. Sie schluckte ein nervöses Kichern hinunter. Die Schwerelosigkeit ließ sie an die Kapseldecke treiben.

»Oh«, sagte Thariinye, und sie sah den oberen Teil seines Kopfes, als er sich umdrehte, um nach den wild flackernden Konsolenlichtern und nach den Funken zu schauen, die an vielen Stellen aus dem Schaltpult stoben.

Maati wartete. Es schien eine Ewigkeit zu dauern. Ihr war übel von der Drehbewegung, und sie dachte, dass die Sterne, die am Sichtfenster vorbeirasten, aussahen, wie sie es in einem Wurmloch erwartet hätte.

Sie hörte das Klicken von Thariinyes Gurt und sah seine Füße, dann seine Beine, als er über den Sessel und dann vom Deck hochsprang.

Maati hielt sich mit einer Hand am Kapseldeckel fest und griff mit der anderen nach Thariinyes Fuß. Sie zog ihn zu sich. Kaum war er in der Kapsel, als plötzlich der Deckel zuklappte und die Verriegelung einrastete, und dann spürten sie einen Ruck, als die Schwerkraft um ein Fünffaches stärker zurückkehrte und die Kapsel gegen das Deck presste.

Thariinye drückte den Knopf, um die Kapsel auszustoßen und die Sauerstoffversorgung zu aktivieren. Sauerstoff schoss zischend in die Kapsel, doch sie waren immer noch im Schiff. Der Ausstoßmechanismus funktionierte nicht mehr, ebenso wie alles andere auf dem Schiff! Und die Schwerkraft war so stark, dass sie nicht einmal die Luke öffnen konnten, um nachzusehen, warum die Kapsel noch nicht aus dem Schiff geschleudert worden war.

Thariinyes Herzschlag dröhnte dicht an Maatis Ohr.

»Schon gut, Thariinye. Die Kapsel wird uns beim Aufprall schützen. Die Dinger sind erstaunlich haltbar, weißt du.«

Er atmete ein paar Mal keuchend ein und aus.

»Es sei denn, das Schiff verbrennt beim Eintritt in die Atmosphäre, oder wir werden beim Aufprall von anderen Wrackteilen zerquetscht«, fuhr Maati fort, und dann begriff sie, dass es Thariinyes Gedanken waren, die sie da laut aussprach. Er selbst hatte kein Wort gesagt. Was für ein Zeitpunkt für ihre telepathischen Kräfte, sich endlich zu manifestieren!

Die Kapsel isolierte sie ein wenig von den Geräuschen, die sie umgaben, aber Maati wusste, dass sie immer noch innerhalb des Schiffes waren, weil sie die explosive Beschleunigung noch nicht gespürt hatte, mit der sich die Kapsel von dem Mutterschiff hätte trennen sollen. Sie steckten immer noch fest.

(Ich könnte die Luke öffnen und ...), glaubte sie, laut gesagt zu haben.

Thariinye zog sie fest an sich. »Nein, wenn die Kapsel feststeckt, geht das nicht. Ich drücke immer wieder den Ausstoßknopf. Wir müssen einfach hoffen, dass es doch noch funktioniert, bevor das Schiff aufprallt – oder vielleicht sogar während des Aufpralls.«

(Oh nein, wir sitzen in der Falle!) Panik erfüllte sie, und sie fing an zu weinen. Sie wollte den jämmerlichen Rest von Leben, der ihr noch blieb, nicht in dieser winzigen Hülse verbringen. Das war einfach unerträglich!

Dann fühlte es sich plötzlich an, als wären sie gegen ein Hindernis gestoßen. Sie spürten, wie sie rutschten, und dann wurde ihre Kapsel ausgestoßen, sodass sie erst flogen und dann sanken.

(Sie wird sich doch wieder fangen, oder?), fragte Maati. Zumindest glaubte sie, dass sie es gefragt hatte. Sie und Thariinye waren so fest aneinander gedrückt, dass es kein Wunder war, dass sie plötzlich Thariinyes Gedanken hören konnte, und er die ihren.

(Ja), sagte er. (Aber ich bin so oder so erledigt. Selbst wenn wir den Aufprall und die Khleevi überleben, wird Liriili mich umbringen, weil ich ihr neuestes Schiff gestohlen und verloren habe.)

Becker riss den Daumen nach hinten und zeigte Aari damit an, dass er selbst ans Steuerpult wollte. Noch versteckte sich die *Condor* hinter einem der Monde, sodass die Sensoren der Khleevi sie nicht erfassen konnten, und das ließ der Besatzung ein wenig Zeit, um Pläne zu schmieden.

Aari stand auf, doch er wirkte erstaunlich ruhig. »Es ist alles in Ordnung, Joh. Die Khleevi bringen mich nicht mehr dazu, dass ich vor Schreck aufhöre zu denken.«

»Das weiß ich, Kumpel, aber du kennst meinen Vogel nicht so gut wie ich.« Er faltete die Hände, verschränkte die Finger, bog und streckte die Handgelenke, schüttelte die Hände aus und berührte dann das Pult mit den Fingerspitzen. »Nehmen wir doch einfach diese Windigi-Lasergeschütze, die wir letztes Jahr aufgelesen haben.«

»Verzeihung, Kapitän«, erklärte der Computer, »aber Sie haben noch nicht die richtigen Halterungen gefunden, um sie zu befestigen.«

»Ach so. Dann feuern wir mit den Apatchipon-Mikronenspaltern.«

»Sie haben noch keine passenden Luken gebaut, Kapitän, die sowohl die Mikronenspalter als auch ihre neuesten Rumpfveränderungen aufnehmen.«

»Na ja, ich hatte all diese Leute an Bord und ... also gut, dann nehmen wir einfach die guten alten Atomblaster, die Paps vor Jahren installiert hat.«

»Die haben Sie ausgebaut und in den Frachtraum gebracht, Kapitän, als Sie die Windigi-Lasergeschütze so günstig erwerben konnten.«

»So ein Mist! Was haben wir denn sonst noch? Spucke? Den letzten Rest an Fracht haben wir auf Ganooshs Vogel abgeschossen, und wir haben noch nicht genug neues Gerümpel, dass es etwas nützen könnte.« Er schüttelte den Kopf und fügte hinzu: »Ich nehme an, wir könnten ihr Schiff entern und Mann gegen Mann mit den Handfeuerwaffen kämpfen. Auf Rushima hat das funktioniert.«

Acorna beugte sich vor. »Du hast doch früher schon den Traktorstrahl eingesetzt, Kapitän. Wie viel kann der halten?«

»Erheblich mehr, als wir nach diesen Mistkerlen werfen könnten«, erwiderte Becker. »Das hier sollte nur ein netter, einfacher Frachtflug werden …« Er und Aari wechselten einen langen Blick. Acorna gefiel es nicht, wie fest Aari die Zähne zusammengebissen hatte, und sie mochte auch seinen glasigen Blick nicht. Ebenso wenig konnte sie es ertragen, daran zu denken, dass Thariinye oder gar Maati der nicht vorhandenen Gnade der Khleevi ausgeliefert waren. Sie hatte gespürt, dass es vor dem Aufprall des Schiffes Probleme mit der Kapsel gegeben hatte, doch sie wusste nicht, was wirklich geschehen war.

»Joh, hör mir zu, und tu genau das, was ich dir sage«, unterbrach Aari Acornas Gedanken. Seine Stimme war barsch, seine Worte knapp, und Acorna bemerkte verblüfft, dass er Beckers Handfeuerwaffe hielt und damit auf Becker zielte. »In Frachtraum Zwei hast du eine betriebsbereite Fähre. Du wirst mit Khornya und Sahtas Bahtiin jetzt dort an Bord gehen. Ich gebe euch fünf Sekunden, um zu verschwinden, und dann werde ich das Khleevi-Schiff mit der *Condor* rammen.«

»Nur über meine Leiche«, knurrte Becker und riss den Sessel ruckartig zu Aari herum. »Das ist Meuterei.«

»Wenn nötig, über deinen vorübergehend betäubten Körper, Joh. Khornya, du verstehst doch, dass dies die einzige Möglichkeit ist, Thariinye und meine Schwester zu retten, nicht wahr? Die Khleevi haben mich schon vor langer Zeit getötet. Ich lebe nur noch, um sie davon abzuhalten, anderen das anzutun, was sie mir angetan haben. Wenn du also nicht willst, dass sie dir dein Horn nehmen, wie sie es mir genommen haben, und dir noch Schlimmeres antun, wirst du jetzt zusammen mit Mac, Joh und Sahtas Bahtiin von hier verschwinden.«

»Du wirst mein Schiff nicht zertrümmern!«, beharrte Becker kriegerisch und reckte das Kinn vor.

»Wenn ihr mir vielleicht alle einmal einen Augenblick zuhören könntet«, wandte Acorna ein. »Aari, gib dem Kapitän seine Waffe zurück. Wir brauchen die *Condor*, um Thariinye und Maati und deine Eltern zu retten. Ich habe eine bessere Idee. Erinnert ihr euch an das alte Vid, in dem die bösen Landarbeiter des Westens den guten Krieger, der so schnell seine Waffe ziehen konnte und den die eingeborenen Bürger angeheuert hatten, um sie zu retten, hinter sich hergeschleppt haben? Sie haben ihn über Kakteen und festgestampfte Pfade geschleppt, und am Ende sah er ziemlich ramponiert aus. Ich erinnere mich noch, dass ich damals dachte, dass ein Mensch das eigentlich kaum überleben und vor allem dabei nicht seinen Kopfputz aufbehalten könnte, wie er es tat – nicht, wenn das wirklich passiert wäre und nicht nur erfunden gewesen wäre. Nun, ich glaube, wir könnten jetzt hier dasselbe tun. Der Atmosphärenrand auf diesem Planeten ist ziemlich dicht, die Anziehung ist stark. Wenn der Traktorstrahl das Khleevi-Schiff halten kann …«

»Klar, Prinzessin! Du bist genial!« Dann wandte sich Becker an den Computer. »Also gut, Buck, Traktorstrahl aktivieren. Schnapp dir dieses große, hässliche Stück Schrott Steuerbord voraus.« Er lachte leise und sagte dann zu seiner Besatzung: »Hehe, das ist eine prima Idee! Sie werden auch weder auf uns noch auf andere schießen können, solange sie im Schwerkraftfeld des Traktorstrahls sitzen.«

Der Strahl erfasste das Khleevi-Schiff und zog es auf die *Condor* zu, bis es unter ihnen aus dem direkten Blickfeld verschwand.

»Zumindest glaube ich, dass sie das nicht können – es sei denn, sie haben irgendeine neue Technologie entwickelt, die es ihnen doch möglich macht«, fuhr Becker ein wenig besorgter fort, während er den Strahl so manövrierte, dass die Khleevi schräg hinter der *Condor* hergeschleppt wurden, zwischen dem Bauch des Bergungsschiffs und dem Atmosphärenrand des Planeten.

Das Klicken und Klacken im Komgerät war nun laut, zornig und sehr eindeutig an die Besatzung der *Condor* gerichtet.

»Sie sagen, wir sollen uns ergeben, Joh. Sie haben uns in ihren Fresszangen«, sagte Aari. Er fletschte die Zähne, und es war kein freundliches Grinsen. Ohne nachzudenken streckte Acorna die

Hand aus und wischte ihm den Schweiß ab, der ihm plötzlich vom Kinn tropfte. Er berührte ihre Hand leicht und strich mit den Fingern kurz und irgendwie bedauernd über die ihren. Sie entnahm dieser Berührung, dass er sich immer noch nicht vorstellen konnte, dass sie diese Begegnung lebendig überstehen würden, und schon gar nicht unbeschadet.

»Besatzung, anschnallen!«, befahl Becker.

Acorna schnappte sich SB und schnallte ihn zusammen mit sich selbst an. Aari und Mac taten es ihr auf den Sesseln nach, die Becker eingebaut hatte, sodass die gesamte Besatzung auf einmal auf der Brücke sein konnte, falls es notwendig würde – obwohl keiner von ihnen je geglaubt hätte, dass ein solcher Fall eintreten könnte.

»Buck, zeig uns ein Bild von der Fracht am Traktorstrahl«, wies Becker den Schiffscomputer an. Sobald er das Khleevi-Schiff sehen konnte, beschleunigte er, und die *Condor* schoss auf den blauen Planeten zu, vorbei an der Stelle, von der aus die Khleevi zuvor beobachtet hatten, wie das Linyaari-Schiff abstürzte. Das Bild auf dem Schirm zeigte das wie eine Gottesanbeterin geformte Schiff unter dem Bauch der *Condor*, während das Klicken und Klacken im Komgerät an Lautstärke und Varianz zunahm. Zweifellos Drohungen.

Becker drückte die *Condor* abwärts, und der blaue Planet wurde größer und größer, bis es schließlich so aussah, als würde seine Atmosphäre das Schiff demnächst verschlucken. »Handsteuerung«, verlangte Becker und zog einen Hebel zwischen den Knöpfen der Steuerkonsole zurück, was bewirkte, dass die Nase der *Condor* wieder hoch kam und das Khleevi-Schiff ebenfalls ein Stück höher gerissen wurde.

Acorna spürte einen Ruck, als sie den Kurs änderten, und auf dem Schirm hüpfte und wackelte das Khleevi-Schiff, als es kurz in die Atmosphäre tauchte und wieder herausgezogen wurde. Becker wiederholte das Manöver noch dreimal. Abwärts und aufwärts, und am Ende jeder Bewegung ein Ruck. Wenn er die *Condor* hochzog, wurden alle an Bord von der Beschleunigung in ihre Sessel gedrückt. SB entblößte in einer wilden Grimasse die Zähne, und Aari tat dasselbe. Acorna hätte beinahe gelacht, doch auch ihre Zähne waren gefletscht. Nur Macs Miene blieb unverändert, denn seiner Roboterhaut konnte der Druck nichts anhaben. Acornas Magen konnte sich nicht so recht entscheiden, ob er sich zu ihrem Hals oder zu den Beinen verlagern sollte, und von den Schwerkraftveränderungen wurde ihr ein wenig schwindlig.

Als das Khleevi-Schiff zum dritten Mal aufprallte, befahl Becker: »Traktorstrahl aus, Buck. Jetzt spielen wir eine Runde Knack-das-Ei.«

Das Khleevi-Schiff wurde weit von der *Condor* weggeschleudert und prallte dabei erneut dreimal auf den Atmosphärenrand, beinahe, als wäre es ein flacher Stein und die Atmosphäre ein Teich. Doch das Schiff war kein einzelner fester Gegenstand, und die Beine und Fühler der Gottesanbeterin brachen beim ersten Aufprall ab. Beim nächsten Mal erschienen breite Risse, dann stürzte das Schiff trudelnd auf die Planetenoberfläche zu. Es verschwand vom Schirm, während die *Condor* gleichzeitig weiter in den Raum hinausschoss.

»Hooo, Buck«, sagte Becker.

Nachdem die *Condor* wieder langsamer geworden war, flog Becker zur Atmosphäre zurück und kehrte den Schub um. Auf den Schirmen des Schiffs waren das Signal der Linyaari-Fluchtkapsel und mehrere Trümmerteile des Khleevi-Schiffs zu erkennen.

Der Planet sah sogar noch blauer aus, als sich die *Condor* seiner Oberfläche näherte.

Acorna war sich nicht bewusst, dass sie angefangen hatte zu summen, bis Aari sie fragte: »Du singst – ist das dein Totenlied?«

»Gill hat das manchmal gesungen«, erklärte Acorna. »Es ist ein altes terranisches Kinderlied.«

Becker lachte und sang mit rauer Stimme und nicht gerade harmonisch: »Blau, blau, blau, sind alle meine Kleider …«

Sieben

»Thariinye?«, sagte Maati. »Thariinye, wir sind gelandet. Meine Arme sind eingeklemmt. Kannst du die Luke öffnen?«

Sie konnte deutlich seinen Herzschlag dicht an ihrem Ohr hören – langsam und stetig. Zumindest war er noch am Leben. »Thariinye – ist alles in Ordnung?«

Ein lautes Schnarchen zerriss beinahe das Trommelfell ihres anderen Ohres. Sie versetzte ihm einen Rippenstoß. »Du bist eingeschlafen! Wir hätten umkommen können, und du schläfst!«

Er rührte sich und ächzte. »Ich schlafe nicht. Ich glaube, ich war eher bewusstlos.«

»Bewusstlose schnarchen nicht. Du hast geschnarcht.«

»Wo sind wir hier überhaupt?«, wechselte er das Thema.

»Ich weiß es nicht. Aber es fühlt sich an, als wären wir gelandet. Der Ruck war ein bisschen zu heftig, als dass wir immer noch im Raum sein könnten. Kannst du die Kuppel öffnen?«

»Was ist, wenn wir auf einem feindseligen Planeten gelandet sind, auf dem es nur Stickstoff zum Atmen gibt?«, wandte er ein. »Wenn ich die Kuppel öffne, sterben wir.«

»Sieh dir doch die Sensoranzeigen an, du Dummkopf. Die Luft ist in Ordnung. Vergiss nicht, dass meine Eltern hier lange genug gelebt haben, dass die Niriianer sie finden konnten. Sie müssen diese Luft geatmet und überlebt haben. Und wenn du uns hier nicht rauslässt, mache ich mir gleich in die Hose, und später sterben wir an Hunger oder noch etwas Schlimmerem«, erwiderte sie. »Willst du einfach hier sitzen bleiben und warten, dass die Khleevi uns holen?«

»Na gut, könnte sein, dass du Recht hast.« Er öffnete die Luke. Dabei schaltete er auch das elektronische Leuchtfeuer ab. »Wir wissen schließlich nicht, wer alles nach uns sucht«, meinte er.

Durch die offene Luke erblickte er einen leuchtend blaugrünen Himmel, Blätter, die ein zartes Spitzenmuster bildeten, eine Sonne und ein halbes Dutzend Monde gleichzeitig, und ein paar große, sehr schöne Vögel mit schimmerndem blauem und grünem Gefieder, die über sie hinwegflogen.

»Wie konntest du bloß einschlafen, wenn die Khleevi hinter uns her waren und vielleicht sogar Khornya und Aari erwischt haben?«

»Ich konnte doch sowieso nichts dagegen tun! Wenn du erst älter und erfahrener bist, Kleines, wirst du lernen, die wenigen ruhigen Augenblicke im aufregenden Leben eines Raumfahrers zu nutzen, deine Energie zu sparen und die Schäden, die durch die Mühen des Lebens entstanden sind, wieder zu beheben.«

»Also gut«, sagte sie und versuchte sich aufzusetzen. Die Kapsel bewegte sich unter ihr, federte auf und ab. »He, Augenblick mal!«, rief sie und spähte über den Rand, um festzustellen, was diese Bewegung ausgelöst hatte. Filigrane, farnartige Gewächse hielten sie ein Stück über dem Boden in der Luft. »Thariinye, sieh nur! Das sind die größten Büsche, die ich je gesehen habe.« Rings um sie her und hoch über ihnen bewegten sich weitere wie zarte Spitze wirkende Farnwedel hin und her und nahmen ihnen die Sicht in beinahe alle Richtungen.

Thariinye setzte sich ebenfalls auf, und die Kapsel wackelte noch gefährlicher.

»Das sind keine Büsche, Kleines, sondern Baumwipfel. Kannst du runterklettern? Wenn die Äste dein Gewicht tragen, dann halten sie vielleicht auch mich aus. Ich glaube nicht, dass wir sehr hoch oben sind. Alle anderen Bäume scheinen höher zu sein.«

Sie beugte sich über den Rand und berührte etwas Festes, das breit genug war, um ihre ganze Hand darauf zu spreizen. Thariinye lehnte sich gegen die gegenüberliegende Wand der Kapsel, um das Gleichgewicht zu halten, während Maati sich vorsichtig weitertastete. Als sie sicher war, dass der Ast breit genug war, um daraufzusteigen, tat sie das und rutschte mit Bauch, Hüfte und Beinen über den Rand der Kapsel. Auf allen vieren kroch sie über den Ast und spähte durch die Wedel nach unten, um noch mehr starke Äste zu finden. Als sie den Stamm erreichte, musste sie noch mehr Wedel hoch heben, um den Weg nach unten zu finden. »Kein Wunder, dass er nicht sehr hoch war.« Sie kroch zu Thariinye zurück.

»Sei vorsichtig, du wirst noch ...«

»Ups!«, rief sie und fuchtelte wild mit den Armen, als die Beine unter ihr wegrutschten.

»Maati!«, schrie Thariinye und kippte bei dem Versuch, sie festzuhalten, die Kapsel um. Sie fiel aus ihrem Nest aus Farnwedeln – etwa einen Meter tief. Thariinye hatte die Arme über den Kopf gehoben, um sich vor dem Aufprall zu schützen.

Lachend stand Maati auf. Die Blätter und der Teil des Stammes, der immer noch im Boden steckte, erhoben sich nur bis zu ihrer Taille. »Ha!«, rief sie und klatschte in die Hände. »Wir haben den Baum umgerissen, als wir gelandet sind, und die Äste haben unseren Sturz abgebremst.«

»Freches Gör«, knurrte Thariinye und stemmte sich aus der Kapsel.

»Was jetzt, oh erfahrener Raumfahrer?«, fragte Maati dreist.

»Die Ausbildung schreibt vor, bei der Kapsel zu bleiben«, erklärte Thariinye. »Was eine gute Idee wäre, falls Khornya und ihre Schiffskameraden nach uns suchen.«

»Aber eine schlechte, wenn sie verloren haben und die Khleevi immer noch hinter uns her sind.«

Das musste er zugeben.

»Ich weiß, was wir tun können«, meinte Maati.

»Ach ja? Wer hat dich denn zur Anführerin dieser Mission ernannt?«

»Derselbe, der dich zum Anführer gemacht hat«, erwiderte sie. »Wir sitzen beide hier in der Klemme. Wenn ich gerettet werde, wirst auch du gerettet. Wenn ich erwischt werde, wirst du auch –«

»Wenn ich erwischt werde, werde ich versuchen, dafür zu sorgen, dass sie nicht erfahren, dass du noch lebst«, verkündete Thariinye mit unerwartetem Ernst.

»Na gut. Also, ich brauche nur auf einen der höheren Bäume zu klettern, wenn man denn da raufklettern kann, und mich umzusehen. Von dort aus kann ich vielleicht das Wrack unseres Schiffes erkennen, und ob jemand sich dort umschaut. Das ist ja wohl der erste Ort, wo sie nach uns suchen werden, und es ist schließlich nicht so, als könnten wir unsere Freunde nicht von unseren Feinden unterscheiden. Ein Blick, und wir wissen, mit wem wir es zu tun haben.«

»Das ist wirklich eine gute Idee. Du lernst schnell, Kleines.«

Es war allerdings leichter gesagt als getan, es sei denn, man war eines dieser kleinen blaupelzigen Geschöpfe, die ununterbrochen an den Stämmen auf und ab rannten und durchs Unterholz huschten. Die Stämme waren glatt und dick – Maati war das abgebrochene Ende eines solchen Stammes entlanggeklettert, als sie die Kapsel verlassen hatte. Doch die Wedel waren nicht sonderlich kräftig und brachen sogar unter Maatis kleinen Füßen ab.

Sie schaffte es, einen der Bäume zur Hälfte hinaufzuklettern; weiter kam sie nicht. Sie tastete weiter oben nach Halt, fand aber keinen. Von unten rief Thariinye ihr zu: »Weiter.«

»Geht nicht«, erwiderte sie.

»Und was siehst du von da?«

»Noch mehr Bäume. Aber ich glaube, die da drüben«, sie zeigte nach Westen, »könnten auf einem Hügel stehen. Und ganz oben ist eine Art Lichtung. Wenn wir auf diesen Hügel steigen, sehen wir vielleicht mehr.« Um auf den Hügel zu steigen, musste sie den Baum mit einer Hand loslassen und das ganze Gewicht auf die andere Hand verlagern. Das bewirkte, dass der Wedel, an dem sie sich festgehalten hatte, abbrach. Sie versuchte, einen anderen zu fassen zu bekommen, doch nun war ihr Gewicht für die Wedel, auf denen sie stand, zu schwer, und auch diese brachen. Sie rutschte gefährlich schnell den Stamm entlang und blieb mehrmals mit ihrem Overall an anderen vorstehenden Wedeln hängen. Der Overallstoff war festes Synblend und riss nicht, doch Maati war sich nicht so sicher, was die Haut unter dem Stoff anging.

»Wenn wir zu dem Hügel gehen, entfernen wir uns weiter von der Kapsel«, meinte Thariinye seufzend. »Aber das ist vielleicht ganz gut so.«

»Ich denke, wir sollten auch nicht mehr so laut reden«, erwiderte Maati. »Sonst hören uns die Ungeheuer vielleicht.«

(Wir bräuchten überhaupt nicht zu reden, wenn du nicht so ein Baby wärst), murrte Thariinye.

Sie versetzte ihm einen leichten Boxhieb in die Rippen. (Das habe ich gehört.) Und dann, einen Augenblick später: (He, glaubst du, wir könnten uns von hier aus geistig mit Khornya und meinem Bruder in Verbindung setzen? Oder vielleicht sogar mit meinen Eltern? Das kann ich doch jetzt, nachdem ich senden und empfangen kann, oder?) Der letzte Gedanke war ausgesprochen stolz und vom Bild einer erwachsenen Maati begleitet.

(Nicht, solange sie immer noch zu tief im Raum oder zu beschäftigt sind, um hinzuhören – zum Beispiel, wenn sie gegen die Khleevi kämpfen), bemerkte Thariinye vernichtend. Maati begriff, dass er so etwas häufig tat. Die Idee war nicht seine gewesen, und daher versuchte er so zu tun, als wäre sie nichts wert.

(Aber es könnte nichts schaden, es zu versuchen), meinte Maati.

(Es sei denn, die Khleevi können unsere Gedanken empfangen und finden uns vor unseren Freunden), erwiderte Thariinye. (Immer vorausgesetzt, dass sie uns hier herunter gefolgt sind.)

(Oh), sagte Maati. (Ja. Na gut. Ich bin schon still. Also zurück zum Hügel.)

Sie waren schon beinahe dort angekommen, als sie das Pfeifen und Rauschen hörten. Rasch kletterten sie auf die Hügelkuppe und erreichten gerade noch rechtzeitig die Lichtung, um mitverfolgen zu können, wie die Trümmer des Khleevi-Schiffs vom Himmel fielen und in einiger Entfernung in ein Meer stürzten. Sie konnten auch die Trümmer ihres eigenen Schiffs am Ufer erkennen.

»Immerhin haben sie ihr Schiff ebenso verloren wie wir unseres«, sagte Maati.

»Ich schätze, das ist eine Art Trost«, erwiderte Thariinye. »Das

Khleevi-Schiff wurde zerstört – vielleicht gibt Liriili ja den Khleevi die Schuld an dieser Geschichte, und nicht mir. Immer vorausgesetzt, wir leben lange genug, um Gelegenheit zu haben, es zu beichten.« Und dann zeigte er zum Himmel hinauf. Selbst er war ausnahmsweise sprachlos, und Maati begriff sofort wieso.

Vom Himmel sank eine Khleevi-Fähre, die sich in sehr viel besserer Verfassung befand als das Mutterschiff. Während des Falls tauchten zwei Gestalten daraus auf und zogen eine Art Membran hinter der Fähre her, die bewirkte, dass das Gefährt sicher zu Boden segelte.

Maati, die die insektenartigen Geschöpfe zum ersten Mal mit eigenen Augen sah, wenn auch aus einiger Entfernung, war von Entsetzen und Hass erfüllt. Tränen liefen ihr über die Wangen, als sie zu Thariinye aufblickte.

»Sie sind irgendwo da drüben gelandet«, sagte er und zeigte auf den Strand. »Also denke ich, wir sollten in die entgegengesetzte Richtung laufen, und zwar so schnell wir können.«

»Ja«, erwiderte sie. »Aber ... aber ... Thariinye ...«

»Was?«

»Wenn ihr Schiff abgestürzt ist und nur zwei von diesen Wesen rausgekommen sind, heißt das nicht, dass die *Condor* gewonnen hat?«

»Dieses Risiko können wir nicht eingehen, Kleines, obwohl ich wirklich hoffe, dass du Recht hast, bei den Ahnen. Und jetzt schnell.«

Das brauchte er ihr nicht zweimal zu sagen.

Das Linyaari-Schiff lag in zwei Teile zerbrochen da und sah aus wie ein riesiges Ei, nachdem das Küken ausgeschlüpft ist. Es hatte sich tief in einen wasserblauen Sandstrand gebohrt, hinter dem sich tiefblaues Wasser bis zum Horizont erstreckte. Trümmer des Khleevi-Schiffs waren wie große und besonders hässliche Algen auf der Wasseroberfläche und am Strand entlang verstreut; einige waren von den Wellen auf den Sand getragen worden. Hinter dem Strand befand sich eine Reihe blauer Dünen, und dahinter waren die Wedel eines Waldes aus anmutigen Farnbäumen zu sehen, die die *Condor* zu sich heranzuwinken schienen.

Nachdem das Schiff gelandet war, löste Acorna ihren und SBs Sicherheitsgurt.

»Die Lebensbedingungen sind vorteilhaft«, erklärte die Buck-Rogers-Stimme des Computers dem Kapitän. »Das blaue Zeug, das wie Sand aussieht, ist tatsächlich welcher. Das andere blaue Zeug, das wie Wasser aussieht, ist wirklich Wasser. Allerdings handelt es sich um Salzwasser, also sollten Sie lieber Ihre Entsalzungs- und Reinigungseinheit mitnehmen. Die Temperatur liegt bei achtzehn Grad Celsius, und es herrscht ein schwacher Wind von drei Komma zwei Knoten. Die Luft ist atembar und nach menschlichen Maßstäben sogar wohlriechend.«

»Gibt es ... Lebensformen?«, wollte Aari wissen.

»Da draußen? Woher soll ich das wissen? Ich bin ein Schiffscomputer, verdammt noch mal, kein Anthropologe. Meine Wärme- und Bewegungssensoren können gewisse Aktivitäten feststellen, aber das könnte auch von den Trümmern dort im Wasser kommen.«

Die Scanner zeigten genauer, was Buck meinte. Becker lief bei dem Gedanken an so viel Bergungsgut das Wasser im Mund zusammen.

Aari war nüchterner. »Zeigen die Scanner an, ob da lebende Wesen drin sind?«

Becker schüttelte den Kopf. »Keine Ahnung. Meine Scanner sind dazu gedacht, Schrott anzuzeigen.«

»Ich hoffe, Thariinye und Maati sind noch rechtzeitig in die Fluchtkapsel gestiegen«, sagte Acorna mit einem kleinen Schauder. »Ich kann mir nicht vorstellen, dass irgendetwas sonst diesen Aufprall überlebt haben könnte.«

Becker meinte: »Seht euch das Schiff doch an. Ich kann keine Anzeichen von ihnen oder der Kapsel in den Trümmern erkennen. Sie sind hier irgendwo. Und wenn das der Fall ist, Prinzessin, dann werden wir sie finden. Ich hoffe nur, dass keiner dieser blöden Käfer es in eine ähnliche Kapsel geschafft hat.«

»Ihre Schiffe haben keine Kapseln, Joh«, erklärte Aari. »Ihre Panzer schützen sie gegen vieles, was andere Lebewesen umbringen würde.«

»Was ist mit diesem großen Stück Schrott da drüben, das wie eine Fähre aussieht, Kapitän?«, wollte Mac wissen.

»Rrrrrowwsst!«, verkündete SB.

»Die Katze sagt, es gehört den Khleevi«, erläuterte Becker.

»Das haben wir gehört, Joh«, erwiderte Aari ernst.

»Nun, von hier aus würde ich sagen, das Ding da drüben ist nicht so stark zerstört wie das Mutterschiff.« Er zeigte auf die Fragmente, die auf dem Wasser trieben. »Wir können nur hoffen, dass die Besatzung sich in einem ebensolchen Zustand der Auflösung befindet wie ihr Fahrzeug.«

SB schoss auf seinen eigenen Ausgang zu, und sie hörten seine Krallen über den Boden kratzen, als er durch den Katzentunnel zur Rampe rannte, die zur Hebebühne führte.

»Wir sollten uns auf den Weg machen«, sagte Becker. »Der Kater hat es offenbar ziemlich eilig. Es muss an diesem hübschen blauen Sandkasten da draußen liegen, der es kaum erwarten kann, dass eine makahomanische Katze da drin rumkratzt. Aari, hol diese Khleevi-Waffe, die du als Mitgift an Bord gebracht hast. Ich habe das Spürgerät und mein Lasergewehr.« Er griff nach einer eleganten, tödlich aussehenden Waffe von der Länge seines Unterarms.

»Und ich habe meine eigenen Zusätze, Kapitän«, erklärte Mac und öffnete eine Klappe an seinem Unterarm, um einen Korkenzieher, einen Dosenöffner, Messerklingen, eine Schere, ein Vergrößerungsglas und andere kleine Gerätschaften vorzuführen, die zur Standardausrüstung dieser Modellreihe gehörten.

Acorna machte auf dem Weg zur Hebebühne einen kleinen Umweg zu einem selten benutzten Vorratsraum und nahm ein leichtes Titanium-Frachtnetz mit, das sie dort früher einmal versteckt hatte.

»Gute Idee, Prinzessin«, lobte Becker, als er das Netz sah. »Wir können sicher ein paar Trümmer von diesem Khleevi-Schiff aus dem Wasser fischen.«

So bewaffnet betraten sie die Hebebühne und fuhren abwärts. Acorna spürte etwas Klebriges an ihren Schuhsohlen. Sie sah näher hin und erkannte dann, woher das kam. »Mac«, sagte sie, »wenn wir wieder zurückkommen, solltest du die Hebebühne schrubben. Sie ist noch ganz schmutzig von dem Pflanzensaft von diesem Planeten, auf dem wir den *Piiyi* aufgelesen haben.«

MacKenZ warf ihr einen überraschten Blick zu – wahrscheinlich, weil sie ausgerechnet jetzt, wo doch so viel wichtigere Dinge bevorstanden, von niederen Hausarbeiten sprach – doch er sagte nichts. Der Roboter hatte offenbar nie gelernt, wie man seine Angst in Schach halten kann, indem man sich auf die alltäglichen, banalen Dinge des Leben konzentriert. Vielleicht empfanden Roboter diese Art Angst nicht einmal.

Nachdem der Lift unten war, betrachtete auch Becker angewidert die Außenseite seines Schiffs. »Diese verdammten Pflanzen haben meinen Rumpf zugeschleimt! Schaut euch das an! Widerlich!«

»Joh«, sagte Aari und nickte zu den Trümmern des Linyaari-Schiffs hinüber. »Was ist, wenn Maati und Thariinye da drin sind?«

»Wenn das der Fall ist, werden wir sie schnell finden. Wir werden bald wissen, was los ist. Es hat aber keinen Zweck zu spekulieren. Prinzessin, hast du noch was dazu hinzuzufügen?«

»Ich ... ich habe einen Eindruck aufgefangen, bevor wir die Khleevi entdeckten, dass die Rettungskapsel vielleicht im Schiff stecken geblieben ist. Wenn das der Fall war, dann könnten sie immer noch am Leben sein, aber in der Kapsel im Wrack festsitzen.«

»Wir müssen sie unbedingt vor den Khleevi erreichen«, sagte Aari.

»Falls überhaupt noch Khleevi übrig sind«, entgegnete Becker. »Vielleicht wäre es sogar besser, die Bösen schon am Pass abzufangen, bevor wir das Wrack überprüfen.«

»Es gibt hier Khleevi«, sagte Aari. »Ich kann sie spüren.«

SB hatte einen Buckel gemacht und den Schwanz gesträubt; anscheinend stimmte er Aari zu.

Sie gingen vorsichtig zum Strand hinunter, die Waffen in Bereitschaft. Acorna kam sich ein wenig dumm vor, wie sie da hinter ihnen herging. Sie wusste genau, dass Maati und Thariinye hier waren und dass sie noch lebten, doch sie wusste nicht, wo sie waren. Sie hatte nur ein vages Gefühl. Warum konnte sie nicht wenigstens Thariinye erreichen? Sie wurde einfach das Gefühl nicht los, dass ihre Freunde zwar lebten, aber in Schwierigkeiten steckten.

Sie sahen die Trümmer der Khleevi-Fähre in den Dünen liegen, zerschellt, jedoch in erheblich besserem Zustand als das Mutterschiff. Etwas Braunes lag zerdrückt am Rand der Fähre, und eine grüne Flüssigkeit sickerte in den blauen Sand und färbte ihn türkis.

»Alle überlebenden Khleevi waren wahrscheinlich hier drin«, meinte Becker. »Seht euch doch das Schiff an! Ich glaube nicht, dass sie einen solchen Absturz überleben konnten. Das Mutterschiff ist erledigt, aber diese Fähre – nun, die sieht aus, als wäre sie bis zur letzten Minute flugtüchtig gewesen. Kein Vakuum und kein Druck, die praktischerweise alle für uns getötet hätten, die sich da drinnen befanden.«

Als sie näher kamen, bemerkten sie eine Bewegung, und dann erklang ein Geräusch, das Acorna eine Gänsehaut verursachte – jenes Klick-Klack, das sie so oft in der Vidaufzeichnung von Aaris Folter gehört hatte. Der leichte Wind trug ihnen einen schrecklichen Gestank zu – Fäulnis, kombiniert mit Erbrochenem. SB blieb stehen, bohrte die Krallen in den Boden und zischte wie ein Dampfkessel. Auch Aari wurde langsamer. Becker hingegen ging weiter, und Mac überholte ihn mit einer Lässigkeit, wie sie angesichts dieser Gefahr nur ein Androide an den Tag legen konnte – besonders einer, der einmal selbst eine Gefahr dargestellt hatte.

»Sieht aus, als hätten wir einen noch lebendig erwischt«, knurrte Becker, als er um die Düne herumkam, hinter der die Fähre lag. »Er ist allerdings halb unter den Trümmern begraben. Der wird uns nicht wegrennen. Ich werde diese Schabe mal von ihrem Elend erlösen.«

»Warte bitte noch«, sagte Acorna. »Wir müssen ihn verhören. Aari kennt ihre Sprache, oder zumindest genug davon, um etwas damit anfangen zu können. Vielleicht hilft uns auch das LAANYE weiter. Wir müssen herausfinden, ob dieses Schiff allein unterwegs war oder ob andere folgen, wo sich der Hauptschwarm der Khleevi jetzt befindet und wo sie hinwollen. Wenn mein Volk wieder bedroht ist, müssen sie das sofort erfahren.«

Aari hatte seine Stimme und seine Füße wiedergefunden und stand nach sechs weiteren Schritten nun neben Becker. Acorna näherte sich vorsichtig und neugierig. Das Geschöpf schnappte mit den Mundwerkzeugen und streckte die Fresszange nach Becker aus, doch der Kapitän wich rasch zur Seite und bedeutete Acorna, ihm das Frachtnetz zu reichen.

Sie fragte sich plötzlich, wieso sie überhaupt daran gedacht hatte, es mitzunehmen. Dann fiel ihr Blick zufällig auf Aari, und sie sah, wie er sie zustimmend und triumphierend anlächelte. Ach, das war es! Aari hatte ihr telepathisch diesen Vorschlag gemacht. Er glaubte zwar, keine Gedanken mehr senden zu können, aber damit irrte er sich offensichtlich. Er hatte es ganz bestimmt getan. Sie fragte sich allerdings, wieso er es nicht laut ausgesprochen hatte? Es war doch eine ganz vernünftige Idee. Wie seltsam.

Aari trug die sehr große, sehr schwere Waffe, die er behalten hatte, nachdem seine Folterer vor dem Untergang Vhiliinyars geflohen waren. Nun richtete er sie auf das Ungeheuer. Vielleicht war es das. Acorna war nur logisch gewesen, als sie das Netz mitgenommen hatte – dennoch, normalerweise kommunizierte Aari mittels gesprochener Sprache. Wieder blickte sie zu ihm auf, diesmal mit einem Stirnrunzeln, doch er konzentrierte sich auf den Khleev.

»Also gut«, sagte Becker. »Aari, Acorna und ich werden dieses Ding einfangen. Wenn wir das Netz darübergezogen und sicher verankert haben, Mac, dann hebst du die Fähre von seinem Bein und dem Brustkorb, ja?«

»Ja, Kapitän.«

Acorna war die Einzige, die beide Hände einsetzen konnte, doch zum Glück saß das insektenartige Geschöpf fest und war zudem schwer verletzt. Ein großer Teil seines Unterleibs war unter der Fähre zerdrückt worden, soweit Acorna das erkennen konnte. Ihr wurde trotzdem kalt, weil sie einem lebendigen Khleev so nahe war, ganz gleich, wie schwer er auch verwundet sein mochte. Als der Androide die Trümmer der Fähre vom Rücken des Khleev hob und zur Seite kippte, kämpfte das Ungeheuer wild gegen das Titaniumnetz an, hatte jedoch keinen Erfolg. Mac half seinen Schiffskameraden dabei, den hinteren Teil des Khleev ebenfalls unter das Netz zu bringen. Das Monster klickte und klackte und knirschte mit seinen Fresswerkzeugen, so gut ihm das in dem Netz eben möglich war, aber sie achteten nicht drauf. Endlich war ihr Gefangener hinreichend gut eingepackt, dass sie es wagen konnten, ihn zu transportieren.

»Also gut«, sagte Becker. »Wir stecken ihn in den Bau, und Mac kann dableiben und ihn bewachen, während das LAANYE Sprachbeispiele sammelt. So wütend und laut, wie dieses Vieh ist, sollten wir genügend Material bekommen. Solange sich keine Freunde von ihm hier rumtreiben, nach denen er rufen kann, ist alles in Ordnung. Ich habe gehört, dass sie ihre Verwundeten umbringen, also bedeutet die Tatsache, dass er noch lebt vermutlich, dass er der Einzige war, der aus dem Schiff rausgekommen ist. Und dann werden ich und du, Aari mein Junge, uns um das Eischiff kümmern und uns überzeugen, dass deine kleine Schwester und dieser Trottel, mit dem sie unterwegs ist, nicht da drin festsitzen.«

»Ich fange schon mal an, die Trümmer zu durchsuchen, während ihr weg seid, und ich werde senden, dass wir hier sind, Kapitän«, sagte Acorna. »Wenn unsere Freunde in der Nähe und bei Bewusstsein sind, wird Thariinye mich hören und mir sagen können, wo sie stecken.«

»Gute Idee, Prinzessin. Wir kommen gleich mit den Plasmaschneidern zurück.«

Acorna kletterte in die Eihälfte, in der sich einmal die Brücke des Schiffs befunden hatte. Sie konnte sehen, dass der untere Rand des Sichtfensters sich tief in den feuchten Sand gebohrt hatte. Wellen leckten inzwischen an den Trümmern, und nasse Finger zupften an lockeren Stücken zerbrochener Ausrüstung herum, um mit jeder Welle mehr davon fortzutragen. Acorna fragte sich, wie es hier wohl mit den Gezeiten aussah – würde das Wrack bald vollkommen überflutet sein? Doch vielleicht war das bei so vielen Monden rings um den Planeten auch kein Problem. Vielleicht würden ihre Gravitationsfelder einander ausgleichen, statt die Gezeiten zu verstärken. Sie konnte es jedenfalls nur hoffen.

Die Schatten waren inzwischen länger geworden. Becker und Aari würden nicht mehr viel Tageslicht haben. Acorna begann, alles, was sie bewegen konnte, auf den Strand zu werfen. Becker würde schließlich sein Bergungsgut haben wollen. Sie fand Stücke verbrannten und zerrissenen Pavillonstoffs, einen Mähnenkamm, Spiegelsplitter. Acorna erblickte ihr eigenes schmales Gesicht darin. Erst jetzt fiel ihr auf, dass sie weinte.

(Thariinye? Thariinye, antworte, wenn du kannst!), dachte sie so laut sie konnte. Doch innerhalb des Schiffs blieb alles still. Die einzige Bewegung kam von Trümmerstücken, die sich langsam setzten, und dem Lecken der Wellen am Rumpf des Schiffs.

Sie hörte, wie die Hebebühne der *Condor* wieder herunterfuhr. Kurz darauf stießen Becker und Aari zu ihr; sie hatten die Plasmaschneider dabei. Auf Beckers Wink hin stieg Acorna wieder aus dem Schiffswrack. Becker zog fragend die Brauen hoch, doch Acorna schüttelte nur traurig den Kopf. Sie hatte keinen Kontakt herstellen können.

Die Männer arbeiteten bis weit nach Einbruch der Dunkelheit im Licht der Schneider. Einmal fuhr Acorna mit der Bühne nach oben und schaltete ein Flutlicht ein, das Becker für nächtliche Bergungsaktionen an der Außenseite der *Condor* angebracht hatte. Die Schatten, die das Flutlicht warf, ließen es so aussehen, als arbeiteten die Männer in einer Grube höllischer Finsternis; ihr Grunzen und der ätzende Gestank und das Kreischen der Säge verliehen dem Ganzen eine noch dämonischere Atmosphäre. Die Flut war weiter gestiegen, und das Wrack begann zu treiben. Die Männer standen bis zur Taille im Wasser und mussten mitunter gleichzeitig tauchen und schneiden. Inzwischen trug Acorna die Trümmerstücke zur Hebebühne.

Von Zeit zu Zeit rief sie weiter im Geist nach ihren Freunden und flehte Thariinye an, zu antworten, doch sie spürte nichts und hörte nichts. Noch nicht.

Als die Männer bis zum Hals im Wasser standen, warf Becker schließlich seinen Plasmaschneider über das Wrack hinweg an den Strand und zog sich über den geborstenen Schiffsrumpf aus den Trümmern heraus. »Komm mit, Aari. Wir werden auf die nächste Ebbe warten müssen. Falls es hier noch irgendwas zu holen gibt, ist es inzwischen zu tief unter Wasser. Vielleicht verschiebt die Flut den Schrott ein wenig, und wir können später mehr sehen.«

»Meine kleine Schwester könnte da drin sein, Joh. Ein Kind.«

»Vielleicht, aber das bezweifle ich«, meinte er. »Ich wette, dass sie und Thariinye schlau genug waren, um rechtzeitig rauszukommen.« Er blickte zu Acorna hinüber, doch sie konnte nur das Weiße seiner Augen und seine Zähne sehen. »Spürst du irgendwas von da drinnen, Prinzessin?«

Sie schüttelte den Kopf. »Nein«, sagte sie. »Es ist möglich, dass die Kapsel sich aus dem Schiff gelöst hat, während wir darüber diskutiert haben, wie wir das Khleevi-Schiff zerstören könnten. Thariinye und Maati sind vielleicht zu diesem Zeitpunkt entkommen.«

Die drei stiegen auf die Hebebühne. SB war während der Bergungsoperation an Bord geblieben. »Unser neuer Gast sollte lieber hoffen, dass die beiden entkommen sind, oder uns sagen, wo sie sich aufhalten. Aari, ich habe ein paar Fragen, die du für mich in ihr Klick-Klack übersetzen musst.«

»Sicher, Joh. Ich kann fragen, aber ich glaube nicht, dass der Khleev antworten wird. Sie haben nie Fragen beantwortet. Die Linyaari haben Botschafter zu ihnen geschickt, und die einzigen Antworten, die wir auf unsere Fragen je erhielten, waren Vids, die zeigten, wie diese Botschafter ebenso gefoltert wurden wie ich. Nur dass sie niemals fliehen konnten. Unsere Leute wurden auf diesen Vids getötet.«

»Üble Sache. Nun, vielleicht haben deine Leute den Khleevi die richtigen Fragen gestellt, aber nicht auf die richtige Weise. Ihr Linyaari habt ein paar Skrupel, von denen ich im Allgemeinen nicht belastet werde. Aari, ich möchte, dass du Mac ein bisschen Sprachunterricht gibst. Er hat gelernt, wie man Fragen stellt, als er noch für Kisla Manjari gearbeitet hat. Ich wette, unser Gast wird sicher gerne alles beantworten, bevor Mac mit ihm fertig ist. Aber wir brauchen dich immer noch zum Übersetzen. Ich weiß, dass ihr Linyaari Pazifisten seid. Würde dir das etwas ausmachen?«

Aari fletschte die Zähne, und im Licht der beiden Monde schimmerten sie weißer als seine Haut. »Nein, Joh ... nichts.«

Der einzige Khleev auf dem Planeten, der immer noch am Leben und in Freiheit war, schnitt eine Schneise durch die Farnwedel. Zunächst war es eine eher flache Schneise. Das Geschöpf war von dem Aufprall der Fähre ein wenig betäubt, aber es gelang ihm, das Unterholz angemessen in dem Stil zu dezimieren, der bei seinem Volk allgemein gebilligt wurde. Die Besatzung des Späherschiffs der Khleevi war davon ausgegangen, dass das seltsame Schiff, das ihr eigenes Gefährt zerstört hatte, ihnen auf diesen Planeten folgen und versuchen würde, die zerbrechlichen kleinen Ein-Hörner in ihrem bunt bemalten raumtüchtigen Essensbehälter zu beschützen. Doch das fremde Schiff war nicht schnell genug gewesen. Die Khleevi hatten kurzen Prozess mit dem Schiff der Ein-Hörner gemacht und hätten dasselbe mit dem fremden Schiff getan, wenn dieses sie nicht überrascht und unfaire und absolut verurteilenswerte Taktiken benutzt hätte, um sie zum Absturz zu bringen und den Tod aller anderen Schwarmmitglieder herbeizuführen, bis auf den des Navigators und jenes Schwarmangehörigen, der sich nun seinen Weg über den Waldboden bahnte.

Dieser Schwarmangehörige – der Inquisitor – hatte das Klicken des Navigators noch über Meilen und Meilen hinweg gehört, doch der Inquisitor würde nicht umkehren. Der Navigator war halb zerquetscht worden, als die Fähre auf ihn stürzte. Der Navigator würde schon bald als Nahrung genutzt werden. Darum würde sich der Inquisitor schon kümmern.

Der Inquisitor verfügte über ein Kommunikationsgerät. Es würde schwierig werden, das Gerät ohne die Energie des Schiffes zu aktivieren, doch in einem Notfall wie diesem war auch eine organische Aktivierung möglich. Er musste nur einen möglichst hoch gelegenen Punkt dieses Planeten aufsuchen, ein paar einheimische Bestandteile in einem bestimmten Verhältnis zueinander kauen, und die daraus entstehende chemische Reaktion würde genügend Energie freisetzen, um die Botschaft des Khleev zu übermitteln.

Die Mission war nicht vergeblich gewesen. Der Khleevi-Schwarm würde zu diesem Planeten kommen und für kurze Zeit Überfluss und Wohlstand genießen, und dann würden auch die Nachbarwelten und alle verwendbaren Nahrungsmittel dort ihren Weg zu den rastlosen Fresswerkzeugen seines Volkes finden.

Inzwischen würden weitere Späherschiffe andere Bereiche dieser Galaxis durchsuchen. Im Augenblick jedoch bestand das einzige Ziel des Inquisitors darin, seinem Schwarm mitzuteilen, wo er sich aufhielt, wo die Nahrungsmittel sich befanden, und dass das Schiff verloren war.

Dies war zumindest sein einziges Ziel, bis er, als er sich weiter durchs Unterholz fraß, auf etwas stieß, das nach Ein-Horn roch: einen kleinen, kompakten Gegenstand, der geformt war wie ein Lebensmittelbehälter. Zum großen Bedauern des Inquisitors erwies sich der Behälter als leer, aber die Ein-Hörner, die sich darin befunden hatten, hatten eine Spur aus zerstörten Pflanzenteilen, Duft und Vibrationen hinterlassen. Der Inquisitor fraß sich hinter ihnen her einen steilen Hügel hinauf und wieder hinunter.

Oben auf dem steilen Hügel warf er einen Blick auf den Strand weit unter ihm und sah, wie der Navigator von zwei hornlosen

Zweibeinern in das fremde Schiff geschleppt wurde. Der Navigator lebte immer noch. Aber – da war sich der Inquisitor sicher – er würde nicht mehr lange am Leben bleiben. Diese Information würde weitergegeben werden, wenn der Inquisitor dem Schwarm Bericht erstattete. Er fraß sich auf der Spur der Ein-Hörner weiter.

Als es dunkel wurde, war der Inquisitor sehr voll gefressen, aber unzufrieden. Er hatte das intensive Bedürfnis, das Blut eines Ein-Horns zu riechen. Er wollte es fließen sehen. Als er sich seinen Weg hügelabwärts fraß, erkannte er auch, dass er dieses Bedürfnis bald würde befriedigen können. An einem Baum lehnte ein offensichtlich schlafendes Ein-Horn. Der Inquisitor näherte sich seinem Opfer.

Acht

Die heilende Klausur in den Hügeln und die Fürsorge der Ahnen hatte endlich alle Verunreinigung, allen Schmerz, alle Scham, die von den entsetzlichen Foltern verursacht worden waren, aus dem Geist der Linyaari-Raumfahrer tilgen sollen. Dieser Prozess hätte nach menschlicher Zeitrechnung Tage dauern können, aber auch Wochen, Monate, vielleicht Jahre; ein *Ghaanye* oder viele nach Zeitrechnung der Linyaari.

Doch die Tiefenheilung hatte kaum begonnen, als die persönlichen Betreuer der Ahnen den Pilgern ihre Kleider reichten und sagten: »Geht nach Hause. Ihr werdet in Kubiilikhan gebraucht.«

So etwas hatte Großmama noch nie erlebt.

»Haben wir etwas falsch gemacht?«, fragte eines der jüngeren Besatzungsmitglieder der *Iiliira*. »Werden wir wieder weggeschickt, weil wir zu sehr beschmutzt sind?«

»Rede keinen Unsinn, Kind«, meinte der Betreuer. »Habt ihr nicht verstanden? Ihr werdet gebraucht. Und was das Wegschicken angeht – wie können wir euch wegschicken, wenn wir doch mit euch kommen?«

Daheim in der Stadt war Liriili so unruhig geworden, dass sie vergaß zu grasen. Sie ging auf und ab, bis ihre Füße ganz wund waren, lief immer wieder die Straße zwischen Stadt und Raumhafen hinauf und hinunter. Die *Viizaar* hatte keine Botin mehr, seit Maati verschwunden war, doch sie hatte im Augenblick auch kaum etwas anderes zu tun als zu warten. Darauf zu warten, dass die Khleevi sie abermals fanden. Liriili wusste nicht, was sie tun sollte. Nachdem ihr erster Zorn verraucht war, sagte sie sich, dass sie Thariinye und Maati eigentlich einen Gefallen getan hatte. Wenn die Khleevi hierher kamen, würden diese beiden zumindest verschont bleiben. *Es sei denn, sie sind schon gefressen worden,* sagte eine leise Stimme in ihrem Kopf. Liriili ignorierte das.

Als sie wieder einmal die Straße vom Raumhafen zur Stadt entlangging – sie hatte zum wiederholten Mal bei den Diensthabenden in der Komzentrale vorbeigeschaut, weil sie einfach nicht glauben konnte, dass die automatischen Berichte an ihr Büro häufig oder schnell genug erfolgten, um sie bei einem Angriff rechtzeitig zu warnen – sah sie die Prozession zwei- und vierbeiniger Geschöpfe, die aus den Hügeln auf der anderen Seite des Tals, in dem Kubiilikhan lag, herunterkamen.

Erschrocken, verstört, verängstigt und dennoch auch ein wenig erleichtert kehrte sie in ihr Büro zurück, um dort die Ankunft der Pilger – und der Ahnen – zu erwarten.

Der Gedanke an das Verhör des Khleevi-Gefangenen beunruhigte Acorna. Sie fürchtete und hasste diese Geschöpfe, aber sie wusste auch, dass sie nicht in der Lage sein würde zuzusehen, ohne den Wunsch zu verspüren, alle Wunden, die dem Khleev beim Verhör zugefügt wurden, zu heilen. Sie wusste auch, dass es vollkommen unvernünftig war, diesem zerstörerischen Ungeheuer etwas Gutes tun zu wollen.

Trotzdem konnte sie den Schmerz des Khleev sogar über zwei Decks hinweg spüren. Trotz Beckers Drohungen hatte niemand den Insektoiden angerührt, seit man ihn an Bord gebracht und in seinem Netz dort eingeschlossen hatte, wo die Frachtnetze für gewöhnlich aufgehängt wurden. Es war überhaupt nicht notwendig gewesen, das Geschöpf anzurühren. Es beantwortete hin und wieder, wenn seine Schmerzen nicht zu groß waren, die Fragen, die der Kapitän stellte. Doch der Khleev lag im Sterben. Acorna konnte es spüren.

Das Gefühl war so intensiv, als spüre sie ihren eigenen Tod. Sie konnte es nicht mehr aushalten. Sie musste hier weg, oder sie würde gezwungen sein, sich in das, was Becker dort tat, einzumischen.

Und sie brauchten die Informationen, die er dem Khleev entrang. Also ging Acorna von der Brücke zur Hebebühne und machte unterwegs nur kurz Halt, um den anderen zu sagen, was sie vorhatte – dass sie nachsehen wollte, ob die Ebbe bereits eingesetzt hatte; in diesem Fall würde sie weitere Fracht an Bord bringen. Dabei würde sie auch abermals nach Thariinye und Maati rufen.

Von Becker bekam sie nur ein »Ja, hm, äh, na gut« zur Antwort. Aari und Mac konzentrierten sich vollkommen auf das Schnellfeuer-Klick-Klack des Khleev.

Die Tür ging ein wenig weiter auf, und einen Augenblick lang brachte der Eindruck des Schmerzes dort drinnen Acorna ins Taumeln. SB drängte sich durch die Tür und zog den Schwanz hoch über den Rücken, als sich die Luke automatisch wieder hinter ihm schloss. Mit einem leichtfüßigen Sprung war er auf Acornas Schulter.

Sie kraulte ihn am Kinn. »Danke, mein Freund. Es ist schön, Gesellschaft zu haben.«

Draußen wogten geisterhafte blaue Nebelschwaden über einen indigofarbenen Himmel, und das türkisfarbene Licht eines der beiden Monde des Planeten fiel hin und wieder zwischen den Wolken hindurch auf das Meer, den Strand und den Wald dahinter. Sand wurde gegen Acornas Fußgelenke und Waden gefegt. Auch hier draußen konnte sie noch die Schmerzen des gefangenen Khleev spüren, doch die Entfernung half, damit zurechtzukommen. Es half auch, zu wissen, dass es keiner ihrer Schiffskameraden war, der dieses Wesen so quälte; sie nutzten nur den Schmerz des Ungeheuers aus, um Antworten zu erhalten, die vielleicht ihr Volk und andere Geschöpfe retten konnten, deren Weg die Khleevi kreuzten.

Tief atmete sie die Nachtluft ein. Der Duft der würzigen Gräser und der farnartigen Bäume, exotisch und ganz leicht säuerlich, drang in ihre Lungen. Erst jetzt fiel ihr ein, dass sie heute noch nicht gegrast hatte und spürte, wie hungrig sie war. Sie überlegte nicht lange, bevor sie über die Dünen hinausging. Ihre Navigationsinstinkte verliehen ihr ein ausgezeichnetes Orientierungsvermögen, und das Licht der beiden Monde genügte ihr, um den Weg zu den Gräsern zwischen Strand und Wald zu finden.

Sie war froh, eine noch größere Entfernung zwischen sich und die *Condor* legen zu können. Wenn sie gegessen hatte, würde sie an Bord zurückkehren und nachsehen, welche Fortschritte ihre Freunde gemacht hatten; und wenn sie fertig waren, würde sie sie bitten, den Gefangenen untersuchen und sich um seine Wunden kümmern zu dürfen. Das hatte sie bisher noch nicht angeboten, denn sie hatte befürchtet, wenn sie den Khleev heilte, würden Becker und Mac ihm wahrscheinlich wieder wehtun müssen, um die wichtigen Informationen zu erhalten, die sie brauchten. Dieses Geschöpf hier konnte durchaus zu den Khleevi gehört haben, die ihre Eltern getötet hatten, aber es widersprach einfach ihrem Wesen, das Leiden eines anderen Lebewesens zu bewirken oder auch nur fortzuführen. Es widersprach auch Aaris Wesen. Trotz allem, was die Khleevi ihm angetan hatten, war Acorna der Ansicht, dass es Aaris inneren Heilungsprozess nur aufhalten, ja, ihn vielleicht sogar ganz verhindern würde, wenn er sich an der Folter eines anderen Geschöpfes beteiligte, selbst wenn es der Spezies angehörte, die ihn beinahe vernichtet hatte. Aari war noch viel mehr als sie selbst als Linyaari geboren und in der Tradition ihres Volkes erzogen worden, und das war eine gewaltfreie Tradition.

Vorhin am Strand hatte Aari seine Khleevi-Waffe allerdings mit großer Überzeugungskraft und tödlicher Entschlossenheit getragen. Acorna nahm ihm das nicht übel, und sie verurteilte ihn nicht dafür, doch es beunruhigte sie, dass er sich so ungeheuer verändert hatte, und dies in einer Weise, die vollkommen konträr zu seiner Erziehung war.

Sie prüfte das Gras mit ihrem Horn – es war essbar. Also probierte sie einen Mund voll. Es schmeckte scharf und war nicht ganz das, was sie im Sinn gehabt hatte. Sie suchte nach einer anderen Pflanze und fand hin und wieder unter den pfeffrigen Pflanzen ein dünnes Gras mit knotigem Stiel. Die Knoten hatten einen angenehm säuerlichen Geschmack, der die Süße des Stiels nur betonte.

Auch diese Pflanzen waren essbar und sehr viel leckerer. Acorna suchte danach, während SB durch das Gras schlich, als wäre er eine große Dschungelkatze auf der Suche nach Beute.

Acorna stellte sich vor ihrem geistigen Auge Maati vor, die auf Narhii-Vhiliinyar praktisch ihre einzige Freundin gewesen war. Das Mädchen stand kurz vor der Pubertät; sie war humorvoll, begeisterungsfähig, lebhaft, fleißig und neugierig. Acorna sah Maatis hellbraune Haut und die schwarzweiß gefleckte Mähne vor sich, ihr strahlendes Lächeln, die stumpfe Nase und die großen goldfarbenen Augen unter dem kleinen gewundenen Horn. Sie dachte daran, wie Maati Aari sofort akzeptiert hatte, an ihre bedingungslose Liebe zu dem lange verlorenen Bruder. Und an die ungläubige Trauer des Mädchens, als die *Condor* ihren wiedergefundenen Bruder und ihre Freundin davongetragen hatte. Sie hätten sie mitnehmen können, obwohl Liriili jedes Mal heftig widersprochen hatte, wenn das Thema aufkam. Wenn sie das getan hätten, wäre Maati jetzt nicht verschwunden, vielleicht sogar tot, zusammen mit dem armen Thariinye, der zwar im selben Alter war wie Acorna, jedoch nicht so viel Erfahrungen mit Abenteuern hatte wie sie und daher immer noch recht unreif war. Nervtötend, eingebildet und arrogant, aber eigentlich kein übler Bursche.

Acornas Gedanken waren von Angst und Bedauern erfüllt. Besonders sorgte sie sich um ihre kleine Freundin, die so sensibel war und so viel über die Art der Linyaari wusste, aber dennoch mehr als bereit war, Fremden zu helfen. (Maati, Maati, es tut mir so Leid, Kleines. Ich dachte, du wärst bei Großmama besser aufgehoben. Ich hätte mehr auf deine eigenen Gedanken hören und nicht versuchen sollen, Entscheidungen für dich zu treffen …)

(Khornya? Khornya! Du bist hier! Oh Khornya, komm schnell! Ich kann Thariinye nicht finden, und hier im Gebüsch ist etwas Schreckliches. Bitte, Khornya, ich habe Angst!)

(Maati! Schon gut, ich bin hier. Wo bist du?)

(Das weiß ich nicht!) Der Gedanke war ein einziges lang gezogenes Jammern.

(Ich komme und hole dich. Sende einfach weiter, und ich werde dich schon finden und zurückbringen. Kannst du von dort aus, wo du jetzt bist, den Strand sehen? Siehst du die *Condor*?)

(Nein, ich bin im Wald, und es ist dunkel, und Thariinye war genau hier und hat Wache gehalten, während ich geschlafen habe. Und jetzt ist er weg, und die Geräusche sind schrecklich, Khornya.)

(Kann er dich hören? Hast du es versucht?)

(Nein, ich glaube, er ist bewusstlos. Vielleicht hat ihn jemand niedergeschlagen.)

Acorna galoppierte durch das Gras und in den Wald; sie folgte Maatis Gedanken, als wären es laut gesprochene Worte.

Der Waldboden war im Dunkeln nicht ungefährlich, doch Acorna sprang über Büsche und Wurzeln. Hin und wieder musste sie allerdings innehalten und wieder auf Maatis Gedanken lauschen.

(Sende weiter, Maati. Ich kann nicht zu dir kommen, solange ich deine Gedanken nicht wahrnehme.)

(Ich bin sooo müde, Khornya. Und ich habe beinahe Angst, laut zu denken, weil ich fürchte, dass das, was da im Gebüsch Lärm macht, mich genauso hören kann wie du.)

(Das verstehe ich, Liebes, aber wenn ich dich finden soll, musst du weitersenden. Wenn es dich bisher nicht angegriffen hat, kann es uns wahrscheinlich nicht wahrnehmen.)

Acorna hatte bereits den halben Weg zur Hügelkuppe hinter sich gebracht, als sie auf einer Schleimspur ausrutschte. Als sie sich wieder aufraffte, bemerkte sie, dass sie auf die abgefressenen Zweige eines Busches gefallen war. Die Enden waren alle dicht über dem Boden scharf abgetrennt, und es war eine Schneise entstanden, die ebenso breit war wie Acorna hoch. Wo einmal Grün gewesen war, war nur eine Spur übel riechenden Schleims zurückgeblieben.

Aus dem Geruch schloss sie, dass es sich um eine Khleevi-Spur handelte, die das Geschöpf hinterlassen hatte, während es im Gehen fraß und ausschied. Kein Wunder, dass sie ganze Planeten innerhalb kürzester Zeit verwüsten konnten!

Hätte der Wind nicht vom Meer landeinwärts geweht und den

Gestank des Schleims von Acorna weggeblasen, dann hätte sie die Spur sicher schon früher bemerkt. Nun konnte sie ihr folgen, und sie verlor keine Zeit.

(Maati, ich glaube, es ist ein Khleev, der Thariinye angegriffen hat. Bleib wo du bist, und gib keinen Laut mehr von dir, bis du mich siehst. Hast du dich von der Stelle gerührt, seit er verschwunden ist?)

(Nein, ich hatte zu viel Angst vor dem, was da im Gebüsch raschelt.)

(Gut so. Bleib, wo du bist. Irgendwo ganz in deiner Nähe muss es eine Spur von abgebrochenen Büschen und stinkendem Khleevi-Schleim geben.)

(Iiih, ist es das? Ich dachte, dass dieser Planet vielleicht einfach an manchen Stellen schlecht riecht.)

(Nein, das ist die Spur des Khleev. Sie scheiden ebenso schnell aus, wie sie fressen. Du klingst jetzt lauter und deutlicher. Ich werde sicher bald bei dir sein.)

Acorna eilte weiter den Hügel hinauf und dann auf der anderen Seite wieder hinunter, immer der Spur nach, bis sie, obwohl sie einige Zeit nichts mehr von Maati gehört hatte, plötzlich einen sehr lauten Gedanken auffing.

(Aua! Du bist auf mich draufgetreten!)

Als sie nach unten schaute, sah sie zunächst nichts weiter als noch mehr hellblaues Gebüsch, dann jedoch entdeckte sie zwischen den Blättern ein weißes, im Mondlicht schimmerndes Gesicht. Sie starrte es verwirrt an.

(Maati?), fragte sie unsicher.

»Ja, ich bin es, Khornya«, flüsterte Maati, kam auf die Beine und umarmte Acorna mit weißen Armen, sodass Acornas Nase in der silbrigen Mähne des Mädchens vergraben war.

(Aber du siehst –)

»Ach ja.«

(Sprich nicht laut, Kleines. Wir wissen nicht, wie nahe die Gefahr ist.)

(Ich trage jetzt das Sternenkleid. Gefällt dir die neue Maati?)

(Warum nicht? Die Alte hat mir auch gefallen. Du bist wunderschön! Also sorgen wir lieber dafür, dass du am Leben bleibst. Du folgst jetzt dieser Schleimspur den Hügel hinab und durch den Wald – deine Nase wird dir helfen, wenn du die Spur verlierst. Wenn du den Strand erreicht hast, wirst du die *Condor* leicht finden können. Du musst Aari und Kapitän Becker holen und ihnen sagen, sie sollen Thariinye und mir helfen –)

(Und dich allein lassen? Thariinye wird dir keine Hilfe sein. Ich kann ihn überhaupt nicht mehr hören. Irgendetwas ist ihm zugestoßen. Wenn es ein Khleev war, wirst du mich brauchen.)

SB hatte sie inzwischen eingeholt, setzte sich hin und tat so, als wollte er sich nur putzen, tatsächlich jedoch hatte er die Ohren gespitzt, als lauschte er ihrem Gedankengespräch. Er war irgendwann unterwegs von Acornas Schulter gesprungen und hatte selbst begonnen, die Umgebung zu erkunden – wahrscheinlich, als Acorna angefangen hatte zu galoppieren.

(Es ist tatsächlich ein Khleev. Und es wird nicht schwierig sein, ihn und Thariinye zu finden. Die Spur ist ausgesprochen deutlich. Geh schnell zum Schiff zurück und sag den anderen, dass wir Hilfe brauchen. Inzwischen werde ich versuchen, den Khleev davon abzuhalten, Thariinye etwas anzutun.)

(Was ist, wenn es mehrere Khleevi sind und nicht nur einer?)

(Kapitän Becker wird das inzwischen genauer wissen. Er hat einen verwundeten Khleev verhört, den wir gefunden haben. Er wird uns sagen können, mit wie vielen wir es zu tun haben. Das muss ich so genau wie möglich wissen, bevor ich mich daran mache, Thariinye zu befreien. Und es wäre mir lieber, wenn du in Sicherheit bist), erklärte Acorna schlicht. Dann wandte sie sich wieder dem Schleimpfad zu. Aber Maati war noch nicht fertig.

(Du hast gesagt, du würdest mich holen), erinnerte Maati sie. (Du hast all diese netten Dinge über mich gedacht, und darüber, dass du und Aari mich hätten mitnehmen sollen. Ich bin kein Kind mehr. Ich bin schlau. Ich kann euch helfen. Was ist, wenn ich auf dem Rückweg zu den anderen von einem Khleev erwischt werde? Was ist, wenn ich mich verirre?)

(Du musst einfach nur der Spur folgen.)

(Dann bist du allein hier. Du wirst Hilfe brauchen. Du weißt genau, dass Thariinye keine große Hilfe sein wird. Wir könnten ihn hören, wenn er noch in der Lage wäre, etwas zu unternehmen. Zu Hause hast du mich nicht wie ein kleines Kind behandelt.)

Acorna zögerte. Sie wollte ihre Freundin nicht in Gefahr bringen, andererseits jedoch war dieser Gedanke auch ein wenig lächerlich. Maati hatte bereits den Absturz ihres Raumschiffes überlebt und war an diesem Tag schon einmal den Khleevi entgangen. Falls die Khleevi hier in größerer Zahl unterwegs waren, konnte es durchaus sein, dass Maati im Schiff nicht sicherer war, als hier bei Acorna im Wald.

(Also gut. Dann kommst du eben mit. Aber sprich nur in Gedanken. Und halte dich hinter mir.)

(Gut.) Acorna spürte, wie Maati sich nach SB umsah, doch der Kater war verschwunden. Maati machte sich ein wenig Sorgen, also sandte Acorna ihr den beruhigenden Gedanken, dass die Katze von allen Wesen, die sich derzeit auf diesem Planeten befanden, vermutlich am besten auf sich selbst aufpassen konnte. Dann folgten sie weiterhin der Schneise, die der Khleev ins Unterholz gefressen hatte, und hofften verzweifelt, dass das Ungeheuer Thariinye noch nichts angetan hatte.

Neun

Die Ratssitzung dauerte nicht lange. Liriili war verhört worden. Die Anklagen, die die Komdiensthabenden und Thariinyes zahlreiche trauernde zukünftige Lebensgefährtinnen vorbrachten, wurden bestätigt, und dann empfahl der Rat, die *Viizaar* abzusetzen. Alle Beweise wurden genauestens untersucht, darunter auch eine Kopie des Funkspruchs von der *Condor*, von dem Liriili behauptete, er sei nie eingegangen. Eine der Komdiensthabenden, die zufällig auch eine von Thariinyes Freundinnen war, hatte Kopien von den *Piiyi* -Aufzeichnungen und von Thariinyes Übersetzung in Sicherheit gebracht. Sie hatte das Material aus der Komzentrale geschafft, bevor Liriili befohlen hatte, alles zu vernichten. Dies war geschehen, nachdem die *Viizaar* die Komdiensthabenden angewiesen hatte, unter keinen Umständen mehr vom Planeten aus zu senden. Die junge Offizierin hatte sich nicht nur zusammengereimt, dass Liriili Thariinye und einem Kind aus irgendeinem Grund erlaubt hatte, allein in den Weltraum zu fliegen, sondern ihr war auch klar geworden, dass der *Piiyi* von großer Wichtigkeit für die Linyaari war, und am Ende hatte sie beschlossen, dass die Bevölkerung davon erfahren musste. Sie hatte sich gerade selbst auf den Weg in die Hügel gemacht, um die Raumfahrer zu holen, als sie entdeckte, dass die Pilger bereits auf dem Heimweg waren.

Der Rat war alles andere als erfreut darüber, dass Liriili ihm die Warnung von einer möglichen Bedrohung durch die Khleevi so lange vorenthalten hatte, ganz gleich, wie die *Viizaar* die Lage selbst eingeschätzt hatte.

Nachdem man über Liriilis Verhalten diskutiert hatte, erweiterte man den Rat um Neeva, Khaari, Melireenya und andere Botschafter, Lehrer, Kaufleute und Offiziere der heimgekehrten Flotte.

An Liriilis Stelle saß nun Großmama dem Rat vor. Liriili stand auf der anderen Seite des Tisches, an dem sie so viele Jahre lang gesessen hatte, und hatte ihr »Es ist alles in Ordnung, nur eine ganz alltägliche Angelegenheit«-Gesicht aufgesetzt.

Gegen ihren Willen musste Großmama lächeln. »Liriili vom Klan Riivye, *Viizaar* von Kubliilikhan, du bist angeklagt, dein Volk und deinen Planeten verraten zu haben. Wir werden dich nicht fragen, ob du dich schuldig bekennst oder nicht. Du bist von uns allen am geschicktesten, wenn es darum geht, deine Gedanken zu verbergen, was ein Grund war, wieso wir glaubten, du könntest ein gutes Oberhaupt sein. Aber du hast nicht nur das Vertrauen deines Volkes missbraucht, sondern auch mein persönliches Vertrauen, was das Leben eines verwaisten Kindes anging, und außerdem hast du das Leben eines tapferen Offiziers unserer Flotte aufs Spiel gesetzt.«

»Es war nicht meine Schuld!«, wehrte sich Liriili. »Ich habe ihnen ausdrücklich verboten zu gehen. Ich habe ihnen gesagt – und das ist die reine Wahrheit; ihr könnt alle meine Gedanken lesen –, dass wir nicht mehr weiter mit dem Bergungsschiff, das uns die *Piiyi*-Aufzeichnung geschickt hat, in Kontakt bleiben dürfen, damit die Khleevi das Signal nicht bis hierher zurückverfolgen können. Das ist in solchen Fällen das übliche Vorgehen. Dadurch habe ich uns alle gerettet, und wie dankt ihr es mir? Indem ihr mich dafür verantwortlich macht, dass zwei schwache und rebellische junge Leute unser neuestes und bestes Schiff gestohlen und es, entgegen meinem ausdrücklichen Befehl, für einen sinnlosen und gefährlichen Flug benutzt haben?«

»Das reicht jetzt!«, fuhr Großmama auf. »Du weißt sehr wohl, dass die *Condor* eine Kopie des *Piiyi* hierher geschickt hat, damit der Notruf übersetzt wird – eine Übersetzung, die Thariinye auch angefertigt hat, bevor die Kinder verschwunden sind. Es gibt eine Aufzeichnung des Gesprächs, in dem er dich von seiner Übersetzung informiert. Du wusstest damals, dass du eine gute Gelegenheit hattest, dich mit der *Condor* in Verbindung zu setzen, damit

Kapitän Becker nicht nur sein Schiff und seine Besatzung in Sicherheit bringen, sondern auch unsere Verbündeten vor der Gefahr warnen könnte. Beides hast du nicht getan.«

»Verbündete!«, schnaubte Liriili. »Sieh dir doch unsere Raumfahrer an, wenn du glaubst, dass wir Verbündete haben! Haben unsere so genannten ›Verbündeten‹ nicht unsere besten Botschafter, Offiziere, Lehrer und Kaufleute Feinden ausgeliefert, die sie gefangen genommen und misshandelt haben?«

»Unsere Verbündeten sind von diesen Feinden hinters Licht geführt worden«, erklärte Großmama. »Aber du, Liriili, wurdest nicht getäuscht. Du wusstest, dass die *Condor* und unsere Verbündeten über die Gefahr hätten informiert werden können, lange bevor die Khleevi nahe genug waren, um sie aufspüren zu können. Du wusstest, dass auch Thariinye dies wusste und dass weder er noch Maati zulassen würden, dass Khornya, Aari oder Kapitän Becker etwas zustößt, solange es in ihrer Macht lag, das zu verhindern. Du wusstest sogar, Liriili, dass der *Piiyi* Beweise dafür enthielt, dass Kaarlye und Miiri vom Nyaarya-Klan, Maatis und Aaris Eltern, vielleicht überlebt hatten. All diese Informationen waren problematisch für dich. Und daher hast du den beiden Kindern ganz bewusst befohlen, nichts zu unternehmen; du wusstest genau, dass sie dadurch gezwungen wären, dir nicht zu gehorchen, und dass sie – und alle, die von dieser Information abhängig waren – dadurch in große Gefahr geraten würden.«

Liriili spürte einen scharfen Schmerz im Rücken, und sie wurde so rasch vorwärts geschoben, dass sie auf die Knie fiel. »Das wusste ich nicht. Wie hätte ich das sicher wissen sollen? Wie immer, wenn eine Entscheidung schnell getroffen werden muss, wart ihr Raumfahrer wieder einmal irgendwo anders. Ich habe getan, was ich für das Beste für unser Volk hielt. Und das ist der Dank, den ich für meine Pflichterfüllung erhalte? Ein schöner Dank ...«

Nun weinte sie vor Zorn, vor Angst, vor Empörung, denn halb glaubte sie dies alles selbst, wie Großmama sehr wohl wusste, sonst hätte sie diese Worte niemals aussprechen können.

»Ach Liriili, mein armes Enkelkind«, murmelte Großmama Naadiiana und drängte sich hinter dem Ratstisch hervor, um sich hinzuknien und Liriilis feuchtes Gesicht in beide Hände zu nehmen. Liriili starrte sie rebellisch an. »Wir wussten von deinem Makel, seit du noch sehr jung warst. Du bist von uns allen am geschicktesten, wenn es darum geht, deine Gedanken zu verbergen. Du allein bist im Stande, wenn schon nicht zu lügen, so doch die Bedeutung deiner Gedanken bis zu einem Grad zu verdrehen, der es schwierig macht, sie zu lesen. Als die alte *Viizaar* ins Land der Ahnen ging, entschieden wir daher, dass dieser ... Unterschied nicht unbedingt ein Makel sein musste, sondern uns allen nutzen könnte. Und du hast Recht. Im Allgemeinen bist du eine hervorragende und gewissenhafte Anführerin gewesen.

Ein großer Teil der Schuld liegt bei uns, weil wir nicht begriffen haben, dass deine ... Besonderheit dich isoliert hat, und zwar nicht nur von dem Rest deines Volkes, sondern von der Wahrheit in dir selbst. Und wir wollen dich auch nicht bestrafen, Kind, sondern dir Gelegenheit geben, den Schaden, den du dir selbst ebenso wie anderen zugefügt hast, wieder gutzumachen. Du musst dich der Wahrheit dessen, was du getan hast, stellen – wenn schon nicht in dir selbst, wozu du offenbar nicht in der Lage bist, dann indem wir dir die Folgen vor Augen führen.«

Nun waren Liriilis Gedanken sehr leicht zu lesen. Vorsicht kämpfte mit Angst und Unglauben, als Großmama sich wieder auf ihren offiziellen Platz zurückzog, sich setzte und sich dann gemeinsam mit den anderen Ratsmitgliedern abermals erhob.

»Liriili vom Klan Riivye, du wirst deines Amtes als *Viizaar* von Kubiilikhan und Narhii-Vhiliinyar vom Hohen Rat und nach Absprache und mit der Zustimmung der Ahnen enthoben. Du wirst wieder deinen Pflichten als Unteroffizierin nachkommen, und zwar auf der *Balakiire,* unter dem Kommando von *Visedhaanye ferilii* Neeva und Melireenya. Euer Auftrag besteht darin, den Informationen aus der *Piiyi*-Aufzeichnung nachzugehen, die *Condor* vor der drohenden Gefahr zu warnen, festzustellen, wo sich Thariinye und Maati mit der *Niikaavri* befinden, für ihre Sicherheit zu sorgen, festzustellen, wo sich Kaarlye und Miiri aufhalten und sie zu retten, oder zumindest die Daten ihrer Landekapsel zu beschaffen, und unsere Verbündeten vor der Gefahr durch die Khleevi zu warnen, selbst wenn ihr es durch eine solche Warnung den Khleevi ermöglicht, das Funksignal zur *Balakiire* zurückzuverfolgen. *Visedhaanye ferilii* Neeva und ihre Besatzung haben sich freiwillig für diese Mission gemeldet und sich bereit erklärt, die Verantwortung für dich zu übernehmen. Sie sind bereit, auch das letzte Opfer zu bringen, falls dies notwendig sein sollte, um ihre Ziele zu erreichen. Du wirst nun in die Obhut von Neeva, ihrer Besatzung und der *Balakiire* entlassen, und möge die Klugheit der Ahnen und Gnade der Beschützer dich vor allem Bösen beschützen.«

Der Gefangene litt unerträgliche Schmerzen. Aaris Gefühle waren gespalten, was das anging. Seinem Bedürfnis nach Rache stand eine intensive Abneigung entgegen, irgendein Lebewesen, selbst einen Khleev, so leiden zu sehen. Doch einen Trost gab es hier im Frachtraum dieses Schiffs, der zu einem solch schrecklichen Ort geworden war. Der Gefangene klackte alle Informationen heraus, die Aari von ihm verlangte, doch weder Aari noch Becker, nicht einmal Mac, der durchaus bereit gewesen war, den Khleev »Stück für Stück auseinander zu nehmen«, hatten Hand an ihn legen müssen. Was auch immer dem Khleev solche Qualen bereitete, sie waren nicht dafür verantwortlich.

Statt das Ungeheuer auseinander zu nehmen, verarbeitete Mac rasch die Informationen, die er von Aari und dem LAANYE über das Khleevi-Klacken erhalten hatte, um Aaris und Beckers Fragen in Klacks zu übersetzen und die Antworten abermals zu übertragen.

Der Khleev lag fest im Netz verschnürt auf dem Deck, und die Schnüre des Netzes waren wiederum sicher an den Schotten befestigt. Dieses Ungeheuer würde ihnen nicht mehr entfliehen. Aari war dankbar, dass die widerwärtige Gestalt des Geschöpfs ein wenig von dem Netz verborgen wurde. Die Titaniumschnüre zogen sich fest über die vorstehenden Augen des Khleev, hielten seine Fresszange fest und drückten einen Fühler gegen die Seite seines gewölbten Kopfes. Der faulige Geruch, den Aari zunächst draußen auf dem Khleevi-Schiff wahrgenommen hatte, erfüllte nun den Frachtraum und schien schlimmer und schlimmer zu werden. Becker machte eine Bemerkung über die grünliche Flüssigkeit, die unter dem gefangenen Khleev hervorfloss.

»Der macht sich vor Angst in die Hosen«, sagte er.

»Angst?«, fragte Aari. »Ein Khleev? Angst? Vor uns?«

»Sicher. Du hattest doch auch Angst, als wir dich damals gefunden haben, oder?«

»Sicher, aber ich bin kein Khleev.«

»Ich will dir mal was über Leute erzählen, Kumpel – alle Arten von Leuten«, meinte Becker. »Monster wie der da«, er deutete auf den Khleev, »tun gern allen weh, die ihnen begegnen, nur um zu sehen, wie sich die anderen winden. So denken sie nun mal. Wenn also einer von denen gefangen wird und er plötzlich in derselben Position ist wie zuvor seine Opfer, nimmt er selbstverständlich an, wir würden dasselbe mit ihm tun. Der einzige Unterschied ist, dass wir Informationen wollen. Als du Gefangener der Khleevi warst, schien es ihnen gleich zu sein, ob du etwas sagst oder nicht. Sie wollten dich einfach nur schreien hören, oder?«

»Ja, Joh. Das habe ich nie begriffen.«

»Dann solltest du jetzt Folgendes begreifen: Wie verängstigt du auch immer gewesen sein magst – der da hat noch viel mehr Angst. Denn um zu tun, was die Khleevi dir angetan haben, braucht man ein wirklich feiges Herz. Diese Khleevi mögen vielleicht aussehen wie Käfer, aber in Wahrheit sind sie geballte Feigheit auf Beinen. Und sie trauen sich nur, andere zu schikanieren, wenn sie eindeutig in der Übermacht sind.« Becker machte große Gesten und hob die Stimme, damit er trotz des jämmerlichen, aber nervtötenden, kreischenden Geräusches, das der Khleev von sich gab, gut zu vernehmen war. Als Aari Gefangener der Insektoiden gewesen war, hatte er nie solche Laute von ihnen gehört. Es mochte allerdings durchaus sein, dass er derartige Geräusche, oder eine Variante davon, selbst von sich gegeben hatte.

»Also, Aari, wenn du noch Fragen hast, dann frage. Mac, du siehst zu, wie du ihm dabei helfen kannst.«

»Und was haben Sie vor, Kapitän?«, fragte Mac freundlich.

»Ich werde mir Drohungen ausdenken und an meiner, äh, Überredungskunst arbeiten«, erwiderte Becker.

»Sehr wohl, Kapitän. Aari?«

»Mac, frag ihn, was er hier gewollt hat, wie viele andere in der Nähe sind, wo sich die Hauptflotte aufhält und wo sich ihre Heimatwelt befindet.«

Mac gab jenes Klacken von sich, das die Khleevi benutzten; er erzeugte es jedoch mit dem Mund. Aari war beeindruckt.

Der Khleev gab noch einmal dieses schrille Geräusch von sich.

»Sag ihm, wir machen seinem Schmerz ein Ende, wenn er uns die Daten gibt«, wies Becker Mac an. Er hatte die Zähne fest zusammengebissen und entblößte sie nun in einer eindeutig feindseligen Grimasse – eine Feindseligkeit, die Becker zu genießen schien.

Andererseits genoss Aari die Situation kein bisschen. Anfangs hatte er geglaubt, es würde ihm Freude machen, einem Khleev heimzuzahlen, was sie ihm angetan hatten, doch stattdessen empfand er tiefe Abscheu – vor sich selbst. Jetzt tat er etwas, das auch die Khleevi taten. Er war nicht besser als sie. Doch die Informationen waren nun einmal wichtig. Er schob seine Gedanken beiseite, als er begriff, dass Mac wieder sprach, und diesmal nicht in Klacks.

»Ihr Schiff war ein Späherschiff. Die Khleevi haben viele solche Schiffe. Ihr Auftrag bestand darin, einen Planeten mit passender Atmosphäre und den Nährstoffen zu finden, die die Horde braucht. Die Hauptflotte wurde bereits informiert, dass das Schiff dieses Wesens eine ganze Anzahl passender Welten gefunden hat – diese hier eingeschlossen –, und zwar dank der glücklichen Begegnung mit einem Späherschiff eines zweihörnigen Volkes.«

Mac wandte sich Becker zu und sagte: »Das waren doch sicher

die Niriianer? Bitte vergessen Sie nicht, dass ich viele Gedanken dieses Geschöpfs nur sehr frei übersetzen kann. Zum Glück bin ich dank dessen, was von der Programmierung durch meine vorherige Benutzerin noch übrig geblieben ist, recht vertraut mit den grundlegenden Gedanken und Sprachmustern eines solchen Wesens und kann Ihnen versichern, dass meine Übersetzung recht zutreffend ist. Die Khleevi haben viel mit Kisla Manjari gemeinsam.«

Und so ging es weiter. Um Missverständnissen vorzubeugen und zu verhindern, dass der Khleev sie anlog (»Um Himmels willen, Aari«, sagte Becker, »niemand, der zu dem fähig ist, was sie dir angetan haben, würde vor einer kleinen Lüge zurückschrecken!«) bestand Becker darauf, dass dieselben Fragen wieder und wieder auf unterschiedliche Weise gestellt wurden.

Mac bemerkte: »Sie sind sehr geübt, was das Zutagefördern von Informationen angeht, Kapitän. Waren Sie selbst früher auch in diesem Bereich tätig?«

»Nein, aber mein Vater hatte die Angewohnheit, hin und wieder mündliche Prüfungen über all die Dinge abzuhalten, die ich als Kind lernen musste«, erwiderte Becker. »Und dabei konnte ich ihm nie etwas vormachen. Wer hätte gedacht, dass ich seine Techniken noch einmal brauchen würde? Los, gehen wir alles noch einmal durch ...«

Aari geriet ins Schwitzen, als er sich nur allzu gut daran erinnerte, wie er selbst an Stelle des Khleev gewesen war und das Kreischen hörte, das die Kreatur ausstieß.

Irgendwann während des Verhörs kam Khornya vorbei. Nachdem sie wieder gegangen war, bemerkte Aari, dass auch SB nicht mehr bei ihnen im Frachtraum war. Inzwischen versuchten sie, dem Khleev zu erklären, dass sie die Koordinaten der Hordenflotte und des Heimatplaneten der Khleevi wissen wollten, ebenso wie die Codes, mit denen sie die Kommunikationseinrichtungen des Schwarms knacken konnten.

Das Geschöpf hatte gerade sinnloses Geplapper von sich gegeben, das keiner von ihnen enträtseln konnte, als der Gestank plötzlich viel schlimmer, das Klacken gedämpfter und auch das Kreischen dünner, höher und schriller wurde. Dann war es plötzlich vollkommen still.

Mac versetzte dem Khleev einen Tritt. »Ich glaube, er hat das Bewusstsein verloren, Kapitän.«

»Schlappschwanz«, meinte Becker. »Wir haben ihn nicht einmal angerührt. Es gibt Leute, die alles tun würden, um ein paar einfachen Fragen zu entgehen.«

»Joh, du hast gesagt, du würdest etwas gegen seine Schmerzen tun, wenn er uns sagt, was wir wissen wollen«, meinte Aari.

»Sieht doch so aus, als hätten seine Schmerzen beinahe ein Ende gefunden«, sagte Becker.

»Nein, es ist schlimmer geworden. Das Geschöpf stirbt. Khornya muss es heilen. Ich würde es ja selbst tun, aber ich kann nicht.«

»Dann hat der alte Klacker hier ja wirklich Pech gehabt, dass sie dir das Horn ausgerissen haben, wie?«, meinte Becker, und Aari fühlte plötzlich Zorn auf ihn in sich aufsteigen.

»Wir müssen Khornya zurückholen, damit sie ihn rettet, Joh. Er hat vielleicht … noch mehr Informationen für uns.«

»Schon möglich. Und du siehst aus, als könntest du sowieso eine Pause brauchen, Kumpel. Also geh schon. Hol sie zurück.«

Aari verließ rasch den Frachtraum. Er war überrascht, dass er die Hebebühne zum Deck zurückholen musste, ehe er hinunterfahren konnte. Die Oberfläche der Bühne war noch klebriger als zuvor, trotz all des Hin und Hers beim Einladen des Bergungsgutes, und als Aari versuchte, sich zu bewegen, ertönten schmatzende Geräusche unter seinen Fußsohlen. Die Pflanzensaftflecken waren … ja, sie waren tatsächlich größer geworden als vorher, als er und Becker mit dem Gefangenen aufs Schiff zurückgekehrt waren. Aari bückte sich neugierig, um das Zeug zu berühren. Es machte einen ziemlich harmlosen Eindruck, doch als Aari versuchte, sich wieder aufzurichten, stellte er fest, dass seine Hand, mit der er sich auf dem Deck abgestützt hatte, festklebte. Er verlor das Gleichgewicht und stürzte, und dabei beschmierte er seinen Overall vorne mit dem klebrigen Zeug. Er riss sich los und gewann mit einigen Schwierigkeiten das Gleichgewicht wieder. Gleichzeitig beschloss er, das Deck zu säubern, sobald sie ihren Gefangenen losgeworden waren.

Als die Hebebühne abwärts fuhr, sah er, dass der helle blaue Tag vollkommen einer indigofarbenen Nacht gewichen war, nur beleuchtet von den beiden blauen Monden. Der Wind fegte durch das hohe saphirblaue Gras. Khornya war nirgends zu sehen, doch als Aari sich umschaute, hörte er plötzlich ein heiseres »Mrrrau« und sah, wie SB mit großen Sätzen über das Feld zwischen dem Strand und dem Wald gesprungen kam.

Sobald der Kater ihn erspäht hatte, drehte SB sich um und lief wieder in die Richtung, aus der er gekommen war. Er machte ein paar Sprünge, drehte sich dann um und starrte Aari bedeutungsvoll an; seine schimmernden Augen sahen aus wie zwei glühende Goldmünzen. Wieder *mrrraute* er, und Aari folgte ihm widerstrebend. Er hatte eigentlich vorgehabt, einen kleinen Umweg zu machen und sich dieses klebrige Zeug mit Seewasser abzuwaschen. Aber die Katze versuchte ganz offensichtlich, ihn zu Khornya zu führen – da war sich Aari ganz sicher. »Wo ist sie, Sahtas Bahtiin?«, fragte er.

SB lief noch ein Stück weiter, schaute dann abermals zurück und *mrrraute* Aari an, ihm zu folgen. Der Kater hatte etwas so Drängendes an sich, dass Aari nervös wurde. Er folgte der Katze durch das hohe Gras und bis zu den Farnbäumen. Khornya. Der Kater führte ihn zu Khornya. Sie hatte offenbar Probleme, war vielleicht sogar verwundet, oder vielleicht hatte sie Maati und Thariinye gefunden, und die beiden waren verwundet, und Khornya hatte den Kater zurückgeschickt, um Hilfe zu holen, und …

Aari roch die Spur des Khleev, bevor er sie sah. Sie war alt und kalt, und der Schleim hatte sich verfestigt und glänzte im Mondlicht. Die Khleevi hatten Khornya gefangen.

Aari erbrach das Wenige, was er an diesem Tag gegessen hatte, ins Unterholz. Keine Frage, er hatte keine Zeit mehr, umzukehren und Becker zu holen. Jeder Augenblick zählte – er erinnerte sich daran, was diese Geschöpfe ihm angetan hatten, und ihm wurde kalt bei dem Gedanken, dass Khornya sich in ihrer Gewalt befinden konnte. Er würde nur kostbare Zeit verlieren, wenn er zum Schiff zurückkehrte – Augenblicke, für die Khornya mit unvorstellbaren Schmerzen bezahlen würde, wenn sie sich tatsächlich in der Gewalt der Khleevi befand. Irgendwie, irgendwie musste er sie finden, sie befreien, sie beschützen. Niemand durfte mehr das durchmachen, was er durchgemacht hatte. Besonders nicht Khornya – die schöne, anmutige, sanfte Khornya. So liebevoll. So besorgt. Sie war auch intelligent und konnte praktisch denken, und sie war sehr stark, aber niemand konnte gegen die Khleevi ankommen. Schon der Gedanke daran, dass diese Ungeheuer die Gelegenheit haben sollten, Khornya zu zerbrechen, wie sie es mit ihm getan hatten, war unerträglich.

Vielleicht empfand er noch nicht, was sie sich von ihm an Empfindungen wünschen mochte – er fühlte sich immer noch innerlich hohl, taub und kalt, wenn er nicht von Schmerz und Zorn erfüllt war. Er hatte jemandem wie Khornya nichts zu geben. Aber er war es ihr schuldig, dafür zu sorgen, dass sie überlebte, um all das irgendwann von einem anderen zu bekommen.

Er folgte der Spur hügelaufwärts und wieder abwärts und dann in einen anderen Teil des Waldes, einen weiteren Hügel hinauf. Er bemerke nicht, dass die Katze wieder verschwand.

Doch als er die Schreie hörte, wurde der stetige Laufschritt, mit dem er der Spur gefolgt war, zu einem vollen Galopp.

Zehn

Soweit Acorna sehen konnte, bestand das Problem nicht darin, den Khleev zu finden. Ihr Feind war nicht gerade ein Heimlichtuer. Seine Exkrementspur führte direkt zu ihm hin. Das einzige Problem war, wie sie mit ihm fertig werden sollte, ehe er Thariinye noch mehr antun konnte.

Sie fanden Thariinye zuerst. Er lag am Ende der Spur, genauer gesagt, war er in das Ende der Spur eingewickelt und mit einem Stück davon an einen Baum gebunden. In der kalten Nachtluft war sein Atem als Nebel zu sehen, daher wussten sie, dass er nicht tot war. Doch weder Acorna noch Maati konnten einen Gedanken von ihm empfangen, nicht einmal einen Traumfetzen.

Der Khleev stand ein Stück weiter hügelaufwärts; sein Mondlichtschatten fiel auf sie und verschwamm mit den Schatten der Bäume. Er hatte die Insektenaugen zu den beiden Monden erhoben und wackelte mit dem Kopf. Zwei seiner Beine waren mit etwas beschäftigt, das wie ein elektronisches Gerät aussah. Funken flogen zwischen den Beinen und der Maschine hin und her, während zwei weitere Beine einen Teil der Exkremente verbrannten, mit den zu erwartenden Übelkeit erregenden Ergebnissen. Jedes Mal, wenn die Beingruppen bestimmte Bewegungen vollzogen hatten, klackte der Khleev mit der Zange, was sich ganz ähnlich anhörte wie der Morsecode, den Acorna auf dem Schürfschiff gelernt hatte.

Maati und Acorna hatten denselben Gedanken: (Er ruft das Mutterschiff. Wir müssen ihn aufhalten.)

(Aber erst befreien wir Thariinye), war der nächste gleichzeitige Gedanke. Maati sah, wie Acornas Zähne im Mondlicht aufblitzten – eine Mischung aus Heiterkeit und Feindseligkeit.

(Schleich dich hinter den Baum, Maati. Versuch, ihn von diesem Zeug zu befreien. Hier, nimm mein Lasermesser. Und ich versuche, den Khleev abzulenken.)

(In Ordnung. Sei vorsichtig, Khornya.)

Die beiden trennten sich, und Acorna schlich im Bogen durch den Wald und seitlich von dem Khleev, der sich auf einer kleinen Lichtung befand, den Hügel hinauf. Als sie durch die Bäume zu dem Geschöpf hinüberspähte, sah sie, dass es immer noch beschäftigt war. Dennoch hatte sie das Gefühl, dass es noch versuchte, den Kontakt überhaupt erst herzustellen, und dass es sein Ziel noch nicht erreicht hatte. Es hielt immer wieder inne, um das Gerät neu einzustellen, nicht um zuzuhören. Sie musste diesen Khleev aufhalten, bevor er eine ganze Invasionsarmee herbeirief.

Sie musste ihn weglocken, weg von diesem Kommunikationsgerät und weg von Thariinye und Maati. Und sie brauchte einen Plan, um dann, wenn möglich, selbst fliehen zu können, sobald sie einen sicheren Abstand von ihren Freunden erreicht hatten. Sie dachte einen Augenblick lang nach, holte schließlich tief Luft und machte sich an die Arbeit.

Sie griff nach einem abgebrochenen Zweig, warf ihn nach dem Geschöpf und rannte diagonal zu Thariinyes Position den Hügel hinunter.

»Krieg mich doch!«, rief sie dem Khleev zu, als sie den Hügel hinuntergaloppierte – das hatte sie von den Kindern auf der Mondbasis gehört. Sie warf einen Blick zurück, um zu sehen, ob der Khleev sie bemerkt hatte.

Er machte zwei Sätze und hatte sie schon beinahe erreicht.

Nun rannte sie um ihr Leben, donnerte den Hügel hinunter und schrie dabei, so laut sie konnte, während der Khleev hinter ihr hersprang und bei jedem Sprung zwei oder drei Schritte aufholte.

(Lauf, Khornya!), rief Maati in ihrem Kopf. (Ich kriege dieses Zeug ohne Thariinyes Hilfe nicht durch. Und er will einfach nicht wach werden.)

(Versuch es weiter. Benutz dein Horn, wenn es sein muss.)

(Was ist, wenn ich Thariinye verletze?)

(Das ist immer noch besser als alles, was der Khleev mit ihm vorhat.)

Gleichzeitig zu laufen und zu denken war nicht einfach. Acorna stolperte über einen umgestürzten Baum und fiel zwischen die Äste. Mit zwei kurzen Sprüngen hatte der Khleev sie beinahe erreicht. Sie tauchte unter die Farnwedel und wand sich bis zum Stamm durch, dann sprang sie auf und versuchte weiterzurennen, doch ihr Bein versagte ihr den Dienst. Ein scharfer Schmerz lief ihren Schenkel hinauf.

Die Hitze und der Gestank und das Klacken des Khleev schienen sie von allen Seiten zu umgeben, als sie versuchte, sich so zu winden, dass sie mit dem Horn ihr Bein berühren konnte.

Das riesige Insekt tauchte mit einem Satz wie ein Albtraum zwischen den Farnwedeln auf – und landete auf ihrem verletzten Bein.

Acorna hatte nicht um Hilfe gerufen, weder im Geist noch laut, weil sie nicht wollte, dass Maati versuchte, sie zu retten und gegen den Khleev zu kämpfen. Aber der plötzliche Schmerz war so heftig, dass sie einen durchdringenden Schrei ausstieß.

»He, du da! Du widerlicher Käfer!«, rief Maati, und dann hörte man auch Thariinyes Brüllen: »Ich bin hier drüben, du schleimige Exkrement-Maschine!«

Der Khleev verharrte einen Augenblick lang unsicher. Dann hätte Acorna schwören können, dass er seine Version von Zähnen bleckte und entschlossen noch einmal zutrat – auf die Stelle, an der sich Acornas Bein befunden hatte, das sie inzwischen aus dem Weg gezogen hatte.

»Maati, du dummes Gör, *lauf*!«, schrie Acorna.

»Tu ihr ja nicht noch mal weh, du Dung fressender, äh, Dunghaufen!«, brüllte Maati. Schritte kamen näher.

»Maati, *nein*!«, schrie Acorna. Und auch Maati schrie auf. Acorna konnte nicht sehen, was geschah, doch sie hörte ein Knirschen und ein Keuchen und dann ein Geräusch, als würde die Luft aus etwas herausgelassen.

»Du wagst dich wohl nur an kleine Mädchen, du Stück Dreck«, rief Thariinye. »Warum bindest du mich nicht wieder mit deinem Schleim an einen Baum?«

Er hatte aus Maatis Beispiel gelernt, denn seine Stimme wurde ein wenig leiser, und Acorna hörte, wie er beim Rückzug Zweige zertrat. Der Khleev sprang – und sie war frei. Zumindest für einen Augenblick.

Sie beugte sich vor und rieb sich mit dem Horn über das Bein, nachdem sie die Knochen zurechtgerückt hatte. Der Schmerz ließ sofort nach, aber sie musste sich ganz auf den Heilungsprozess konzentrieren und konnte nicht mehr darauf achten, was um sie herum vorging. Kostbare Augenblicke lang hatte sie keine Ahnung, ob Maati noch lebte, ob Thariinye der Gefangenschaft entgangen war, ob er den Khleev hatte weit genug weglocken können, oder ob das Ungeheuer diesmal auf ihren Kopf treten würde.

Sobald der Knochen wieder zusammengewachsen war, stand Acorna auf, und sie sah gerade noch, wie der Khleev mit der Fresszange nach dem umhertänzelnden Thariinye griff. Thariinye schrie auf, und Acorna packte den nächstbesten Gegenstand – einen Stein, der unter ihr auf dem Boden gelegen hatte – und warf ihn nach dem Ungeheuer.

Diesmal ließ sich der Khleev nicht so schnell ablenken. Er schlug mit den rasiermesserscharfen Zangenbacken nach Thariinye und riss ihm damit grausame Wunden an den erhobenen Händen und Armen. Acorna sprang über den umgestürzten Baumstamm und drosch mit den Fäusten auf den Panzer des Geschöpfes ein, während die herzzerreißenden Schreie ihres ehemaligen Schiffskameraden ihr in den Ohren gellten.

»Lass ihn los! Lass los!«, weinte sie.

Der Khleev ließ tatsächlich los, und Thariinye, der aus vielen Wunden blutete, fiel wie eine Lumpenpuppe dicht neben der leblosen Maati zu Boden. Acorna drehte sich um und rannte los.

Der Khleev wandte sich Acorna zu, und seine Zange schnappte nach ihr. Nur ein einziger Baum stand noch zwischen ihnen. Dann war mit einem Schmatzen und einem stinkenden Windstoß auch der Baum verschwunden. Acorna drehte sich abermals um und rannte, und diesmal sprang sie über den umgestürzten Baum, sodass der Stamm zwischen ihr und dem Khleev war. Sie wich Wedel um Wedel aus, doch das Grün verschwand einfach im Maul des Khleev und erschien sofort danach wieder hinter ihm als weiterer Teil der stinkenden Spur.

Es sah beinahe so aus, als lächelte der Khleev, als er den letzten Bissen von dem Baumstamm nahm; er schien Acorna verhöhnen zu wollen, indem er mit ihrem letzten Schutz spielte. Sie lief weiter, rief im Geist nach Maati und Thariinye, hoffte auf eine Antwort, aber sie drängte sie auch, still liegen zu bleiben.

Nun war der Khleev mit dem Baumstamm fertig. Acorna wich gegen einen weiteren Baum zurück. Das Ungeheuer folgte ihr, nahm erst einen Bissen und dann noch einen von den Wedeln, die Acorna schützend vor sich schob. Das Spiel schien ihm zu gefallen.

Acorna schrie auf, als die Zange nur ein paar Zentimeter vor ihrem Gesicht zuschnappte. Noch einmal schnappte der Khleev, dann hob er die Zange höher, dicht an ihr Horn. Sie duckte sich und versuchte, zwischen seinen Hinterbeinen hindurchzuschlüpfen.

Plötzlich entdeckte sie aus dem Augenwinkel etwas Weißes, Verschwommenes. Der Khleev fiel rückwärts, umgerissen von einem Liinyar, der das Ungeheuer zu Boden drückte, seinerseits umklammert von zappelnden Beinen und Zangen.

(Lauf, Khornya*!)* Aaris Stimme erklang in ihrem Geist, doch es war alles andere als ein Flüstern. *(Hol Joh. Hol Waffen. Ich werde den Khleev so lange wie möglich beschäftigen, aber du musst dich und meine Schwester retten.)*

(Du kommst alleine nicht gegen ihn an, Aari.)

(Nein, aber ich kann ihn aufhalten. Lauf!)

(Er wird dich umbringen!)

(Ich bin doch ohnehin schon ein Kadaver.)

Sie rannte durch den Wald und schrie nach Becker, schrie die Namen ihrer Freunde.

Sehr zu ihrer Überraschung kamen ihr Becker und Mac bereits durch den Wald entgegengerannt. Beide schwangen Waffen, und Becker brüllte: »Wo ist er? Zeig in die Richtung, und duck dich!«

Sie drehte sich um und rannte wieder auf Aari zu, der sich zu ihrer Überraschung unverletzt aus den eng gefalteten Khleev-Beinen aufrichtete. Das Geschöpf versuchte nicht, ihn aufzuhalten oder zu verletzen. Stattdessen blieb es am Boden liegen und gab dasselbe schrille »iii-iii-iii« von sich wie ihr Gefangener auf dem Schiff. Becker achtete nicht darauf. Sobald Aari sich von dem Ungeheuer gelöst hatte, hob Becker das Gewehr und feuerte. Ein riesiges Loch klaffte plötzlich im Panzer des Khleev, und er gab keinen Laut mehr von sich.

Das Echo des Schusses war noch nicht verklungen, als zwei Linyaari, die etwas trugen, was wie Metallstreifen aussah, über den Hügel gerannt kamen. (Maati? Aari? Bei den Ahnen, sind sie *tot*?)

Acorna packte Aaris Arm und hörte den Ruf im Geist, als sie ihn berührte. (Mutter? Vater?), fragte er verblüfft.

Maati setzte sich benommen auf. »Hat jemand nach mir gerufen?«

Acorna ließ Aari los und kniete neben Thariinye nieder. Ihr alter Schiffskamerad blickte nicht auf, aber sie sah, dass er noch atmete. Eine seiner Hände hing nur noch an einem Hautfetzen aus dem Ärmel. An seiner rechten Wange fehlte ein Stück Fleisch, und ein Auge war zugeschwollen, Lid und Braue zerfetzt. Sein Horn war etwa anderthalb Zentimeter kürzer, als es zuvor gewesen war.

»Thariinye!«, rief Maati und richtete sich auf alle viere auf, um rasch zu Thariinye zu krabbeln. »Oh nein, sieh dir bloß seine Hand an!«

»Maati? Kleines, bist du das?«, fragte der männliche Liinyar, der während des Kampfes aufgetaucht war.

Maati hob den Blick und sah die beiden hoch gewachsenen fremden Linyaari an. Sobald sie ihre Gesichter genau gesehen hatte, rannte sie weinend auf sie zu. »Mutter? Vater? Helft uns! Thariinye ist schwer verletzt. Er hat den Khleev dazu gebracht, auf ihn loszugehen, damit er mich nicht umbringt.« Sie zog ihre Eltern rasch an Thariinyes Seite.

»Meine Güte«, sagte ihre Mutter. »Dem jungen Mann geht es tatsächlich schlecht, aber diese junge Dame hier ist schon dabei, ihn zu heilen, und sie macht ihre Sache sehr gut. Maati?«

Der männliche Liinyar schob Acorna sanft beiseite und neigte sein eigenes Horn zu Thariinyes Hand hinab. »Wenn du erlaubst, meine Liebe. Dieser Junge hier hatte gerade erst Laufen gelernt, als wir Narhii-Vhiliinyar verließen. Und nun ist er verwundet worden, weil er unsere kleine Tochter beschützen wollte.«

Acorna überließ ihm Thariinye gerne. Sie war nach allem, was sie selbst durchgemacht hatte, unvorstellbar müde, doch sie musste nach Aari sehen. Er schien von dem Kampf mit dem Khleev keine Wunden davongetragen zu haben, obwohl das Ungeheuer ihn mit all seinen Beinen fest umklammert hatte. Es war allerdings seltsam, dass er dem Khleev entkommen war.

Becker und Aari beugten sich beide über die Leiche des Ungeheuers und betrachteten sie neugierig.

»Der Khleev lag bereits im Sterben, als du auf ihn geschossen hast, Joh. Er konnte mich nicht festhalten. Siehst du, wie er die Beine gekrümmt hat?«

»So was passiert eben bei einer Bleivergiftung«, knurrte Becker.

»Bleivergiftung? Wo kommt denn das Blei her?«, wollte Aari wissen. »Du hast doch das Lasergewehr benutzt.«

»Nur eine Metapher«, erwiderte Becker.

»Aari, bist du verletzt?«, fragte Acorna und betrachtete ihn eingehend. »Dein Hemd ist ganz blutig.«

Aari sah zufrieden an sich herunter. »Das ist vor allem Khleevi-Blut. Einer von euch muss ihn schon verwundet haben, bevor ich ihn erreichte. Ich hatte keine Waffen.«

»Wir auch nicht«, sagte Acorna. »Wir hatten hier keinen Ärger erwartet.« Sie kniete nieder, um den toten Khleev zu untersuchen. Vorsichtig berührte sie seine Brust am Rand der Wunde, die Beckers Lasergewehr gerissen hatte. »Was ist denn das da? Es hat nicht dieselbe Farbe wie das Khleevi-Blut.«

»Ach – das kommt von mir«, erwiderte Aari. »Als ich das Schiff verlassen habe, bin ich auf der Hebebühne in den Pflanzensaft gefallen. Mein Overall war vorne vollkommen damit verklebt.«

Acorna versuchte, dass klebrige Zeug mit dem Finger zu entfernen, doch es war richtig in den Panzer des Khleev eingesunken. Und als sie jetzt ein wenig von der klebrigen Masse wegschob, sah sie, dass sie ein Stück des festen Schutzpanzers des Geschöpfes weggefressen hatte.

Sie blickte zu den beiden Männern auf, die sie ihrerseits stirnrunzelnd beobachteten. »Was ist aus dem anderen Khleev geworden?«

»Er lag im Sterben, als wir das Schiff verließen«, sagte Aari. »Ich wollte dich holen, damit du ihn heilen kannst.«

»Habt ihr ihm etwas getan?«

»Nein – nein, das brauchten wir gar nicht. Er schien allerdings zu glauben, dass wir etwas mit seinen Schmerzen zu tun hatten, und wir haben ihn in dem Glauben gelassen«, meinte Aari.

»Ehrlich, wir hatten wirklich vor, dich ihn heilen zu lassen«, sagte Becker. »Sobald wir alle Informationen hatten, die wir brauchten. Es wäre sicher interessant gewesen, wenn die Wissenschaftler ihn hätten studieren können ...« Er versuchte, unschuldig zu tun. Acorna wusste allerdings, dass ihm die Sache mit den Wissenschaftlern gerade erst eingefallen war. Er war sehr dagegen gewesen, dass sie die Wunden des Monsters heilte. »Vielleicht hatte er sich bei dem Absturz schlimmer verletzt, als wir dachten. Er hat uns gesagt, was wir wissen wollten, und dann ist er umgekippt – ziemlich praktisch, wirklich. Aari wollte dich holen, um zu sehen, ob du den Khleev heilen kannst oder so.«

Beide Männer schauten verlegen drein. Acorna blickte von einem zum anderen. »Ich glaube nicht, dass es die Verletzungen waren, die er sich bei dem Absturz zugezogen hat, die den Gefangenen getötet haben. Und ich fürchte, der hier war von dem Augenblick an tödlich verwundet, als Aari sich auf ihn gestürzt hat.«

»Du hast dich auf ihn gestürzt, Kumpel?«, fragte Becker Aari und schlug ihm auf den Rücken. »Ich bin beeindruckt! Ich hätte nicht gedacht, dass so etwas in dir steckt. Nicht schlecht für einen Pazifisten.«

»Das hast du falsch verstanden, Joh. Khornya hat gerade gesagt, ich hätte den Khleev getötet. Wie soll ich das gemacht haben, Khornya?«

»Der Pflanzensaft auf deinem Overall«, sagte Acorna.

»Jaaa«, murmelte Aari. »Ja, das könnte sein. Ich erinnere mich daran, als wir den Saft zum ersten Mal gesehen haben. Er hat kleine Insekten getötet, die auf diesem Urwaldplaneten die Pflanzen fressen wollten.«

»Und die Pflanzen haben uns auch für einen Käfer gehalten«, meinte Becker. »Sie haben die *Condor* mit diesem Zeug überzogen und versucht, ihre Schale zu durchbrechen. Ein Glück, dass das nicht funktioniert hat.«

»Wahrscheinlich zerstört der Pflanzensaft nur bestimmte organische Substanzen«, sagte Aari. »Nach den Ergebnissen zu schließen, würde ich annehmen, dass die Polysaccharide im Chitinpanzer der Khleevi davon betroffen sind, Joh.«

»Gut. Alles, was Khleevi-Panzer frisst, ist eine prima Sache«, entgegnete Becker.

Acorna blickte zu den anderen hinüber und sah, wie Maati und ihre Eltern Thariinye beim Aufstehen halfen. Die Kleidung des jungen Mannes war immer noch blutig, doch er bewegte die Finger seiner eben noch abgerissenen Hand schon wieder, und alle Schnitt- und Risswunden waren sauber. Sein Horn war allerdings kürzer geblieben.

Aari wandte den vier Linyaari entschlossen den Rücken zu und begann zusammen mit Becker und Mac, ein weiteres Frachtnetz um den toten Khleev zu wickeln. Acorna starrte ihn an und schüttelte den Kopf. Es sah nicht so aus, als wollte Aari seinen so lange verschwundenen Eltern um den Hals fallen und sich über das Wiedersehen freuen. Tatsächlich machte er sogar den Eindruck, als wollte er um jeden Preis verhindern, überhaupt etwas mit ihnen zu tun zu haben.

Miiri – Maatis und Aaris Mutter – entdeckte den Ausschlag auf Aaris Händen als Erste. Aari hatte sich inzwischen den größten Teil des Pflanzensafts von den Handflächen gerieben, doch sie waren rot und juckten, und die Haut war an einigen Stellen geschwollen. Auf dem Rückweg zum Schiff hielt er immer wieder inne, um die Handflächen an den Beinen seines Overalls zu reiben. Seine Mutter, die versucht hatte, neben ihm zu geben, um mit ihm zu reden, bemerkte das.

Aari versuchte, seine Mutter nicht zu beachten, doch Acorna hielt ihn auf, legte ihm die Hand auf den Arm, hob seine Hand hoch und untersuchte sie. »Ich hatte genauso eine rote, juckende Stelle an meinem Finger, weil ich den Saft am Rand der Wunde des Khleev berührt habe, aber ich habe den Finger an mein Horn gehalten, und es ist geheilt. Sehen wir mal, ob ich dir helfen kann«, sagte sie, senkte ihr Horn auf Aaris Handflächen und berührte sie leicht, erst die eine, dann die andere. Es war Aari an seiner starren Haltung und an dem Ausdruck in seinen Augen nur zu deutlich anzusehen, wie groß seine Schmerzen waren. Endlich seufzte er erleichtert und sah Acorna halb gereizt, halb dankbar an.

»Dieser Saft, der sich in die Khleevi-Panzer frisst und sie kurz darauf tötet, ruft bei unserer Spezies anscheinend nur eine allergische Reaktion hervor«, sagte Acorna. »Es ist unangenehm, aber es scheint für uns nicht tödlich zu sein.«

»Mac«, sagte Becker, »wenn wir wieder an Bord sind, besteht deine erste Aufgabe darin, all diesen Pflanzensaft von der Hebebühne zu kratzen und einzusammeln. Dann lagerst du ihn in einem der Frachträume. Ich will, dass das Zeug so bald wie möglich analysiert wird. Es könnte sich als nützlich erweisen.«

Die nächsten Stunden waren ein wahrer Wirbel an Aktivität. Maatis und Aaris Eltern sprachen in Gedanken mit den anderen Linyaari, während sie alle arbeiteten, und erzählten ein paar von den Abenteuern, die sie als Schiffbrüchige auf dem Planeten erlebt hatten. Ihr Überleben war wirklich ein Beweis für ihren Mut und ihre Klugheit. Aber Maati hatte ihrer Mutter und ihrem Vater so viel zu sagen, dass sie mit ihren neu entdeckten telepathischen Fähigkeiten schwatzte wie eine Elster. Daher konzentrierte sich der größte Teil des Gesprächs auf Maatis jüngste Eskapaden und nicht darauf, was ihre Eltern getan hatten, seit sie ihren Heimatplaneten auf der Suche nach ihren Kindern verlassen hatten. Und trotz der Notwendigkeit, die Verbindung zu den lange Vermissten wiederherzustellen, gab es zu viel zu tun, um dem Anlass wirklich gerecht werden zu können. Die Linyaari und die restliche Besatzung der *Condor* waren vollauf beschäftigt. Sie wollten sowohl die abgestürzte Khleevi-Fähre als auch die Überreste der *Niikaavri* an Bord der *Condor* bringen, ebenso wie auch alle anderen Trümmer, die sie erreichen oder die Mac aus dem Meer fischen konnte. Das Schiff der Khleevi war in so viele Teile zerbrochen, dass die meisten davon zu klein waren, um selbst Becker zu interessieren, doch sie luden ein, was sie konnten.

(Warum geben wir uns jetzt mit diesem Schrott ab?), wollte Kaarlye, Maatis und Aaris Vater, von Maati wissen. (Müssen wir uns nicht mit unserem Volk in Verbindung setzen? Immerhin waren die Khleevi hier.) Weil die Eltern noch keine Zeit gehabt hatten, die interstellare Verkehrssprache mit Hilfe des LAANYE im Schlaf zu lernen, verstanden sie auch Beckers oder Macs Gedankenmuster nicht, obwohl es SB – wie immer – hervorragend gelang, sich verständlich zu machen.

(Ich sehe mal, was ich rausfinden kann), erwiderte Maati.

»Kapitän«, sagte sie auf Linyaari, nachdem sie Becker den Strand entlang gefolgt war, bis er, als er sich umdrehte, um ein weiteres Trümmerstück aufzuheben, beinahe auf sie getreten wäre. »Wenn die Khleevi diesen Teil der Galaxis erforschen und der Schwarm ganz in der Nähe ist, sollten wir dieses Zeug nicht lieber hierlassen und nach Narhii-Vhiliinyar zurückkehren, um unser Volk zu warnen?«

Becker versuchte zu antworten, erst in seiner Sprache, dann in dem gebrochenen Linyaari, das er von Aari gelernt hatte. Doch bevor Kaarlye noch verwirrter wurde, übersetzte Acorna Beckers Antworten lieber.

»Nun«, sagte Becker, »wenn man einmal davon absieht, dass wir dich und Thariinye hier gefunden haben, haben wir nichts mehr von eurem Planeten gehört, seit wir ihnen die *Piiyi*-Daten geschickt haben, Schätzchen. Wir haben ihnen gesagt, sie sollen sich wieder bei uns melden, wenn die Übersetzung fertig ist, erinnerst du dich? Ich glaube nicht, dass sie uns zuhören werden, und ich bin sicher, dass sie nicht mit uns reden. Ich kann mir nicht vorstellen, dass sich das jetzt ändern wird, auch wenn wir ihnen mehr zu erzählen haben. Ich sage es nur ungern, aber nach allem, was wir wissen, könnten die Khleevi schon dort sein, oder vielleicht waren sie dort und sind schon wieder verschwunden.

Dieses Ungeheuer, das wir verhört haben, wusste nur, wo sich die Flotte zu dem Zeitpunkt aufhielt, als es den letzten Funkspruch erhalten hat, und das ist Tage her. Falls dir das hilft, kann ich dir noch verraten, dass nach allem, was unser Gefangener wusste, die Khleevi zu diesem Zeitpunkt noch nicht auf eurem Planeten waren. Aber wir wissen nicht, was bei dir zu Hause los ist, und wir können ihnen eigentlich auch nichts anderes sagen, als sie vor den Khleevi zu warnen, die vielleicht in der Nähe sind – und das haben wir bereits getan. Genau das hat ja dazu geführt, dass du dich mit Thariinye aufgemacht hast, um uns zu suchen. Wir haben deine Leute gewarnt, als wir ihnen die *Piiyi*-Aufzeichnung gesendet haben – nach allem, was du uns über diese pferdegesichtige *Viizaar* erzählt hast, kann es allerdings sein, dass das nicht viel genützt hat. Wir können unserem ersten Funkspruch eigentlich nur hinzufügen, dass wir deine Eltern hier gefunden haben. Was auch immer auf deinem Planeten passiert – wir sind viel zu weit weg und würden zu spät kommen, um irgendetwas auszurichten. Deshalb habe ich es nicht eilig, wieder mit Narhii-Vhiliinyar Kontakt aufzunehmen.

Im Augenblick mache ich mir mehr Sorgen um uns. Dieser Käfer, mit dem wir geredet haben, hat den anderen Käfern genau gesagt, wo sich dieser Planet befindet, und was für gutes Khleevi-Futter es hier gibt. Der Schwarm könnte schon auf dem Weg sein. Wir haben vielleicht noch viel Zeit, bevor sie hier eintreffen, oder überhaupt keine mehr. Meine Scanner zeigen noch nichts an, aber das muss nicht unbedingt etwas bedeuten. Deshalb möchte ich alle Trümmer, die wir erwischen können, an Bord der *Condor* bringen, bevor wir starten, und zwar so schnell wie möglich. Wenn das Komsystem in der Khleevi-Fähre nicht zerstört ist – und für mich sah es recht funktionsfähig aus – und wir es wieder in Gang bringen und bedienen können, besteht die Möglichkeit, dass es immer noch Signale von der Flotte empfängt, die uns sagen könnten, wo sie sich befinden, und vielleicht auch, was sie vorhaben.«

Also machten alle mit und arbeiteten stundenlang daran, Trümmer einzusammeln und zum Schiff zu bringen. Als alles zum Beladen vorbereitet war, sahen sie zu, wie Mac seinen Unterarm öffnete und ein Werkzeug zum Farbkratzen ausfuhr. Dann drückte der Androide einen Knopf direkt unter der Haut seines Handgelenks und begann sich zu bewegen wie ein Holovid, das schnell vorgespult wird. Mit raschen Bewegungen säuberte er die Hebebühne von dem Pflanzensaft und sammelte das klebrige Zeug sorgfältig in einem von Kapitän Beckers Joghurtbehältern aus Steingut – selbstverständlich erst, nachdem er den Joghurt ausgeleert und die Schale gesäubert hatte.

»Was soll ich damit machen, Kapitän?«, fragte Mac.

»Bring es in einen der äußeren Frachträume – einen, der nicht temperaturgeregelt ist. Der Saft hat den Flug hierher draußen im kalten Vakuum offenbar gut vertragen. Ich möchte nicht eingreifen, wenn ein System so hervorragend funktioniert. Große Sterne und Asteroiden, seht euch doch mal den Rumpf an!« Die *Condor* hatte normalerweise eine silbrig-metallische Farbe, jetzt jedoch war sie mit breiten Spuren des gelblichen Pflanzensafts überzogen, so wie Ranken ein altes Landhaus überziehen. »Sieht so aus, als wäre das Zeug im Raum gefroren und würde jetzt fröhlich wieder auftauen.«

Acorna hörte auf, den Neuankömmlingen Beckers Worte zu übersetzen, und machte einen Vorschlag: »Wir sollten dafür sorgen, dass nichts von diesem Pflanzensaft hier zurückbleibt, denn er ist dem hiesigen Ökosystem fremd und könnte großen Schaden anrichten.«

»Genau das wollte ich auch gerade sagen«, entgegnete Becker.

Nachdem die Hebebühne sauber war und sie sich überzeugt hatten, dass kein Saft am Boden zurückgeblieben war, halfen alle, die Fracht an Bord zu bringen. Mac trug die schweren Gegenstände, wie die beinahe noch intakte Khleevi-Fähre. Becker warf einen bedauernden Blick auf den Rumpf des Linyaari-Schiffs. »Ich würde das wirklich gerne mitnehmen, aber es würde einfach zu lange dauern, es zu zerlegen und an Bord zu bringen. Nun, ich denke, da ihr damit hergekommen seid, ist es ohnehin nicht wirklich Bergungsgut.«

Acorna befürchtete schon, er würde zu weinen anfangen, weil er so wertvolle Beute zurücklassen musste, also tätschelte sie seinen Arm und sagte: »Wenn diese Krise vorüber ist, Kapitän, können wir immer noch zurückkommen und es holen.«

»Das stimmt«, meinte er und war sofort wieder besserer Laune.

Wieder übersetzte Acorna für Maatis und Aaris Eltern, und Kaarlye erwiderte: »Ja. Vielleicht könnte der Kapitän dann auch unsere Fluchtkapsel holen. Wir hängen an dieser Kapsel – schließlich hat sie uns das Leben gerettet.«

Elf

Ich glaube, wir würden alle gerne wissen, wie ihr hierhergekommen seid und was geschehen ist, seit ihr Narhii-Vhiliinyar verlassen habt«, sagte Acorna viel später zu Kaarlye und Miiri. Becker, SB und Mac standen auf der Brücke ihren Mann und Kater, und Aari und Acorna hatten ihre neuen Gäste zum Grasen in den hydroponischen Garten geführt.

»Eigentlich gibt es da gar nicht viel zu erzählen«, sagte Miiri. »Wir sind losgeflogen, sobald Maati alt genug war, dass wir sie bei anderen Leuten lassen konnten.« Sie fuhr mit der Hand über Maatis Mähne. »Du verstehst doch, mein Liebes, dass wir nicht vorhatten, so lange wegzubleiben, und wir wollten dich auch nicht in Gefahr bringen, falls sich die Khleevi noch in der Nähe unserer alten Heimat aufhielten. Wir hofften, irgendwie unsere Jungen – dich, Aari, und ...«

»Laarye ist gestorben, Mutter, während mich die Khleevi gefangen gehalten haben«, sagte Aari. »Ich konnte ihn nicht retten.«

»Ja«, erwiderte sie schlicht. »Ich habe es gespürt.«

(Hast du mich auch gespürt, Mutter? Hast du mein Leiden gespürt?) Auf den schockierten Blick seiner Mutter hin verlor auch Aari seine scheinbare Maske der Gleichgültigkeit und schaute erschrocken um sich. »Ich habe nichts gesagt«, wandte er sich ein wenig flehentlich an Acorna. Sie hatte den Atem angehalten, als er begonnen hatte, mit seiner Mutter zu sprechen, und atmete nun wieder aus.

(Du hast Gedankensprache benutzt, wie schon vorhin, als der Khleev mich angegriffen hat.)

(Ich ... ich habe nicht geglaubt, dass irgendwer mich hören könnte. Mir war nicht klar –)

(Ich habe dich gehört), sagte Acorna. (Ich habe dich heute Nachmittag gehört, als dieses Ungeheuer mich angegriffen hat. Es hat mir Mut gemacht zu wissen, dass du da warst.)

»Ich habe dich ebenfalls gehört, mein Sohn«, sagte seine Mutter. Das Licht im Hydroponik-Garten war jetzt trüb und simulierte Nacht, um den Pflanzen Ruhe zu gönnen. Hier unten war die Luft frisch und süß. Der Rest des Schiffs hatte durchdringend gestunken, als die Linyaari an Bord gegangen waren. Mac hatte die Leiche des Khleev zwar in einen weiteren äußeren Frachtraum gezerrt und den Pflanzensaft und das Khleevi-Blut vom Deck der *Condor* geputzt, doch das Schiff stank immer noch. Die Linyaari-Hörner klärten die Luft selbstverständlich; es schien allerdings immer noch, als könnten die toten Khleevi die Räume schneller mit Gestank erfüllen, als selbst die Linyaari-Hörner im Stande waren, sie zu reinigen.

Dieser Garten hingegen war ein Bereich des Schiffs, den man vorzeigen konnte, nachdem sich Acorna und Aari solche Mühe gegeben hatten, ihn schöner zu gestalten. Sie hatten Tücher über die Decke drapiert, die ein wenig an Wolken und Himmel erinnerten. Nun wurde das künstliche Licht, das auf sie niederfiel, sanft von diesem »Himmel« gefiltert. Alle sechs Linyaari hockten grasend im Kreis und starrten einander aus Augen an, in denen sich der simulierte Mond glänzend spiegelte. Kleine Wellen auf einem Teich, den Acorna angelegt hatte, um den Garten zu verschönern, aber auch um die nötige Luftfeuchtigkeit für ein optimales Pflanzenwachstum zu gewährleisten, warfen flirrende Schatten auf die wogenden Tücher.

»Ich habe dich über die ganze Galaxis hinweg gehört, mein Sohn. Ich hörte deinen Bruder sterben, und ich hörte deine Schreie«, sagte Aaris Mutter. »Warum, glaubst du wohl, haben wir Maati bei Großmama gelassen und sind zurückgekehrt?«

»Um mit mir in der Folterkammer der Khleevi zu enden?«, fragte Aari. Seine Bitterkeit war nur allzu deutlich sichtbar. Er konnte sie nicht überwinden, und Acorna wusste, dass dies ein Teil des tief vergrabenen Schmerzes in ihm war, den sie nicht hatte berühren können. »Was für eine Verschwendung wäre das gewesen! Ihr hättet besser zu Hause bleiben und euch um Maati kümmern sollen, selbst wenn ihr Laarye und mich nicht aufgegeben hattet.«

»*Lies meine Gedanken*«, sagte seine Mutter. »Ich habe dich gehört. Wir sind gekommen, sobald wir konnten.«

»Sie hat dich gehört«, bestätigte sein Vater mit ernster Miene. In seinem Blick stand tiefe Trauer. »Sie hat jede Nacht mit dir geschrien. Sie hat nicht mehr geschlafen und jeglichen Appetit verloren, während sie mit dir gelitten hat. Hast *du* sie denn nicht gehört, als unsere Feinde nicht nur deinen Bruder Laarye töteten, sondern auch die Zwillinge starben, die Miiri verloren hat, bevor sie Maati empfing?«

Acorna sah Miiri genauer an. Sie war sehr dünn, aber Linyaari neigten ohnehin nicht zur Fülle. Ihre Augen waren von einer wunderbaren Kupferfarbe, lagen allerdings tief in ihren Höhlen. Farbe und Beschaffenheit ihrer Haut sahen nicht gut aus. Sie war nicht krank – ihr Lebensgefährte hätte sie geheilt, wenn es nur eine Krankheit gewesen wäre, die ihr das Leben schwer machte –, aber dennoch ungesund. Anstrengung hatte tiefe Falten hinterlassen, die sich von der Nase zum Mund zogen, und andere Linien bildeten eine Raute mit Spitzen in der Basis ihres Horns und an der Nasenwurzel.

»Und du, Vater?«, fragte Aari. »Du hast nichts gespürt?«

»Du weißt, das ich nicht über jenes Ausmaß an Empathie verfüge, mit dem deine Mutter sowohl gesegnet als auch verflucht ist. Ich habe mich stattdessen darauf konzentriert zu senden. Ich habe dir den Weg zu unserer neuen Welt mitgeteilt, habe dir Fluchtwege vorgeschlagen und zu unseren Beschützern gebetet, dass du irgendwie gerettet werden mögest, dass Vhiliinyar selbst die Eindringlinge vertreiben und meine Söhne retten möge.«

Aari war verdutzt. »Aber … ich wusste, wie man Narhii-Vhiliinyar findet. Hatte man uns das nicht allen beigebracht?«

Kaarlye schnaubte leise und schüttelte heftig den Kopf, sodass seine Mähne kurz in Bewegung geriet – ein Aufblitzen von Silber im Lampenlicht. »Selbstverständlich nicht. Ich bin ein starker Sender.«

Aari wirkte einen Moment lang beschämt, dann trotzig. Er nickte kurz.

»Aber ... ihr hattet doch *mich*«, warf Maati beinahe jämmerlich ein.

»Ja, mein Kind«, sagte ihre Mutter und strich ihr mit dem Handrücken über die Wange. »Wir hatten dich. Es war deine Geburt, die dazu geführt hat, dass wir erst so spät abreisten. Großmama wollte nicht zulassen, dass ich mich von der Stelle rühre; sie hat mich mit guten Kräutern beruhigt und mir nachts Lieder vorgesungen, und ein ganzer Kreis von Frauen hat mir tagsüber stundenlang die Hörner aufgelegt, bis du sicher auf der Welt warst. Aber dann, Maati, mein Liebes, mussten wir einfach gehen. Nachdem du da warst, um den Klannamen weiterzuführen und wir dich bei Großmama in Sicherheit zurücklassen konnten, mussten wir deinen Bruder suchen. Ich konnte ihn nach deiner Geburt nicht mehr hören. Und dennoch hatte ich seinen Tod nicht gespürt. So schrecklich seine Folter auch gewesen war, ich wusste, was es bedeutete, solange es andauerte. Es sagte mir, dass Aari noch lebte und fühlte, dass ich in Verbindung mit ihm stand. Aber dann war er verschwunden, und ich wusste nicht, was ich denken sollte. Ich konnte ihn nicht mehr spüren, ich konnte nicht –«

»Mein Horn«, sagte Aari und berührte leicht die Narbe an seiner Stirn. »Sie haben mir das Horn genommen. Es hätte mich beinahe umgebracht. Zweifellos hat der Verlust auch meine Fähigkeit, mich euch mitzuteilen, beeinträchtigt.«

»Ja«, erwiderte sein Vater. Seine Mutter konnte nicht sprechen, weil ihr die Tränen die Kehle zuschnürten. Acorna wischte sich rasch über die feuchten Wangen. Maati schniefte und schnaufte. Thariinye, der bis dahin seltsam still gewesen war, legte den Arm um sie. Auch Maatis Mutter drückte ihre Tochter an sich. Acorna legte eine Hand auf Miiris Knie und eine auf das von Aari. Er griff nach ihrer Hand und drückte sie einen Augenblick lang an sein Gesicht, bog den Kopf zur Seite, um die Hand zwischen Kinn und Schulter zu halten. Sein Gesicht war feucht, doch Acorna glaubte, dass es sich um Schweiß und nicht um Tränen handelte. Diese Begegnung war ausgesprochen schmerzlich für ihn, aber sie hoffte, dass es ein guter, ein heilender Schmerz war. Aaris Nervenenden glühten wieder vor Leben.

»Ein Kind vor der Zeit zu verlieren ist das Schlimmste, was Eltern passieren kann. Zu wissen, dass ein Kind absichtlich schrecklich verletzt wird, ist sogar noch schlimmer. Aber als ich die Verbindung zu dir verloren habe, als ich nicht mehr fühlen konnte, wo du warst und was mit dir geschah, zu wissen, dass du dort warst, dich aber nicht zu spüren – das war unerträglich. Wären nicht die Zwillinge und dann Maati gewesen, wären wir schon viel früher losgeflogen, um dich zu finden.«

Miiri streckte die Hand nach Aari aus, doch er wich vor ihrer Berührung zurück. Sie zog die Hand wieder zurück und legte sie auf ihr Knie. Dann hob sie entschlossen den Kopf und fuhr fort: »Sobald wir konnten, sind wir nach Vhiliinyar zurückgeflogen. Wir haben Funkstille gehalten, damit die Khleevi das Signal nicht verfolgen konnten. Aber unsere alte Heimat war gewaltsam verändert worden, und es schien, als schlüge sie jetzt zurück. Aus einer niedrigen Umlaufbahn konnten wir erkennen, dass das wunderbare Grün, Blau und Lila unserer Welt nun Grau und Schwarz und roten, entzündeten Wunden und Kratern gewichen war. Das Meer war ausgetrocknet, und nur rissiger, trockener Boden war zurückgeblieben. Dort, wo einmal Bäche über Bergwiesen geflossen waren, strömte nun Lava von den verwüsteten Gipfeln in die Bachbetten. Tatsächlich hatten sich viele unserer Berge dem Himmel entgegengeschleudert und waren ausgebrochen. Einer dieser Ausbrüche zerstörte unser Schiff, ehe wir noch die Schilde hochfahren konnten. Er kam wie aus dem Nichts. Das Schiff war schwer beschädigt. Wir wussten, dass es wahrscheinlich bald vollkommen fluguntauglich sein würde, also haben wir uns zum nächsten bewohnbaren

Planeten aufgemacht. Als wir uns der Atmosphäre dieser Welt näherten, hatten wir kaum noch Zeit, in die Kapsel zu schlüpfen und sie auszustoßen, bevor das Schiff endgültig auseinander fiel. Wir sind hier gelandet, ganz ähnlich wie Maati und Thariinye vorhin, und die Sensoren der Kapsel haben uns zu einem sicheren Ort geführt. Es gab zu essen und Wasser und atembare Luft. Wir haben überlebt, darauf gewartet, gerettet zu werden, damit wir die Suche nach unserem Sohn fortsetzen konnten.« Miiris Stimme war sehr leise geworden, und nun erstarb sie ganz. Sie öffnete und schloss die Hände unruhig um ihre Knie, senkte den Blick und sah Aari nicht mehr an.

Acorna hielt immer noch Aaris Hand; mit der anderen nahm sie eine von Miiris Händen und legte sie in die ihres Sohnes. Sie umfassten die Hand des anderen nicht, aber sie berührten einander. Miiri blickte wieder auf und schaute Aari an.

Nun erzählte Kaarlye die Geschichte weiter. »Wir konnten kaum etwas anderes tun als überleben, warten und hoffen, dass du dich irgendwie vor den Khleevi retten konntest. Und nun bist du hier bei uns.«

Er zauste Maatis Haar. »Und du auch, unsere wunderschöne Tochter, und du bist inzwischen zu einer jungen Dame im Sternenkleid herangewachsen.«

Aari umklammerte jetzt fest die Hand seiner Mutter, und Acorna schlüpfte hinaus und ließ die Familie allein. Thariinye saß da, beobachtete und war so still, dass man kaum glauben konnte, dass er noch derselbe Thariinye war.

Acorna ging zu Becker auf die Brücke. Mac hatte sich abgeschaltet, um seine Batterien aufzuladen, und SB putzte sich und wärmte sich den Bauch an den Lichtern des Schaltpults. Die *Piiyi*-Aufzeichnung, die ununterbrochen über den Schirm geflackert war, war zum Glück endlich abgeschaltet worden.

Becker drehte sich um, als Acorna auf dem Sessel neben ihm Platz nahm.

»Familientreffen, wie?«, fragte er.

Acorna nickte. Sie war glücklich, aber auch ein wenig matt. Die Leere, die in Aari bestanden hatte, füllte sich wie ein trockenes Flussbett nach einem Dammbruch, und in geringem Maß geschah dies auch mit Maati. Dies alles erfüllte Acorna mit Sehnsucht, und sie wünschte sich, auch ihre eigenen Eltern wären irgendwie entkommen und könnten zu ihr zurückkehren. Aber nein, sie hatte nicht das Gefühl, dass so etwas geschehen würde. Sie hatte sie nicht gekannt, hatte sie als Baby nur so lange vermisst, bis Gill, Calum und Rafik ihre Linyaari-Kindernamen für Mutter und Vater gelernt hatten, und dann hatte sie sich in der liebevollen Obhut ihrer drei »Onkel« geborgen gefühlt, die wirklich so etwas wie ihre Väter waren, und in der ihrer anderen neuen Freunde, ihrer neuen Familie. Nun hatte sie eine Tante und einen Planeten und so viel mehr, und sie missgönnte es Aari nicht, dass er seine Eltern gefunden und von ihrer unbeirrbaren Liebe zu ihm und Maati erfahren hatte. Und dennoch –

Becker beugte sich zur Seite und tätschelte ihre Schulter. »Macht einen nachdenklich, wie, Prinzessin?«

»Was?«, fragte sie. Becker konnte besser Gedanken lesen, als sie angenommen hatte.

»Wie unsere Eltern wohl waren, und wie es gewesen wäre, bei ihnen zu sein. Ich habe meine Mutter ein bisschen gekannt – sie hat irgendwo als Wissenschaftlerin gearbeitet, ich bin nicht sicher, wo. Ich war etwa drei, als es eine Menge Explosionen und Schüsse gab und sie hinfiel und überall blutete, und dann hat man mich ins Lager nach Kezdet gebracht. Vielleicht liegt es daran, dass ich damals erst drei war, aber ich erinnere mich vor allem daran, wie langweilig es war, bei meiner Mutter zu sein. Und eins konnte man wirklich über Paps sagen – Vater Becker meine ich: Er hatte nichts Langweiliges an sich. Ich glaube eigentlich nicht, dass mir etwas entgangen ist.« Aber sie sah in seinem Herzen, dass auch in ihm ein Bachbett immer noch ausgetrocknet war und darauf wartete, dass ein Damm brach und es flutete.

Und sie wusste, dass trotz all ihrer Freunde und Adoptiveltern und ihrer Linyaari-Verwandten ein ähnliches ausgetrocknetes Bachbett auch in ihr selbst wartete. Doch es war sinnlos, sich über solche Dinge Gedanken zu machen. Außerdem hatte sie zu tun. Sie schaute hinaus zu den Sternen und fragte: »Wohin jetzt, Kapitän?«

Zwölf

Es fiel der *Balakiire* nicht schwer, dem Signal zu dem blauen Planeten zu folgen. Die Koordinaten waren auf dem *Piiyi* angegeben gewesen, und die Ionenspuren der *Niikaavri* führten direkt dorthin. Doch niemand von der Besatzung war auf den Anblick vorbereitet, der sich ihnen bot, als sie sich dem Strand näherten, auf dem auch die *Condor* gelandet war. Die Schale der *Niikaavri* war aufgebrochen, als wäre ein gewaltiges Küken aus ihr ausgeschlüpft und hätte sie dort zurückgelassen, wo sie nun Wind und Wetter ausgesetzt war.

Sie sahen auch Wrackteile, die noch auf dem Meer trieben oder an den Strand gespült worden waren. Nachdem Neeva sich diese Trümmer näher angesehen hatte, erkannte sie die Bestandteile eines Khleevi-Schiffs. Die Scanner der *Balakiire* zeigten allerdings nicht an, dass sich noch Khleevi auf dem Planeten befanden. Von diesem Punkt an ging es nur noch darum, genau herauszufinden, was geschehen war. Sie begannen bei einer von kleinen Trümmerteilen umgebenen Senke in einer Sanddüne und folgten einer Spur von Khleevi-Exkrementen. Liriili wurde die Ehre zuteil, vorausgehen zu dürfen, und sie tat es genauso unwillig, wie Neeva es von ihr erwartet hatte. Der Anblick der umgerissenen Bäume, der großen Pfütze geronnenen Blutes, die von weiteren blutbefleckten Farnwedeln und abgebrochenen Ästen und Zweigen umgeben war, ließ alle tief und schmerzlich aufstöhnen. Sie folgten der Spur ein Stück weiter den Hügel hinauf, bis sie eine Stelle erreichten, an der ein Baum von zerrissenen Streifen fest gewordenen Dungs umgeben war. Sie suchten noch weiter und stellten fest, dass hinter diesem letzten Hügel der Wald in flaches Marschland überging, und dahinter erstreckte sich das weite blaue Meer. Nur ein paar vereinzelte

Trümmerteile trieben auf dieser Seite der Landspitze auf den Wellen. Doch nahe bei den Bäumen, in einer kleinen Lichtung, der man ansah, dass sie bewohnt gewesen war, lag ein kleines, eiförmiges, mit Mustern verziertes Schiff. Liriili schnappte nach Luft, als wäre dies eine Überraschung für sie, was selbstverständlich nicht der Fall war.

Die Linyaari untersuchten die Fähre ausführlich.

»Ist das das Muster des Schiffs, in dem sich Kaarlye und Miiri auf die Suche nach ihren Söhnen gemacht haben?«, fragte Neeva.

Liriili nickte widerstrebend.

»Bist du sicher?«

Liriilis Augen waren ein wenig gerötet und geschwollen, wie schon die ganze Zeit seit der Rückkehr der Pilger und der Ahnen. Sie war an Bord keine angenehme Gesellschaft gewesen. Keine noch so große Anzahl von Hörnern konnte die Atmosphäre des Energiefeldes säubern, das sie umgab, die so missmutig war, dass es selbst die Harmonie einer so gut aufeinander eingespielten Besatzung wie die der *Balakiire* störte.

»Ich sollte es ja wohl wissen«, meinte sie tonlos. »Ich habe mir diese Aufzeichnungen angesehen und die Informationen, die Thariinye gesammelt hatte, immer wieder überprüft. Es ist ja nicht so, als hätte ich meine Entscheidung leichtfertig getroffen. Ich habe das Gleiche getan, was ich immer schon getan habe – ich habe zum Wohl unseres Volkes gehandelt, und das hier ist der …«

»Ja, ja«, sagte Khaari, die keine Diplomatin war, barsch. »Thariinyes und Maatis Schiff ist nur noch ein Wrack, und wir haben Spuren gefunden, die anzeigen, dass die *Condor*, auf der sich auch Khornya und Aari befanden, in der Nähe des Khleevi-Schiffs war, das die *Niikaavri* zum Absturz gebracht hat. Hier sind überall Khleevi-Spuren, und das da ist die Kapsel, die Kaarlye und Miiri gehört hat, aber trotzdem geht es immer nur darum, wie sehr *du* doch missverstanden wirst.«

Liriili sah sie mürrisch an und schnaubte. »Wie du willst … aber da alle, die du erwähnt hast, inzwischen zweifellos tot sind – mit der Ausnahme der Khleevi, die diese Spuren hinterlassen haben – könnten wir diese vergebliche Mission nun vielleicht abbrechen und nach Hause zurückkehren?«

»Ich bin überrascht, dass du das willst«, meinte Neeva. »An deiner Stelle würde ich mir eine Mission wünschen, die mich für sehr lange Zeit in die am allerweitesten abgelegene Galaxis schickt – wenn möglich in eine Galaxis, wo noch nie jemand von mir gehört hat.«

»Das mag deine Art sein, mit solchen Dingen fertig zu werden«, sagte Liriili. »Meine ist es nicht. Ich bin keine Raumfahrerin.«

»Jetzt bist du eine«, entgegnete Melireenya. »Es ist für mich unvorstellbar, dass du dir alles hier ansehen kannst, ohne so etwas wie Mitleid zu empfinden, vielleicht Traurigkeit, und sogar Reue, was Maati und Thariinye angeht.«

»Wenn du glaubst, dass die willkürliche Entscheidung des Rates, der von meinen Feinden beeinflusst wurde, bewirkt, dass ich mich schuldig fühle, dann irrst du dich. Ich habe getan, was ich für das Beste für unseren Planeten hielt. Wenn jemand wegen meiner Entscheidung zu Schaden gekommen ist, dann ist das die Schuld der Khleevi und nicht meine.«

Khaari wühlte in der Fluchtkapsel herum und holte den kleinen Behälter heraus, der die Flugaufzeichnungen enthielt.

In der Fähre der *Balakiire* umkreisten sie den Planeten noch einmal in einem engen Orbit. Obwohl sie sich sorgfältig umsahen, fanden sie keine andere zweibeinige Lebensform auf dem Planeten, weder tot noch lebendig.

Als sie wieder im Raum waren, besprachen sie, was als Nächstes zu tun sei.

»Wir müssen all unsere Verbündeten vor den Khleevi warnen«, sagte Neeva.

»So wie sie uns vor den falschen Föderationstruppen gewarnt haben?«, meinte Khaari mit einer Spur von Bitterkeit über diesen Verrat.

»Diese Feinde waren nur Menschen«, sagte Neeva. »Zugegeben,

böse Menschen, aber dennoch nur Menschen. Und sie haben unsere Verbündeten getäuscht. Was daraufhin mit unseren Leuten passiert ist, war nicht recht, aber zuzulassen, dass die Khleevi irgendeine Zivilisation überfallen, wäre nicht besser.«

»Wahrscheinlich nicht. Soll ich einen Funkspruch absetzen?«

»Nein!«, rief Liriili. »Damit wirst du sie direkt zu uns führen, und von uns aus nach Narhii-Vhiliinyar.«

Neeva seufzte. »Ich fürchte, da muss ich dir Recht geben, Liriili. Nein, da die Khleevi offenbar erst vor so kurzer Zeit hier waren und sich vielleicht noch in der Nähe befinden, ist es besser, Funkstille zu bewahren. Ich fürchte, wir müssen zumindest die erste unserer Warnungen persönlich abgeben.«

Sie kehrten zu ihrem Schiff zurück, dockten mit der Fähre an und berechneten einen Kurs, der sie zu den bewohnten Planeten führen würde, die ihrer Heimatwelt am nächsten lagen.

Die *Condor* sendete ihre Warnung vor den Khleevi auf allen Kanälen an alle Planeten und Schiffe in Reichweite. Die Reaktion der Linyaari auf diese Botschaft war typisch – sie bewahrten weiterhin Funkstille. Aber drei Tage und zwei Wurmlöcher von dem blauen Planeten entfernt erlebte Acorna eine angenehme Überraschung, denn Calum Bairds Gesicht tauchte unerwartet auf dem Schirm auf. »*Condor*, hier spricht die *Acadecki*. Wir haben eure Nachricht erhalten«, meldete er. Und dann fragte er grinsend: »Acorna, was im Kosmos treibst du eigentlich auf diesem Schrottschiff? Und haben wir dir nicht beigebracht, dass Khleevi wirklich keine angemessenen Spielgefährten für dich sind?«

»Roger, Calum«, erwiderte Acorna und entblößte die Zähne für ihren geliebten Pflegevater, der mit derselben Geste antwortete. Bevor sie noch mehr sagen konnten, wurde Calums Gesicht von anderen Gesichtern und Signalen verdrängt.

Becker, der die fremden Stimmen gehört hatte, kam auf die Brücke gerannt, gefolgt von Aari, ihren Linyaari-Gästen und Mac.

»Verdammt, sind wir schon im Föderationsraum?«, rief Becker.

»Wir müssen im letzten Wurmloch falsch abgebogen sein. Ich hab dir doch gesagt, wir müssen nach links abbiegen, Aari.«

Aari war inzwischen nicht nur an Beckers seltsame Ausdrucksweise gewöhnt, sondern hatte sich selbst einiges davon angeeignet. »Tut mir Leid, Joh«, erwiderte er nun. »Ich bin wohl falsch abgebogen, weil ich zu lange überlegt habe, welchen Blinker ich setzen soll.«

Maati starrte die Gesichter auf dem Schirm mit großen Augen an, während Kaarlye und Miiri ein wenig erschrocken dreinschauten und Thariinye mit lediglich einem Hauch seines früheren Pomps zu übersetzen begann.

Der junge Mann hatte sich ziemlich verändert, seit er Gefangener des Khleev gewesen war. Zuerst, kurz nach seiner Rettung, hatte er sich in sich zurückgezogen und war für seine Verhältnisse ganz untypisch zaghaft und zögernd gewesen. Maatis Neckereien, Beckers Schimpfen, Acornas Freundlichkeit – nichts drang zu ihm durch. Doch Aari hatte ihn in ein wortloses Mitgefühl eingeschlossen, wie es nur der erste und bisher einzige Liinyar, der die Gefangenschaft bei den Khleevi überlebt hatte, dem nunmehr zweiten entgegenbringen konnte. Thariinye hatte darauf mit Erleichterung und so etwas wie Heldenverehrung reagiert. Er hatte eine Kostprobe davon erhalten, wozu die Khleevi fähig waren; und dennoch konnte er sich kaum vorstellen, was Aari durchgemacht haben musste. Dieses neue Band half eindeutig beiden Männern, ein wenig mehr zu gesunden.

Aari hatte begonnen, mit seinen Eltern und Maati zu sprechen und ihnen von der Zeit zu erzählen, die er allein und mit den Khleevi auf Vhiliinyar verbracht hatte. Einiges von dem, was er dabei beschrieb, war Acorna und selbst Becker neu. Jetzt, nachdem sie alle den Khleevi gerade noch von der Schippe gesprungen waren – wie Becker es durchaus zutreffend ausdrückte –, verstanden sie Aaris Erlebnisse ein wenig besser. Sie waren selbstverständlich immer noch entsetzt über seine Geschichten, aber ihre Reaktion bestand mehr aus grimmigem Verständnis, nicht aus Schock oder Empfindlichkeit.

Mit diesem neuen Selbstvertrauen stellte sich Aari der Parade von Gesichtern auf dem Schirm mit einem Gleichmut, wie er ihn in der Vergangenheit nie an den Tag gelegt hatte.

Nachdem alle begrüßt worden waren, schaltete Acorna wieder zu Calum. »Ich bin ja wirklich froh, dich zu sehen, aber was machen all diese Schiffe hier?«, fragte sie ihn.

»Wir sind auf dem Weg, um uns auf dem Mond der Möglichkeiten des Hauses Harakamian mit Hafiz und seiner Karawane zu treffen«, erklärte er mit übertriebenem schottischem Akzent. »Das ist der Mond, den du als Operationsbasis benutzt hast, als du die Leute gerettet hast, die Ganoosh und Ikwaskwan gefangen gehalten haben.«

Becker lachte leise. Die Begeisterung, mit der Hafiz sich in neue geschäftliche Unternehmungen stürzte, war seinem eigenen Eifer nicht unähnlich. »Er hätte sich einen etwas besseren Zeitpunkt aussuchen sollen«, sagte er nun zu Calum. »Einem unserer, äh, Informanten nach zu schließen, wird es in diesem Sektor vor Khleevi bald nur so wimmeln. Andererseits, wenn der alte Pirat länger gewartet hätte, wäre vielleicht niemand mehr übrig, mit dem er Handel treiben könnte, also müssen wir wohl damit zurechtkommen. Ich nehme an, du hast nichts dagegen, mal wieder eine Runde über die Rettung der Galaxis zu feilschen?«

Dreizehn

Die Harakamian-Karawane hatte ihr Ziel nach einem langen Raumflug endlich erreicht. Unterwegs hatte sie an vielen Wasserlöchern und Oasen Rast eingelegt, um sich zu verköstigen oder ein paar vergessene, aber wichtige Versorgungsgüter, Fachleute, Sicherheitspersonal und was sonst noch zu haben war, aufzulesen. Die raumtauglichen »Kamele« der Karawane waren, als sie endlich auf dem trostlosen Mond ankamen, schwer mit dem Allerbesten an Fracht beladen.

In weniger Zeit, als der Dschinn gebraucht hatte, um Aladin ein Schloss zu bauen, hatten Hafiz und seine Geschäftspartner ein riesiges Handelszentrum errichtet. Hafiz benutzte seine eigene Hologramm-Magie, um die Enviroblasen als riesige Linyaari-Pavillons zu tarnen, wie Acorna und Aari sie ihm beschrieben hatten. Innerhalb der Blasen glaubte man sich von blauem Himmel und fliegenden Vögeln, Wasserfällen, Wäldern und entfernten Bergketten umgeben. Im Vordergrund befand sich jener blühende Basar der Waren und Dienstleistungen, das Handelszentrum, das das Haus Harakamian mit dem einzigen Zweck errichtet hatte, die Linyaari und ihre Verbündeten zu einem hoffentlich exklusiven Handelsvertrag zu verlocken.

Calum Baird war verantwortlich für eine zweite Expedition von Technikern, die Relaystationen zwischen dem neuen und dem alten Sektor einrichteten, besonders auf der Strecke nach Laboue und zur Maganos-Mondbasis.

Rafik, Gill, Mercy, Judit, Ola, Johnny und Ziana sorgten dafür, dass die jungen Leute von der Maganos-Mondbasis und die Besatzung der *Haven* reichlich Gelegenheit hatten, etwas zu lernen. Einige der Älteren waren mittlerweile im richtigen Alter für ein Universitätsstudium. Jene, deren Hirn von Mangelerscheinungen geschädigt worden war oder die schon so jung als Schuldknechte gearbeitet hatten, dass ihnen immer noch viel nachzuholen blieb, waren in der Obhut vertrauenswürdiger Lehrer und einiger älterer, begabterer Kinder auf der Maganos-Mondbasis geblieben. Dort würden sie helfen, weitere Nachschubkarawanen für den neuen Mond der Möglichkeiten, wie Hafiz seine Handelsflotte genannt hatte, zusammenzustellen und Nachrichten von dort weiterzuleiten.

Dr. Hoas Wetterzauber schuf ein ebenso abwechslungsreiches wie angenehmes Klima, das einen dreißigtägigen Zyklus gemäßigter Veränderungen durchlief. Zusammen mit den Botanikern der Basis hatte er Spezies ausgewählt, die gut gediehen bei einem Wetter aus mehreren Tagen warmen Regens, durchbrochen von kurzen schweren Regenfällen, dazwischen strahlend warmem Sonnenschein, gefolgt von frischen Herbsttagen, die dafür sorgten, dass sich die speziell ausgewählten Bäume rot und golden färbten, bis es schließlich schneite, wobei der Schnee nur auf die Wiesen und die Berge des Erholungsgeländes des Mondes fiel, damit Einwohner und Gäste Ski, Snowboard und Schlitten fahren, Eis laufen und in den Skihütten feiern konnten.

In einem anderen Teil des Erholungsgebietes schwankten eigens gefertigte Palmen über einem weißen Sandstrand, vor dem surfbare Wellen unter segelfreundlichen Winden glitzerten. Es wurden auch Vorkehrungen für Freizeitbeschäftigungen getroffen, von denen Hafiz erst vor kurzem erfahren hatte, wie Lianenschwingen (für jene, die aus dem lumirischen Dschungel kamen), Schlammwälzen (für die porcinischen Wesen aus dem Sternbild des Großen Bären) und selbstverständlich Sportarten, die hohe oder niedrige Schwerkraft erforderten – Distanzspringen und Erdtauchen zum Beispiel. In einer Werbebroschüre versprach Hafiz, dass bald schon weitere Unterhaltungsmöglichkeiten zur Verfügung stehen würden.

Seine Hologrammzauber machten die Hotels zu Spielplätzen sowohl für die Kinder als auch für die hochkarätigen Fachleute. Das Handelszentrum bot eine ganze Reihe Fantasie-Suiten an, einige sogar mit holografischen Houris. Es überraschte Hafiz ein wenig, als Khetala, die sich besonders um die Erziehung jener kümmerte, die zuvor in Freudenhäusern gearbeitet hatten, diesen holografischen Harem aufsuchte. Dann bemerkte er allerdings, dass sie versuchte, die Houris davon zu überzeugen, dass sie ausgebeutet wurden und vielleicht lieber Kurse in Buchhaltung oder Geschäftsführung besuchen sollten, um im Leben weiterzukommen.

Dies war ein erstes Anzeichen für den gewieften alten Geschäftsmann, dass seine Kolonie für einige seiner Geschäftspartner vielleicht ein wenig zu frivol wirkte. Aber die Einrichtungen für die Gäste mussten selbstverständlich fertig sein, bevor die Universität und die Heilzentren errichtet werden konnten.

Karina hatte das ursprüngliche holografische Ambiente für das Heilzentrum bestellt, darüber hinaus jedoch auch ein Vermögen für Kristalle, Kerzen, durchscheinende Vorhänge, Trommeln, Räucherwerk, amorphe Musik und echte Grünpflanzen und Springbrunnen ausgegeben. Sie gestattete Hafiz, dies alles noch mit seinen Hologrammen zu vervollständigen, doch was Pflanzen und Wasserspiele anging, bestand sie auf Echtheit, »für das Ozon und den zusätzlichen Sauerstoff, mein Geliebter. So etwas bekommt man nicht durch Simulationen.«

Ein großer Teil dieses Pavillons allerdings blieb leer, denn man ging davon aus, dass die ersten Linyaari-Handelspartner, die hier eintreffen würden, eigene Wünsche verwirklichen wollten.

So stand also alles bereit. Hafiz und seine Leute warteten. Und warteten. Und warteten.

Man hatte auf allen Frequenzen Botschaften an alle Planeten in diesem Sektor ausgestrahlt. Calum Baird und seine Techniker hatten die benötigten Relaystationen eingerichtet, um rasche Kommunikation mit der Maganos-Mondbasis, Laboue und allen anderen bekannten Föderationswelten, Monden und Raumstationen zu ermöglichen. Aber zu dem Zeitpunkt, als Calum und seine Flotte das Signal der *Condor* auffingen, hatte das neue Handelszentrum noch nicht eine einzige Antwort erhalten.

Endlich dockten die letzten Schiffe an, und während deren Besatzungen willkommen geheißen wurden, glitt auch die *Condor*, deren Schweißnähte vor lauter Fracht und der überzähligen Besatzung beinahe barsten und die neben den anderen, anmutigeren Schiffen eher ungelenk wirkte, in den Hafen.

Becker stieß einen leisen Pfiff aus, als die Besatzung, inklusive SB, auf der blitzsauberen Hebebühne abwärts glitt.

»Seht euch das an!«, meinte er. »Dein alter Onkel hat sich selbst übertroffen, Prinzessin.«

Acorna hörte ihn kaum. Sie wartete nicht einmal, bis die Hebebühne den Boden berührte, ehe sie heruntersprang und sich in die Arme ihrer Onkel und der alten Freunde von der Maganos-Mondbasis warf.

Es gab Umarmungen, Küsse, Tränen und Ausrufe im Überfluss, und das alles bildete für Maati einen traurigen Kontrast zu ihrem eigenen Wiedersehen mit Bruder, Mutter und Vater.

Endlich löste sich Hafiz Harakamian, der vier gehörnte Linyaari und Aari, den er schon von früher kannte, bemerkt hatte, aus dem Sturm der Gefühle und begrüßte seine neuen Gäste.

Er wurde von Karina und Nadhari Kando flankiert. Als Kommandantin der Sicherheitstruppen hielt es Nadhari für ihre Aufgabe, Hafiz nicht aus den Augen zu lassen, wenn er sich unter größere Mengen von Lebewesen mischte, und allen erdenklichen Schaden von ihm fern zu halten.

»Willkommen in meinem Pavillon und auf diesem Mond der Möglichkeiten, geehrte Gäste, Kapitän Becker und, äh, Mannschaft?« Hafiz warf Mac einen unsicheren Blick zu.

SB sprang auf Nadhari Kandos Schulter.

»Da ist ja die makahomanische Kriegerin wieder. Hallo«, rief Becker, vielleicht ein wenig zu eifrig.

Nadhari lächelte träge und streichelte SBs buschigen Schwanz. »Ich sehe, die heilige Katze hat dich auch auf einer weiteren Reise beschützt, Becker.«

»Ja, er war eine große Hilfe«, meinte Becker. Er streckte die Hand aus, um SB ebenfalls zu streicheln, wobei er ganz aus Versehen Nadharis fein gemeißelten Wangenknochen streifte, der an der Flanke des Katers ruhte. SB knurrte und schlug nach ihm. »Eigentlich ist er der Held des Tages«, fuhr Becker fort. Das Knurren wurde tiefer. »Hätte er Aari nicht darauf aufmerksam gemacht, dass der Khleev hinter Acorna her war, und wäre er dann nicht zurückgekehrt, um mich und Mac dorthin zu führen, wo Aari und der Khleev miteinander kämpften, würden wir vielleicht jetzt nicht so gesund vor dir stehen.«

Jetzt schnurrte SB.

Hafiz, der Becker eher ignoriert und versucht hatte, sich um die Linyaari zu bemühen, fuhr plötzlich zu ihm herum. Unter seiner künstlichen Sonnenbräune war er blass geworden. »Khleevi? Sie sind auf Khleevi gestoßen?«

»Ja, wir haben auch ein paar tote Käfer mitgebracht«, meinte Becker und wies mit dem Daumen auf die *Condor*.

Acorna hatte sich wieder zur Besatzung gesellt, und nun waren sie alle von ihren Freunden und Verwandten umdrängt und begaben sich mit ihnen zusammen in den üppig ausgestatteten Empfangsbereich. »Onkel Hafiz, wir müssen eine Art Labor einrichten, um dort die toten Khleevi zu untersuchen und eine Substanz zu analysieren, die wir auf einem anderen Planeten entdeckt haben.«

»Ihr braucht überhaupt nichts einzurichten, oh Blüte meines Stammbaums«, erwiderte Hafiz, »wir können dir das beste Laboratorium zur Verfügung stellen, mit den fortschrittlichsten Geräten und der besten Ausrüstung.«

»Und wir haben außerdem zwei der besten organischen Chemiker der Linyaari in unserer Besatzung, Onkel«, sagte Acorna mit einem Nicken zu zweien der Neuankömmlinge. »Erlaube mir, dir Kaarlye und Miiri, Vater und Mutter von Aari und Maati, vorzustellen.«

»Wir fühlen uns zutiefst geehrt«, erklärte Hafiz. »Und unsere Laboratorien stehen euch selbstverständlich zur Verfügung. Gleich hinter diesem Garten mit tausend schmackhaften Gräsern und überfließenden Brunnen werdet ihr luxuriöse Pavillons finden, die unter Berücksichtigung der Wünsche der Linyaari entworfen wurden.« Er klatschte in die Hände, und Gepäckträger erschienen. »Wenn ihr euch von eurer Reise erholt habt, werden wir zusammen speisen.«

»Wir haben keine Zeit, uns auszuruhen«, meinte Kaarlye brüsk. »Wir müssen diese Substanz sofort analysieren. Wenn sie sich erwärmt, breitet sie sich rasch aus.«

Becker hielt die Gepäckträger auf. »Wartet mal einen Moment, Leute. Wir haben nicht viel Gepäck dabei, und ich glaube, ihr solltet es lieber mir und der Besatzung überlassen, den Pflanzensaft und die, äh, Gefangenen auszuladen. Und es wäre wohl besser, wenn ihr ein Stück zurücktreten würdet. Sie stinken nämlich, und das gewaltig. Und was SB, Mac und mich angeht, wir bleiben an Bord der *Condor*.«

Nadhari hob die Brauen und zog einen recht unglaubwürdigen Schmollmund. SB hatte die Ohren angelegt und den Schwanz Besitz ergreifend um Nadharis Hals geschlungen. »Es sei denn, der Kater hat etwas anderes vor«, schloss Becker erheblich weniger forsch.

An diesem Abend wurde ihnen eine üppige Mahlzeit vorgesetzt.

Unter einem offenen Baldachin standen silbrige Platten mit Fleisch und Gebäck zwischen opulenten Blumen- und Gräserarrangements auf einem langen, niedrigen Tisch, der von gepolsterten, mit Seiden- und Samtstoffen mit Paisleymuster bezogenen Diwanen umgeben war. Auf den Polstern lagen zusätzlich dicke Teppiche mit harmonischen bunten Mustern.

Becker und seine neue Besatzung ließen sich nieder, und nachdem Hafiz das Buffet eröffnet hatte, nahmen sich Becker, Karina, Dr. Hoa, Acornas Nicht-Linyaari-Verwandte und Nadhari Kando wohlschmeckende Happen von den Tabletts, derweil Acorna, Aari, Maati und ihre Eltern an den Blütenarrangements knabberten. Becker war ein wenig verblüfft, bis er erkannte, wozu das, was er für ein Übermaß an Tischdekoration gehalten hatte, eigentlich gedacht war: Ihr Gastgeber hatte einfach dafür gesorgt, dass die »Gerichte« für die Linyaari ebenso appetitanregend serviert wurden wie die Mahlzeiten für die anderen Gäste.

»Onkel Hafiz, du bist wirklich erstaunlich«, sagte Acorna. Becker war froh zu sehen, dass sie nach all der Anstrengung, der Gefahr und der schweren Arbeit, die sie hinter sich hatte, nun wieder ebenso frisch aussah wie die Blüten, die sie aß, und vor Glück darüber, wieder bei ihren alten Freunden zu sein, regelrecht glühte. »Wie lange hat es gedauert, das alles hier aufzubauen?« Sie sah sich in dem angenehm sanft beleuchteten Garten um und spähte zu den mit Türmchen und Kuppeln besetzten Palästen hinüber, die Hafiz' Hauptresidenz und einige der Hotels und Bürogebäude beherbergten. Über ihren Köpfen blitzten Sterne – keine Sterne, die Acorna auf ihren Raumflügen je gesehen hätte, sondern eine kunstvoll arrangierte Zusammenstellung von Sternbildern und Formationen, von denen Karina glaubte, dass sie Glück brachten.

»Kaum länger als ein Augenzwinkern, mein liebes Kind, das, und natürlich viele, viele, viele Trillionen Credits.«

Becker saß am Ende eines Diwans, Nadhari Kando auf dem benachbarten Ende eines anderen, und der Erste Maat der *Condor* hatte sich immer noch um ihren Hals gewickelt wie ein lebendiger Pelzkragen. Hin und wieder erreichte eine Gabel voll Fischeier oder Fleisch Nadharis Mund nicht, sondern wurde von einer Katzenpfote abgefangen.

»Aber genug von meinen kleinen Hobbys«, sagte Hafiz nun, während Becker bewundernd Nadharis Kinnlinie und die Wölbung ihres Halses studierte. »Ich sterbe beinahe vor Neugier, wie es kommt, dass ihr zwei tote Khleevi mitgebracht habt.«

»Ach, die«, sagte Becker. »Nun, das sind Überlebende. Ich meine, es waren Überlebende. Sie haben den Absturz ihres Schiffs überstanden. Einen Absturz, den wir bewirkt haben, denn sie hatten gerade das Schiff der Kinder vom Himmel geschossen.«

»Und mit Kinder meinen Sie …«

»Maati und Thariinye«, warf Acorna ein. »Sie haben sich offenbar beinahe zur selben Zeit wie wir entschlossen, auf dem blauen Planeten nach Maatis und Aaris Eltern zu suchen. Aber die Khleevi hatten dieselbe Idee und hatten bereits angegriffen, als wir eintrafen.«

»Ich möchte wirklich wissen, Kapitän«, meinte Nadhari, »was für mächtige Waffen du auf deinem Bergungsschiff mitführst, um ein Khleevi-Schiff zerstören zu können?«

»Ja«, fügte Hafiz hinzu, »bitte, verraten Sie es uns. Wenn diese Waffen so wirkungsvoll sind, werde ich sofort welche bestellen, um unsere Basis hier zu schützen.«

Becker bedachte Nadhari mit einem Lächeln, das sie bat, ihn einen Augenblick zu entschuldigen, und wandte sich dann wieder Hafiz zu. »Nun, es stimmt, wir haben an Bord der *Condor* eine ganze Reihe hochgradig tödlicher Waffen. Einige davon funktionieren sogar. Oder sie würden es tun, wenn ich sie endlich zusammen- und einbauen würde. Was aber nicht geschehen war. Also hat unsere Acorna hier gefragt, warum benutzen wir nicht den Traktorstrahl?«

Ein Lächeln umspielte Nadharis Mundwinkel – ihre Lippen schienen das Einzige an ihr zu sein, das nicht wie gemeißelt, sondern angenehm gerundet war, zumindest dann, wenn sie sie entspannte. Becker erinnerte sich, denselben Mund auch schon als feste, grimmige Linie über diesem wohlgeformten Kinn gesehen zu haben. Dieser Anblick hätte ihn bis in seine Schwerkraft-Stiefel hinunter erbeben lassen, wenn er geglaubt hätte, dass er es gewesen wäre, dem ihr Unmut galt. Aber so war es nicht, und SBs Schwanzspitze zuckte nun spielerisch von Nadharis Schlüsselbein zum Kinn und von dort zum Ohrläppchen, so verlockend wie das Fächerspiel einer Kurtisane.

»Kapitän, du hattest doch sicher noch nicht genug Fracht geladen, um sie wieder als Bombe zu benutzen wie bei unseren alten Feinden?«

»Nein, diesmal nicht. Wir – nun, wir haben sie wie einen Stein über den Atmosphärenrand hüpfen lassen, und dann haben wir mit ihrem Kadaver Knack-das-Ei gespielt. Hat ziemlich gut funktioniert, oder, Leute?«

»Ja, Joh. Gut«, sagte Aari.

»Bis auf diese Überlebenden. Anfangs wussten wir nicht, dass wir es gleich mit zweien zu tun hatten.«

Und dann unterhielt er alle am Tisch mit der Geschichte von dem Verhör des verwundeten Khleev und flocht dabei die Geschichte von Maati und Thariinye ein, als hätte er jedes Wort verstanden, das sie je darüber geäußert hatten, oder als wäre er dabei gewesen. Hier und da fügte er noch ein paar Ausschmückungen hinzu und schloss schließlich bescheiden, indem er sagte: »Also hab ich ein Loch in den Käfer gepustet, aber Aari hatte ihn eigentlich schon erledigt.«

»Wie denn?«, wollte Karina Harakamian wissen.

»Na, indem er ihn mal ordentlich gedrückt hat. Dem Khleev war all diese Linyaari-Freundlichkeit, die Aari ausstrahlt, weil er einfach ein so hoch entwickeltes Wesen ist, derart peinlich, dass er von all diesen süßen Tönen auf der Stelle einen Zuckerschock kriegte, also hat er sich zusammengerollt und ist gestorben.«

Karina legte andächtig die rundlichen, beringten Hände an die schwer wogende, amethystverschleierte und amethystbesetzte Brust und seufzte: »Wie aufregend! Und was für ein Triumph des Lichts!« Dann sah sie in die unbewegten Linyaari-Gesichter und in Beckers angestrengt unschuldige Miene. Er gab sich alle Mühe zu verhindern, dass seine Lippen zuckten. »Augenblick mal. Stimmt das auch?«, fragte sie.

»Kein Wort!«, lachte Becker laut heraus. Karina war genau die Art Zuhörerin, die ihm behagte. So gutgläubig! »Also, das Vieh ist tatsächlich gestorben, und es lag auch an etwas so Klebrigem wie Zucker, aber es war nichts Süßes. Es war dieser Pflanzensaft, den wir auf einem Planeten voller Ranken aufgelesen haben. Aber Sie wären beinahe drauf reingefallen, wie?«

Nadhari drohte ihm mit dem Finger. »Wie ungezogen, Kapitän!

Aber ich bin ehrlich beeindruckt. Du und deine Besatzung pazifistischer Krieger haben ohne eine wirkliche Waffe solch Furcht erregende Feinde erfolgreich bekämpft ...«

»Vergiss nicht, dass ich ein katzengroßes Loch in dieses Ding gepustet habe«, meinte Becker, dem es nicht gefiel, mit Pazifisten in einen Topf geworfen zu werden.

Sie zuckte die Achseln. Es erinnerte ein wenig an einen Panter, der als Vorbereitung eines genüsslichen Räkelns seine Muskeln ein wenig aufwärmt. »Ach, das. Ein Gnadenschuss. Aber dein Einfallsreichtum und deine Schlauheit verblüffen mich. Mit brutaler Gewalt oder überlegener Feuerkraft kann jeder siegen. Aber wenn es jemand mithilfe von Strategie und der Fähigkeit schafft, alles, was zur Hand ist, zu einer Waffe zu machen – nun ja, das beeindruckt mich.«

»Ehrlich?« Zunächst war Becker überrascht, dann erstaunt, schließlich völlig verblüfft. Er hatte *sie* beeindruckt? Er? Sie war die absolut beeindruckendste Frau, die er in seinem ganzen Leben je gesehen hatte, und sie faszinierte ihn ebenso sehr, wie sie ihn einschüchterte. Er hatte nichts getan, was sie nicht auch noch mit auf den Rücken gefesselten Händen hätte tun können, aber es war trotzdem ein nettes Kompliment.

»Aber sicher.« Er hätte nicht sagen können, ob sie es war, die da schnurrte, oder SB. Beide betrachteten ihn aus ein wenig zusammengekniffenen Augen.

»Ganz eindeutig. Du und ich, wir sollten einmal miteinander ... über Strategie diskutieren.«

Er war vollkommen platt. Wenn er ehrlich war, hatte er bei seinen kurzen Besuchen in Freudenhäusern nie sonderlich Gelegenheit gehabt, seine Zeit mit Werben oder Verführen zu verschwenden – das war nicht mehr vorgekommen, seit er viel jünger gewesen und an ein paar Frauen geraten war, die zwar nichts gegen ein wenig Spaß hatten, jedoch ganz bestimmt nicht auf einem Bergungsschiff umherreisen wollten. Nadhari Kando wusste, wo und wie er lebte. Sie war schon auf dem Schiff gewesen. »Ich ... also ... gerne. Ich muss allerdings noch kurz mit Mac reden – das ist die KEN-640-Einheit –, er repariert gerade das Komgerät in der Khleevi-Fähre, damit wir vielleicht ihren Funkverkehr überwachen können –«

»Bei den heiligen Schnurrhaaren, du denkst wirklich an alles, wie?« Sie rückte ein Stück näher und bot ihm eine Olive an. Er streckte die Hand aus, doch sie hielt die Olive mit zwei Fingern und dem Daumen und fuchtelte neckend damit herum, bis er den Mund öffnete, dann steckte sie sie hinein. Daran hätte er sich wirklich gewöhnen können. Nadharis Duft war eine Mischung aus Moschus und etwas Zitrusartigem und erinnerte an einen Wald nach dem Regen. Er gefiel ihm. Er griff nach einer Olive, um sie zu füttern.

»Und ich … äh … ich sollte SB wohl wieder aufs Schiff bringen. Er hat heute noch nicht seine üblichen achtzig Stunden Schlaf gehabt.«

»Oh?«, meinte sie. »Das ist seltsam. Er hat mit mir gesprochen und mir sehr deutlich zu verstehen gegeben, dass er heute Nacht bei mir bleiben will.«

»Typisch Katze!«, rief Becker und ließ vor Verdruss über diesen Verrat seines Ersten Maats die Olive wieder auf seinen Teller fallen.

Nadhari lächelte. Dieses Lächeln erinnerte Becker an SB – er hatte nur bisher nicht begriffen, dass ein Katzenlächeln so aussah. »Was sagst du da?«, fragte sie den Kater, der sich an ihre Wange schmiegte. »Ach so. Er möchte heute Nacht auch bei dir bleiben.«

»Kann sich wohl nicht entscheiden, wie?«, wollte Becker wissen.

Nadhari schwang ihre kräftigen, aber sehr wohlgeformten Beine mit einer anmutigen Bewegung vom Diwan, erhob sich und blickte auf Becker hinab. »Wohl kaum. SB ist eine heilige Tempelkatze. Sein Wunsch ist mir Befehl. Wenn er bei mir *und* bei dir sein möchte …« Sie streckte die Hand aus, schob die Fingerspitzen unter Beckers Kinn und zog ihn mit sanfter Gewalt auf die Beine, »dann kann ich ihm das sicher nicht verwehren. Du etwa?«

»Meinen alten Kumpel enttäuschen?«, fragte Becker und zog Nadharis Hand in seine Ellenbogenbeuge. »Niemals! Hat er sich schon dazu geäußert, wo er die Nacht mit uns verbringen will?«

»Auf deinem Schiff«, erwiderte sie, und er bemerkte überrascht, dass sie tatsächlich zu ihm aufblickte. Wie machte sie das? Er hätte schwören können, dass sie größer war als er. »In dem Frachtraum, wo du den ersten Khleev verhört hast.«

»Tatsächlich?«

»Ja. Der heilige Kater ist der Ansicht, diese Umgebung würde auf mich … anregend wirken.«

»Das Kätzchen weiß es sicher am besten.«

Vierzehn

Als die Linyaari davon sprachen, an Bord der *Condor* zu übernachten, wollte Hafiz nichts davon hören. Acorna war froh darüber, besonders, als sie sah, wie Becker und Nadhari Arm in Arm auf das Schiff zuschlenderten, wobei SB sich immer noch um Nadharis Hals geringelt hatte.

Ein Trio luxuriös ausgestatteter Pavillons stand in einem Garten- und Grasbereich. Kaarlye und Miiri bezogen einen davon, und obwohl Maati auch bei ihren Eltern hätte bleiben können, bat sie, stattdessen einen Pavillon mit Khornya teilen zu dürfen. Das ließ Thariinye und Aari den dritten.

Acorna verbrachte den größten Teil des verbleibenden Abends mit ihren Adoptivvätern und -onkeln und erzählte, was alles geschehen war, seit sie einander zum letzten Mal gesehen hatten.

»Du und dieser Aari«, meinte Gill nachdenklich. »Seid ihr beide …«

»Wir sind Freunde«, meinte Acorna leichthin.

»Offensichtlich, wenn er sich deinetwegen sogar mit diesen Käferungeheuern anlegt«, sagte Calum.

»Wir waren alle in Gefahr.« Acorna war vollkommen sachlich. »Und Aari hat versucht, uns zu retten.«

»Aber dabei wusste er nicht, dass das Zeug, das er auf dem Hemd hatte, das Biest umbringen würde, oder?«, fragte Gill. »Er hat sich einfach in den Kampf gestürzt?«

»Nun – ja, das hat er getan.«

»Klingt ziemlich selbstmörderisch«, bemerkte Calum.

»Ich glaube nicht, dass er das ist – zumindest nicht mehr«, erwiderte Acorna.

»Aber vorher war er es?«, fragte Gill.

Acorna war plötzlich unbehaglicher zu Mute als je zuvor in der Gesellschaft dieser Männer, die sie so sehr liebte. »Warum verhört ihr mich hier eigentlich?«, wollte sie wissen.

»Warum wohl?«, fragte Calum gereizt. »Natürlich, weil wir uns um dich sorgen, und wir haben uns darüber unterhalten, und für uns sieht es so aus, als hättest du ihn gern.«

»Aber wir wollten es genau wissen«, sagte Rafik, »und uns davon überzeugen, dass du ... na ja, um es vereinfacht auszudrücken, dass dir nicht nur einfach jemand Leid tut, der ein guter Gefährte für dich sein könnte.«

»Du musst zugeben, Kleines, dass wir sicher ein bisschen mehr über Männer wissen als du«, fügte Gill lächelnd hinzu.

»Über Menschenmänner, ja, aber Aari ist Liinyar«, erwiderte sie. »Und wir sind Freunde. Nicht mehr.«

»Noch nicht?«, fragte Gill.

»Nein, und das wird auch nicht geschehen, ehe er ...«

»Ehe *er* dazu bereit ist, Schätzchen?«, bohrte Gill nach. »Und was ist mit dir? Willst du weiter zur Besatzung eines Bergungsschiffes gehören, bis dieser Bursche sich entschieden hat, ob er es ertragen kann, der Gefährte eines schönen, intelligenten, humorvollen, begabten, warmherzigen und liebevollen Mädchens zu werden? Entschuldige bitte, aber das ist ja wohl eine ziemlich einfache Frage. Und genau das bringt uns dazu, uns nach *seiner* Intelligenz und Warmherzigkeit zu erkundigen.«

»Ehrlich gesagt haben wir angenommen, du würdest von einem jungen Hengst geschnappt werden, sobald du auf deinen Heimatplaneten landest«, sagte Calum. »Diese Wendung der Dinge hat uns ein bisschen überrascht.«

Acorna grinste sie plötzlich an. »Muss ich mich jetzt etwa darauf gefasst machen, dass ihr mich fragt, wann ich mich endlich irgendwo niederlasse und euch Enkelkinder schenke?«

»Genau«, gab Rafik zurück. »So was tun für gewöhnlich Mütter, aber du hast keine, und wir waren nicht sicher, ob deine Tante daran denken würde, und außerdem ist sie nicht da. Also dachten wir ... genauer gesagt, Calum und Gill dachten – dass wir vielleicht mal mit dir darüber reden sollten.«

»Eigentlich hat Hafiz damit angefangen«, meinte Calum. »He, ich glaube, wir haben es ganz gut hingekriegt. Gill war ja dafür, den Burschen nach draußen zu bitten und ihn nach seinen Absichten zu fragen, als wir gemerkt haben, wie er ... wie du ... was los war. Aber dann dachten wir, ein Kerl, der sich mit bloßen Händen auf einen Khleev stürzt, ist vielleicht ein bisschen sensibel, also haben wir beschlossen, es wäre –«

»– sicherer, mit dir zu reden«, beendete Rafik den Satz mit einem dreisten Grinsen.

Acorna lachte. »Und jetzt habt ihr gefragt. Und wir haben darüber geredet«, sagte sie und umarmte alle nacheinander. »Und ich habe nichts mehr zu sagen – ehrlich, im Augenblick *gibt* es nichts weiter zu sagen. Inzwischen möchte ich gerne wissen, wie es mit den Heiratsabsichten meiner Väter steht. Judit und Mercy werden sicher nicht ewig warten wollen, während ihr über mein Liebesleben spekuliert.«

»Na ja«, meinte Calum, »wir haben tatsächlich eine Ankündigung zu machen, aber ich werde warten, bis sie –«

Die beiden anderen hatten begonnen, ihm auf den Rücken zu klopfen. Das Gespräch wandte sich den bevorstehenden Hochzeiten zu, und dann hatten alle das Bedürfnis, mit ihren jeweiligen Gefährtinnen zu sprechen, und Acorna konnte sich zu ihrem Pavillon davonstehlen.

Maati war nicht da. Acorna nahm an, dass das Mädchen sich bei ihren Eltern aufhielt. Das war in Ordnung. Der Gedanke, eine Weile allein sein zu können, gefiel ihr. So leicht sie die Fragen ihrer Freunde abgewehrt hatte, sie waren doch nur das Echo ihrer eigenen Fragen, und sie wollte nicht, dass Maati, die noch ein halbes Kind war, ihre Gedanken las, selbst wenn dies nur zufällig geschehen würde.

Mochte sie Aari tatsächlich einfach nur, weil er ihr Leid getan hatte, oder war mehr daran? Wie sollte sie das herausfinden? Sie hatte noch nie einen Gefährten gewählt. Sie wusste, dass ihre Onkel nur ihr Bestes wollten, und es stimmte, dass offenbar keine allzu großen Unterschiede zwischen menschlichen und Linyaari-Männern bestanden. Und nachdem sie von Männern aufgezogen worden war, hatte Acorna das Gefühl, sie so gut zu verstehen, wie eine Frau es nur konnte. Zumindest im Augenblick. Aber sie hätte nicht sagen können, dass sie Aari verstand. Sie konnte seine Gedanken lesen, wenn er es zuließ, und sie wusste, dass er sie gern hatte. Sie hatte Mitleid mit ihm, weil er so viel durchgestanden hatte. Aber sie hatte nicht die geringste Ahnung, wieso er sich so verhielt, wie er es tat. Wenn doch nur Großmama Naadiina oder Tante Neeva hier gewesen wären, um ihr zu raten! Sie hätte auch Gill, Calum oder Rafik fragen können, doch die schienen in dieser Angelegenheit nicht mehr unvoreingenommen genug zu sein.

Seufzend legte sie sich zu einem unruhigen Schlaf nieder und träumte, dass ein Khleev um sie warb.

Aari andererseits kam überhaupt nicht zum Schlafen, und er kam auch in dem Buch nicht weiter, das er sich aus der Bibliothek uralter Bücher an Bord der *Condor* ausgesucht hatte, eine Sammlung antiker europäischer Literatur. Aari las derzeit einen Auszug aus einem Stück mit dem Titel *Romeo und Julia* von William Shakespeare. Die Sprache war nicht leicht zu bewältigen, doch er hatte woanders gelesen, Shakespeare hatte die Sprache der Liebe erfunden, also nahm er an, es könne interessant sein herauszufinden, was der Barde vom Avon zu sagen hatte. Er konnte sich allerdings nicht vorstellen, warum eine Kosmetikfirma des zwanzigsten Jahrhunderts (die Schiffsbibliothek des Schiffs enthielt auch mehrere bunte Broschüren dieser Firma) einen antiken Dichter fördern sollte, es sei denn, es lag daran, dass Shakespeare nicht nur Dramatiker, sondern auch Schauspieler gewesen war, und die benutzten, wie Aari erfahren hatte, ebenfalls Make-up.

Aber während er noch mit der Sprache rang, bedachte ihn Thariinye mit einer wortreichen Schilderung seiner (laut Thariinye) spektakulär erfolgreichen Karriere als Frauenliebling. Aari brachte es nicht übers Herz, ihn zu bitten, ruhig zu sein, denn er wusste, dass Thariinye sich wegen des Verlusts seiner Hornspitze entstellt fühlte, und der Jüngere erzählte jetzt hauptsächlich von seinen früheren Eroberungen, um sein eigenes Selbstvertrauen zu stärken.

Doch bei dieser Einschätzung projizierte Aari seine eigenen Gefühle über den Verlust seines Horns und sein Mitgefühl mit Thariinye, er las nicht die Gedanken des anderen. Das wäre viel zu schwierig gewesen, während er gleichzeitig immer noch versuchte, mit Shakespeares *Ihrs* und *Euchs* zurechtzukommen. Daher war er ziemlich verdutzt, als Thariinye sich plötzlich auf seiner Schlafmatte umdrehte und ihm einen spielerischen Rippenstoß versetzte.

»Diese Khornya ist wirklich ein Gräschen, nicht wahr?«, meinte er augenzwinkernd.

»Ein – Gräschen?«, fragte Aari, der bei der Erwähnung von Khornyas Namen von seinem Buch aufgeblickt hatte.

»Na ja, für alte Knacker wie dich muss ich das wohl übersetzen: Eine schlanke, saftige, begehrenswerte Gefährtin«, verkündete Thariinye mit einer lässigen Geste.

»Ich … ja, Maati hat erwähnt, dass du davon ausgehst, dass ihr beide einander versprochen seid. Entspricht das immer noch der Wahrheit?« Seine Stimme klang ruhig und beherrscht.

»Ich? Nein! Oh nein! Bei den Ahnen, nein! Oh, ich war natürlich hin und weg von ihr. Sie ist wunderschön – ein echtes Gräschen, wie ich schon sagte. Aber, nun ja, es hatte wohl mehr damit zu tun, dass ich der erste männliche Liinyar war, mit dem sie es zu tun hatte, und sie war so unerfahren und unschuldig, dass ich sie beschützen wollte, und deshalb habe ich versucht, andere Männer zu verscheuchen, von denen ich nicht glaubte, dass sie … Acornas innere Werte angemessen zu schätzen wussten. Jetzt, wo ich sie besser kenne, weiß ich, dass wir nicht füreinander bestimmt sind.«

»Nein? Und warum nicht?«, fragte Aari und fühlte sich plötzlich selbst in Beschützerstimmung. Er war einigermaßen verärgert, dass

Thariinye Khornya einfach so abtat. War das vorstellbar – ein Linyaar, der Khornya *nicht* wollte?

»Um ehrlich zu sein«, sagte Thariinye, »sie ist zu klug für mich. Und, na ja, auch ein bisschen zu idealistisch. Auch ein bisschen zu seltsam – immerhin ist sie von Menschen aufgezogen worden und so. Sie hat merkwürdige Ideen, also kann ich nie auch nur ahnen, was sie als Nächstes anstellen wird. Und das macht mich nervös, wenn ich in ihrer Nähe bin.«

»Ich muss zugeben, dass mich ihre Anwesenheit auch nervös macht«, sagte Aari nachdenklich.

»Das ist mir aufgefallen. Aber du bist ganz verrückt nach ihr, nicht wahr?« Thariinyes Stimme war eindringlich, und in seinen Augen stand eine etwas boshafte Anteilnahme. »Du willst sie haben, wie?«

»Ich ... ich habe kein Recht dazu«, sagte Aari. »Sie hat einen Gefährten verdient, der an Geist und Körper gesund ist. Und der ein Horn hat«, fügte er ein wenig grausam hinzu, aber immerhin war auch Thariinye grausam und unhöflich neugierig gewesen.

»Aua«, meinte Thariinye. »Das hatte ich wohl verdient. Aber man hat mir gesagt, dass *meins* wieder nachwachsen wird.«

Aari schwieg. Thariinye hatte seine Grausamkeit mit Grausamkeit vergolten. Dies war einer der Gründe, wieso die Linyaari für gewöhnlich solches Verhalten mieden. Es war nicht nur unfreundlich, es war auch unklug, sich auf diese Weise selbst zu erniedrigen, bis schließlich alle Beteiligten auf ein niedrigeres Niveau gesunken waren.

»Tut mir Leid«, sagte Thariinye abermals. »Ich versuche hier, dir etwas zu sagen, und dabei verletze ich dich bloß immer wieder. Du bist ziemlich empfindlich, weißt du das?«

»Das liegt vielleicht daran, dass Kontakt mit anderen für mich lange Zeit nur Schmerz bedeutet hat«, erwiderte Aari durch zusammengebissene und gefletschte Zähne. Dann entspannte er sich wieder. »Es tut mir auch Leid. Ich habe angefangen, dich als Freund zu betrachten. Großmama sagt, Freunde kommen zusammen, um einander etwas zu lehren. Ich spüre, dass du versuchst, mir etwas beizubringen. Also rede weiter.«

»Ich will eigentlich nur sagen«, meinte Thariinye, »ganz gleich, was *du* denkst, was sie verdient, die Mädchen, die ich kenne, sind offenbar der Ansicht, dass sie genau das verdienen, wovon sie in ihren kleinen Mädchenherzen beschlossen haben, dass sie es *wollen*. Und ich denke, es ist ziemlich eindeutig, dass sie dich will.«

»Nein«, erwiderte Aari. »Sie ist so ein warmherziges Geschöpf. Ich tue ihr Leid, weil ich kein Horn mehr habe, und wegen dem, was die Khleevi mit mir gemacht haben. Wenn sie sicher ist, dass ich einigermaßen geheilt bin – denn sie ist in erster Linie Heilerin –, wird sie auf Dauer wieder als Botschafterin zu ihren menschlichen Freunden zurückkehren und hin und wieder vielleicht auf Narhii-Vhiliinyar vorbeischauen, um mit den wichtigen Leuten dort zu reden. Und inzwischen werden Joh und ich längst weit weg sein, also …« *Also werde ich nicht zusehen müssen, wie sie wieder fortgeht,* dachte er bei sich.

»Das bildest du dir nur ein!«, beharrte Thariinye. »Warum fragst du sie nicht? Sprich mit ihr! Bring ihr ein paar von diesen wunderschönen, köstlichen Blumen! Rezitiere ihr Linyaari-Gedichte. Die kennt sie noch gar nicht. Ich wollte es versuchen, aber ich habe ihr angesehen, dass sie mir ohnehin nicht glauben würde.«

»Was soll es ihr schon sagen, wenn ich ihr Blumen aus einem Garten bringe, der ihr ohnehin zur Verfügung steht?«, fragte Aari und schüttelte seine Mähne.

»Dass du ihr das Frühstück ans Bett bringst?«, schlug Thariinye vor. »Nein, lies lieber weiter. Vergiss, dass ich etwas gesagt habe.«

Doch am nächsten Morgen schlief Thariinye länger, während Aari zu seinen Eltern ging, um sich zu erkundigen, ob er ihnen vielleicht im Laboratorium bei der Analyse des Pflanzensaftes, der die Khleevi getötet hatte, helfen sollte. Als Thariinye schließlich aufwachte, bemerkte er, dass Aari sein Buch liegen gelassen hatte. Er war der Ansicht, dass seine Reise mit Neeva, Khaari und Melireenya, auf der sie Khornya bei ihren menschlichen Pflegeeltern abgeholt hatten, ihm überragende Kenntnisse der interstellaren Verkehrssprache verschafft hatte. Mit Hilfe des LAANYE, den er von der *Niikaavri* mitgebracht hatte, war er im Stande, eine der Geschichten zu übersetzen, obwohl die Worte manchmal eine seltsame Reihenfolge hatten. Diese Geschichte stammte von einem Menschen namens Rostand und handelte von einem Burschen, der sich von seiner langen Nase entstellt fühlte – was Thariinye merkwürdig fand, denn Linyaari betrachteten lange Nasen als durchaus attraktiv, ja sogar elegant. Der langnasige Kerl war in eine Frau verliebt, die auch ein attraktiverer Mann, ein Freund des Langnasigen, begehrte. Schließlich versteckte sich der Langnasige, weil er ein netter Bursche war und wollte, dass sein Freund und die Frau, die er liebte, glücklich wurden, und auch weil ihm dies erlaubte, der Frau seine eigenen Worte zu senden, und er sprach seine Liebesworte, während der besser aussehende Mann so tat, als spräche er zu der Frau.

Thariinye wusste, dass so etwas nie funktionieren würde. Selbstverständlich gab es da ein paar Ähnlichkeiten, doch es waren beträchtliche Mutationen notwendig, ehe eine solche Lösung in der derzeitigen Situation zu etwas führen würde.

Maati war noch jung, doch bei ihrer Beschäftigung als Botin hatte sie bereits einige Erfahrungen aus zweiter Hand sammeln können. Die einzigen anderen Linyaari-Frauen, mit denen Thariinye über diese Themen hätte sprechen können, waren unglücklicherweise Khornya und Aaris Mutter, die sehr beschäftigt war und die Thariinye darüber hinaus nicht kannte. Also musste es wohl Maati sein.

Maati war begeistert, sich in der Gesellschaft junger Menschen zu finden, die etwa in ihrem Alter waren. Sie lebten allerdings schon viel länger als sie, denn Linyaari-Kinder entwickelten sich sehr rasch und blieben, wenn sie erst erwachsen waren, lange gesund und am Leben. Das jüngste dieser Menschenkinder lebte schon acht Jahre – erheblich länger als Maatis einziges *Ghaanyi.* Ein *Ghaanyi* dauerte nach der Standardzeit, in der diese Menschen ihre Tage maßen, etwa anderthalb Jahre.

Aber diese Kinder waren sich einen Großteil ihres frühen Lebens kaum ihrer selbst bewusst, also war ihre Erfahrung wohl anders, jedoch kaum größer als Maatis eigene. Sicher war keines von ihnen Bote der eigenen Regierung gewesen, obwohl Laxme, einer der Jungen, ungewöhnlich geschickt mit Komanlagen umgehen konnte. Sie waren auch noch nie von einem Khleevi-Schiff abgeschossen worden oder hatten einem Khleev im Kampf gegenübergestanden und überlebt. Doch die Kinder von der Maganos-Mondbasis hatten, wie Maati zu ihrem Entsetzen erfuhr, alle schon ein schreckliches Leben als Schuldknechte hinter sich. Die Sternenfahrer-Kinder von der *Haven* hatten zusehen müssen, wie ihre Eltern von Piraten getötet wurden und hatten diese Piraten entschlossen bekämpft und besiegt, und nun befehligten sie ihr eigenes Schiff mit nur wenig Hilfe von ein paar Erwachsenen. Was all diese Kinder und Jugendlichen jedoch gemeinsam hatten, war ihre Liebe und Bewunderung für Khornya, die die Menschenkinder allerdings »Acorna«, »Dame Epona« oder »Lukia aus dem Licht« nannten. Sie betrachteten sie mit einer Art Anbetung, die Maati seltsam fand.

»Eigentlich ist sie nur ein wirklich nettes Mädchen, so wie wir auch, bloß ein paar Jahre älter«, sagte sie zu ihnen.

»Wie du, meinst du wohl«, verbesserte Jana sie. Jana war nett und hatte Maati viele Fragen über das Heilen gestellt. Zunächst hatte Maati nicht antworten wollen. Linyaari ließen andere üblicherweise nicht wissen, dass sie direkt durch ihre Hörner heilten, denn das führte oft zu Vorfällen wie jenem, als Menschen viele Linyaari-Botschafter gefangen genommen und sie unter schrecklichen Umständen gezwungen hatten, zu heilen und Wasser und Luft zu reinigen. Linyaari, die auf dem Heimatplaneten aufgewachsen waren, wussten das, Khornya jedoch hatte es nicht gewusst.

»Du brauchst uns nichts zu verheimlichen«, hatte Jana gesagt, als Maati versucht hatte, sich unwissend zu stellen. »Wir wissen alle, wie ihr heilt. Acorna hat uns alle geheilt, als wir in den Minen und an anderen schlimmen Orten waren. Ohne sie wären die meisten von uns verkrüppelt. Ich weiß nicht, warum ihr nicht wollt, dass die Leute erfahren, was ihr alles könnt. Es ist doch wunderbar! Ich wünschte, ich könnte das auch. Ich möchte Ärztin werden.«

»Ich werde einmal Hologramme kreieren, genau wie Mr. Harakamian«, sagte Annella, ein rothaariges Mädchen von der *Haven*. »Er hat mir schon viel gezeigt. Es ist gar nicht so schwierig, wie man denkt, aber er sagt auch, ich hätte eine natürliche Begabung dafür.« Dann fiel ihr ein, dass sie im Moment nicht über künftige Berufe sprachen, sondern über Acornas Fähigkeit zu heilen, und sie fügte hinzu: »Aber es muss wunderbar sein, so heilen zu können, wie die Leute aus deinem Volk es können.«

Maati verzog das Gesicht. »Na ja, es ist schon praktisch, wie neulich, als die Khleevi uns angegriffen haben. Thariinye wurde wirklich schwer verletzt, als er versucht hat, mich und Khornya zu retten. Er wäre wahrscheinlich gestorben, wenn er kein Liinyar wäre, und wenn wir nicht da gewesen wären. Zumindest hätte er eine Hand verloren.«

»Das war wirklich mutig von ihm«, sagte Jana. »Kheti ist auch so mutig. Und natürlich Acorna.«

»Aber mein Bruder war der Mutigste.«

»Welcher von ihnen ist denn dein Bruder? Thariinye?«, wollte Annella wissen.

»Oh nein – Thariinye ist ein Freund von mir, zumindest wenn er sich gerade mal nicht wie ein *Hiinye* benimmt.«

»Ich weiß nicht, was das bedeutet«, meinte Jana, »aber ich wette, es ist nichts Gutes.«

»Nein, das ist es nicht, aber er tut das auch nicht mehr so oft. Mein Bruder ist der ohne Horn. Der Khleevi, äh …« Maati hatte selbst jetzt noch Schwierigkeiten, es auszusprechen. »Als sie ihn gefangen genommen haben, haben sie ihn gefoltert, und, ihr wisst schon …«

»Wir verstehen«, versicherte Jana ihr hastig, denn sie hatte bemerkt, wie angespannt das Linyaari-Mädchen plötzlich war. »Dein Bruder muss wirklich sehr mutig sein. Wir haben gehört, dass er sich mit bloßen Händen auf das Ungeheuer gestürzt hat.«

»Ja. Aber das Ungeheuer wollte Khornya angreifen. Das war ein fataler Fehler«, verkündete Maati mit einer Befriedigung, die einer Angehörigen eines friedlichen Volkes eigentlich nicht anstand.

»Ich hab gesehen, wie die Dame Epona ihn ansieht«, erklärte Jana seufzend.

»Alle sehen das, nur er nicht!«, rief Maati. »Er ist so klug und so tapfer, aber er glaubt, nur weil er kein Horn hat, hätte Khornya etwas Besseres verdient als ihn – dass sie ihn nicht akzeptieren würde, obwohl doch jeder sehen kann, dass sie ihn wirklich mag.«

»Warum sagt sie es ihm denn nicht?«, wollte Annella wissen.

»Weil sie Angst hat, dass er sie zwar mag, sie aber trotzdem abweisen würde, und ich glaube, na ja, eigentlich habe ich sie sozusagen belauscht. Sie hat Angst, dass es ihm noch mehr wehtun würde, wenn er sie abweist, und deshalb will sie es nicht darauf ankommen lassen. Erwachsene sind soooo kompliziert.«

»Man sollte doch annehmen, dass ihnen klar ist, wie kurz das Leben ist, und dass sie sich daher nicht so dumm anstellen sollten, wenn es um etwas Gutes geht«, meinte Jana sehnsuchtsvoll. »Alle gehen derart vorsichtig mit den Gefühlen der anderen um, dass sie *nie* zusammenkommen.«

»Das sagt Thariinye auch«, stimmte Maati zu und seufzte ebenfalls tief und dramatisch. »Er hat von einem Mann mit einer langen Nase erzählt, der für einen anderen Mann mit einer Frau gesprochen hat, die sie beide mochten. Sind Männer mit langen Nasen in eurer Gesellschaft so etwas wie Vermittler? Gibt es hier welche, die vielleicht für Aari mit Khornya reden könnten – oder umgekehrt?«

»Nein«, erwiderte Jana. Auch die anderen schüttelten die Köpfe. Ihre Ausbildung auf der Mondbasis hatte eher praktische und technische Dinge beinhaltet, und Kunst und Literatur waren ein wenig vernachlässigt worden. Und ihre früheren Herren hatten ihnen nicht gerade Gelegenheit gegeben, sich zu bilden.

Annellas Mutter war allerdings eine große Theaterfreundin gewesen, bevor sie von den Piraten in den Raum hinausgestoßen worden war. »Er meint eine literarische Figur namens Cyrano, Maati. Eine alte Geschichte von der Erde.«

»Aha«, meinte Maati verständig. Aber sie begriff überhaupt nichts.

»Ich glaube, Thariinye hat Recht«, sagte Annella. »Vielleicht brauchen sie einen Vermittler.«

»Einen Heiratsvermittler«, warf Markel, ein Junge von der *Haven*, ein, der aufmerksam zugehört hatte. Er betrachtete sich als guten Freund Acornas, denn schließlich hatte er ihr dabei geholfen, sich selbst, Calum Baird und Dr. Hoa zu retten und die Kinder der *Haven* im Kampf gegen die Piraten zu unterstützen. »Aber nach dem, was du sagst, Maati, haben das anscheinend schon ein paar Leute versucht«.

»Ja«, sagte Maati. »Khornyas Pflegeväter haben mit ihr gesprochen, aber sie wollte nicht darüber reden. Karina Harakamian kann ihre Gedanken nicht lesen, und Thariinye sagt, er weiß, dass sie nicht mit ihm reden wird, und sie denkt, dass ich bloß ein Kind bin und das alles nicht verstehe. Aber ich *verstehe* es. Ich verstehe, dass sie beide blöd sind, wenn sie nicht miteinander reden. Sie brauchen eigentlich nicht mit einer dritten Person zu sprechen, weil keiner von ihnen jemand anderem glauben wird. Sie müssen *miteinander* reden. Aari muss mit Khornya sprechen, und Khornya muss mit Aari sprechen, oder sie werden es nicht glauben.« Sie zuckte die Achseln. »Da könnte nicht mal ein Mann mit einer langen Nase helfen.«

»Vielleicht gibt es ja eine Möglichkeit«, meinte Annella bedächtig.

»Denkst du dasselbe wie ich?«, fragte Markel.

»Ich glaube schon. Meinst du, es könnte funktionieren?«

»Vielleicht. Kann jedenfalls nicht schaden, es zu versuchen. Hafiz wird sich daran nicht stören. Er wird sie vielleicht später sogar nutzen können.«

»Was denn?«, wollte Maati wissen. Die anderen sahen die beiden Sternenfahrer ebenfalls neugierig an.

»Komm mit ins Hololabor. Dort werden wir es euch zeigen. Aber es wird eine Weile dauern.«

Fünfzehn

Während der folgenden Tage taumelte Becker eher durchs Schiff, als dass er ging, und er summte dabei Marschlieder vor sich hin. Wenn Nadhari Dienst hatte, blieb SB auf dem Schiff. Sie hatte oft Dienst, doch sie fand beinahe jeden Tag Zeit für einen kurzen Besuch. Becker war immer noch überrascht, dass sie ihn und die *Condor* offenbar tatsächlich mochte.

Und natürlich war Mac unter Beckers Anleitung mit einer ausgesprochen wichtigen Sicherheitsoperation befasst. Er konnte mittlerweile Signale von der Hauptflotte der Khleevi empfangen, selbst jedoch noch keine Funksprüche ausstrahlen. Während Mac arbeitete, unterhielt Becker ihn mit putzigen Geschichten über Nadhari. Der Kapitän fand, wenn er schon wegen dieser Frau den Verstand verlor, dann wäre der Androide genau der Richtige, sein dummes Geschwätz anzuhören. Auf diese Weise vermied er es, sich jemandem gegenüber zum Narren machen, der dann alles weiterklatschen würde.

Er kam gerade zu der Stelle, als Nadhari, ergriffen von Leidenschaft, ihn unabsichtlich dazu veranlasst hatte, Purzelbäume zu schlagen, als Acorna eintraf, die ein wenig zerstreut wirkte, jedoch wie immer entschlossen war, sich nützlich zu machen.

»Hattest du Glück mit dem Kom, MacKenZ?«, fragte sie.

»Ich hatte kurz Kontakt mit der Hauptflotte. Sie fragen sich, wo ihr Spähschiff abgeblieben ist. Offensichtlich haben sie vor dem Absturz auf dem blauen Planeten noch einen Funkspruch erhalten. Aber diese Wesen lassen sich im Allgemeinen von Gefahren für einzelne Schwarmmitglieder oder auch für ganze Schiffe nicht von ihrem Vorhaben ablenken, jedenfalls nicht nach dem, was ich von unserem Gefangenen erfahren habe und was Aari mir von seinen Erlebnissen erzählt hat. Auch ihre Funksprüche scheinen auf nichts anderes hinzuweisen.«

»Wo sind sie? Was tun sie?«, fragte Acorna aufgeregt und hockte sich neben Becker und Mac, die beide vollkommen erschöpft waren.

Sie schaute auf das Kom hinunter, das immer noch im Schaltpult montiert war, und auf einen Haufen Schrott aus der Khleevi-Fähre. »Was habt ihr mit dem Rest der Fähre gemacht?«, wollte sie wissen.

»Sie stank nach Khleevi«, erklärte Becker. »Ohne dich und die anderen an Bord hätte der Gestank sogar eine Made dazu gebracht, sich zu übergeben. Vielleicht *war* es ja auch eine Made. Khleevi sind Insekten. Könnte schon sein, dass sie Maden haben.«

»Das ist möglich«, erwiderte Acorna. »Wir sollten wirklich ihren Lebenszyklus erforschen. Wenn wir mehr darüber wüssten, könnten wir leichter herausfinden, wo sie verwundbar sind.«

»Stimmt«, sagte Becker. »Ich frage mich, ob es in Hafiz' Siedlerherde vielleicht auch Insektenspezialisten gibt.«

»Ich gehe davon aus, Khornya«, schaltete sich Mac nun wieder ein, »dass sich die Flotte auf dem Weg zum Heimatplaneten der Niriianer befindet – wo der *Piiyi* herkam.«

Acorna nickte. »Die Niriianer sind bereits gewarnt worden, dass ihr Schiff abgefangen wurde und die Khleevi sich in ihrer Gegend befinden. Sie werden doch bestimmt Maßnahmen ergriffen haben, um sich zu verteidigen.«

»Und falls sie das nicht getan haben«, sagte Becker, »wollte Nadhari Hafiz bitten, ein ferngelenktes Schiff auszusenden, das vom Raum aus eine Botschaft sendet – von einer Stelle, die weit von dieser Basis entfernt ist. Wir haben immer noch nichts von Narhii-Vhiliinyar gehört, Prinzessin, aber es sieht so aus, als wären die Käfer noch nicht dort.«

»Was wir brauchen, ist eine Technologie, die verhindert, dass man Funksprüche zu ihrem Ursprungsort zurückverfolgen kann – zumindest mit Khleevi-Geräten«, sagte Acorna. »Glaubst du, wir könnten etwas herausfinden, das den Ingenieuren hilft, in naher Zukunft so etwas zu entwickeln?«

»Ja, wenn wir so lange am Leben bleiben«, entgegnete Becker. »Es wird zumindest nicht schaden, mit Hafiz darüber zu reden.«

»Wenn die Khleevi das ferngesteuerte Schiff finden und es zerstören, würde das meinem Onkel ein zusätzliches wirtschaftliches Motiv verschaffen«, meinte Acorna. »Er kann es einfach nicht ausstehen, etwas zu verlieren, womit er eigentlich Profit machen wollte.«

»Geht mir genauso«, gestand Becker. »Dein Onkel und ich haben einiges gemeinsam.«

Acorna lächelte ihn spitzbübisch an. »Ich weiß.«

Becker warf ihr unter buschigen Brauen einen Seitenblick zu. »Hast du Aari in letzter Zeit mal gesehen?«, fragte er harmlos.

»Nicht sehr oft«, erklärte sie scheinbar leichthin. »Soviel ich weiß, hilft er seinen Eltern im Labor. Sie haben herausgefunden, dass der Pflanzensaft eine Spore enthält, die sich bei Kontakt mit einem Insektenpanzer in eine hoch virulente Pilzinfektion verwandelt.«

»So etwas hatte ich angenommen«, sagte Becker. Ihm war nicht entgangen, dass sie das Thema gewechselt und von Aari abgelenkt hatte, doch er äußerte sich nicht weiter dazu. »Wir brauchen sie im Grunde also nur an den Ort zu locken, wo wir den Saft gefunden haben, und ihnen sagen, sie sollen sich die Bäuche voll schlagen.« Er lachte leise. »Ich werde immer besser bei diesen Lockvogelunternehmen. Wir haben Ganoosh vorgespielt, der Außenposten der Förderation sei der Heimatplanet der Linyaari, und jetzt brauchen wir der Khleevi-Flotte nur vorzumachen, dass dieser Planet – die Rankenwelt – voll mit leckerem Käferfutter ist, und zuzusehen, wie sie und die Pflanzen die Sache ausfechten. Eigentlich eine Kleinigkeit.«

»Zuerst allerdings«, unterbrach ihn Mac, »muss ich den Transmitter dieser Einheit reparieren. Ich habe zwar kein Problem mit Ablenkungen, aber Sie sitzen zufällig vor einer Zugangsklappe, Kapitän. Könnten Sie vielleicht ein wenig zur Seite rücken?«

»Meuterei«, knurrte Becker. »Komm mit, Acorna, sehen wir, dass wir hier wegkommen, und ich spendiere dir einen Blumenstrauß.«

Sie aßen zusammen in einem der kleinen Bistros, die Hafiz als Alternative zu den großen Speisesälen eingerichtet hatte. Alle Bistros des Hauptgebäudekomplexes, in dem sich auch die Pavillons der Linyaari befanden, gingen auf Gärten hinaus, die dazu geeignet waren, dass Menschen und Linyaari hier gemeinsam essen konnten.

»Hast du schon das Freizeitangebot hier ausprobiert?«, fragte Becker. »Nadhari und ich wollen uns ein Zimmer in einer der Fantasie-Suiten im Hotel nehmen. Komplette Hololandschaften in jeder Suite.« Er seufzte. »Nadhari ist eine erstaunliche Frau.«

»Du magst sie also wirklich?«

»Das ist ein wenig milde ausgedrückt. Ich meine, es gibt nicht viele Frauen, bei denen ich zuließe, dass SB sie zur Arbeit begleitet, aber sie sagt, er wollte sehen, was sie so macht. Sie ist die erste Makahomanerin, der er seit dem Unglück begegnet ist. Er lässt sich gerne anbeten. Wahrscheinlich sollte jeder so was mal ausprobieren. Sich anbeten lassen, meine ich.«

Becker brauchte SB gar nicht. Er sah genauso aus wie die sprichwörtliche Katze, die den ebenso sprichwörtlichen unseligen Kanarienvogel gefressen hat.

»Ich freue mich für dich, Kapitän. Habt ihr beiden schon längerfristige Pläne?«, fragte Acorna.

»Dazu ist es noch ein wenig früh«, meinte Becker ruhig. »Aber ich nehme an, nachdem wir das Universum gerettet haben, was bei ihrem Mut und meinem Grips kein Problem ...«

Acorna hatte Becker nicht gewarnt, doch inzwischen hatte sich Nadhari in ihrer grünen Uniform durch den Garten geschlichen, bis sie direkt hinter Becker war und ihn nun in den Schwitzkasten nehmen konnte. »Und dann was, oh Meisterhirn?«, fragte sie. SB, der ihr auf dem Fuß gefolgt war, schmiegte sich an ihre Knöchel.

»Was immer du willst, Süße«, antwortete Becker, befreite seinen Kopf mühelos und verteilte Küsse auf die Falten ihres Uniformärmels.

Nadhari zog tatsächlich ihre elegante, wenn auch häufig gebrochene Nase kraus. »Ist das nicht niedlich? Er hat mich Süße genannt. Das haben nicht viele getan. Und wenn es doch einer gewagt hat, habe ich ihm mindestens einen Finger gebrochen. Aber bei Jonas ist das keine Respektlosigkeit, er will mich nur beschützen.« Sie schlang ihm beide Arme um den Hals und versetzte ihm einen halb komischen, lautstarken Schmatz, bevor sie wieder mit dem Garten verschmolz, als wäre sie eine der Pflanzen, und nur noch der hochgereckte Schwanz der Katze für kurze Zeit ihren Standort verriet.

Becker saß da und grinste einfach nur dümmlich. Acorna erinnerte sich an ein Wort aus der intergalaktischen Verkehrssprache für jemanden, dessen innerer Damm gebrochen war, sodass sein trockenes Flussbett nun bis zum Überfließen gefüllt war. Vernarrt. Becker und Nadhari waren vollkommen vernarrt ineinander, und Acorna freute sich für sie.

Aber sie musste sich schnell entschuldigen und gehen, bevor sie an dem Kloß in ihrem Hals erstickte.

Maati bat Thariinye, die Augen zu schließen, als sie ihn an der Hand ins Hololabor führte. Als er die Augen wieder öffnete, sah er ein paar junge Leute aus der Station mit Aari und Acorna zusammenstehen.

Er war verwirrt. »Ist das hier eine Art Besprechung? Wo sind Becker und die Katze und deine Eltern?«

»Schau mal näher hin«, sagte Maati, ließ seine Hand los und drängte ihn näher auf die Kinder zu. »Sind die nicht umwerfend?«

Jetzt bemerkte er, dass Aari und Acorna in kleinen Lichtpfützen standen. Sie hatten ihn noch nicht begrüßt, und hin und wieder, wenn auch sehr selten, flackerte einer von ihnen ein wenig.

»Hologramme?«, fragte er.

Annella Carter strahlte ihn an. »Ja. Was hältst du davon?«

Thariinye kratzte sich am Kinn und umkreiste die beiden vertrauten Gestalten. »Na ja, sie flackern manchmal. Wozu sind sie gedacht? Als Touristenattraktionen?«

»Nein.« Maati versetzte ihm einen spielerischen Boxhieb gegen den Unterarm. »Natürlich nicht. Die beiden da werden, na ja, Vermittler für die beiden Echten sein.«

»Vermittler für was?«, wollte Thariinye wissen.

»Was ist denn los mit dir?«, wollte Maati wissen. »Ist dir vom bequemen Leben hier das Hirn aufgeweicht? Vermittler untereinander, natürlich.«

Thariinye ächzte. »Genau das hatte ich befürchtet. Du glaubst doch nicht, dass so etwas wirklich funktionieren wird? Diese Dinger da würden keinen von beiden auch nur einen Augenblick lang täuschen, wenn sie ihren Verstand beisammen haben.«

»Deshalb brauchen wir ja deine Hilfe«, erklärte Maati. »Du bist derjenige, der mich auf die Idee gebracht hat. Wie schaffen wir es, dass unser Plan funktioniert?«

»Funktioniert?«, fragte er. »Warum fragst du mich das? Ich kenne mich mit Hologrammen nicht aus.«

»Nein«, meinte Maati. »Aber angeblich weißt du doch alles über Liiiiebe.« Sie zog das Wort spöttisch in die Länge, und er bedachte sie mit einem Blick, der ein älteres Mädchen vermutlich in Tränen hätte ausbrechen und davonlaufen lassen. Aber Maati lachte ihm nur ins Gesicht, und die anderen Kinder kicherten.

»Selbstverständlich verstehe ich mehr davon als ein Haufen Gören«, sagte er. »Was wollt ihr denn wissen? Und was hat das mit euren Holopüppchen zu tun?« Er schnippte mit den Fingern zu den lebensgroßen Hologrammen hin, als wären sie nicht größer als sein Fuß.

»Wir müssen wissen, was Khornya zu Aari und was Aari zu Khornya sagen soll, um sie zusammenzubringen – was denn sonst?«, gab Maati gereizt zurück. Sie schien nicht zu begreifen, dass sie nur ein Kind war, dem er zeigen wollte, was sich gehörte. Sie tat so, als wäre nicht sie, sondern Thariinye der Begriffsstutzige. Das behagte ihm nicht sonderlich, doch nachdem er einen Augenblick über ihre Worte nachgedacht hatte, verstand er, was die Kinder vorhatten.

»Oh«, meinte er. »Na ja, sie sollte ihm sagen, dass sie ihn liebt, und wieso, und er, äh, er sollte dasselbe tun.«

»Ja, aber was genau sollen sie sagen, damit es nicht kitschig klingt?«, fragte Jana. Maati und Thariinye hatten beide die intergalaktische Verkehrssprache benutzt, damit die anderen sie verstehen konnten. Maati beherrschte diese Sprache inzwischen sehr gut, wie Thariinye feststellte – zweifellos das Ergebnis ihres häufigen Kontaktes mit den anderen jungen Leuten.

Ein Junge, den die anderen Laxme nannten, drückte ein paar Knöpfe auf seinem Schaltpult, und die Aari-Figur wandte sich dem Acorna-Holo zu, sagte in einer seltsamen Parodie von Aaris Stimme, »Oh, küss mich, meine Süße«, und gab dann Geräusche von sich, als würden Hufe aus zähflüssigem Schlamm gezogen.

Thariinye war empört. »Hört sofort damit auf!«, befahl er.

Laxme kroch in sich zusammen, als erwarte er, geschlagen zu werden.

»Er hat doch nur herumgespielt und dir zeigen wollen, wie es funktioniert«, erklärte Jana leise.

»Das weiß ich, aber Aari ist ein tapferer Mann, wahrscheinlich der tapferste, den mein Volk je hervorgebracht hat, und ich werde nicht zulassen, dass sich jemand über ihn und Khornya lustig macht – nicht einmal Freunde.«

»Deshalb brauchen wir ja deine Hilfe«, sagte Maati. »Damit sie die richtigen Dinge tun und sagen.«

»Was für richtige Dinge?«, fragte Thariinye.

»Du weißt schon – um sie zusammenzubringen. Du sagst doch immer, dass du so ein großer Liebesexperte bist. Also solltest du es doch wissen, oder?«

Er warf seiner ehemaligen Schiffskameradin einen wütenden Blick zu. »Ich weiß, was ich tun muss, damit sich ein Mädchen zu *mir* hingezogen fühlt«, sagte er. »Aber, nun ja …« Er senkte die Stimme und sprach aus dem Mundwinkel, sodass nur Maati es hören konnte: »Du erinnerst dich wohl, dass es bei Khornya nicht funktioniert hat.«

»Mag sein, aber zu Aari fühlt sie sich doch schon hingezogen. Wir müssen es nur schaffen, dass dieses Hologramm sie ermutigt und das von ihr ihn ermutigt. Also, was sollten sie sagen?«

»Zuerst mal«, sagte Thjariinye, »müssen die Hologramme auftauchen, nachdem Acorna und Aari eine Weile geschlafen haben, sodass sie noch müde sind und das Flackern nicht bemerken.«

»Das hatten wir auch vor«, erklärte Annella. »Aber sie flackern wirklich nicht so schlimm.«

Thariinye ignorierte sie. Er dachte nach. »Ich hab's«, sagte er. »Ich glaube, ich weiß genau das Richtige. Wartet einen Augenblick.«

Etwa eine halbe Stunde später tauchte er wieder auf und hatte den Band antiker europäischer Literatur dabei, in dem Aari gelesen hatte.

In den folgenden Stunden las Jana laut vor, und die anderen stritten sich darüber, ob diese oder jene Passage verwendet werden sollte, während Maati und Thariinye mithilfe der LAANYE versuchten, jene Sätze, auf die man sich geeinigt hatte, ins Linyaari zu übersetzen. Nachdem der Text beschlossene Sache war, mussten die Hologramme noch darauf programmiert werden, sich richtig zu bewegen.

»Sie sollten verführerisch wirken, dürfen die andere Person aber selbstverständlich nicht berühren«, sagte Thariinye. »Sie sollten Aari und Khornya an einen Ort führen, wo sie dann leibhaftig weitermachen können ...«

»Oder an einen Holo-Ort«, schlug Annella vor. »Noch ist keine von den Holosuiten im Hotel bewohnt, denn wir haben noch keinen einzigen Gast, nur die Leute, die bei der Karawane waren, und die haben alle ihre eigenen Quartiere.«

Macs Fähigkeiten waren durch die jüngsten Neuprogrammierungen und seine »Erziehung« durch Acorna erheblich verbessert worden, und er wusste, dass dies den Kapitän freute. Becker hatte ihn ein wenig verwirrt, als Mac sich während Beckers Abwesenheiten mit Nadhari Kando abgeschaltet hatte. »Ich dachte, du arbeitest weiter an der Fähre, Mac«, hatte der Kapitän gesagt. »Du bist wohl nicht gerade ein Selbststarter.«

»Nein, aber ich kann mich selbst abschalten, um Energie zu sparen.«

»Ich möchte, dass du Tag und Nacht an dieser Fähre arbeitest, ob ich nun hier bin oder nicht. Programmiere das also, und mach dir wegen des Energiesparens keine Gedanken. Hier gibt es Energie, und ich glaube nicht, dass Harakamian sie dir verweigern wird, wenn es langfristig hilft, unsere Ärsche zu retten.«

»Jawohl«, hatte Mac erwidert, und selbstverständlich hatte er sich seitdem an die Anweisungen gehalten. Hätte er so etwas wie Bedauern verspüren können, dann darüber, dass die meisten gesellschaftlichen Kontakte, die er hatte, nach Art der Khleevi verliefen. Er hatte den Transmitter schon vor einiger Zeit repariert, ihn jedoch noch nicht benutzt, da man ihm dies nicht befohlen hatte.

Dennoch übte er, imitierte, übersetzte, assimilierte und integrierte das Klicken und Klacken, bis er die Sprache der Khleevi – wenn auch nur für sich selbst – ebenso leicht benutzen konnte, wie er ein Gespräch in Linyaari oder der intergalaktischen Verkehrssprache zu führen im Stande war.

Dieser Tage war er häufig allein. Der Kapitän und der Kater verbrachten immer mehr Zeit mit den Bewohnern des Mondes der Möglichkeiten, besonders mit der Dame Kando. Manchmal trafen sie sich auch an Bord der *Condor*, doch da Nadhari Kando für ihre Leute erreichbar sein musste, verbrachten die drei ihre dienstfreie Zeit häufig in Nadharis Quartier oder in einem der Hotelzimmer des Gebäudekomplexes. Aari und Acorna hatten ebenfalls anderswo zu tun, und bei den wenigen Gelegenheiten, als die anderen Linyaari an Bord gekommen waren, schienen der Geruch und die Laute, die aus der Fähre kamen und deren Lautstärke Mac so eingestellt hatte, dass er sie überall auf dem Schiff hören konnte, sie so zu verstören, dass sie rasch wieder gingen – besonders, nachdem Mac Aari einmal versehentlich mit Khleevi-Klacken begrüßt hatte.

So war er auch allein, als er plötzlich wieder die Khleevi-Schiffe hörte: einen Aufruf zum Angriff, das Stakkato-Klicketi-Klack von Befehlen, die von einer Einheit an die nächste weitergegeben wurden. Die Funksprüche besagten, dass der Planet Nirii, um den sich die Flotte gesammelt hatte, nunmehr angegriffen wurde und sich die Schiffe auf den Planeten stürzten, wie es hungrige Insekten angeblich mit besonders beliebtem Futter taten.

Mac lauschte interessiert. Hätte er die Fähigkeit dazu besessen, wäre er vielleicht aufgeregt gewesen. Er lauschte immer noch, als Becker zurückkehrte.

»Hallo, Mac, kannst du das verdammte Ding ein bisschen leiser stellen? Das klingt wie eine Armee von Steptänzern, die auf einem flachen Holzplaneten landet.«

»Oh nein, Kapitän, das ist es nicht. Diese Laute sind die der Khleevi, die dabei sind, den Planeten der zweihörnigen, kuhähnlichen Wesen einzunehmen. Das hier ist die Kommunikation zwischen den einzelnen Schiffen. Sie reden davon, zunächst die wichtigeren Städte und Verteidigungsanlagen zu erobern und so weit wie möglich dafür zu sorgen, dass die Bewohner nicht fliehen können. Aber vor allem konzentrieren sie sich auf den Angriff.«

»Schauerlich Schwindel erregende Schwerkraft, Mac, warum hast du das nicht gesagt?«

»Sie haben mich nicht angewiesen, das zu tun, Kapitän.«

»Muss ich dir denn alles ausdrücklich sagen?«

Mac war erfreut, nun auf dieselbe Art antworten zu können, die der Kapitän so gerne verwendete. »Jawohl. Könnte man behaupten.«

»Also gut. Du überwachst dieses Ding weiter – merk dir alles, was du hörst. Und ich werde mal kurz mit Hafiz sprechen.«

Hafiz erklärte, warum der ferngesteuerte Sender noch nicht in Betrieb war, wie er es Becker schließlich versprochen hatte. »Ich war noch dabei, meine Botschaft vorzubereiten, mein lieber Becker.«

»Ihre Botschaft? Wie lange dauert es zu sagen: ›Die Khleevi kommen, die Khleevi kommen, igelt euch ein oder verschwindet, solange ihr noch könnt‹?«

»Sie verstehen das nicht, mein Junge. Selbst solche öffentlichen

Ankündigungen haben zarte Nuancen. Und natürlich wussten wir nicht genau, wann oder wo sie auftauchen würden.«

»Jetzt haben wir allerdings eine ziemlich klare Vorstellung davon. Sie stürzen sich gerade auf den Cowboy-Planeten.«

»Cowboy-Planet?«

Becker hielt sich beide Zeigefinger an die Schläfen und wackelte mit ihnen. »Zwei Hörner, wie Kühe – kapiert?«

»Ah, die Niriianer. Ja, ich habe gehört, dass sie über hervorragende organische Technologie verfügen.«

»Die stinkt, wenn Sie mich fragen, aber niemand hat verdient, dass ihn diese Käfer fressen, und das genau passiert gerade. Wird dieser Sender also endlich in den Raum geschossen, oder muss ich mit der *Condor* aufsteigen und es so machen wie Paul Revere?«

»Paul wer, mein Junge? Und was hat ihn so berühmt gemacht?«

»Er hat seinen Sender in der Luft gehabt, ehe der Feind eine Chance bekam, jeden Planeten in der Galaxis zu fressen. Und, können Sie jetzt Ihre Botschaft zu Ende aufzeichnen?«

»Selbstverständlich.«

»Gut. Ich werde warten und sie zu dem ferngesteuerten Schiff bringen.«

Hafiz schaltete sein Aufzeichnungsgerät ein und spulte zurück. »Schauen wir mal. Wo war ich? Ach ja. ›Diese eindringliche humanitäre Warnung wird Ihnen als aufmerksame Dienstleistung der herausragenden philanthropischen Botschafterfirma der Föderation, Haus Harakamian, übermittelt.‹«

»Ein *Werbespot*?«, entfuhr es Becker. »Sie haben diese Warnbotschaft zurückgehalten, weil Sie sie erst noch als *Werbespot* formulieren mussten?«

Hafiz spreizte die Finger und zuckte elegant die Schultern. »Ich bin immerhin Geschäftsmann, mein lieber Junge.«

»Nicht mehr lange, wenn die Käfer uns angreifen«, erklärte Becker zornig.

»Das ist wahr. Also gut, ich mache weiter.«

Er wandte sich wieder dem Aufzeichnungsgerät zu. »Bösartige, sadistische und gefräßige Geschöpfe, die Khleevi, haben den Heimatplaneten der Niriianer angegriffen. Jeder, der es wagt, den Niriianern zu helfen, soll dies bitte mit unseren besten Wünschen und unserem Segen tun. Alle anderen im selben Quadranten sollten ernsthaft über Evakuierung oder Verteidigung nachdenken, je nachdem, was ihre Kultur ihnen nahe legt.«

Becker warf ihm einen angewiderten Blick zu, meinte jedoch nur: »Gut. Jetzt sollte das in alle Sprachen der benachbarten Völker übersetzt werden. Da dies für die meisten ihr erster Kontakt mit der Föderation ist, kann ich mir nicht so recht vorstellen, dass ihre Kenntnisse der intergalaktischen Verkehrssprache hierfür ausreichen.«

»Ah! Ganz recht.« Hafiz klatschte in die Hände. Ein Diener erschien. »Bitte hol unsere Linyaari-Gäste – alle. Bitte sie, ihre schlauen Übersetzungsgeräte mitzubringen, und sag ihnen, dass es um eine dringende Angelegenheit geht.«

Stunden später – Becker kam es allerdings wie Monate vor – hatte jeder der Linyaari Übersetzungen der Botschaft in alle ihm bekannten Sprachen beigesteuert. Da alle außer Maati und Acorna irgendwann in ihrem Leben beträchtliche Zeit auf den benachbarten Planeten zugebracht hatten, konnten sie einigermaßen sicher sein, den gesamten Sektor sprachlich abgedeckt zu haben.

Inzwischen waren Nadhari und ihre Leute in höchste Alarmbereitschaft versetzt worden, und unter Sirenengeheul begann die erste Evakuierungsübung, während das ferngesteuerte Schiff mit der Botschaft startete.

Die *Balakiire* war noch nicht auf dem ersten Planeten auf der Liste der zu warnenden Welten gelandet, als sie einen Funkspruch auffingen, der auf der Stelle sowohl ihre gesamte Mission als auch ihre vorsichtige Annäherung vergeblich machte und ihnen einen neuen Auftrag bescherte.

Seltsamerweise begann dieser Auftrag auf ganz ähnliche Weise wie der, den sie bis jetzt gehabt hatten.

»Mayday, Mayday! Hier spricht das niriianische Schiff *Fossen*. Wir bitten alle Planeten und Schiffe im Empfangsbereich um Hilfe. Unser Planet wird angegriffen. Die Khleevi sind gelandet. Unser Schiff konnte noch vor der Invasion fliehen. Mayday! Bitte melden Sie sich.« Mit einem wütenden Blick auf Liriili griff Neeva nach dem Kom.

»Bitte geben Sie uns Ihre Koordinaten, *Fossen*. Das Linyaari-Schiff *Balakiire* empfängt Sie laut und deutlich.«

Der Niriianer nannte die Koordinaten der *Fossen*. »Beeilen Sie sich, *Balakiire*. Wir haben fast keinen Treibstoff und keine Luft mehr. Wir waren gerade auf dem Weg, um beides zu tanken, als der Angriff der Khleevi begann. Die Khleevi haben sich auf unsere Städte gestürzt wie Zuckerfliegen auf ihren Stock.«

»Wir sind unterwegs, *Fossen*. Bitte senden Sie keine weiteren Funksprüche, es sei denn, wir weisen Sie dazu an, oder Ihre Situation verschlimmert sich. Es könnte die Khleevi auf Ihre – und unsere – Position aufmerksam machen. Bestätigen Sie, dass Sie verstanden haben, und wahren Sie dann bitte Funkstille, bis wir uns wieder mit Ihnen in Verbindung setzen.«

»Verstanden, *Balakiire*. Bitte beeilen Sie sich.«

Liriili schnaubte. »Wahrscheinlich erreichen wir sie gerade noch rechtzeitig, um von den Khleevi angegriffen zu werden.«

»Mag sein«, sagte Neeva. »Ich hoffe es allerdings nicht. Zumindest sollte ihr Funkspruch auch auf anderen Planeten und von anderen Schiffen empfangen worden sein, also werden wir dort niemanden mehr persönlich warnen müssen.«

»Ich frage mich, was sie auf Narhii-Vhiliinyar wohl davon halten«, meinte Liriili mit einem bitteren Lächeln. »Ich habe sie gewarnt.«

»Ja, das hast du, und da du glücklicherweise nicht mehr die Führung hast, werden sie wahrscheinlich die Evakuierungsschiffe bereitmachen, alle Lebensformen sammeln und bereitstehen, Narhii-Vhiliinyar in Gegenrichtung zum Planeten der Niriianer zu verlassen. Ich hoffe, sie werden in den Föderationsraum fliegen. Das werden zumindest jene unter uns empfehlen, die bereits Kontakt mit den Völkern dieser Allianz hatten.«

»Ja, und die kommen dann mit ihren Waffen und missachten die Prinzipien, die die Ahnen uns gelehrt haben.«

Melireenya drehte sich in ihrem Sessel um und starrte die ehemalige *Viizaar* an. »Was ist los mit dir? Du bist mit nichts zufrieden. Würde es dich jetzt freuen, wenn unser Volk vernichtet würde, nachdem man entschieden hat, dass du nicht geeignet bist, es anzuführen?«

Liriili bedachte sie mit einem überlegenen Lächeln, aber sie gab keine Antwort. Neeva fand ihre Einstellung beunruhigend. Statt sie zu heilen, trieb Liriilis neue Erfahrung sie mehr und mehr in sich selbst zurück. Sie war so distanziert, dass es überhaupt nicht in Frage kam, sie mit dem Horn zu berühren, um sie zu heilen, und außerdem schien sie unempfänglich für die übliche Verbundenheit zu sein, die die Linyaari zusammenhielt.

Die nächsten Stunden verbrachten sie mit Vorbereitungen dafür, die Niriianer an Bord zu nehmen. Die *Balakiire* konnte ihnen keinen Treibstoff überlassen, und ihre Schiffe wurden ohnehin ein wenig anders angetrieben. Kojen wurden zurechtgemacht und die Gärten mit Pflanzen bestückt, die die Niriianer bevorzugten.

Die Niriianer waren ungeheuer froh, ihre Linyaari-Verbündeten zu sehen, und darüber hinaus ein wenig beschämt. »*Visedhaanye ferilii* Neeva«, begann die Kapitänin des niriianischen Schiffs. »Wir haben gehört, dass Sie und Ihre Besatzung von angeblichen Autoritätspersonen in Gewahrsam genommen wurden. Von diesem Tag an gehören unsere Leben Ihnen, und wir werden Sie stets gegen jede …«

Ihre Stimme brach, sie stotterte, schluckte und fuhr fort: »Ich wollte sagen, gegen jede Gefahr verteidigen, die Ihnen auf unserem Planeten droht. Aber es ist unwahrscheinlich, dass wir je in unsere Heimat zurückkehren werden.«

»Und das wirft eine gute Frage auf«, meinte Khaari. »Wohin fliegen wir jetzt? Kehren wir nach Narhii-Vhiliinyar zurück?«

»Ja, aber wir sollten es Kapitän Becker gleichtun und ein paar Umwege einschlagen, statt direkt hinzufliegen. Nur für den Fall, dass die Khleevi der *Fossen* ein paar Schiffe hinterhergeschickt haben.«

»Es hat dem Schrotthändler nicht gerade viel genützt«, höhnte Liriili.

»Woher willst du wissen, was es ihm genützt hat?«, fragte Khaari. »Wir wissen noch gar nicht, was aus ihnen geworden ist.«

Das sollten sie allerdings bald erfahren. Auf der anderen Seite des Wurmloches fingen sie einen Funkspruch auf.

Der erste Teil davon war in der intergalaktischen Verkehrssprache, und während die Besatzung der *Balakiire* noch gemeinsam ihre Erinnerungen an diese Sprache bemühte, um zu verstehen, um was es in der Botschaft ging, wurde sie in anderen Sprachen wiederholt.

Die Niriianer wurden ganz aufgeregt. »Sie wissen es! Sie wissen von dem Angriff! Vielleicht wird jemand Hilfe schicken. Sie sprechen unsere Sprache!«

Neeva blickte auf. Khaari meinte: »Ich kenne diese Stimme! Das ist Thariinye!«

»Also lebt er noch!«, sagte Melireenya.

»Selbstverständlich lebt er noch«, entgegnete Liriili. »Ich habe euch doch gesagt, dass ihm nichts passieren wird, und dem Gör wahrscheinlich auch nicht.«

Wieder wechselte die Sprache, diesmal zu Linyaari, und Neeva lächelte. »Das ist Khornya.«

Sie erkannten auch andere Stimmen, als die Nachricht in weiteren Sprachen wiederholt wurde – Aaris, und die von Miiri und Kaarlye, was Khaari, die mütterlicherseits mit Kaarlye verwandt war, erleichtert aufseufzen ließ.

Als die Nachricht noch einmal in der intergalaktischen Verkehrssprache wiederholt wurde, sagte Neeva: »Diese Stimme kenne ich doch auch. Klingt das nicht nach Khornyas freundlichem, großzügigem Onkel Hafiz? Bevor wir uns getrennt haben, hat er davon gesprochen, eine Handelskolonie auf diesem Mond einzurichten, auf dem wir gelandet sind, um uns zu erholen, nachdem –«

Die beiden anderen nickten und zeigten damit an, dass sie nicht weiterzureden brauchte. »Dann sind sie jetzt sicher alle dort.«

»Ich habe die Koordinaten hier, Neeva«, sang Melireenyas Stimme fast. »Vielleicht kann Herr Harakamian sich an die Föderation wenden, und die vertreiben dann die Khleevi.« Sie lächelte die Niriianer an. »Vielleicht kann eure Welt noch gerettet werden.«

Die Niriianer umarmten einander so fest, dass sich ihre Hörner verkeilten. »Wenn es doch nur so wäre!«, seufzte die Kapitänin.

Acorna erwachte von einem strahlenden Licht, das ihr in die Augen schien. Sie war sehr müde, denn sie hatte den ganzen Tag damit verbracht, Evakuierungspläne für die Kinder aufzustellen. Die Jüngsten würden in zwei Tagen mit Calum auf der *Acadecki* abfliegen. Die Besatzung der *Haven* würde ihre Jüngsten ebenfalls mitschicken, doch die Älteren hatten darauf bestanden, bleiben und kämpfen zu dürfen. Acorna hatte auch Übersetzungen von weiteren Botschaften angefertigt, natürlich in Linyaari, jedoch auch in diversen anderen in der Föderation gebräuchlichen Sprachen. Die Khleevi waren schon einmal auf der Suche nach den Linyaari in den Föderationsraum eingedrungen – niemand konnte wissen, ob sie es nicht wieder wagen würden.

Die Anspannung und ihre Arbeit hatten sie erschöpft, bis sie auf ihr Bett gefallen war, zu müde, um Maati auch nur Gute Nacht zu sagen.

Nun wurde sie von dem Licht geweckt, und ihr erster Gedanke war, dass sie angegriffen wurden.

Aari kniete neben ihr, ein paar Fuß von ihrem Schlaflager entfernt. Maati, die auf Acornas anderer Seite lag, hatte sich zusammengerollt und völlig unter der Decke vergraben. Sie schien das Licht nicht zu bemerken. Acorna rieb sich die Augen. »Was ist denn, Aari? Stimmt etwas nicht?«, flüsterte sie.

»Horch!«, sagte er.

»Was ist?«, fragte sie abermals und hatte einen lächerlichen Augenblick lang das Gefühl, dass er gleich in ein Festtagslied ausbrechen würde, obwohl sie keine Ahnung hatte, warum er das tun sollte, es sei denn, er hatte etwas gelesen, das ihn dazu inspiriert hatte. Doch dieses erste Wort war das Einzige, das er in der intergalaktischen Verkehrssprache äußerte. Der Rest war auf Linyaari.

»Was schimmert durch die Pavillonklappe dort? Es ist die Sonn', und Khornya der Mond!«, erklärte er in ihrer eher nasalen Volkssprache. Offensichtlich ging es also nicht um einen Alarm, obwohl sein letzter Satz sich anhörte wie ein Code.

Oder hatte er Fieber? Eine Infektion vielleicht? Oder eine Vergiftung? Sie hatte keine Ahnung, ob er ohne sein Horn bestimmten Gefahren gegenüber empfänglicher war als gewöhnliche Linyaari.

»Aari, ist alles in Ordnung mit dir?«, fragte sie. »Du siehst irgendwie ... na ja, nicht blass, aber durchsichtig aus. Mir gefällt nicht, wie deine Haut aussieht. Und was du sagst, begreife ich nicht so recht. Lass mich mal deinen Puls fühlen ...«

Doch er wich ein wenig zurück und sprudelte dabei hervor: »Was uns Gräschen heißt, wie es auch hieße, würde trotzdem nicht sonderlich duften, aber so anmutig und köstlich sein wie Khornya.« Er winkte ihr, ihm zu folgen. Das tat sie auch, denn ob seine seltsamen Äußerungen nun ein Code für Gefahr waren oder Symptome einer Krankheit – sie konnte sie doch nicht einfach ignorieren.

Aari glaubte zunächst, dass er träumte. Khornya kniete ein paar Fuß von seiner Schlafmatte entfernt. Sie war umgeben von einem sehr hellen Licht, als hätte sie vielleicht Strahlung aufgenommen, und schaute ihn mit einer Sehnsucht an, die jener gleichkam, die er immer verspürte, wenn er sie ansah.

»Khornya«, sagte er, als sie nichts sagte. »Khornya, ist alles in Ordnung? Greifen die Khleevi an?« Er drehte sich nach Thariinye um, weil er ihn wecken und warnen wollte, doch dieser lag nicht auf seiner Matte. Das war nicht ungewöhnlich für Thariinye. Er war in letzter Zeit häufig weg gewesen, war mit Übersetzungen und

Evakuierungsplänen beschäftigt, und offenbar auch damit, mit Frauen zu schäkern, auch wenn sie der falschen Spezies angehörten – nur, um in Übung zu bleiben, sagte er.

Khornya antwortete ihm nicht direkt, sondern sagte stattdessen etwas sehr Seltsames. Aari dachte, es könnte vielleicht ein Code sein, doch wenn dem so war, dann hatte ihm niemand den Schlüssel dazu gegeben.

»Wie ich dich liebe?«, fragte sie auf Linyaari. »Lass es mich dir sagen. Ich liebe selbst die Ionen, die sich hinter deinem Schiff streuen. Ich liebe den Duft der Körner, an denen du dich labst. Ich liebe die –«

»Wirklich?«, fragte Aari, der begriff, dass ihre Äußerungen irgendwie als Kompliment gemeint waren, wenn auch nicht sonderlich verständlich. Offensichtlich handelte es sich nicht um einen Code, sondern um ihre eigenen aufgestauten Gefühle. Sie deklamierte mehr, als dass sie sprach, und er konnte ihre Gedanken überhaupt nicht lesen. Andererseits war das ohnehin öfter der Fall. »Aber ... ich habe doch kein Horn.«

»Ich liebe das Horn, das du nicht hast, und das Horn, das du einmal hattest, und das Horn, das du wieder haben wirst«, fuhr sie fort, statt ihm zu antworten. »Komm, Liebster, gehen wir in eine abgeschiedene Laube und machen es uns dort schön, wenn du verstehst, was ich meine.« Sie zwinkerte ihm zu, was überhaupt nicht zu ihr passte, und zog die silbrig weißen Brauen hoch. Er fragte sich, ob jemand in Hafiz' Gärten vielleicht aus Versehen das Zeug angepflanzt hatte, das in den antiken Zane-Grey-Romanen vom Wilden Westen immer als »Narrenkraut« bezeichnet wurde.

Entweder das, oder das hier war ein seltsames weibliches Paarungsritual, von dem seine Mutter ihm versehentlich nichts erzählt hatte. Nun, jetzt war keine Zeit mehr, sie zu befragen. Khornya schwebte bereits davon, und er konnte sie auf keinen Fall in einem solchen Zustand durch diesen riesigen fremden Gebäudekomplex irren lassen. Jemand würde das vielleicht ausnutzen. Er stand auf und folgte ihr.

Sie trieb vor ihm her wie eine jener ektoplasmischen Wesenheiten der von Gespenstern heimgesuchten Ruinenwelt von Waali Waali, zu der ihn seine Eltern einmal mitgenommen hatten, als er noch klein gewesen war. In der Frühzeit der Terraform-Technologie hatte eine mächtige Firma Planeten hastig einer Terraformung unterzogen, große Städte errichtet und ganze Zivilisationen dorthin transplantiert, wo sie dann für Äonen wuchsen und gediehen, liebten und Kriege führten. Und dann wurde die Terraformung instabil, Polkappen schmolzen, Meere gefroren, Vulkane brachen aus, und der Boden riss auf und bebte. Die Städte wurden zerstört, die Bewohner getötet, doch die Schwerkraft hielt sie an der Oberfläche fest, die selbst noch in den Ruinen eine unauslöschliche Erinnerung an die ehemalige Großartigkeit ihrer Städte wahrte. Eine ähnliche, greifbarere Erinnerung gab es auch an ihre Bewohner, nunmehr körperlose Geister, die ein Gefäß für ihre Wiedergeburt suchten und auf dieselbe Weise durch die Ruinen flackerten, wie Khornyas weiße Gestalt abwechselnd aufglühte und dann wieder beinahe verblasste, während sie durch die kunstvoll angelegten Gassen von Hafiz' Anlage schwebte.

Aari konnte nichts tun, als ihr zu folgen. Wind und Regen von Dr. Hoas künstlich geschaffenem Monsun durchtränkten seine Mähne, seine Schritte klickten rasch über Kopfsteinpflaster, durch schmale Gassen und an Türen vorbei, die von dunkelsamtigen Teppichen und Decken verhängt waren, deren Muster im Licht der Holo-Fackeln der Hauptstraßen kurz golden aufblitzten. Plötzlich sah er, wie Khornyas Gestalt in einem Eingang verschwand, der von einem Wasserfall schimmernder Perlen verborgen war. Schnell schritt er selbst hindurch.

Er fand sich in so etwas wie einem Labyrinth wieder, nur dass es hier statt kahler Wände Vorhänge, Decken, Teppiche und Perlenschnüre gab, und einmal die Flanke eines großen grauen Tieres mit flappenden Ohren, langen, gebogenen Zähnen, einer Nase wie einer Schlange, Beinen wie Säulen und kleinen, gleichmütigen Augen, die ihn ruhig betrachteten und sich dann wieder der Kontemplation der Unendlichkeit zuwandten. Aari ging an dem Tier vorbei; als er zurückblickte, sah er nur schwarze Nacht.

Er begann sich zu fragen, wo er war, und bekam Angst. Vielleicht war er immer noch in der Foltermaschine der Khleevi, und sein Geist spielte ihm grausame Streiche. Vielleicht war all dies nur eine Illusion, um ihm Hoffnung zu machen, ihm einen Traum zu geben, den sie dann grausam zerschmettern konnten? Aber – nein. Ihm tat nichts weh. Das war ein sicheres Zeichen, dass dies nichts mit den Khleevi zu tun hatte. Als er noch bei den Khleevi gewesen war, hatte er ständig Schmerzen gehabt, und nun gab es nichts als seinen Körper, der sich gesund und verblüffend lebendig anfühlte, und die Nacht, und Khornya, die vor ihm herflackerte, lockend wie eine Kerzenflamme.

Abrupt verlosch ihre weiße Gestalt, und dann hörte er sie viel weiter entfernt, als sie in dieser kurzen Zeit eigentlich hätte gehen können, nach ihm rufen. »Aari?« Sie klang flehend und beinahe kindlich. Er eilte vorwärts.

»Khornya?«

»Aari, wo bist du?« Sie schien nicht gerade verängstigt zu sein, aber doch beunruhigt.

»Direkt hinter dir. Ich bin sofort bei dir«, rief er, und das war er auch. Plötzlich fand er sich ihr gegenüber, und nicht in einem Raum, sondern auf einem mondbeschienenen Feld, ganz ähnlich denen, die er aus seiner Jugendzeit von Vhiliinyar her in Erinnerung hatte. Die Monde schienen durch Nebel, der aus einem plätschernden Bach aufstieg, und Nachtvögel riefen leise aus nahen Gehölzen. Khornya stand neben einem Baum am Bach und schien froh zu sein, ihn zu sehen.

»Da bist du ja!«

»Natürlich bin ich hier.« Er trat zu ihr. Erleichtert stellte er fest, dass sie gesünder und irgendwie stofflicher wirkte als bei ihrem ersten Auftauchen in seinem Pavillon. Ihre Haut strahlte Wärme und diesen süßen, sauberen Blütenduft aus, der zu ihr gehörte. Aber noch ein weiterer, verlockenderer Duft ging von ihr aus. Sie blickte zu ihm auf, mit Augen, so groß und schimmernd wie die Monde, und ihre Lippen waren feucht.

»Ich hatte schon Angst, du würdest nicht wiederkommen«, sagte sie leise.

»Gegen der Liebe Feuer hat der Frost der Angst keine Macht«, sagte er und ergänzte auf ihren fragenden Blick hin: »Etwas, das ich vor kurzem gelesen habe.« Er strich ihr durch ihre Mähne, dann berührte er ihre Wange mit dem Handrücken. »Es schien mir angemessen.«

Sie seufzte. »In der intergalaktischen Verkehrssprache klingt es irgendwie besser.«

»Ich werde meine Eltern bitten, mir Linyaari-Liebesgedichte beizubringen und dir die Ohren damit voll plappern, wenn es das ist, was du willst«, sagte er, und ihm wurde klar, dass sie versucht hatte, die Sprache der Liebe zu sprechen, als sie in sein Zelt gekommen war. Sie hatte Recht – obwohl die Bedeutung ziemlich unklar war, klangen die Gedichte aus dem Buch, das er gelesen hatte, in der alten Sprache viel besser.

»Das ist nicht *alles,* was ich will«, sagte sie mit heiserer Stimme. Ihr Atem roch süß.

Er spürte, wie Teile von ihm, die er für tot gehalten hatte, sich beeilten, seine Adern mit einem Leben zu füllen, das so heiß und stark, so drängend war wie Magma, das danach strebt, aus einem vulkanischen Riss hervorzudringen. Sie hob beinahe wie in Trance die Arme, und er umarmte sie und drückte sie an sich. Ihr süßer, moschusartiger Duft umgab ihn, als sie zusammen in das Gras mit den Wildblüten sanken, das nicht feucht und betaut war, wie Aari es erwartet hätte, sondern so warm und bequem wie eine Decke.

Annella und Maati seufzten gleichzeitig tief. Jana zog sie aus dem Kontrollraum für die Holosuite. Dann packte sie Laxme am Ohr und zerrte ihn ebenfalls heraus. Thariinye blieb noch ein wenig, bis Maati ihn am Arm packte.

»Sie haben ein bisschen Abgeschiedenheit verdient«, sagte er.

»Ich hätte ihm vielleicht noch ein paar Hinweise geben sollen, bevor wir angefangen haben«, sagte Thariinye.

»Dafür war keine Zeit«, wandte Laxme ein. »Sie werden uns bald wegschicken, und wir mussten fertig werden – wir mussten sie zusammenbringen, bevor geschieht, was immer geschehen wird.«

»Ich fand eigentlich, dass er – dass beide – auch ohne deine Ratschläge ganz gut zurechtgekommen sind«, sagte Maati zu Thariinye. »Und jetzt sollten wir das Ganze ihnen überlassen.«

Jana grinste sie an. »Ich glaube, du bist wirklich klüger als dein Alter erwarten lässt, Maati.«

»Irgendwer hier muss es ja sein«, erklärte Maati mit einem bedeutungsvollen Blick auf Thariinye.

Ausgesprochen zufrieden mit ihrer gelungenen guten Tat, verließ die Gruppe junger Leute das spanisch-maurische Schloss, in dem sich das prächtigste Holo-Hotel des Mondes befand. Das mit Vorhängen und Teppichen behängte Labyrinth aus kleinen Gassen, das Aari und Acorna durchquert hatten, als sie dem Doppelgänger des jeweils anderen gefolgt waren, war die Hotellobby. Die Suite, die die beiden nun bewohnten, befand sich im ersten Stock. Das Feld aus duftenden Blüten und Gras war in Wahrheit ein recht hübscher Turkomond-Teppich, und der Bach war ein kleiner Pool, falls sie nach ihren ... Aktivitäten vielleicht baden wollten.

Sobald sie draußen waren, bemerkte Maati, dass die Luft anders roch – und sie erkannte den Geruch wieder. Es war der Geruch landender Linyaari-Schiffe. Sie erkannte ihn beinahe schon, bevor sie die Schritte hörte, die sich eilig vom Raumhafen her näherten.

Mit jedem Streicheln, jedem sanften Biss, jeder Berührung der Zunge fühlte sich Acorna Aari mehr und mehr verbunden, als ob sie selbst ihre Moleküle austauschten, was natürlich auch der Fall war, so romantisch dieser Gedanke auch sein mochte. Es fühlte sich jedenfalls nicht unromantisch an. Dieser Drang, der so geheimnisvoll in ihr erwacht war, ihre Träume erfüllt und sie in den unpassendsten Augenblicken erregt hatte, hatte nur *hiermit* zu tun. Diese exquisite Qual, die ihr das Gefühl gab, als würde sie gleich aus der Haut fahren, wenn nicht bald etwas geschah. Sie wusste, dass Aari ebenso empfand, und dennoch zögerte er.

»Wenn wir jetzt weitermachen«, sagte er, »gibt es kein Zurück mehr.«

»Warum sollte ich zurückwollen?«, fragte sie. »Du bist mein Lebensgefährte. Ich glaube, das habe ich immer schon gewusst.«

»Wirklich? Ich dachte nicht … ich habe nicht gehofft …«

Sie brachte ihn mit einem Kuss zum Schweigen, und sie bewegten sich so, dass sie über ihm war, seine Hände auf ihrer Taille.

»Jetzt, Geliebte?«, fragte er.

Sie biss sich auf die Unterlippe und nickte entschlossen. »Ja. Jetzt.«

Die hastigen, dröhnenden Schritte bogen um die Ecke, und die Sicherheitstruppe blieb mit zwei raschen und vollkommen synchron ausgeführten Stampfbewegungen stehen. Nadhari Kando war ohne eine Spur von Anstrengung an der Spitze des kleinen Trupps marschiert, und Kapitän Becker folgte keuchend im Kielwasser der braun und cremefarben uniformierten planetarischen Miliz der Föderationswelten.

Nadhari starrte die Kinder wütend an. »Es herrscht schon lange Ausgangssperre.«

»Ausgangssperre?« Jana gab sich unschuldig.

»Wart ihr nicht bei der Informationsbesprechung heute Abend um acht Uhr?«, fragte Nadhari. »Wir haben höchste Alarmbereitschaft, und bis auf weiteres herrscht Ausgangssperre.«

»Und was werden Sie jetzt tun – uns erschießen?«, wollte Laxme wissen. Nach seiner Kindheit in den Minen genoss er es, frei zu sein. Er ließ sich nicht gerne befehlen, auch nicht von den guten Jungs. Oder Mädels.

Nadhari betrachtete ihn ernst. »Nein, aber du könntest Beckers Freund Aari fragen, wie viel Spaß es macht, nicht da zu sein, wo man sein sollte, wenn die Evakuierung beginnt, und zurückgelassen zu werden, wenn die Khleevi kommen.«

Keiner der jungen Leute sagte etwas, und Nadhari fuhr fort: »Also gut, Maati und Thariinye, ihr sollt euch im Empfangsbereich melden. Die *Balakiire* ist gerade gelandet, und sie wollen sich unbedingt davon überzeugen, dass ihr am Leben seid und dass es euch gut geht. Außerdem muss ich unbedingt Aari und Acorna finden.«

Becker verzog das Gesicht und sagte zu Maati: »Diese Hexe von Liriili war auch auf der *Balakiire*. Ich wette, die Linyaari konnten sie auf ihrem Planeten nicht mehr ertragen. Aber Neeva möchte wirklich alle sehen und sich davon überzeugen, dass es ihnen gut geht.«

»Ich werde ihr sagen, dass Khornya nichts fehlt«, bot Maati an. Und dann fügte sie mit einem boshaften Grinsen hinzu: »Thariinye kann sich ja um Liriili kümmern.«

»Schon gut«, meinte Becker. »Sag uns einfach, wo Acorna ist, und ich hole sie.«

Thariinyes Blick wanderte unwillkürlich zum Hoteleingang hinüber, und Becker fragte: »Sind sie immer noch da drin? Warum habt ihr das nicht gleich gesagt?«

»Gut. Ich werde sie holen«, erklärte Nadhari, und bevor sie jemand aufhalten konnte, drängte sie sich an ihnen vorbei und betrat das Hotel.

Augenblicke später tauchte sie wieder auf und sah ganz untypisch verlegen und beschämt aus. »Warum habt ihr mir nicht gesagt, dass sie ... äh ... beschäftigt sind?«, wollte sie wissen. »Ich dachte, ihr hättet vielleicht ein Spiel gespielt oder eine Besprechung gehabt oder so! Was hattet ihr vor – wolltet ihr das Rendezvous der beiden zu Lernzwecken verfolgen?«

Maati war empört. »Nein, wir haben versucht, sie zusammenzubringen. Und wir haben es auch geschafft. Aber jetzt ist alles verdorben.«

»Äh, das würde ich nicht behaupten – jedenfalls nicht nach dem, was ich gesehen habe. Obwohl ich ihnen sicher die Stimmung verdorben habe.«

Annella stöhnte. »Wir haben Wochen gebraucht, um das alles zu arrangieren.«

»Was zu arrangieren?«, fragte Becker misstrauisch, doch Annella, Markel und Jana schüttelten kaum merklich die Köpfe, um anzudeuten, dass Maati den Mund halten sollte.

Ein paar Minuten später kamen Aari und Acorna so ungerührt aus dem Hotel, als wären sie tatsächlich bei nichts Intimerem als einer Besprechung überrascht worden, nur dass sie einander, wenn sie sich unbeobachtet fühlten, immer wieder ansahen. Und lächelten. Oder seufzten. Oder gar nicht mehr aufhören konnten, einander anzusehen, und dann ins Stolpern gerieten.

Nadhari schwieg, als sie sie zum Raumhafen zurückführte. Becker redete wie ein Wasserfall.

Sechzehn

Die niriianischen Flüchtlinge ließen das Wiedersehen der Linyaari und die darauf folgenden verwirrenden Vorstellungen stoisch über sich ergehen, bis sie endlich jemandem begegneten, dessen Namen sie kannten. »Und das hier«, sagte *Visedhaanye ferilii Neeva*, »ist Hafiz Harakamian.«

»*Der* Hafiz Harakamian, der die Botschaft geschickt hat?«, riefen sie und bedachten ihn mit breitem Lächeln. »Ah, dann sind Sie es, hoher Herr, der unsere Welt und unser Volk retten wird! Aber es muss rasch geschehen. Viele sterben, noch während wir hier stehen und Zeit mit Förmlichkeiten verschwenden.«

Neeva übersetzte, und Hafiz erwiderte das Lächeln seiner Gäste ebenso strahlend. »Es tut mir sehr Leid, was auf eurem Planeten geschieht, meine lieben fremden Wesen, aber ihr müsst verstehen, dass ich Kaufmann bin. Es war mir zwar möglich, euch und euren Nachbarplaneten eine Warnung vor den Khleevi zukommen zu lassen, aber ich bin kein Krieger und kein Kriegsherr, nur ein einfacher Kaufmann.«

An dieser Stelle wäre Khornya sicher eine große Hilfe gewesen. Neeva verstand Niriianisch sehr gut, aber viele der Nuancen von Hafiz' Ansprache entgingen ihr.

»Er sagt, er kann sie nicht retten«, sagte sie daher. »Er ist kein Krieger, nur ein reicher Kaufmann.«

Hafiz fing ihren Blick auf und erkannte, dass er in ihrer Wertschätzung ein wenig gesunken war. Doch die Niriianer nahmen ihr das ohnehin nicht ab. Sie blieben weiterhin stur vor ihm stehen, reckten ihre runden Kiefer ein wenig vor und lächelten sogar noch strahlender und entschlossener.

»Hafiz, Schwesterbruder des Vaters meines Schwesterkindes«,

sagte Neeva, denn hatte er nicht selbst einmal gesagt, er wäre mit den Linyaari ebenso verwandt wie mit Khornya und daher selbstverständlich auch mit Neeva, »ich muss dir sagen, dass diese Niriianer sehr störrisch sind. Sobald sie sich etwas in den Kopf gesetzt haben, geben sie nicht auf, ehe sie ihr Ziel erreicht haben.«

»Ausgesprochen bewundernswert«, erklärte Hafiz nickend und immer noch lächelnd. »Aber auch das ändert nichts an den Tatsachen.«

Während sie noch in dieser Sackgasse steckten, erreichten Nadhari Kando, Kapitän Becker und der kleine Sicherheitstrupp, den Nadhari befehligte, den Empfangsbereich. Bei ihnen waren mehrere Kinder, darunter auch Maati, und außerdem Thariinye, Aari und Khornya.

»Mein Gatte ist ein Kaufmann, wie er euch geehrten fremden Wesen bereits erläutert hat«, sprach nun Karina Harakamian die Niriianer mit einem entschuldigenden Flattern fliederfarbener und violetter Schleier und einem Blitzen der Amethyste auf ihren Ringen an. »Ihr wünscht doch sicher nicht, dass auch er und jene, die er beschützt, dasselbe Schicksal erleiden wie euer Planet? Hafiz ist ein Genie, wenn es darum geht, nützliche Dinge und Dienstleistungen zu sammeln und zu verteilen. Der Gedanke an Zerstörung, wie sie von den Khleevi ausgeht, ist ihm unerträglich, aber auch vollkommen unbegreiflich. Ich weiß nicht, wie ihr auch nur im Entferntesten annehmen könnt, dass er euch behilflich sein könnte.«

Liriili hatte höhnisch den Mund verzogen und sagte auf Linyaari zu Neeva: »Genau, wie ich befürchtet hatte. Dein großer Held – unser adoptierter ›Onkel‹ – hat nichts dagegen, mit uns Handel zu treiben, aber ein wahrer Freund ist er nur für sich selbst – ha!«

Neeva versuchte tapfer, sich ihre Enttäuschung nicht anmerken zu lassen, als sie den immer noch nicht von der Stelle weichenden Niriianern die Übersetzung zumurmelte.

Acorna wurde von diesem Wortwechsel aus ihrer Verwirrung gerissen und löste sich von Aari und den anderen, um sich neben Hafiz zu stellen.

Zu Liriili sagte sie: »Das ist ungerecht. Onkel Hafiz ist verantwortlich für das Leben von allen hier auf der Basis, und er muss als Erstes an ihr Wohlergehen denken. Und er und Kapitän Becker haben bereits Schritte unternommen, um vielleicht einen Weg zur Bekämpfung der Khleevi zu finden, ohne weitere Leben aufs Spiel zu setzen.«

»Ach ja?«, meinte Liriili. Und ehe sie noch jemand aufhalten konnte, übersetzte sie den Niriianern, was Acorna gesagt hatte. Das Ergebnis war, dass einer von ihnen Acornas Blick zu Becker folgte, der immer noch neben Nadhari stand, einen muskulösen Arm ausstreckte und den Kapitän in eine knochenbrecherische Umarmung zog.

Liriili lächelte höhnisch. »Unsere Verbündeten sagen, dass der Schrotthändler ihr Held ist, und wenn er eine Möglichkeit kennt, die Khleevi zu bekämpfen, wird er sie rasch anwenden, um von ihrer Welt zu retten, was noch zu retten ist.«

Acorna übersetzte für Becker: »Sie wollen, dass du die Methoden, die wir entdeckt haben, um gegen die Khleevi zu kämpfen, *jetzt* einsetzt, Kapitän, um den Rest ihrer Welt zu retten.«

»Also gut, also gut«, rief Becker. »Sag ihnen nur, dass sie mich loslassen sollen! Dann werden wir reden.«

Diesmal schaltete sich Thariinye mit einer Übersetzung ein und fügte seine üblichen kunstvollen Schnörkel hinzu.

Der Niriianer ließ Becker nicht los.

»Was hast du ihnen gesagt?«, fragte Aari Thariinye. »Es hat offenbar nicht funktioniert.«

»Ich habe ihnen nur mitgeteilt, dass der Kapitän ein großer Held ist und bereits viele Khleevi getötet hat, und dass er mithilfe des wohltätigen Onkel Hafiz ihren Planeten retten wird.«

»Sag ihnen, sie müssen Kapitän Becker loslassen, bevor er ihnen helfen kann«, schlug Acorna vor.

Thariinye sprach abermals mit den Niriianern, und der, der Becker festgehalten hatte, ließ ihn los und versetzte ihm einen derart begeisterten Schlag auf den Rücken, dass der Kapitän in Nadhari

Kandos Arme taumelte und im Stolpern auf den Schwanz des Katers trat.

SB zahlte es ihm heim, indem er ihm das Bein von der Kniescheibe bis zum Knöchel aufriss.

Nadhari tätschelte Becker zerstreut und schob ihn sanft beiseite, um die Katze hochzuheben und zu besänftigen. »Dein Diener wollte dich nicht missachten, heilige Katze. Ist dein wunderbarer Schwanz gebrochen?« Sie warf dem nächsten Liinyar – es war zufällig Liriili – einen Blick zu. »Bitte heile den Schwanz der heiligen Tempelkatze.«

Liriili vergaß sehr zur Überraschung aller, die sie beobachtet hatten, ihre Streitsucht; sie legte eine Hand neben Nadharis auf SBs dichtes Fell, wiegte seinen Schwanz sanft in der anderen Hand und senkte vorsichtig ihr Horn, um ihn zu berühren. Der Kater begann sofort zu schnurren und rieb seine Wange an der ihren.

»Wenn *das* nicht dem Fass den Boden ausschlägt!«, heulte Becker, die Hand auf sein blutiges Hosenbein gedrückt.

Aari warf Thariinye einen Blick zu, und dieser hörte sofort auf, mit den Niriianern zu schwatzen und kniete neben Becker nieder. »Tut mir Leid, Kapitän. Wenn Sie gestatten.« Er stellte Beckers Fuß auf sein Knie und fuhr mit dem Horn über den Katzenkratzer.

Becker seufzte erleichtert.

Liriili gurrte SB an. »Ich hatte einmal einen kleinen *Pahaantiyir,* und du bist ihm ganz ähnlich, heilige Tempelkatze, ja, das bist du, du wunderbare Kreatur!« Sie hatte tatsächlich Tränen in den Augen. »Oh, wie ich mir wünschte, dass er jetzt bei mir wäre, mein kleiner Freund, da ich nur von Leuten umgeben bin, die mir Böses wünschen.«

SB schnurrte, als hätte er eine neue allerbeste Freundin gefunden.

»Verräter«, knurrte Becker.

»Kommt, Freunde, lasst uns in den Garten gehen, ein paar Erfrischungen zu uns nehmen und über unseren brillanten Plan sprechen.« Hafiz sah Becker an und zog die Brauen hoch, doch sein Blick war ausgesprochen skeptisch.

Selbstverständlich hatte Becker nicht wirklich einen Plan. Acorna wusste das. Doch wenn sie die Erfahrung der derzeitigen Besatzung der *Condor* mit den Möglichkeiten Hafiz Harakamians vereinte, waren zumindest bereits die Bestandteile eines recht guten Plans beisammen. Um ihn auszuarbeiten, mussten sich nur noch alle zusammentun.

Während die anderen Hafiz folgten, ging Acorna zur *Condor,* um Mac zu holen.

»Der Kapitän hat mir aufgetragen, hierzubleiben und die Khleevi-Funksprüche zu überwachen, Acorna.«

»Du zeichnest sie doch auf, oder?«, fragte Acorna. »Dann kannst du sie dir anhören, wenn du zurückkommst. Wir brauchen dich jetzt, MacKenZ. Kapitän Becker will Onkel Hafiz erklären, wie wir die Khleevi besiegen können.«

»Oh, das wird sicher sehr lehrreich. Ich danke dir, dass du daran gedacht hast, mich zu holen, Acorna.«

Sie lächelte und zog ihn von der Kleevi-Fähre weg. Er hatte sich so lange in der Nähe dieses kleinen Schiffs aufgehalten, dass dessen Gestank an ihm hängen geblieben war, und Acorna musste stehen bleiben und ihn kurz mit dem Horn bearbeiten, um den unangenehmen Geruch zu vertreiben.

»Sebstverständlich musst du dabei sein, Mac. Ohne dich und deine Fähigkeiten hätten wir keine Chance gegen die Khleevi.«

»Nun, Kapitän, wir warten alle begierig auf Ihren Plan«, sagte Neeva.

»Ja, mein Lieber«, fügte Hafiz hinzu. »Bitte erleuchten Sie uns.«

»Oh, auch du hast Anteil daran, Onkel Hafiz«, versicherte ihm Acorna. »Tatsächlich können wir es ohne Onkel Hafiz' Holo-Magie gar nicht schaffen, nicht wahr, Kapitän Becker?«

»Äh ... nein, natürlich nicht«, stimmte Becker ihr zu.

Sie setzten sich auf niedrige, mit Kissen gepolsterte Sessel nahe beim Springbrunnen. Diener brachten Delikatessen für die Menschen, während die Niriianer und Linyaari aufgefordert wurden, sich aus dem üppigen Grün, das sie umgab, zu pflücken, was immer ihnen zusagte. Das Wasser des Springbrunnens ergoss sich aus dem Horn eines aufgebäumten Einhorns ins Brunnenbecken, und die Linyaari, die diesen Brunnen noch nicht gesehen hatten, betrachteten ihn mit Staunen – selbst Liriili. Dies entsprach zwar nicht der üblichen Art und Weise, die Ahnen zu ehren, doch diese wären zweifellos erfreut gewesen.

»Und wie ich Mac schon gesagt habe, werden wir auch ohne seine Hilfe nicht zurechtkommen. Hätte sich Aari nicht solche Mühe gegeben, sich an alles zu erinnern, was er von der Khleevi-Sprache wusste, hätte er sich nicht so intensiv auf den *Piiyi* konzentriert, der, wie ich euch leider sagen muss, Toroona und Byorn, das Vermächtnis eurer tapferen Besatzung war, hätten wir nie die Sprache der Khleevi gelernt oder irgendetwas darüber erfahren, wie sie organisiert sind.« Die Niriianer waren tatsächlich ein Paar, Mann und Frau, und nicht zwei Männer, wie alle, die diese Spezies nicht kannten, angenommen hatten. Becker war überrascht zu erfahren, dass seine Rippen beinahe von Toroona, der Frau, gebrochen worden waren.

»Ja«, fuhr er nun fort, »und Aari hat darüber hinaus noch einen weiteren wichtigen Bestandteil des Plans entdeckt, nämlich diese Substanz, auf die wir bei einer Bergungsmission gestoßen sind und die für die Khleevi tödlich ist. Und Kaarlye und Miiri haben analysiert, welchen Schaden diese Substanz den Khleevi-Kadavern zufügt und was sie bei anderen Dingen anrichten könnte. Was habt ihr bisher herausgefunden?«

»Wir suchen immer noch nach einer Möglichkeit, die Substanz im Labor selbst herzustellen, Kapitän, und sie auf kontrollierte Weise außerhalb ihrer natürlichen Umgebung einzusetzen.«

»Das ist schon in Ordnung«, meinte Becker, »denn eigentlich ist nichts dagegen einzuwenden, sie innerhalb ihrer natürlichen Umgebung zu benutzen. Da gibt es diese Rankenwelt; sie ist voll mit großen Pflanzen, die diesen Saft absondern, der sich durch Khleevi-Panzer frisst. Ich könnte mir also vorstellen, dass Hafiz uns Hologramme liefert, die die Rankenwelt aussehen lassen wie einen Außenposten der Linyaari oder so etwas, und Mac kann den Khleevi einreden, dass er einer von ihnen ist und dass er in der Fähre, die wir – nun, die vor allem Mac erforscht hat, überlebt hat und dabei auf besagten Außenposten gestoßen ist, und wir können ferngesteuerte Anlagen und all so was verwenden, damit der Planet bewohnt wirkt, und dann werden die Khleevi vielleicht die Niriianer in Ruhe lassen und sich auf die Rankenwelt stürzen, und die Ranken werden sie angreifen und mit ihrem Saft überziehen, und dann sind die Käfer erledigt.«

Alle fanden diesen Plan brillant. Beinahe alles daran konnte aus der Ferne ausgeführt werden, sobald man die Rankenwelt erst einmal so vorbereitet hatte, dass sie bewohnt aussah. Die einzige Gefahr bestand darin, dass die Rankenwelt näher an dem Mond der Möglichkeiten und Narhii-Vhiliinyar lag als Nirii, doch das zählte selbstverständlich wenig angesichts der akuten Gefahr, in der sich jene Niriianer befanden, die den Angriff der Khleevi vielleicht überlebt hatten.

Die Niriianer lauschten den Übersetzungen angespannt, jedoch mit stoischen Mienen. Als sie schließlich sprachen, klangen sie ungeduldig.

»Zeit ist von äußerster Wichtigkeit«, übersetzte Neeva. »Sie flehen uns an, sofort mit der Ausführung des Plans zu beginnen.«

Der Mond der Möglichkeiten schloss seine Freizeit- und Handelszentren. Das dortige Personal wurde Notfalleinheiten zugeteilt. Wenn der Plan funktionierte, wie es alle hofften, würden Sicherheits-, medizinische Versorgungs- und Wiederaufbauteams nach Nirii geschickt werden, sobald die Khleevi vernichtet worden waren.

An Bord der *Condor* baute Mac die Fähre der Khleevi wieder zusammen.

Kaarlye und Miiri führten im Labor ihre Experimente mit dem Pflanzensaft und ihre Studien der Anatomie und Physiologie der Khleevi fort.

Die jungen Leute wurden entweder der *Acadecki* oder der *Haven* zugeteilt, die sie evakuieren sollten. Annella Carter, Markel und Jana blieben allerdings so lange wie möglich, um Hafiz bei den Hologrammen zu helfen.

»Wir müssen eine so blühende Zivilisation imitieren, dass den Khleevi das Wasser im Mund zusammenläuft«, wies Hafiz seine Schüler an. »Wir werden die Holos der Linyaari-Pavillons zwischen den Ranken aufstellen. Und wir brauchen auch die *Balakiire* als Modell, um andere Linyaari-Schiffe mit verschiedenen Mustern zu simulieren.«

»Prima«, sagte Annella. »Das wird so sein, als ob man riesige Ostereier bemalt.«

»Wir brauchen auch Holos von einzelnen Individuen – Linyaari und Niriianer. Wir werden mehrere Abbilder von jedem unserer Linyaari-Gäste machen und können nur hoffen, dass das den Kleevi nicht auffällt.«

»Wir haben schon welche von Aari und Acorna«, berichtete Annella Hafiz.

»Wirklich?«, fragte Hafiz. »Das ist ja hervorragend. Wirklich hervorragend.«

»Ja, und als Nächstes sind Thariinye und ich dran«, erklärte Maati. »Nur dass ich will, dass mein Holo richtig groß und Furcht erregend aussieht.«

»Warum denn?«, wollte Thariinye wissen. »Wir brauchen eigentlich nur ein genaues Abbild von Liriili; das wird den Khleevi vermutlich genug Angst einjagen, dass sie eine Schleimspur bis zu ihrem Heimatplaneten hinterlassen.«

Siebzehn

Kurz darauf landeten Menschen und Linyaari auf der Rankenwelt. Acorna schritt vorsichtig durch das Dickicht duftender Pflanzen. Sie bedauerte, was ihr Volk auf dieses Ökosystem herabbeschwören würde.

Die Pflanzen fühlten sich diesmal erheblich weniger fremd und viel freundlicher an; schließlich wussten Acorna und ihre Freunde inzwischen, was der Saft der Ranken den Khleevi antun konnte. Acorna hatte zuvor kaum bemerkt, von welch hinreißender Schönheit die Blüten waren, deren Blütenblätter alle Schattierungen von Creme über Elfenbeinfarben bis zu einem durchscheinenden Milchweiß aufwiesen. Einige zeigte auch dicht an den Staubgefäßen einen Hauch von Rosa.

Auch der Duft wirkte nicht mehr so überwältigend wie beim ersten Mal. Stattdessen kam er Acorna eher hypnotisch vor und drang so intensiv auf ihre Sinne ein, dass er auch eine Farbe, einen Geschmack und eine Stimme zu haben schien. Während sich Techniker und Wissenschaftler so rasch durch die Ranken drängten, dass die Pflanzen hin- und herpeitschten wie in einem Sturm, hob Acorna einfach nur die Hand, und die mit Blättern und Blüten besetzten Stiele teilten sich für sie wie ein Vorhang. Vielleicht lag es daran, dass sie diese Ranken jetzt als Retter ansah, als Verteidiger ihres Volks gegen die Khleevi, doch sie kamen ihr erheblich attraktiver vor als bei ihrem letzten Besuch.

Kaarlye und Miiri führten Freiwilligentrupps an, die den Pflanzensaft ernteten. Sie brachten natürlich Behälter mit, aber eigentlich brauchten sie nichts weiter als ihre eigenen Schuhe und Handschuhe, auf denen sich viel von der klebrigen Substanz ansammelte, während sie sich an den Ranken vorbeidrängten.

Techniker platzierten sorgfältig die Sonden, die Signale ausstrahlen würden, um die Khleevi von den Niriianern wegzulocken. Darüber würden Hologramme von Linyaari-Schiffen und Pavillons gelegt werden, und bald würden die programmierten Linyaari-Holos zwischen den Holo-Gebäuden herumwandeln wie Gespenster.

Acorna war verblüfft, als sie die Ranken mit einer knappen Geste teilte und sich plötzlich ihrem eigenen Spiegelbild gegenübersah, das gerade niederkniete, um Saft zu sammeln, und dabei seltsam klingende Worte vor sich hinmurmelte. Acorna wich vorsichtig zwei Schritte zurück, und die Ranken schlossen sich wieder über der Projektion.

»Hm«, sagte sie zu sich selbst und kehrte dorthin zurück, wo die Schiffe, die die Techniker, Wissenschaftler und die Ausrüstung abgesetzt hatten, schon beinahe vollkommen von Ranken überwuchert waren.

»Kapitän, ich glaube, ich habe gerade etwas über diese Pflanzen gelernt«, begann sie.

»Ja, aber heb dir das für später auf, Prinzessin. Wir haben hier ein Problem. Die meisten Holos werden von den Ranken verborgen. Bis auf die Projektionen der Zelte und der Schiffe, die wir von oben ausführen können – und selbst bei denen sind nur die Spitzen sichtbar – sieht der Planet immer noch beinahe so aus wie vorher: eine Rankenwelt. Wir werden entweder Bagger oder sehr viel Arbeit mit den Macheten brauchen, um freien Platz für die Holos zu schaffen, und selbst dann werden diese Dinger viel zu schnell nachwachsen. Das einzig Gute dabei ist, dass noch mehr Saft gewonnen werden kann, wenn wir sie abmähen. Aber ich weiß nicht, wie wir es schaffen sollen, einen Eindruck zu erzeugen, der für die Khleevi verlockend genug ist.« Er kratzte sich nachdenklich den Schnurrbart.

»Warte, Kapitän. Vielleicht ist das alles nicht notwendig. Vielleicht können wir mit ihnen kommunizieren.«

Der Kapitän sah sie an, als hätte sie den Verstand verloren. »Acorna. Liebes. Süße. Prinzessin. Schätzchen. Entschuldige, du bist wirklich ein kluges Kind, *aber das sind Pflanzen!* Man isst sie, man diskutiert mit ihnen nicht über Strategie.«

»Mag sein. Aber wenn wir schwere Maschinen oder gar Macheten benutzen, um den Bereich um die Holos zu roden, wird das dann nicht dem eigentlichen Zweck widersprechen? Besonders, wenn sich die Ranken in diesem Bereich *nicht* schnell genug regenerieren? Dann werden die Khleevi einfach in einem Bereich landen, der voller Holos ist, und sobald sie entdecken, dass der Köder in Wirklichkeit nur ein Haufen Hologramme war, werden sie zu den Niriianern zurückkehren, oder, was noch schlimmer für uns alle wäre, den Projektionen zurück zu ihrer Quelle folgen und sich stattdessen auf den Mond der Möglichkeiten stürzen.«

Becker strich sich den gesträubten Schnurrbart glatt. »Also gut. Dann sollten wir lieber Kriegsrat halten.«

Acorna hielt dieselbe Ansprache noch einmal für Rafik und Gill und über Transmitter auch für Hafiz, der in der *Ali Baba,* einem seiner bescheideneren Schiffe, den Planeten umkreiste. Karina Harakamian, die als »spirituelle Beraterin« der Mission an Bord war, antwortete an seiner Stelle. »Aber selbstverständlich hast du Recht, liebe Acorna, wenn du sanfte Überredung vorziehst. Ich werde mich sofort von unserem Ersten Offizier auf die Planetenoberfläche bringen lassen, damit ich dir helfen kann.«

»Wie freundlich von dir«, sagte Acorna mit gekünsteltem Lächeln, doch es hatte keinen Sinn, Karina zu verletzen. Zum Glück konnte ihre neue »Tante« nur sehr selten wirklich Gedanken lesen, und das waren dann nie solche, die Karina vorausgesehen oder vorhergesagt hatte.

Auf ein Signal von Acorna hin landete die *Balakiire* neben den Holos der anderen Linyaari-Schiffe, von denen einige auch mit Häschen und Blüten dekoriert waren, nicht nur mit den üblicheren Schnörkelmustern, die die Symbole für die großen Familien und Helden der Linyaari darstellten.

Thariinye und Maati, die die kleineren Holos aufgestellt und ebenfalls festgestellt hatten, dass die Ranken ihre Kunstwerke beinahe verdeckten, und Aari, der sich stets so dicht wie möglich in Acornas Nähe hielt, stießen zu ihnen.

»Ich kann mir nicht vorstellen, dass das LAANYE uns hier viel nützen wird«, meinte Acorna. »Aber ich glaube, wir müssen versuchen, den Wesen dieses Planeten unsere Gedanken zu übermitteln.«

»Den Ranken?«, fragte Aari.

»Ja«, antwortete sie. »Als ich vorhin draußen war, ist mir eingefallen, dass sie vielleicht durch Düfte kommunizieren. Du erinnerst dich vielleicht, dass das Duftgemisch ziemlich überwältigend war, als wir zum ersten Mal hergekommen sind.«

»Das ist es in der Nähe der Schiffe und da, wo Kapitän Becker und die Wissenschaftler arbeiten, immer noch«, warf Maati ein. »Aber als wir ein wenig weiter weggegangen sind, um ein paar Holos aufzustellen, wurde der Geruch richtig angenehm.«

»Richtig sexy«, fügte Thariinye hinzu.

Maati versetzte ihm einen Rippenstoß. »Typisch, dass du so was denkst, selbst wenn es um Ranken geht.«

Aari zuckte die Schultern. »Ich verstehe nicht, was ich hier tun kann. Ich bin nicht gut im Gedankenlesen, weil ich kein –«

Acorna musste sich zu ihm umdrehen, weil er hinter ihr stand und eine Hand auf ihre Schulter gelegt hatte. »Aari«, sagte sie und starrte ihm dabei nicht in die Augen, sondern auf eine Stelle ein wenig darüber.

Die anderen Linyaari, darunter auch seine Eltern, die gerade erst eingetroffen waren und keuchend ihre Ausbeute an Pflanzensaft heranschleppten, folgten ihrem Blick. »Aari, was ist das da auf deiner Narbe?«, fragte sie ein wenig atemlos vor Hoffnung, als sie die Hand hob, um ihn zu berühren. Sie versuchte, realistisch zu sein; vermutlich handelte es sich lediglich um ein Blütenblatt von einer der Rankenblüten oder so etwas Ähnliches. Ihr Finger und der seine berührten gleichzeitig den kleinen weißen Vorsprung.

»Es ist Horn!«, sagte er. »Mein Horn regeneriert sich. Das Transplantat wird endlich angenommen.«

(Und ich wette, ich weiß auch, warum), flüsterte Thariinye lachend.

Sowohl Aari als auch Acorna erröteten, und Maati, die das Flüstern ebenfalls aufgefangen hatte, trat Thariinye fest auf den Fuß.

Acorna nahm Aari in die Arme, und auch seine Eltern und Maati berührten ihn kurz.

Dann traf Karina ein. »Ich finde, wir sollten damit beginnen, dass wir einen Kreis bilden«, erklärte sie sofort.

»Warum das denn?«, entgegneten die anderen beinahe im Chor.

»Natürlich um besser miteinander in Verbindung zu sein!«, sagte Karina.

»Vielleicht gilt das für unsere Spezies oder die deine«, widersprach Acorna sanft. »Aber ich glaube, bei diesen Wesen brauchen wir andere Methoden. Eines halte ich allerdings für unbedingt notwendig: Wir müssen uns vom Hauptlager entfernen. Der Duft, der von den Ranken abgegeben wird, ist in unmittelbarer Nähe der Schiffe am intensivsten und am unangenehmsten.«

Acorna führte sie auf das Rankendickicht zu, das sich beinahe höflich vor ihr und den anderen teilte. Sie gingen weiter, bis sie vielleicht einen halben Kilometer von den Schiffen entfernt waren, dann blieb Acorna stehen und holte tief Luft.

»Was riecht ihr?«, fragte sie.

»Hier ist es angenehm«, erwiderte Maati. »Bedeutet das, dass die Pflanzen hier nicht so verärgert sind wie die beim Schiff?«

»Das weiß ich wirklich nicht«, entgegnete Acorna. »Ich dachte nur, wir sollten es vielleicht versuchen.«

»Mir kommt das ziemlich albern vor«, warf Liriili ein, die bis dahin ungewöhnlich still gewesen war. »Wie kommst du nur auf die Idee, dass es Wesen gibt, die mittels Gerüchen kommunizieren?«

Miiri lachte. »Was glaubst du denn, was wir tun, wenn wir bereit sind, uns zu vereinigen, Liriili? Oder wie andere Spezies das machen? Mit Pheromonen!«

»Immerhin ist es nicht vollkommen unbekannt, dass Lebewesen auf andere Weise kommunizieren als durch Geräusche«, meinte

Neeva. »Viele tun es durch Berührung oder durch optische Reize, oder wie wir zum Beispiel durch Gedanken. Wenn du mehr Zeit darauf verwendet hättest, das Universum zu studieren, das dich umgibt, Liriili, dann wüsstest du das.«

Acorna sagte: »Jetzt erinnere ich mich! Ameisen! Kleine Ameisen kommunizieren ebenfalls durch Pheromone – eine ziemlich komplizierte Reihe von Gerüchen, mit denen sie einander Zeichen geben, Wege markieren und solche Dinge.«

»Jaaa.« Liriili klang beinahe verträglich. »Natürlich. Auch *Pahaantiyiir* hinterlassen Duftmarken auf ihrem Territorium, oder wenn es um geschlechtliche Dinge geht. Ich habe das einfach noch nie als Kommunikation aufgefasst.«

»Ja, man lernt nie aus«, sagte Neeva so diplomatisch wie möglich, denn sie wollte Liriili nicht entmutigen, dieses eine Mal zuzugeben, dass etwas, das andere sagten, tatsächlich von Wert sein könnte. »Das Problem ist, wie sollen wir die Düfte, mit denen wir es hier zu tun haben, interpretieren?«

»Das wird vielleicht gar nicht so schwierig sein«, überlegte Acorna, »wie die eigentliche Kommunikation mit den Pflanzen. Aber ich habe mich gefragt – wenn die Gerüche für ihre Gedankenformen stehen, dann können wir vielleicht eine gemeinsame Basis finden und ihnen etwas über unsere beibringen.«

»Warum?«, wollte Thariinye wissen.

»Es kann viele gute Gründe dafür geben, mit einer neuen Spezies kommunizieren zu wollen, Thariinye«, sagte Neeva. »Aber derjenige, der Khornya wohl vorschwebt, hat damit zu tun, dass wir die Ranken bitten könnten, sich zurückzuziehen und zuzulassen, dass die Khleevi die Hologramme sehen.«

»Aber zunächst müssen wir ein gemeinsames Vokabular finden«, wandte Khaari ein. »Was wissen wir über die Ranken? Wie können wir ihnen Ähnlichkeiten demonstrieren?«

»Nun«, schlug Maati vor, »wenn wir wollen, dass sie sich teilen, sollten wir damit anfangen. Sie kommen zusammen und trennen sich wieder. Vielleicht können wir das miteinander zeigen.«

»Aber sie kommunizieren nicht über das, was sie sehen«, sagte Liriili, und dieses Mal brachte sie ihren Einwand in vernünftigem, wenn auch ungeduldigem Tonfall vor, der nur unzureichend die Tatsache verbarg, dass sie ebenso wenig weiterwusste wie die anderen. »Sie kommunizieren durch Geruch.«

»Aber sie übermitteln in gewisser Weise einen Gedanken«, widersprach Maati. Acorna fand, dass das Mädchen erheblich reifer geworden war, seit sie nicht mehr als Liriilis Botin arbeitete. Sie hatte jetzt viel mehr Selbstvertrauen.

(Ach was, sie will sich einfach nur vor ihren Eltern aufspielen), flüsterte Thariinye, der Acornas Gedanken aufgefangen hatte, ihr hartherzig zu. Doch Aari schaute ihn missbilligend an, als hätte er ihn ebenfalls verstanden, und Thariinye wandte sich ab, als wäre der Gedanke von jemand anderem gekommen.

»Ja«, stimmte Acorna Maati zu. »Es ist eine Gedankenform, wie immer sie es auch ausdrücken, und wer weiß, vielleicht strömen wir für die Ranken auch einen Duft aus, wenn wir bestimmte Dinge denken. Nur sind wir für sie erheblich schwieriger zu verstehen als sie für uns. Versuchen wir, es ihnen einfacher zu machen. Verteilen wir uns, und während wir das tun, konzentrieren wir uns darauf, dass wir uns trennen.«

»Unser essenzielles Getrenntsein«, intonierte Karina.

(Bewegt euch vorsichtig, verteilt euch weit), flüsterte Acorna. »Karina, denk ›Bewegt euch vorsichtig, verteilt euch weit‹.«

»Ein Mantra! Wie schön!«, quiekte Karina. »Bewegt euch vorsichtig, verteilt euch weit. Bewegt euch vorsichtig, verteilt euch weit.«

»Leise«, sagte Acorna. »Eigentlich solltest du es nicht aussprechen, sondern denken.«

Karina nickte ernst, und nun bewegte sie nur noch ihre Lippen zu den Worten.

Das Flüstern wurde von allen im Chor aufgenommen: (Bewegt euch vorsichtig, verteilt euch weit.) Sie gingen auf Abstand zueinander, bis sie einander selbst mit ausgestreckten Händen nicht mehr berühren konnten. Zunächst teilten sich die Pflanzen nur, um jeden Einzelnen durchzulassen, nach und nach jedoch, während Linyaari und Menschen weiterflüsterten, legten sich die Ranken sachte aufeinander, bis sich ein großer, rechteckiger freier Bereich gebildet hatte.

Nachdem dieses Konzept offenbar verstanden worden war, sagte Acorna leise zu Karina, die rechts von ihr stand, und in Gedanken zu den anderen: (Jetzt nähert euch einander, verflechtet euch, rankt euch umeinander).

Die anderen nahmen es auf und kamen vorsichtig wieder zusammen, dann drängten sie sich näher und näher aneinander, verschränkten Finger, schlangen Knie und Füße um Beine, Hüften und Taillen, so fest sie konnten – und dann noch fester, als sich die Ranken um sie schlossen und sich zusammenzogen, bis Acorna keuchte: »Bewegt euch vorsichtig, verteilt euch weit«, und die anderen den Gedanken abermals aufgriffen. Alle hielten einen Augenblick lang den Atem an, doch dann begriffen die Pflanzen, dass sie sich diesmal als Erste entfernen mussten. Der erstickend schwere Duft, der von ihnen ausgegangen war, als sie die Linyaari fest umschlungen hatten, wurde angenehmer und leichter, und die Pflanzen zogen sich abermals zurück.

»Diese Pflanzen sind Wesen mit Bewusstsein«, sagte Neeva anerkennend – und offenbar auch in gewisser Weise duftend. Die Ranken schwankten sanft hin und her, als wären sie erfreut, und sonderten einen leichten, süßen Duft ab.

»Gut«, meinte Acorna, »denn jetzt müssen wir ihnen von den Khleevi erzählen.«

»Warum?«, wollte Thariinye wissen.

»Und *wie*?«, fügte Maati hinzu.

»Weil«, erklärte Aari, »wir die Khleevi hierher bringen, damit sie getötet werden, aber die Khleevi werden vielleicht auch viele Rankenwesen töten. Als wir noch dachten, dass diese Pflanzen über keinerlei Intelligenz verfügen, schien es eine gute Idee zu sein, die Khleevi zum Grasen hierherzuholen, wo sie von dem Pflanzensaft getötet werden. Aber jetzt müssen wir die Ranken wenigstens warnen, bevor wir ihnen so etwas antun.«

»Wo werden sie hingehen, wenn sie etwas dagegen haben?«, fragte Liriili spitz.

»Darum geht es nicht«, erwiderte Neeva. »Jetzt, wo wir wissen, dass es sich um Wesen handelt, die unter den Khleevi ebenso leiden werden wie wir, können wir Kapitän Beckers Plan natürlich nur mit ihrer Zustimmung durchführen.«

»Und wie sollen wir die erhalten?«, wollte Liriili ebenso spitz wissen.

»Meine Probentasche!«, sagte Miiri plötzlich. »Wo ist sie?«

»Da – unter den Ranken«, sagte Kaarlye. »Meine auch. Die Taschen sind offen. Glaubt ihr, die Pflanzen hätten etwas dagegen, dass wir den Saft mitnehmen?«

»Vielleicht stört es sie nicht, aber sie fragen sich vielleicht, was wir damit vorhaben«, vermutete Acorna. »Immerhin wissen sie, welche Funktion der Saft für sie hat, aber sie können wohl nur schwer verstehen, wieso wir welchen haben wollen.«

»Mutter, Vater«, sagte Aari, »ich weiß einen Geruch, der sehr deutlich ist – der ihnen vielleicht zeigen wird, was wir vermitteln wollen. Habt ihr irgendwas dabei, das nach den Khleevi riecht?«

»Oh nein«, wehrte Miiri ab. »Nach unserer Laborarbeit baden wir immer sehr gründlich.«

»Ich wette, MacKenZ hat etwas Passendes«, meinte Acorna. »Das Schiff stinkt immer noch schrecklich nach Khleevi, wenn man hereinkommt, ganz gleich, wie oft wir die Luft reinigen. Ich glaube, der Gestank ist ein integraler Bestandteil der Fähre.«

»Ich frage ihn«, bot Maati an.

Sie kehrte kurze Zeit darauf zurück und hielt einen seltsam aussehenden Gegenstand mit einer behandschuhten Hand weit vom Körper weggestreckt, während sie sich mit der anderen Hand die Nase zuhielt.

»Wahrscheinlich bin ich noch nicht alt genug, um es zu reinigen«, sagte sie.

»Gut. Es darf auch sonst niemand versuchen, den Geruch zu entfernen, bis wir den Rankenwesen gezeigt haben, was er zu bedeuten hat«, sagte Acorna. »Und jetzt leg das Ding hin, Maati, und wir versuchen, darauf zu reagieren, wie wir auf einen Khleev reagieren würden – mit Angst, Ekel, Entsetzen, Zorn: Spürt das alles so intensiv ihr könnt, und strahlt es aus. Bringt euch wenn möglich dabei ordentlich ins Schwitzen.«

Alle taten, was sie vorgeschlagen hatte. Besonders Aari schwitzte heftig und sonderte so deutlichen Angstgeruch ab, dass Acorna es selbst von weitem wahrnehmen konnte, obwohl Linyaari üblicherweise wenn überhaupt einen angenehmen Geruch haben.

Die Pflanzen zitterten und bebten zunächst, dann sausten sie plötzlich alle auf einmal an den Linyaari und Karina vorbei und stürzten sich auf den Khleevi-Gegenstand, verströmten ihren klebrigen Saft darüber, spritzten die Flüssigkeit geradezu heraus, bis das Ding vollkommen davon überzogen war.

»Sie begreifen es!«, rief Thariinye. »Sie haben es verstanden.«

»Entweder das, oder sie handeln einfach aus Selbstschutz«, wandte Liriili ein.

»Vielleicht können wir ein Holo eines Khleev herstellen, um es ihnen vorzuführen«, meinte Maati.

»Wenn sie sich durch Gerüche verständigen, werden sie die Khleevi wiedererkennen, wenn sie sie riechen, und offensichtlich wissen sie genau, was dann zu tun ist.«

»Wir brauchen unsere Taschen«, erklärte Kaarlye.

Acorna runzelte die Stirn. »Vielleicht verstehen sie es jetzt. Versucht, die Taschen zurückzuholen. Sie wissen, dass wir Angst vor den Khleevi haben, und wahrscheinlich ist ihnen aufgefallen, dass wir keinen Saft absondern können wie sie. Das zumindest könnte ihnen klar sein – dass wir etwas fürchten, gegen das sie sich verteidigen können, wir aber nicht.«

Kaarlye griff nach der Tasche und stieß auf keinerlei Widerstand; dann zog er auch Miiris Tasche unter den Ranken hervor, die sich schützend darübergerollt hatten.

»Jetzt wieder zum ursprünglichen Problem mit den Holos. Ich schlage vor, dass wir einfach zu den verschiedenen Holos gehen und die Pflanzen bitten, sich zurückzuziehen, wo die Abbilder sind. Wir werden allerdings noch daran arbeiten müssen, ihnen klar zu machen, dass es so bleiben soll, bis die Khleevi hier sind.«

Neeva schüttelte den Kopf. »Im Augenblick ist das nicht mehr die wichtigste Frage. Wir haben nicht das Recht, intelligente Wesen wie diese Ranken zu opfern, um die Niriianer oder uns selbst zu retten.«

»Dann zeigen wir ihnen doch den *Piiyi*«, schlug Thariinye vor.

»Wenn sie ihn nicht sehen können, wie sollen sie dann darüber urteilen?«

»Können sie ihn riechen?«, fragte Aari. »Becker hat sich über den Geruch des *Piiyi* beschwert. Wir haben immer noch die Kapsel, in der wir ihn gefunden haben. Vielleicht kann ihr Geruch den Ranken Informationen übermitteln, die wir nicht verstehen können.«

»Das wäre wohl einen Versuch wert«, sagte Acorna. »Obwohl ich nur hoffen kann, dass wir ihnen nicht die falschen Gerüche vermitteln.«

Thariinye und Aari gingen an Bord der *Condor* und holten den *Piiyi* heraus. SB, der die übel riechende organische Kommunikationstechnologie ignorierte und stattdessen an den Pflanzen schnupperte, folgte ihnen. Schließlich wandte er der nächststehenden Ranke seinen erhobenen Schwanz zu und stieß mit einem gewaltigen Schaudern seiner beeindruckenden bepelzten Anhängsel einen Sprühregen von *eau de chat* aus, der den Duft der Blumen für einen Augenblick vollkommen in den Hintergrund drängte.

Die Ranken bogen sich auf ihn zu, und einen Augenblick lang fürchtete Acorna, sie würden SB angreifen, doch stattdessen schienen sie sich vor ihm zu verbeugen.

»Seht doch!«, rief Maati. »Sie erkennen seinen Geruch! Sie wissen, dass er eine heilige Tempelkatze ist! Es ist, als hätte er sie gesegnet!«

Neeva zog die Nase kraus. »Wenn das der Segen der heiligen Tempelkatze ist, dann möchte ich den Fluch lieber nicht riechen.«

Der *Piiyi* wurde an den tragbaren Scanner angeschlossen und den Pflanzen vorgespielt. Die Ranken reagierten nicht, bis die Khleevi auf dem Bildschirm erschienen. Dann bespritzten sie zur allgemeinen Überraschung den *Piiyi* sofort mit ihrem Saft.

»Also gut«, sagte Acorna. »Sie erkennen die Khleevi also eindeutig wieder. Selbst als sich Kapitän Becker den Pflanzen gegenüber aggressiv verhalten hat, haben sie ihn oder uns nicht mit ihrem Saft besprüht, aber schon das Bild und das Klacken der Khleevi bringt sie dazu, anzugreifen.«

Aari nickte. »Das könnte vielleicht daran liegen, dass die Ranken die Khleevi für größere Versionen der Insekten halten, zu deren Vernichtung der Saft ursprünglich dient. Erinnerst du dich daran, als wir zum ersten Mal hier waren und ich ... zum Schiff zurückkehren musste? Ich hatte Insekten in dem Pflanzensaft gesehen, und sie hatten mich an die Khleevi erinnert. Sehr stark an sie erinnert.«

Neeva runzelte die Stirn. »Wenn die Pflanzen die Khleevi als ihre natürlichen Feinde betrachten und automatisch aggressiv auf sie reagieren, dann wird unser Plan vielleicht funktionieren, und wir würden uns dennoch innerhalb der Grenzen diplomatischer Integrität bewegen. Im Grunde müssen wir sie jetzt nur noch dazu bringen, sich von den Holos fern zu halten.«

Da bereits ein gewisser Kontakt bestand, erwies sich das als nicht mehr allzu schwierig. Selbst Becker war von der Kooperation der Pflanzen beeindruckt. Nachdem die letzten ferngesteuerten Maschinen an Ort und Stelle waren, blickte die Besatzung der *Condor* auf den Planeten hinab und sah zwischen blühenden Ranken einen kleinen Außenposten der Linyaari vor sich, auf dem hoch gewachsene Einhorngeschöpfe geschäftig zwischen den Gebäuden, Schiffen und Pflanzen hin und her eilten.

»Das sollte genügen, um die Khleevi zu täuschen«, sagte Becker und wandte sich dann Mac zu. »Bist du bereit, einen Funkspruch aus der Fähre zu senden?«

»Aye, aye, Kapitän«, erwiderte Mac.

»Warte noch, bis alle den Bereich um den Planeten geräumt haben, dann kannst du unsere Freunde zu dieser Gartenparty einladen«, wies Becker ihn an und entblößte die Zähne unter dem buschigen Schnurrbart zu etwas, das Acorna *nicht* wie ein Zeichen der Freundschaft vorkam.

»Onkel, ich dachte, wir hätten ausgemacht, dass die jungen Leute sofort vom Mond der Möglichkeiten evakuiert werden«, erinnerte Rafik Nadezda Hafiz.

»Ja, aber das war, bevor der überaus talentierte Becker seinen hervorragenden Plan entwickelt hat«, erwiderte Hafiz. »Und Botschafterin Neeva und die berühmten Linyaari-Wissenschaftler Kaarlye und Miiri versichern mir, dass der Plan Erfolg haben wird. Unsere geliebte Acorna sagt dasselbe. Warum also die Kinder nach Hause schicken? Und wenn sie schon gehen, warum nicht wir alle? Und wenn wir gehen, dann geht ein großer Teil des Vermögens des Hauses Harakamian verloren, den ich in die Einrichtung dieses Mondes der Möglichkeiten gesteckt habe.« Als er sah, wie die Augen seines Neffen blitzten und er den Mund öffnete, fügte Hafiz eilig hinzu: »Ich weiß, lieber Junge, ich weiß selbstverständlich, dass menschliches und Linyaari-Leben nicht gegen schnöden Profit abgewogen werden dürfen. Aber stimmt es denn nicht, dass diese Leute, Acornas Volk, sich auf uns verlassen, was ein gewisses Maß an Schutz betrifft – nun, vielleicht wäre Unterstützung ein besseres Wort? Und wenn wir anfangen, unsere eigenen Kinder wegzuschicken und damit zeigen, dass unserer Ansicht nach immer noch Gefahr besteht, könnte das nicht so verstanden werden, als wären uns unsere Lieben mehr wert als die ihren? Und solche Andeutungen schaffen kaum die richtige Atmosphäre.«

»Die Atmosphäre ist mir egal!«, schnappte Rafik. »Diese Kinder sind bereits durch tausend Höllen gegangen, und wir haben ihnen unseren Schutz zugesichert. Die Linyaari sind zu Hause, ebenso wie ihre Kinder. Unsere Kinder sollten zur Maganos-Mondbasis zurückkehren und dort bleiben, bis die Khleevi kein Problem mehr darstellen. Und die *Haven* hat hier auch nichts zu suchen.«

»Es steht der *Haven* frei, zu tun, was immer sie will. Bisher haben sich die Sternenfahrer dafür entschieden, bei uns zu bleiben.«

»Das kannst du nicht zulassen, Onkel Hafiz. Es ist viel zu gefährlich.«

»Neffe, lieber Junge, hör mich an. Das Leben ist nun mal gefährlich. Geschäfte zu machen – vor allem, wenn man Erfolg haben will – ist noch gefährlicher. Wir sind Pioniere, Sohn meines Herzens. Wenn wir schon vorhaben, die Oberflächen von Planeten zu betreten, auf die noch nie zuvor ein Mensch seinen Fuß gesetzt hat, wenn wir in Währungen feilschen, die noch keine Menschenhand je zuvor berührt hat, dann sind Gefahren unumgänglich.«

Rafik kniff die Augen ein wenig zusammen; er gab sich gar keine Mühe, den Abscheu zu verbergen, der in seiner Stimme mitschwang. »Ausgerechnet du erzählst mir das? Warst du es nicht, der sich im unterirdischen Bunker unserer Gebäude in Laboue verkrochen hat, als du gesehen hast, was die Khleevi mit ihren Gefangenen machen?«

Obwohl Dr. Hoas Wettermagie für einen angenehm milden Tag gesorgt hatte, brach Hafiz der Schweiß aus. »Das war der erste Schock, lieber Junge.« Er trocknete sich die Stirn mit einem scharlachroten Synseidentuch mit Monogramm. »Aber wenn du unbedingt darauf bestehst, werden deine Tante und ich die Kinder persönlich zurück in den Föderationsraum begleiten, während du als mein Erbe und Vertreter selbstverständlich wie üblich die Geschäfte abwickelst, bis die Krise vorüber ist und wir sicher zurückkehren können. Zu diesem Zeitpunkt wirst du auch längst eingesehen haben, wie weise der Rat deines alten Onkels war und wie übereilt du gesprochen hast.«

Rafik lächelte reumütig, um seinem Onkel deutlich zu machen, dass er sich als ausmanövriert betrachtete. Hafiz konnte sich nun mit Karina und den Kindern zurückziehen und es anderen überlassen, um seines Profits willen den Hals zu riskieren. Andererseits konnte Rafik, wenn der alte Mann und die Kinder sicher aus dem Weg waren, rasch den Abbau der Anlagen auf dem Mond befehlen, falls es so aussehen sollte, als würde Beckers Plan, die Bedrohung durch die Khleevi auszumerzen, scheitern.

Das alles wusste Hafiz natürlich. Und darüber hinaus wusste er, dass Rafik wusste, dass er es wusste. Doch es war viel einfacher, auf diese Weise mit dem Problem umzugehen und es Rafik zu überlassen, Entscheidungen zu treffen, die Leben riskierten oder schützten und die zu Gewinn oder Verlust führten. Rafik war jetzt das Oberhaupt des Hauses Harakamian, während sich Hafiz offiziell im Ruhestand befand. Aber solche Dinge waren nicht einfach und mussten mit großer Vorsicht gehandhabt werden. Wenn der Mond der Möglichkeiten sich als defizitäres Geschäft erwies, wäre dies Rafiks Schuld und nicht die von Hafiz.

Daher wurden die jungen Leute von der Maganos-Mondbasis auf die *Acadecki* und die *Haven* geschickt, sobald das Holoteam von der Rankenwelt zurückkehrte. Als Zeichen dafür, dass er auf eine baldige Rückkehr vertraute, ließ Hafiz die *Sharazad* auf dem Mond der Möglichkeiten zurück und verurteilte damit sich selbst und Karina zu den erheblich weniger bequemen Unterkünften der *Acadecki*. Rafik hatte ihm dies nahe gelegt, zum einen, weil bereits geplant gewesen war, die *Acadecki* zur Evakuierung zu benutzen, und darüber hinaus weil die *Sharazad* geräumiger war, und, falls eine allgemeine Evakuierung notwendig werden sollte, mehr Flüchtlingen Platz bieten würde.

Zusammen mit Aari, der als Übersetzer diente, kamen Kaarlye und Miiri zu Hafiz, bevor er an Bord ging. Miiri sprach als Erste, und dann sagte Aari: »Meine Mutter bittet dich, meine Schwester mit dir und den Kindern zu nehmen. Meine Eltern geloben hier zu bleiben und weiterhin nach Möglichkeiten zu suchen, diese biologische Waffe, die die Rankenwelt liefert, zu nutzen, obwohl du sicher verstehst, dass kein Liinyaar eine solche Waffe als Instrument der Aggression einsetzen wird, nicht einmal gegen die Khleevi. Aber sie sagen, dass ihnen die Arbeit leichter fallen wird, wenn sie wissen, dass Maati in Sicherheit ist. Sie wollte, dass ich auch mitkomme, aber Khornya und ich möchten bei Kapitän Becker bleiben. Meine Schwester ist jung und begierig nach neuen Erfahrungen, und sie würde sehr gern die Föderationswelten kennen lernen. Also nimm sie bitte mit. Nimm auch Thariinye mit, damit sie einen von ihrer eigenen Art zur Gesellschaft hat.« Er wandte sich wieder seiner Mutter zu, doch Miiri schluckte nur schwer und hatte den Blick abgewandt.

Als Maati und Thariinye an Bord gehen sollten, beschwerte sich Thariinye, dass er auf der *Condor* bleiben wollte, aber das trug ihm lediglich einen strengen Blick von Neeva ein, die ihm schweigend bedeutete, dass er gehorchen solle.

Niemand sprach aus, nicht einmal im Flüsterton, dass auf diese Weise, falls der Plan scheiterte und die Khleevi Narhii-Vhiliinyar abermals angriffen, zumindest eine junge Linyaari-Frau und ein junger Mann im Föderationsraum in Sicherheit sein würden, als Hoffnung für die Linyaari. Inzwischen würde die Besatzung der *Balakiire* weiter daran arbeiten, sich mit anderen freiwilligen Rettungsmannschaften abzustimmen, falls es möglich werden sollte, nach Niiri zu fliegen, nachdem die Khleevi von dort weggelockt worden waren. Bedrückende Funkbotschaften von den Khleevi zeigten, wie sie stoische zweihörnige Wesen folterten, die offensichtlich große Schmerzen litten, sich jedoch weigerten, auch nur einen einzigen Laut von sich zu geben oder Angst zu zeigen. Noch seltsamer war, dass Toroona und Byorn, die bei ihrer Bitte um Hilfe für ihren Planeten so emotional gewesen waren, diese Übertragungen mit derselben stoischen Haltung anschauten. Ihre Gefühle wurden nur deutlich, wenn sie sich abwandten, während die frustrierten Khleevi sich noch mehr anstrengten, und ihre Gefangenen starben – immer noch ohne einen einzigen Schmerzenslaut von sich gegeben zu haben.

Becker und SB freuten sich über ein kurzes Treffen mit Nadhari. Sie war als Sicherheitschefin jetzt stellvertretende Kommandantin des Mondes der Möglichkeiten und allein Rafik Nadezda unterstellt. Da sie die Sicherheitsvorkehrungen für die Evakuierung überwachte, hatte sie kaum Zeit, Becker rasch zu umarmen. SB begleitete sie eine Weile als Pelzkragen bei ihrer Arbeit.

Nachdem die Passagiere endlich alle auf der *Acadecki* waren, überwachten Miiri und Kaarlye das Verladen der Kanister voller Pflanzensaft in den Frachtraum. Hafiz wollte diese Proben zur weiteren Erforschung und Analyse in seine Firmenlabors bringen. Sollten die Khleevi sich je in den Föderationsraum wagen, würde die Föderation einem Handelshaus, das ihnen wirksame Geheimwaffen gegen diesen schrecklichen Feind liefern konnte, nicht nur gewaltige Summen, sondern auch großen Einfluss zugestehen.

Aari überraschte Hafiz, indem er den rundlichen, in Seide gekleideten älteren Mann fest umarmte. »Lebe wohl, Onkel Hafiz. Pass auf meine Schwester und auf Thariinye und auf unsere Freunde auf, und auch auf dich selbst. Joh, Khornya, Sahtas Bahtiin und ich werden dich wissen lassen, wann ihr sicher zurückkehren könnt.«

»Äh, leb wohl, Neffe.«

Karina erwiderte die Umarmung ein wenig inniger. »Leb wohl, Aari, und, oh, ist das etwa ein Horn, das dir da wächst?« Sie streckte die Hand aus, und er ertrug mit großer Selbstbeherrschung, was die Linyaari als höchst unangemessene Vertraulichkeit betrachteten. »Ooh, ich habe gerade einen winzigen Blick in die Zukunft werfen können. Der Plan wird funktionieren, aber es wird Schwierigkeiten geben – und Gefahr. Passt auf euch auf, liebe Freunde!«

Achtzehn

Fertig, Kapitän«, sagte Mac. Der Androide saß im Cockpit der Khleevi-Fähre. Das kleine Schiff befand sich immer noch im Frachtraum der *Condor,* die nun die Rankenwelt umkreiste. Die Hologramme unter ihnen bewegten sich in ihren nach dem Zufallsprinzip programmierten Mustern. Einige von ihnen sprachen dabei auch, andere nicht. Das war leicht, denn die Khleevi würden sie ohnehin nicht verstehen.

Becker rieb sich die Hände so vergnügt wie ein Geldverleiher aus einem Vid-Melodram, der demnächst die Heldin aus ihrem Haus und Hof vertreiben wird. »Die Falle ist bereit, der Köder an Ort und Stelle, und jetzt müssen wir nur noch ein bisschen an der Schnur zupfen, damit er für die Ratten lebendig genug aussieht.«

Acorna blickte vom Steuerpult auf, lächelte und strich SB über den Kopf. »Kapitän, ich habe den Eindruck, dass du schon zu lange mit SB zusammenlebst.«

»Ja«, meinte Aari. »Du fängst an, wie eine Katze zu denken.«

Becker zuckte die Achseln. »Ich könnte mir Schlimmeres vorstellen. Katzen sind gute Strategen.« Er drückte einen Knopf am Interkom des Schiffs. »Also gut, Mac, schieß los«, sagte er; dann, als er sich daran erinnerte, wie wörtlich der Androide alles nahm, fügte er hinzu, »ich meine, halt die Ansprache an die Khleevi, von der wir gesprochen haben, und versuch sie hierher zu locken.«

Acorna verzog unwillig das Gesicht. »Ich wünschte, wir könnten warten, bis die Evakuierungsschiffe sicher im Föderationsraum sind.« Sie ließ die Worte in der Luft hängen. Es war ein vergeblicher Wunsch. Sie alle hatten die Bilder schmerzgepeinigter niriianischer Gefangener gesehen, die gefoltert wurden. Sie alle wussten, wie der Planet aussehen würde, wenn die Khleevi mit ihm fertig waren. Sie wussten alle, dass jeder Augenblick des Zögerns weitere Niriianer das Leben kosten würde. Sie mussten schnell handeln. Und die Evakuierungsschiffe waren bereits auf dem Weg zum Föderationsraum und nicht mehr in der Nähe der Rankenwelt. Es sollte also keine Probleme geben. Acorna fragte sich, wieso sie dennoch so unruhig war. Als die Frage aus ihr herausbrach, war sie selbst überrascht. »Ich frage mich wirklich, wieso sie das tun.«

»Wer, Liebes?«, fragte Becker.

»Die Khleevi. Warum foltern sie? Hast du den Gefangenen das gefragt?«

»Nein. Ich habe angenommen, es liegt daran, dass sie ekelhafte Typen sind und so was mögen. Oder nicht, Aari?«

Aari machte ein nachdenkliches Gesicht. »Ich hatte nicht das Gefühl, dass sie überhaupt irgendetwas genießen, Joh. Tatsächlich, jetzt, wo du es erwähnst, würde ich sagen, so gnadenlos und akribisch sie auch waren, sie haben es nicht genossen, mich zu foltern. Es kam mir so vor, als wären sie bemüht, jedes bisschen Schmerz aus mir herauszuholen, das sie kriegen konnten. Die paar Fragen, die sie mir gestellt haben, schienen ihnen nicht wirklich wichtig zu sein, und sie haben sich auch nicht die Mühe gemacht, genug Linyaari zu lernen, um sich verständlich zu machen. Und ich fürchte, wenn es eines gibt, das unsere Wissenschaftler und Beobachter über die Khleevi gelernt haben, dann, dass sie tatsächlich sehr systematisch vorgehen. Der erste unserer Botschafter, den sie gefoltert haben, ist beinahe sofort gestorben, also haben die Khleevi ihre Techniken verfeinert, sodass sie den größtmöglichen Schmerz über die längstmögliche Zeit erzeugen konnten, ohne dass ihr Opfer daran starb.«

Er schauderte plötzlich, und Acorna griff nach seiner Hand. Sie wusste aus seinen Gedanken, dass er sich wegen seiner Angst vor den Khleevi geschämt hatte, und dafür, dass er sie zweifellos angefleht hatte, ihm nicht mehr wehzutun, so natürlich eine solche Reaktion auch sein mochte. Er war nicht wie Thariinye der Ansicht, dass es eine heldenhafte Tat gewesen war, etwas zu ertragen, dem er nicht hatte entkommen können. Acorna stimmte dieser Einschätzung zu. Was ihm zugestoßen war, war schrecklich, es war zutiefst bedauerlich, doch es machte ihn nicht per se zu einem besseren Wesen. Nein, das tat er selbst, durch die Charakterstärke, die er dabei an den Tag legte, sich dem zu stellen, was er am meisten fürchtete, aus Gründen, die sicher besser waren, als alle in seiner Umgebung je würden begreifen können. Er hatte die Khleevi und ihre Folter ertragen müssen, und nun setzte er sich damit auseinander, um Antworten und Lösungen zu finden, die anderen helfen könnten.

Becker grunzte. »Wer immer gesagt hat, man solle seinen Feind kennen, hatte Recht, auch wenn er sicher nicht wusste, dass der Feind einmal ein großer, widerlicher außerirdischer Käfer sein würde. Wenn er das gewusst hätte, hätte er uns vielleicht auch gesagt, *wie* wir sie kennen lernen sollen.«

»Ich habe jetzt Kontakt zu den Khleevi, Kapitän«, meldete Mac.

»Wir sind gleich da«, erwiderte Becker. Die Besatzung rannte hinunter zum Frachtraum, in dem sich die Fähre befand. Aus der frisch reparierten Komeinheit erklang Klacken und Klicken.

»Was sagen sie, Mac?«, fragte Becker.

»Sie kommen her, Kapitän!«, antwortete Mac.

»He, das ging aber schnell. Jetzt schon?«, wunderte sich Becker.

»Die Niriianer sind offenbar keine befriedigenden Opfer«, sagte Mac. »Die Khleevi sagen, dass sie Linyaari vorziehen. Offenbar schreien Linyaari besser. Das ist bei einem Wirtsvolk für die Khleevi sehr wichtig. Sie waren sehr unzufrieden damit, dass die Niriianer trotz all ihrer Anstrengungen so wenig reagierten. Man hielt ihre Reaktion für ungenügend.«

»Ungenügend wofür?«, wollte Becker wissen.

Mac erwiderte: »Das weiß ich nicht, Kapitän. Ich wiederhole nur, was sie in ihren Funksprüchen von einem Schiff zum anderen äußern. Soll ich sie fragen?«

»Nein«, sagte Aari rasch. »Wenn du ein Khleev wärst, bräuchtest du nicht zu fragen.«

»Das stimmt«, erwiderte Becker. »Sie sind also unterwegs. Wir sollten uns lieber zurückziehen, Leute.« Es war notwendig gewesen, die Köder-Botschaft von einem glaubwürdigen Ort aus zu senden, doch sie würden die Invasion der Khleevi auch durch die ferngesteuerten Kameras auf dem Rankenplaneten und seinem Mond beobachten können. Die *Condor* konnte schon aus beträchtlicher Entfernung feststellen, dass sich die Khleevi näherten, denn das Schiff verfügte über Langstreckenscanner, die Becker normalerweise dazu einsetzte, Schiffe aufzuspüren, die sich in Gefahr befanden, oder Katastrophen und andere einträgliche Bergungssituationen ausfindig zu machen. Sobald sich der gesamte Khleevi-Schwarm auf die Rankenwelt konzentrierte, konnte sich die *Condor* zurückschleichen, um aus der ersten Reihe zu beobachten, wie die Khleevi, um bei Beckers farbenprächtiger Ausdrucksweise zu bleiben, zertreten wurden wie Küchenschaben.

Sobald sich der Schwarm näherte, würde Funkstille herrschen müssen. Die Fähre der *Condor* war allerdings repariert worden und stand bereit, um Nachrichten über den Fortschritt des Unternehmens von der *Condor* zum Mond der Möglichkeiten zu tragen. Sobald sich die *Condor* auf der abgewandten Seite des der Rankenwelt am nächsten befindlichen Planeten in Position gebracht hatte, würden sie dem Hauptquartier auf dem Mond Bericht erstatten.

Als die ersten Schiffe des Schwarms eintrafen, johlte Becker, der auf Wache war, laut. »Oh Mann, auf den Scannern sieht's aus wie an einem Samstagabend im Vergnügungsviertel von Kezdet, wenn gerade die ganze Flotte vor Anker gegangen ist! Wahnsinn!«

Acorna und Aari kamen ebenfalls auf die Brücke. Mac belauschte immer noch aus dem Fährenwrack die Kommunikation zwischen den Khleevi.

Der Bildschirm erwachte zum Leben, als sich die ferngesteuerten Kameras selbst einschalteten, um die Landung der Khleevi festzuhalten. Der Schwarm von Gottesanbeterinnenschiffen umkreiste die kleine Rankenwelt wie die Ringe den Saturn. Aus dem innersten Schiffsring schossen Fähren zur Oberfläche nieder, und danach wandten sich diese Schiffe wieder von dem Planeten ab, und andere folgten ihnen, um noch mehr Fähren auszuspucken.

»Wir müssen auch einen Weg finden, die Mutterschiffe zu zerstören«, flüsterte Becker aufgeregt. Acorna wusste, wieso er flüsterte. Dieser Angriff war beängstigend. Sie fürchtete erneut um die klugen Ranken. »Wenn sie nicht landen, kann der Saft sie nicht erreichen.«

»Vielleicht werden sie landen und Spähtrupps ausschicken und einander dann anstecken«, meinte Acorna.

Doch das taten sie nicht.

Die Ranken teilten sich, um die Landung der Fähren zuzulassen, aus denen jeweils eine erstaunliche Anzahl von Bodentruppen quoll.

Zunächst gestatteten die Ranken den Khleevi freien Zugang, bis es aussah, als wären beinahe ebenso viele Khleevi wie Pflanzen auf der Planetenoberfläche. Sämtliche Insektoiden marschierten unbeirrbar auf die Lagerholografie zu.

Acorna zitterte, als sie sah, wie die vervielfachten Ebenbilder ihrer selbst, Aaris, Neevas und der Besatzung der *Balakiire,* die Holos von Aaris Eltern, Thariinye und Liriili friedlich und vergnügt ihren Tätigkeiten nachgingen, während endlose Reihen von Khleevi auf sie zumarschierten und ununterbrochen von neuen Fähren verstärkt wurden, die in breiten Reihen in die Atmosphäre der Rankenwelt eintauchten und weitere Schwarmmitglieder absetzten.

Das Stakkatoklacken von Fresszangen und Mundwerkzeugen war lauter als jedes Geschützfeuer.

»Warum greifen die Pflanzen nicht an?«, wollte Becker wissen.

»Ich weiß es nicht, Kapitän«, antwortete Aari. »Bei unseren Kommunikationsversuchen mit ihnen hat schon der Geruch der Khleevi genügt, damit die Rankenwesen ihren Saft abgesondert haben.«

»Sie warten«, stieß Acorna aufgeregt und mit einer gewissen Hochachtung hervor. »Wir haben ja gewusst, dass diese Pflanzen intelligent sind, und jetzt beweisen sie es! Ich glaube, sie haben unsere Warnungen von den Khleevi viel besser verstanden, als wir hoffen konnten. Ich glaube, die Pflanzen haben einen Plan. Sie wollen so viele Khleevi wie möglich anlocken, bevor sie zurückschlagen.«

»Du machst wohl Witze«, meinte Becker und stieß einen Pfiff aus.

SB sprang auf die Konsole. Sein Fell war derart gesträubt, dass jedes einzelne Haar senkrecht abzustehen schien und ihn doppelt so groß wie sonst wirken ließ. Er ließ den Schwanz so schnell durch die Luft peitschen, dass er mit einem Schlag Beckers Kaffeebecher von der Konsole fegte und mit dem nächsten den von Aari. Ein tiefes Knurren drang aus seiner Kehle und steigerte sich zu einem schrillen Geheul, sodass Becker sich die Ohren zuhielt und Acorna das borstige Geschöpf in die Arme nahm, um ihn zu beruhigen. Der Kater griff sie nicht an, aber ruhiger wurde er auch nicht. An seiner Reaktion gab es nichts zu heilen. Es war für eine makahomanische Tempelkatze nur natürlich und gesund, unter solchen Umständen in Kampfstimmung zu sein. Acorna verstand das, und als SB starr und entschieden unruhig blieb, setzte sie ihn wieder ab, und sein Schwanz peitschte weiterhin durch die Luft wie ein Säbel.

Die erste Khleevi-Phalanx hatte das Holo-Lager erreicht und eröffnete das Feuer auf die Hologramme, die reagierten, indem sie sich auflösten und wieder neu bildeten, um dann mit den Bewegungen und vorgeblichen Tätigkeiten, die sie vor dem Angriff ausgeführt hatten, fortzufahren.

Das Khleevi-Klacken wurde nur noch lauter. Nun landeten keine Fähren mehr. Die Bodentruppen achteten nicht auf das Klacken der Vorhut und griffen weiter an, wobei sie einige ihrer Schwarmgenossen niedertrampelten.

Mac blickte zu den anderen Besatzungsmitgliedern auf. »Die Khleevi sind sehr frustriert und unzufrieden«, sagte er. Diesen Satz hätte er sich sparen können. Der Ton des Klackens, begleitet von den Aktivitäten der Geschöpfe, war mehr als eindeutig.

Dann stürzten sich die Khleevi plötzlich und offenbar alle gleichzeitig mit aufgerissenen Mundwerkzeugen auf die Ranken. Ihr Angriff war so typisch zielgerichtet gewesen, dass er ihre Aufmerksamkeit – und die von Acorna und ihren Freunden – vollkommen von den Pflanzen abgelenkt hatte, die gehorsam vor den Khleevi zurückgewichen waren und zugelassen hatten, dass ihre Wurzeln und Stiele zertrampelt wurden. Noch bevor der Angriff der Khleevi die Richtung wechselte, hatten die Ranken allerdings langsam begonnen, sich wieder aufwärts zu biegen und vom Boden zu erheben, auf den die Feinde sie niedergetrampelt hatten. Es war eine sehr unschuldige, pflanzenhafte Bewegung, als reckten sie sich nach der Sonne.

Doch als sich die erste Fresszange um den ersten Pflanzenstängel schloss, peitschten die Ranken los und spritzten Saft aus jeder frischen Wunde und aus Reservoiren, die unter den Blättern und in den Stielen verborgen waren. Die Khleevi waren umzingelt, so wie sie zuvor das Holo-Lager umzingelt hatten.

Da überall Pflanzensaft herumspritzte, waren die Kameras auf der Planetenoberfläche nicht mehr viel wert. Becker schaltete auf die Mondkamera um. Eine Zoomaufnahme der Planetenoberfläche zeigte, dass sie von wilden Wirbeln und Wellen schleimigen Pflanzensafts nur so glitzerte. Aus dem Kom der Khleevi-Fähre erklangen schrille *iiii*-Geräusche. Acorna streckte die Hand aus und legte einen Schalter um, und die Geräusche verstummten gnädig.

Die ferngelenkte Kamera zeigte eine Hand voll Fähren, die von rasch sterbenden Khleevi-Piloten unsicher zu den Mutterschiffen zurückgelenkt wurden. Nachdem sie vom Schwarm aufgenommen worden waren, drehten die Schiffe bei.

»Werden sie zu den Niriianern zurückfliegen?«, fragte Becker Mac.

Mac schaltete den Ton wieder ein und lauschte den Lauten, die von den Schiffen ausgesandt wurden. »Nein, Kapitän. Sie sind vollkommen aufgelöst. Ich glaube nicht, dass ihnen so etwas schon einmal passiert ist.«

»Räuber, die von Pazifisten leben, riskieren dabei nicht oft, dass ihre Opfer zurückschlagen«, bemerkte Becker. »Was haben sie jetzt also vor?«

»Ich glaube nicht, dass sie das im Moment genau wissen, Kapitän. Sie reden davon, zu ihrem Heimatplaneten zurückzukehren. Sie haben – so unwahrscheinlich das klingen mag –, ich glaube, sie haben große Angst, Kapitän.«

»Vor der Rankenwelt?« Becker grinste. »Das sollten sie auch. Geschieht ihnen Recht.«

»Ja, aber sie sprechen bereits darüber, was man tun könnte, sie zu neutralisieren. Nach allem, was ich hier höre, haben sie offenbar Angst, auf ihre Heimatwelt zurückzukehren. Das ist doch merkwürdig, oder?«

»Vielleicht wird der Oberkäfer sie alle hinrichten lassen«, meinte Becker achselzuckend. »Zumindest hoffe ich, dass er das tun wird und dass er gelernt hat, sich nicht wieder mit uns anzulegen. Na gut, Leute, das war's wohl. Wir haben gewonnen. Oder die Pflanzen da unten. Ende der Geschichte.«

Acorna fiel kein logischer Einspruch zu diesem Schluss ein, obwohl sie irgendwie das Gefühl hatte, dass das Ganze beinahe zu einfach gewesen war. So viel Schrecken war so schnell besiegt worden. Wer hätte das gedacht? Doch aus Beckers Tonfall und seiner Miene konnte sie schließen, dass er dasselbe dachte. Auch Aari schien verdutzt und eher unzufrieden. »Was ist denn?«, fragte sie ihn.

Er schüttelte den Kopf. »Vielleicht fällt es mir schwer, nach all den Jahren der Angst vor den Khleevi zu glauben, dass wir ihnen wirklich ein Ende gemacht haben. Vielleicht fällt es mir einfach schwer, mich an den Gedanken zu gewöhnen, dass es sie nicht mehr gibt und dass unser Volk, und besonders ich, nicht mehr in Angst vor ihnen leben müssen.«

»Vielleicht ist es das«, stimmte Acorna ihm zu. Aber sie blieb unruhig.

Kein Blasorchester begrüßte die *Condor,* doch alle schienen froh zu sein, sie heil zurückkehren zu sehen. Rafik Nadezda, Declan Giloglie und Nadhari Kando warteten am Dock, ebenso wie Aaris Eltern.

Noch bevor die Hebebühne den Boden berührte, verkündeten Aaris Eltern schon: »Uns ist ein bedeutender Durchbruch gelungen! Wartet nur, bis ihr es seht. Es ist simpel, aber wirkungsvoll.«

»Das ist gut so«, erwiderte Becker. »Aber ich denke, wir werden es nicht mehr brauchen.«

Er wahrte bewusst eine ungerührte Miene, und Aari und Acorna taten es ihm nach und versuchten, ihre Gedanken für sich zu behalten.

»Wieso? Hat es nicht funktioniert? Was ist geschehen?«

»Die Pflanzen haben die Khleevi-Armee erledigt, das ist geschehen!«, sagte Becker grinsend. »Wir – oder genauer gesagt die Pflanzen – haben ihnen einen gewaltigen Tritt in die Käferhintern verpasst.«

Jubel erhob sich innerhalb des Empfangskomitees und bald auch auf dem gesamten Gelände. Die abgelegeneren Freizeitbereiche waren wegen des Alarmzustands geschlossen, und so war der Hauptgebäudekomplex voll gestopft mit nervösen Leuten; einige von ihnen langweilten sich ziemlich, weil ihre Arbeit sich vollkommen auf die nun geschlossenen Bereiche konzentriert hatte, andere standen vor lauter Adrenalin unter Hochspannung und waren bereit, gegen jede Bedrohung vorzugehen.

Die Linyaari-Delegation drängte sich vor, aber noch schneller waren die beiden Niriianer.

Acorna lächelte sie an und berichtete ihrer Tante: »Wenn man den Funksprüchen der Khleevi glauben kann, werden sie nicht wieder nach Nirii zurückkehren. Mac sagt, nach allem, was er verstanden hat, haben die Niriianer keine sehr guten Opfer abgegeben.«

Neeva übersetzte, und Toroona lächelte milde. »Sie sagt, darauf können sie alle stolz sein«, meinte Neeva.

Auch Rafik lächelte. »Puh. Das ist wirklich wunderbar. Wir müssen sofort Onkel Hafiz Bescheid sagen, Acorna, damit er zurückkommen und eine neue Botschaft ausstrahlen kann, in der er den gesamten Ruhm für diese Aktion für sich einstreicht.« Acorna und Rafik grinsten einander wissend an.

Aaris Mutter hatte sich bei Acorna und Aari eingehakt. »Und da dachten wir, wir hätten euch etwas zu erzählen.«

»Wir sind sehr an euren Entdeckungen interessiert, Mutter«, versicherte Aari ihr. »Der größte Teil der Khleevi-Armee ist zwar vernichtet worden, aber es waren immer noch viele Schiffe in der Umlaufbahn, und wir wissen nicht, wie viele Truppen an Bord geblieben sind.«

»Ja«, meinte Becker, »und außerdem sind sie Käfer.« Acorna übersetzte.

Kaarlye schien verwirrt. »Selbstverständlich handelt es sich um Insekten. Glaubt der Kapitän, dass wir das nicht wissen?«

»Ich denke, er meint etwas anderes«, erwiderte Acorna, »Insekten vermehren sich schnell und in großer Zahl. Die Gefahr von Seiten der Khleevi ist noch nicht vollkommen gebannt.«

Neunzehn

Rafik, lieber Junge, und mein bester Kapitän Becker, das sind ja wunderbare Neuigkeiten!«, sagte Hafiz Harakamian. Die Besatzung und die Passagiere der *Acadecki* jubelten, hielten sich an den Händen und hüpften auf und ab, und währenddessen machte Calum Baird bereits kehrt, damit die *Acadecki* zum Mond der Möglichkeiten zurückkehren konnte. »Ihr habt den Feind vernichtet, den niriianischen Heimatplaneten gerettet, das Universum zu einem sicheren Ort für Geschäftsleute gemacht, dem Haus Harakamian Ehre gemacht, eine Möglichkeit für hervorragende Werbung für den Mond der Möglichkeiten geschaffen, und das alles zu einem relativ geringen Preis! Lobenswert, meine Herren, wirklich ausgesprochen lobenswert.«

Der nächste Funkspruch kam von der *Haven.* »Ihr habt die Neuigkeiten wohl schon gehört«, sagte Johnny Greene.

»In der Tat, und was für gute Neuigkeiten!«, erwiderte Hafiz. »Wir befinden uns bereits wieder auf dem Rückflug zum Mond der Möglichkeiten.«

»Wir sind im Augenblick im Föderationsraum, und ich habe noch nicht gehört, wie die Abstimmung ausgegangen ist, aber der Rat ist ziemlich sicher, dass die Kinder ebenfalls zum Mond zurückkehren wollen. Sobald die Abstimmungsergebnisse vorliegen, werden wir uns euch wieder anschließen.«

»Sehr gut, Johnny, aber sag den Kindern, sie sollen sich beeilen. Onkel Hafiz hat jetzt viel zu tun, nachdem seine Leute den Raum für unsere neuen Freunde und Nachbarn sicherer gemacht haben.«

»Das wissen wir«, sagte Johnny. »Wir sind bald bei euch.«

»Das bedeutet also, dass wir auf sie warten müssen?«, fragte Calum Baird.

»Ja, selbstverständlich«, entgegnete Hafiz. Laxme und einige andere junge Leute schnaubten ungeduldig.

»Wird das noch lange dauern?«, wollte Laxme wissen.

Es gab auf der *Acadecki* nicht sonderlich viel zu tun, und die Rationen waren auch nicht gerade umwerfend. Das Schiff war nicht so groß wie jene, auf denen sie zuvor gereist waren, und es war keine Zeit gewesen, diese lange Reise angemessen vorzubereiten. Nährstoffreiche Rationsriegel nahmen am wenigsten Platz weg, brauchten nicht tiefgefroren oder aufgewärmt zu werden und lieferten alles, was der Körper brauchte. Laxme wusste, dass er sich eigentlich nicht beschweren sollte. Als er und viele andere noch in den Minen gearbeitet hatten, hatten sie viel weniger zu essen bekommen, gerade genug, um sie am Leben und halbwegs arbeitsfähig zu halten. Aber nun, nachdem er anderes, schmackhaftes Essen kannte, leckere Nachspeisen und Gemüse mit Butter und sogar saftiges Fleisch – nun, er war nicht froh darüber, das wieder aufgeben zu müssen.

Maati war empört gewesen, dass man sie auf das Evakuierungsschiff schickte, als wäre sie nicht zuvor Kopilotin eines eigenen Schiffs gewesen und hätte zwei Kämpfe gegen die Khleevi überlebt, einen im Weltraum und einen am Boden. Sie wusste, dass ihre Eltern nur um ihre Sicherheit besorgt waren, aber ein Teil von ihr empfand das Ganze auch so, als wollten sie sie eigentlich nur schnell wieder loswerden, nachdem sie sie kaum wiedergefunden hatten. Und Thariinye war sogar noch unmöglicher als sonst. In der letzten Zeit waren ihre gegenseitigen Neckereien spielerisch und freundlich gewesen, jetzt jedoch war er so zornig, dass man ihn wieder von großen Taten fern hielt und wie ein Kind behandelte, dass er es an ihr ausließ und bewusst kränkende und boshafte Bemerkungen machte. Sie fauchte zurück, und ihre Stimmung übertrug sich auf die anderen Kinder, machte sie wütend oder deprimierte sie, und so gab es schon jetzt eine Menge Streit auf dem Schiff. Das machte Calum Bairds Laune nicht besser, und Karina Harakamian flatterte umher und rief nach Frieden und Licht. Zumindest dann, wenn sie sich nicht in der Koje versteckte, die sie nur mit Onkel Hafiz teilen musste.

Was Hafiz anging, so fragte er sich, wie er so weit den Verstand hatte verlieren können, eine so lange Reise in Gegenwart von so vielen Kindern zu unternehmen. Er war kein besonders väterlicher Mann, um ehrlich zu sein nicht einmal ein sonderlich onkelhafter, es sei denn, es winkte ihm dabei ein Profit. Um es noch deutlicher auszudrücken: Er konnte jammernde Gören nicht ausstehen.

Dabei war das Beunruhigende an diesen Kindern, dass sie nicht jammerten. Größtenteils waren sie verwirrend erwachsen. Die Älteren schienen daran gewöhnt zu sein, sich um die Kleineren zu kümmern, und selbst die Kleinsten weinten nicht, sondern bedachten Hafiz nur mit Blicken, die irgendwie gleichzeitig hoffnungsvoll und misstrauisch waren.

Sie schienen sich über die Rückkehr zum Mond der Möglichkeiten zu freuen, und Hafiz empfand ungeheure Dankbarkeit, weil sie so auflebten. Selbst die beiden jungen Linyaari hörten auf, einander mit mürrischen Bemerkungen zu bedenken und begannen zu jubeln. Doch das Warten auf die *Haven* zog sich in die Länge, und so wurden alle wieder ungeduldig.

Hafiz gefiel das feindselige Schweigen nicht. Karina hatte offensichtlich noch mehr Schwierigkeiten damit. Sie klagte über Kopfschmerzen und zog sich in ihre Koje zurück.

»Was bedrückt euch, meine Kleinen?«, fragte Hafiz schließlich mutig, da zumindest seine Stimmung sehr dadurch verbessert worden war, einen wichtigen Zweig seines Imperiums nicht verloren zu haben.

»Na ja«, meinte Jana, »hier gibt es nicht viel zu tun. Wir langweilen uns einfach.«

»Langeweile?« Das war ein Konzept, mit dem er nicht sonderlich vertraut war. Sowohl ungeheuer reich als auch fantasiebegabt zu sein, half ihm für gewöhnlich, derart unangenehme Stimmungen zu vermeiden.

Calum drehte sich in seinem Kapitänssessel um und sagte: »Um so viele Passagiere wie möglich aufnehmen zu können, mussten wir auf ein paar Annehmlichkeiten verzichten – es gibt nur einen Satz Telefone und eine Brille für Vids, die Bücher wurden ausgeladen, um Platz zu haben, und so langsam habe ich auch genug von Nährstoffriegeln. Natürlich langweilen sie sich. Sie sich etwa nicht?«

»Ich muss ehrlich sagen, ich habe die Ruhe genossen«, erwiderte Hafiz. »Und außerdem sind meine schöne Karina und ich noch nicht lange verheiratet.«

»Ah-ha.« Calum verdrehte die Augen.

»Sie hat ihre Trancen und Meditationen und die Suche nach dem, was sie als Erleuchtung bezeichnet, um sich zu unterhalten«, sagte Hafiz. »Vielleicht könntest du den Kindern eine Geschichte erzählen, Baird?«, schlug er vor.

»Oder vielleicht könnten Sie das tun, Hafiz. Ich bin damit beschäftigt, diesen Vogel zu fliegen.« Calum wandte ihm wieder den Rücken zu.

»Ich. Oh.« Hafiz sah sich um. »Also gut. Dann brauche ich eine Verbindung zum Computer des Schiffs, mein Junge.«

»Um eine *Geschichte* zu erzählen?«, fragte Calum ungläubig.

»Audiovisuelle Hilfsmittel, unansehnliche Exfrau meines berüchtigten Neffen, audiovisuelle Hilfsmittel«, sagte Hafiz und klatschte dann in die Hände. »Alle Personen jüngeren Alters, die sich ihrer Langeweile entledigen wollen, sollten sich nun im hydroponischen Garten versammeln, wo euer wohlwollender Onkel Hafiz euch eine so spannende Geschichte erzählen wird, dass ihr vollkommen vergessen werdet zu schmollen, unruhig zu sein und eure Gesichter und Stimmen anderweitig zu unwillkommenen Mitteilungen zu verzerren.«

»Das wird sie wirklich verlocken«, bemerkte Calum.

»Außerdem brauche ich die Nährstoffriegel und flüssigen Erfrischungen für die nächste Mahlzeit«, erklärte Hafiz.

»Ich würde den Chefkoch ja bitten, sie Ihnen vom Maître de persönlich aushändigen zu lassen, aber die sind beide mit dem Bankett für heute Abend beschäftigt«, erwiderte Calum sarkastisch. Hafiz wusste genau, wenn er die verdammten Riegel brauchte, dann würde er sie eben selbst aus dem Lebensmittelschrank holen müssen. Der Replikator funktionierte, doch selbst diese Maschine brauchte gewisse Zutaten, um daraus Mahlzeiten herzustellen, und diese Zutaten nahmen mehr Platz weg als die Riegel.

»Also gut«, sagte Hafiz und winkte Jana und Chiura herrisch zu, die ihm zusammen mit anderen zum hydroponischen Garten folgten, den sie schon bald, wie Hafiz überzeugt war, als einen Garten der Freuden betrachten würden. »Meine lieben jungen Damen, bitte begleitet mich nun zunächst zum Lebensmittelschrank, und seid mir beim Transport von Vorräten zu unserem Ziel behilflich.«

Die Mädchen sahen einander an und zuckten die Achseln.

Der Fahrer des Khleevi-Schiffs mit der Bezeichnung *Vierzehn Klacks und zwei Klicks* war sehr erregt.

Zum Teil kam dies von dem Schmerz in seinem sechsten Fuß, der in Kontakt mit jenem beschädigten Fährenpiloten gekommen war, dem es gelungen war, an der *Vierzehn Klacks und zwei Klicks* anzudocken, bevor die Mannschaft des größeren Schiffs begriff, dass sowohl die Fähre als auch ihr Pilot mit einer fremden Substanz infiziert waren, die sie zerfraß. Sobald sie diese Entdeckung gemacht hatten, versuchten die Besatzungsmitglieder das infizierte Personal auf die übliche Art zu neutralisieren, indem sie sie tottrampelten. Leider brachte dies Füße, Zangen und in einigen Fällen auch andere empfindliche Körperteile in Berührung mit der fremden Substanz.

Es ging dem Fahrer also wirklich nicht gut, und den anderen befallenen Mannschaftsmitgliedern ebenso wenig. Die schrillen Schmerzenslaute, die sie von sich gaben, führten dazu, dass dem Fahrer nun auch noch der Kopf wehtat. Ihm wurde klar, dass er den Fuß wohl würde opfern müssen, sonst würde die Substanz noch sein ganzes Bein aufzehren. Anders als die Besatzungsmitglieder hatte er nicht wirklich auf dem infizierten Fährensoldaten herumgetrampelt, er hatte ihn nur mit dem Fuß berührt, um ihn für die Eliminierung vorzumerken.

Er befürchtete, dass man ihn als Nächsten eliminieren würde. Wenn die Krankheit ihn nicht tötete, würde er zweifellos von den anderen, gesünderen Schiffsfahrern niedergetrampelt werden, oder, was noch schlimmer war, man würde ihm den beschädigten Teil abtrennen und ihn an die Jungen verfüttern.

Die Jungen waren noch zorniger und fordernder als üblich, denn sie waren viele, viele lange Zeiteinheiten nicht mehr gefüttert worden. Die Niriianer waren ein geiziges, selbstsüchtiges Volk, das seinen Schmerz für sich behielt und nicht flehte, jammerte oder weinte, ganz gleich, wie langsam und sorgfältig man sie auseinander nahm. Sie waren derart zurückhaltend mit ihren Gefühlen, dass sie sich sogar dann weigerten, sich zu winden, wenn man sie aufs Schrecklichste provozierte. Außerdem waren sie ziemlich gebrechlich und neigten dazu, zu sterben. Schnell und lautlos. Hier war keine Nahrung für die Jungen zu holen.

Als die Fähre vom Schiff *Fünfunddreißig Klicks und sieben Klacks* über eine saftige Kolonie der Ein-Hörner berichtet hatte, war der Schwarm daher äußerst begierig gewesen, sofort hinzufliegen, vor allem angesichts der noch größeren Gier der Jungen. Das Nest der Ein-Hörner war schwer zu finden und wurde intensiv gesucht, da die Angehörigen dieses Volkes, denen man bisher begegnet war, eine besonders befriedigende Fähigkeit zur emotionalen Projektion aufwiesen. Entsetzen, Angst, Zorn, Hass und eine unendliche Fähigkeit, zu leiden und Qual zu verspüren, wenn sie korrekt manipuliert wurden, machte schon einen Einzigen von ihnen zu einem besonderen Leckerbissen für die Jungen.

Diesmal jedoch waren die Khleevi mehr als enttäuscht worden. Den überlebenden Fährensoldaten nach zu schließen, gab es auf diesem Planeten nur Schatten von Ein-Hörnern und ihren Gebäuden, Schatten, die nicht berührt, verletzt oder getötet werden konnten, und sie hatten keinen Nährwert, weder für die Soldaten noch für die Jungen. Noch schlimmer, dort gab es diese wuchernden

Dinger mit diesen ausgeprägten weißen Sexualorganen, die so ähnlich aussahen wie andere stationär lebende Dinger auf anderen Planeten. Sie stießen Angstpheromone aus, was zunächst viel versprechend erschienen war, doch als die Fährensoldaten sie angriffen, hatten diese Dinger die Dreistigkeit besessen, zurückzuschlagen! Sämtliche Bodentruppen waren verloren, und viele Schwarmschiffe waren nun durch infizierte Fähren, die dennoch zu ihren Mutterschiffen zurückgekehrt waren, ebenfalls verseucht.

Die Jungen wussten das. Man hatte ihnen die Angst und den Schmerz ihrer eigenen Älteren als Ersatz für fremde Nahrung gegeben, aber es genügte nicht. Es war schon so viel Zeit seit ihrer letzten richtigen Fütterung vergangen, dass sie jetzt nichts mehr zufrieden stellen würde, außer dem Tod der älteren Khleevi, die dann durch die Ältesten der Jungen ersetzt werden würden.

Das war nun einmal Der Weg – der Fahrer wusste das genau. Im Lauf der Zeit wurden die Älteren, so wie er, schwach, und waren nicht mehr im Stande, dem Schwarm zu dienen. Dann wurden sie eliminiert und durch frische, wilde Junge ersetzt, die ihrerseits den noch bösartigeren und gierigeren *Jüngeren* dienten. Nun würde der Schwarm also zur Nestwelt zurückkehren und nichts anzubieten haben als sich selbst, ihren eigenen Schmerz, ihre Qual und ihre Angst, die von den Horden ihrer Jungen verschlungen werden würden.

Der Fahrer bedauerte dies so tief, dass die Jungen ihn wegen dieser Emotion ganz besonders schmackhaft finden würden. Er selbst hatte einen verbrauchten, ausgemergelten Älteren ersetzt, den er vor nur wenigen kurzen Zeiteinheiten persönlich verschlungen hatte. Sein Dienst für den Schwarm hätte viele, viele weitere Zeiteinheiten dauern sollen. Es war einfach nicht richtig. Es passte ihm nicht. Doch es war nun einmal Der Weg.

Bei all seiner Erregung und seinem Schmerz und dank dem Mangel an Aufmerksamkeit seitens anderer Besatzungsmitglieder wegen ähnlicher Ablenkungen kam er ein wenig vom Kurs ab, wobei er den Schiffen mehrerer Schwarmmitglieder folgte, die ebenso betroffen waren wie er und ebenfalls vom Kurs abwichen.

Sein Schiff entdeckte das fremde Schiff als Erstes. Es sah so aus, als würde dieses Schiff nicht beschleunigen und keinen Planeten umkreisen – es bewegte sich überhaupt nicht. Es war auch offensichtlich unbeschädigt. Die anderen Schiffe des Schwarms entdeckten es ebenfalls. Es war immer noch weit weg, und wenn es schnell war, würde es ihnen entkommen können. Aber wenn nicht, dann hatten sie hier Futter für die Jungen gefunden, die dann vielleicht so sehr mit Fressen beschäftigt wären, dass sie vergaßen, auch noch ein paar zähe Ältere zu verschlingen.

Im hydroponischen Garten der *Acadecki* wuchsen nun exotische Blüten in Scharlachrot und Violett, Flieder, der so echt wirkte, dass er zu duften schien, Jasmin und Rosen aller Arten, die mit Mandelblüten und üppigen Lotosblumen wetteiferten, wobei Letztere in einem Teich trieben, der von einem Springbrunnen mit kristallklarem Wasser gespeist wurde.

Wenn die Kinder einander anblickten, sahen sie kein anderes Kind, sondern entweder eine schöne (wenn auch eher rundliche; Hafiz fertigte seine Hologramme immer entsprechend seinem eigenen Geschmack an) Houri oder einen gut aussehenden Dieb. Die Damen waren nur spärlich von Kostümen verhüllt, die aus zahlreichen Lagen von Seidenschleiern und Röcken bestanden, aus Pumphosen mit Schlitzen an den Seiten, die wohlgeformte Beine entblößten, und aus Unmengen klirrenden, klimpernden Edelmetalls. Die Diebe trugen Berberblau, und ihre Haut war von dem Indigofarbstoff in ihrer Kleidung ebenfalls gefärbt. Oder sie waren in gestreifte Gewänder in den hellen Gold-, Safran, Rotbraun- und Brauntönen einer Wüste gekleidet, von der die meisten Kinder noch nie zuvor gehört hatten. Nun jedoch erstreckte sie sich vor ihnen, direkt hinter dem Garten. Jedes Kind war allein unter faszinierenden Fremden, die alle voller Hochachtung und Aufmerksamkeit der Stimme von Hafiz Harakamian lauschten. Ouds und Doubeks, Tambourine und Zills und eine dünne Flöte, deren Melodie sich in Spiralen um jedes Wort von Hafiz zu schlingen schien, hoben jedes

Einzelne davon hervor, so wie bunte Malereien die Alphabete antiker heiliger Bücher schmückten.

Und das war nur der Hintergrund!

Hafiz' Geschichten wurden zwischen ihm und den Kindern lebendig.

Die Geschichte begann. »In uralter Zeit, die unendlich lange vergangen ist, in Zeiten noch vor der Föderation, lebte auf Kezdet ein armer, jedoch einfallsreicher Junge namens Habib, Sohn eines einfachen Designers von billiger Spielsoftware. Zu Habibs Trauer schied sein Vater noch vor Habibs fünfzehntem Jahr dahin und ging ein in das Land, von dem die Drei Bücher und die Drei Propheten künden, und Habib, dessen Mutter schon vor langer Zeit mit einem aalglatten Vertreter für Raumfahrtversicherungen davongerannt war, blieb allein zurück.«

Hafiz berichtete, wie der junge Habib sein Vermögen in einer magischen Lampe fand – einer Lampe, die, wenn sie in den Schlafkapseln brannte, in denen Raumfahrer im Kälteschlaf lagen, verhinderte, dass diese an Vitamin-D-Mangel starben. Bei Hafiz hörte es sich jedoch so an, als wäre diese Lampe eine der antiken Wunderlampen gewesen, aus der sich – im Gefrierschlaf – ein Dschinn erhob.

Er hatte gerade die nächste Wendung seiner Geschichte erreicht, als Calum Bairds Stimme aus der Bordsprechanlage erklang. »Hafiz, machen Sie mal lieber halblang mit den Spezialeffekten. Sie ziehen dem Schiffscomputer sämtliche Energie ab.«

»Unsinn, Junge«, entgegnete Hafiz. »Meine Hologramme brauchen nur sehr wenig Energie.« Normalerweise hätte er Bairds Warnung vielleicht ein wenig ernster genommen, aber immerhin hatte er seinen besten Trick noch vor sich.

Nachdem er die Geschichte beendet hatte, legte er die Nährstoffriegel auf einen ganz gewöhnlichen Tisch, dann ließ er die Tanzmädchen in ihren klimpernden Kostümen vortreten, um das unappetitliche Zeug mit Schwanenbraten und Kolibrizungen zu bedecken. Auf das verblüffte Schweigen, das dieser Aktion folgte, und die fragenden Blicke, die selbst durch die Holo-Verkleidungen der Kinder drangen, tippte er rasch noch einmal etwas Neues ein und ersetzte die Schwäne und Kolibrizungen mit Hamburgern, Pommes Frites, frittierten Zwiebelringen, Milchshakes, Limonade und Eis.

Die Kinder stürzten sich auf den Tisch.

Das Licht ging aus.

Die Burger, Pommes Frites, Zwiebelringe, Banana-Splits und Milchshakes verwandelten sich wieder in Nährstoffriegel, und die schlehenäugigen Houris und schlauen Diebe wurden wieder zu enttäuschten Kindern, die plötzlich im Dunkeln zu zittern begannen.

Bald schon erschien auf der metallenen Wendeltreppe, die normalerweise niemand benutzte, weil der Fahrstuhl bequemer war, ein anderes Licht. »Kommt alle wieder nach oben«, sagte Calum, »während ich den Computer wieder rauffahre. Keine Sorge. Selbst wenn es schwierig sein sollte, wird die *Haven* schon bald hier sein und uns helfen können.«

Leider sollte jedoch nicht die *Haven* das nächste Schiff sein, das die manövrierunfähige *Acadecki* erreichte.

»Was soll das heißen, du hast sie verloren?«, fragte Rafik einen ungewöhnlich nervösen und verlegenen Johnny Greene gereizt.

»Genau das, was ich gesagt habe«, erwiderte Greene. »Nachdem wir die Entwarnung erhalten haben und uns wieder zum Mond der Möglichkeiten aufmachen wollten, haben wir vereinbart, uns an den Koordinaten der *Acadecki* zu treffen. Aber als wir ankamen, war da nichts als leerer Raum. Wir haben immer wieder nach ihnen gefunkt, haben aber keine Antwort bekommen. Sie sind nirgends zu finden.«

Rafik hielt einen Augenblick lang den Atem an, bevor er antwortete. »Johnny, dreh die *Haven* sofort um, und flieg mit voller Geschwindigkeit zurück in den Föderationsraum. Wir wissen, dass die Khleevi die Rankenwelt verlassen haben, aber wir wissen nicht, wohin sie von dort aus geflogen sind.«

»Glaubst du, sie haben die *Acadecki* erwischt?«, fragte Johnny. »Aber wir haben doch noch vor ein paar Stunden mit ihnen gesprochen.«

»Ich weiß nicht, was passiert ist. Aber ein Schiff voller Kinder ist zusammen mit Calum und meinem Onkel verschwunden. Wir können euer Leben nicht auch noch aufs Spiel setzen. Verschwindet. Versucht, ein paar Truppen in Bewegung zu setzen – immerhin finanziert Hafiz' Bakschisch eine ganze Menge Privatschulen und Witwen- und Waisenrenten der Föderationsstreitkräfte, und obwohl wir nicht in ihrem Gebiet sind, stehen wir immer noch unter ihrem Schutz. Das hoffe ich zumindest.«

»In Ordnung«, erwiderte Johnny. »Aber sag Bescheid, sobald du etwas rausgefunden hast, ja?«

»Ich werde es versuchen«, erwiderte Rafik.

»Salzwasser?«, fragte Acorna. »Das ist alles?«

Miiri nickte. »Eine schlichte Salzlösung. Sie verdünnt den Pflanzensaft genug, dass man ihn fein versprühen kann, aber es scheint die Fähigkeit des Safts, eine fungoide Form anzunehmen und insektoides Gewebe zu zerstören, nicht zu verringern. Wir haben ein wenig von dem Panzergewebe repliziert, und wenn überhaupt, dann hat der verflüssigte Saft sogar noch intensiver gewirkt als die ursprüngliche Form, so, wie auch einige Säuren intensiver werden, wenn man sie mit Wasser mischt.«

»Ich verstehe«, sagte Acorna. »Obwohl das Zeug dann nicht mehr so gut kleben bleibt wie der Saft.«

»Nein«, meinte Becker und kratzte sich den Schnurrbart. »Aber wenn wir ein bisschen davon in Aerosol-Torpedos hätten füllen und die Khleevi-Schiffe damit beschießen können, hätten wir mehr von ihnen erledigt.«

Miiri schauderte. »Wie schrecklich«, sagte sie und betrachtete ihre Arbeit so erschrocken, als hätte sie bisher gar nicht über ihren Verwendungszweck nachgedacht.

Aber Aari sagte sanft: »Mutter, wir sprechen hier von Khleevi, vergiss das nicht. Du hast sie gesehen. Du sagst, du hast gespürt, was sie mir angetan haben.«

»Deine Mutter weiß das, mein Sohn«, wandte sein Vater ein. »Es ist einfach nur nicht die Art der Linyaari, das ist alles.«

»Und deshalb braucht ihr Leute wie Hafiz und Nadhari und mich«, sagte Becker. »Da draußen gibt es immer noch Khleevi. Ich finde, es ist eine gute Idee, wenn wir in unserer ausufernden Freizeit ein paar Kanister Pflanzensaft und Meerwasser ansetzen. Ich kann mich hier mal umsehen und feststellen, ob ich die nötigen Bestandteile für Aerosol-Torpedos finden kann. Man weiß ja nie, für was die mal gut sein könnten.«

Acorna sah ihn fragend an. »Vielleicht wäre es auch klug, zur Rankenwelt zurückzukehren und dort noch mehr Saft zu sammeln. Die Pflanzen dort haben nicht nur die Khleevi mit ihrem Saft überschüttet, sondern auch sich selbst. Ich möchte mich auch davon überzeugen, dass die Ranken sich wieder ordentlich regenerieren können. Wenn sie besondere klimatische Bedingungen brauchen, um wachsen zu können, könnte Dr. Hoa vielleicht helfen.«

»Gute Idee, Prinzessin«, sagte Becker. »Aber du kennst doch SB. Er will noch ein wenig Zeit mit Nadhari verbringen, bevor wir uns wieder auf den Weg machen.«

»Ich verstehe«, meinte Acorna lächelnd. »Es muss ja auch nicht sofort sein.«

Doch genau in diesem Augenblick kam Nadhari Kando ins Labor gestürzt. »Becker!«, stieß sie eindringlich hervor, dann nickte sie knapp den anwesenden Linyaari zu. »Ich muss sofort losfliegen. Tut mir Leid.«

»Ich komme mit«, sagte Becker sofort.

»Nein. Das geht nicht. Das hier ist meine Sache. Hafiz hat mich angeheuert, damit ich ihn und seine Leute beschütze, und jetzt ist die *Acadecki* verschwunden.«

Acorna packte Nadharis muskulösen Unterarm, um sie auf sich aufmerksam zu machen. »Was soll das heißen, verschwunden? Calum war an Bord dieses Schiffs, genau wie Hafiz –«

»Und Maati«, sagten Kaarlye, Miiri und Aari gleichzeitig.

»Ich weiß, ich weiß. Ich hätte mit den Harakamians gehen sollen, aber Hafiz wollte, dass ich hier bleibe und auf seine Investitionen aufpasse«, knurrte Nadhari. »Aber wir verschwenden hier nur Zeit. Ich habe befohlen, dass die *Ifrit* startklar gemacht wird. Sie ist das schnellste Schiff in Hafiz' Sicherheitsflotte und gut bewaffnet.«

Sie nahm sich die Zeit, von dem Funkspruch der *Haven* zu berichten.

Becker runzelte die Stirn. »Wenn sie nicht da sind, wo sie sein sollten, weiß ich nicht recht, ob Schnelligkeit euch viel nützen wird, Nadhari. Ich habe Langstreckenscanner auf der *Condor.* Und die Khleevi-Komausrüstung. Und Mac.«

»Dein Schiff ist zu langsam, Becker. Und du hast mir erzählt, dass die *Condor* nicht gefechtsbereit ist.« Sie zögerte, dann fügte sie hinzu: »Obwohl ...«

»Was?«

»Du hattest schon ein paar Mal Erfolg damit gehabt, die Khleevi ohne Waffen zu bekämpfen, und du hast einen unkonventionellen Navigationsstil. Deine Taktik würde mir vielleicht nützen. Wenn du immer noch mitkommen willst.«

»Da gibt's keine Wenns und Abers«, erwiderte er.

»Gut«, sagte sie und drehte sich auf dem Absatz um, als erwartete sie, dass er ihr folgte.

»Kapitän«, sagte Acorna. »Wir können mit der *Condor* folgen und die Scanner arbeiten lassen, und Mac kann die Funkaktivitäten der Khleevi überwachen. Wir können alles, was wir erfahren, an Nadharis Schiff senden, und ihr habt dann die Vorteile beider Schiffe.«

Becker drehte sich um und drückte ihr einen Kuss auf die Wange, bevor Nadhari ihn an der Hand packte und mitzog. »Danke, Prinzessin. Aber das könnt ihr auch von hier aus tun. Ihr braucht keine unnötigen Risiken einzugehen. Außerdem brauche ich dich, damit du dafür sorgst, dass die Saftgranaten hergestellt werden und zumindest die *Condor* damit ausgerüstet wird. Ich will nicht irgendwann wieder dastehen und nur den Traktorstrahl haben, um diese Klacker zu bekämpfen.« Nadhari ließ seinen Arm los und riss die Tür auf. Er folgte ihr und rief: »He, warte, Schatz! Nur noch eine Sekunde.«

»Was ist denn?«, fragte sie gereizt.

»Was ist mit dem Kater? Bleibt er hier, oder kommt er mit?«

»Er ist schon an Bord der *Ifrit,* hat aber nicht zugelassen, dass wir starten. Ich nehme an, er wollte, dass du von der Mission erfährst.«

»Das will ich doch hoffen!«, schnaubte Becker in seinen Schnurrbart. »Und das ist der einzige Grund, wieso du noch zu mir gekommen bist?«

»Natürlich nicht«, erwiderte sie. »Aber darüber sollten wir später reden. Die Zeit –«

»Zu Befehl. Ich weiß«, sagte Becker und winkte den anderen, während er sich wegzerren ließ.

Acorna und Aari hielten Kriegsrat mit Gill und Rafik.

»Glaubt ihr, ihr könnt das nötige Material auftreiben, um diese Aerosol-Torpedos herzustellen, die Becker beschrieben hat?«, fragte sie.

»Soll das ein Witz sein?«, fragte Gill. »Wir haben die besten Ingenieure zur Verfügung.«

»Und Onkel Hafiz hatte noch nie etwas gegen die lukrative Branche der Waffenindustrie«, fügte Rafik hinzu. »Mir fallen auf der Stelle mindestens sechs befreundete Kaufleute aus der Nachbarschaft ein, die uns sofort liefern könnten, was wir brauchen.«

»Gut«, erwiderte Acorna. »Miiri und Kaarlye können sich nicht daran beteiligen, aus dem Pflanzensaft Waffen herzustellen, aber da es einfach nur darum geht, das Zeug mit Salzwasser zu mischen, sollte es keine Probleme geben, wenn andere das übernehmen. Wir müssen zur Rankenwelt zurückkehren. Wir Linyaari müssen mit den Ranken sprechen und sie eventuell heilen, wenn die Khleevi sie wirklich verwundet haben.«

»Gute Idee«, sagte Gill. »Ein paar Kaufleute, die nicht dem Haus Harakamian angehören, werden vielleicht etwas dagegen haben, ihre Schiffe mit den Torpedos ausrüsten zu lassen, aber nach dem, was ich gesehen habe, ist das in diesem Sektor das einzig Vernünftige. Vielleicht sollten wir allen die Vids zeigen, die die Kamera auf dem Mond von der Wirkung des Safts auf die Khleevi gemacht hat, damit können wir skeptische Schiffseigner dazu überreden, die entsprechenden Umbauten vorzunehmen.«

»Ich werde mit denen reden, die Einwände haben, und dafür sorgen, dass sie sich die Vids ansehen«, bot Acorna an. »Immerhin wären diese Umbauten für ihren eigenen Schutz vor Angriffen der Khleevi wichtig.« Sie hielt einen Augenblick lang inne. »Es würde allerdings sicher helfen, wenn sich das Haus Harakamian bereit erklären würde, die Umbauten zu bezahlen.«

Rafik lachte. »Du fängst zwar an zu denken wie ein Kaufmann, aber nicht wie Hafiz' Adoptivtochter! Trotzdem, ich werde es bewilligen, und sei es nur, damit der alte Junge wieder auftaucht, um mir den Marsch zu blasen. Inzwischen freue ich mich über jede Hilfe dabei, die Kaufleute davon zu überzeugen, dass wir wie ein Team denken und vorgehen müssen. Ich tue mein Bestes, aber ich habe nicht Hafiz' Gabe, andere herumzukommandieren.«

»Ich werde sehen, was ich tun kann«, versprach Acorna. »Und Aari und ich haben eine etwas andere Vorstellung vom Pazifismus, wenn es um die Khleevi geht. Wir werden beide gern bei der Vorbereitung – und vielleicht auch bei der Anwendung – der Torpedos mitwirken, wenn das notwendig sein sollte, um die *Acadecki* zu retten«, sagte sie mit ein wenig bebender Stimme.

»Selbstverständlich«, erklärte Gill sachlich, »haben wir noch keinerlei Beweise dafür, dass die Khleevi tatsächlich für das Verschwinden von Calum, Hafiz und den Kindern verantwortlich waren.«

»Nein«, stimmte Rafik ihm zu. »Aber es ist schon ein ziemlicher Zufall, dass sie so kurz nach dem Angriff der Khleevi verschwunden sind. Ich denke, ob wir nun Beweise haben oder nicht, wir sollten auf das Schlimmste gefasst sein.«

»Natürlich«, meinte Acorna nachdenklich, »ist der Pflanzensaft nicht das Einzige, was die Khleevi töten kann. Auch die Kaufleute, die sich nicht zu einem Umbau ihrer Schiffe überreden lassen, haben einen gewissen Schutz, wenn ihre Schiffe bewaffnet sind.«

»Ja«, warf Aari ein. »Die Khleevi sind daran gewöhnt, sich ihre Beute bei Völkern wie dem meinen und den Niriianern zu suchen, die sich nicht mit Waffen wehren.«

Gill grinste. »Wir haben ja gesehen, dass sie genauso leicht explodieren wie jeder andere, wenn man ihnen was vor den Bug knallt.«

Rafik murmelte in den kurzen Bart, den er sich hatte stehen lassen, um als Oberhaupt des Hauses Harakamian etwas herrschaftlicher auszusehen. »Sicher, aber der Saft funktioniert besser als alles andere.«

Acorna und Aari erhoben sich. Rafik war ein wenig traurig. Ihr kleines Mädchen war zu einer schönen jungen Frau herangewachsen und hatte, wie es aussah, bereits einen Gefährten gefunden. Er hoffte, sie würden alle lange genug leben, dass er und Gill – und Calum und Hafiz – Linyaari-Enkel haben könnten.

Acornas Stimme brach, als sie sagte: »Ich hoffe, sie sind in Ordnung. Der Gedanke, dass sie in der Gewalt der Khleevi sind, ist einfach unerträglich.«

Der Computerabsturz war natürlich ein vorübergehendes Ärgernis, und Hafiz war ziemlich schlecht auf Calum zu sprechen, weil dieser so ein Theater machte. Die Panik des Kapitäns hatte Hafiz' Geschichte für die Kinder verdorben, und dabei hatten sie ihm gerade alle so aufmerksam gelauscht – ein Zustand, den Hafiz bei jedem Gegenüber bevorzugte, vor allem, wenn es sich um Kinder handelte.

Für zwei solche Tastaturzauberer wie ihn und Baird, ganz zu schweigen von der Hilfe, die einige Kinder leisteten, die auf diesem Gebiet recht begabt waren, stellte es kaum eine Herausforderung dar, den Schiffscomputer wieder arbeitsfähig zu machen. Ohne die zusätzliche Belastung durch die Holografie-Programme war der Strom schon bald wieder da, zusammen mit allen anderen Annehmlichkeiten.

Darunter befanden sich auch der Komschirm und das Teleskop-Sichtfenster. Hafiz war gerade mit letzten Verbesserungen bestimmter Navigationsberechnungen beschäftigt, als Baird ihm auf die Schulter tippte und auf das Sichtfenster zeigte.

»Ja, ja«, sagte Hafiz und blickte auf. »Gut, dass es wieder funktioniert ...«, und dann hielt er inne und starrte das unheimliche Schiff an, das dort draußen immer näher kam. »Oh-oh. Junge«, befahl Hafiz, »bring uns so schnell wie möglich von hier weg!«

»Das habe ich schon versucht«, erwiderte Calum. »Aber wir können nicht mehr fliehen. Wir hängen schon an ihrem Traktorstrahl.«

Die Kinder schrien erschrocken auf, und einige begannen zu weinen. Die beiden Linyaari, das Mädchen Maati, das so begabt im Umgang mit Hologrammen war, und der junge Thariinye drängten sich näher ans Steuerpult.

Plötzlich blitzte der Komschirm auf, und eines dieser hässlichen Käfergesichter glotzte sie höhnisch an, bevor es von einer Szene ersetzt wurde, in der Khleevi einen gefangenen Linyaari folterten.

»Oh nein, das werdet ihr nicht tun«, sagte Maati entschlossen. »Nicht noch einmal.«

Der Fahrer des Khleevi-Schiffs mit der Bezeichnung *Vierzehn Klacks und zwei Klicks* war der Erste, der seinen Traktorstrahl auf das Schiff mit den Lebensformen richtete.

Sobald er sie gepackt hatte, konnte er der Versuchung nicht widerstehen, nachzusehen, was sein Mut und seine Intelligenz ihnen da erbeutet hatten. Er konnte sein Glück kaum glauben. Das Schiff war voller Menschen – und die meisten von ihnen noch unreif! Das würde den Jungen gefallen. Und was noch besser war, es gab sogar zwei zarte Ein-Hörner an Bord.

Mit erheblich verbesserter Laune, die vom Eintreffen seiner Mitkämpfer nur wenig getrübt wurde, begann er, die Demonstration der diplomatischen Methoden der Khleevi gegenüber Fremdvölkern abzuspielen. Die Niriianer hatten sich als derart unbefriedigend erwiesen, dass der Fahrer sich entschloss, den Ein-Hörnern eine kleine Vorschau auf das zu geben, was sie erwartete, indem er ihnen vorführte, was sie unternommen hatten, um den Körper ihres letzten Ein-Horn-Gefangenen auseinander zu nehmen.

Das sollte ihre jugendlichen Emotionen entsprechend anwärmen und sie in Bereitschaft versetzen, so laut zu schreien, dass man sie bis zur Heimatwelt der Khleevi hören konnte, und den Jungen eine emotionale Vorspeise zu liefern, bevor ihnen das, was von den Gefangenen übrig blieb, übergeben wurde.

Der Fahrer konnte nicht widerstehen. Bevor er an Bord des Schiffes ging und die leckeren Ein-Hörner und die Menschen herausholte, wollte er einen Blick auf ihre Gesichter werfen und ihre Angst und ihr Entsetzen sehen, nachdem er ihnen diesen Film vorgespielt hatte. Doch das kleinere Ein-Horn starrte ihn nur an und fletschte die Zähne. Dann hob es einen Metallbehälter hoch, steckte eine behandschuhte Hand hinein und holte einen Batzen jenes schrecklichen, panzerfressenden Zeugs heraus, das es quer über den Komschirm schmierte.

Vielleicht würden die Jungen es ja vorziehen, die Ein-Hörner und Menschen selbst aus dem Lebensmittelbehälter zu holen.

Die *Acadecki* war einfach verschwunden.

Nadhari schüttelte ungläubig den Kopf. »Wie konnten sie nur so einfach verschwinden?«

»Hier ist ziemlich viel Platz«, meinte Becker lässiger, als er sich fühlte.

»Selbstverständlich«, sagte sie zuckersüß, als spräche sie mit jemandem, der gerade von nachtschwarzer Dummheit überwältigt worden war. »Aber die *Ifrit* und die anderen Sicherheitsschiffe kennen das Ionenprofil der *Acadecki* und aller anderen Schiffe vom Mond der Möglichkeiten. Und die Spur endet hier. So einfach ist das.«

»Ich wünschte, ich hätte meine Karten dabei«, sagte Becker. »Vielleicht gibt es in diesem Quadranten ein Bermuda-Dreieck.«

»Ein was?«

»Ach, vor langer Zeit gab es auf der alten Mutter Erde einen Bereich im Ozean, in dem Flugzeuge und Schiffe spurlos zu verschwinden pflegten. Man nannte ihn das Bermuda-Dreieck, und die Leute dachten –«

»Ja?«

»Dass vielleicht Außerirdische dafür verantwortlich wären.« Bei diesem letzten Satz wurde seine Stimme immer leiser.

»Das ist in diesem Fall durchaus möglich«, erwiderte Nadhari trocken.

»Kann dein Ionenspurenleser auch andere Ionenspuren feststellen – welche, die nicht von Hafiz' Schiff oder seinen Verbündeten hinterlassen wurden?«

»Zum Beispiel die von Khleevi-Schiffen?«, fragte sie. »Um ehrlich zu sein, ich weiß es nicht. Wir sind den Khleevi im Föderationsraum bisher nur einmal begegnet, und das ziemlich kurz. Ich werde aber nach fremden Spuren suchen.«

Sie arbeitete eine Weile am Steuerpult, das Gesicht vom Licht der bunten Kontrolllampen beleuchtet. »Ich hab sie.«

»Was?«

»Es war eine ganze Reihe anderer Schiffe hier. Alles recht ähnliche Spuren. Ich programmiere das Gerät neu, damit wir ihnen folgen können, aber die Spuren sind ziemlich wirr.«

»Glaubst du, dass es Khleevi waren?«

»Wer sonst? Es sind keine von unseren Schiffen.«

»Folgen Sie dem Ion vor uns.«

»Wie bitte?«

»Süße, du musst dir einfach mehr von meinen antiken Vids ansehen.«

Acorna und Aari hatten die *Condor* als erstes Schiff mit den Pflanzensaftgranaten ausgerüstet. Sie konnten ihren Umbau als Prototyp für eine Demonstration benutzen. Nach ein paar technischen Problemen, denen die *Condor* mit ihrem üblichen savoir-faire begegnet war, war der Umbau beendet und die *Condor* bereit für die Khleevi.

Acorna entschied, dass es am einfachsten wäre, alle anderen Kaufleute von ihrem Plan zu überzeugen, indem sie eine Versammlung einberiefen und allen gleichzeitig die Vids vorführten.

Nachdem die Vids zu Ende waren, war es im Versammlungsraum totenstill, als die Lichter wieder angingen.

Dann meldete sich Holland Barber, die Anwältin der Cascade-Frachtgesellschaft, die die Ausschreibung für den Transport von Waren zum Mond der Möglichkeiten gewonnen hatte, zu Wort. »Fräulein Harakamian-Li«, begann die schmalgesichtige Blonde im silberfarbenen Synseide-Kostüm mit kurzem Rock. »Ihre Behauptungen, dass wir unsere Schiffe auf so drastische Weise umbauen müssten, um einem Fremdvolk zu begegnen, das – wenn man Ihrem eigenen Film glauben will – von diesem klebrigen Zeug beinahe vernichtet wurde, erscheinen uns unbegründet. Sie übertreiben in geradezu lächerlicher Weise. Da Herr Harakamian vermisst wird, ist nicht einmal anzunehmen, dass der Mond der Möglichkeiten weiter in Betrieb bleibt. Warum sollten wir daher unnötige Modifikationen unserer Schiffe vornehmen, wenn wir einfach davon ausgehen können, dass wir auf Grund Ihres Mangels an Voraussicht, was die Gewährleistung eines zufriedenstellenden Geschäftsklimas angeht, ohnehin nicht mehr an unseren Vertrag gebunden sind? Wir werden uns einfach zurückziehen und in den Föderationsraum zurückkehren.«

»Das ist zweifellos Ihr gutes Recht«, sagte Acorna freundlich. »Aber ich möchte Sie daran erinnern, dass die *Acadecki* bei dem Versuch verschwunden ist, genau das zu tun – in den Föderationsraum zurückzukehren.«

Die knochige Blonde bedachte Acorna mit einem herablassenden Blick. »Das war ein einzelnes kleines Schiff, Fräulein Harakamian-Li. Wir haben eine ganze Flotte. Ich kann mir kaum vorstellen, dass diese Weltraumschaben uns für ein leichtes Ziel halten.«

»Die Entscheidung steht Ihrem Klienten vollkommen frei, Fräulein Barber«, entgegnete Acorna.

In diesem Augenblick kamen Aari und Mac hereingestürzt. »Entschuldige, Khornya. Aber Mac hat gerade einen Funkspruch aufgefangen, der für diese Versammlung vielleicht von Bedeutung ist.«

»Ja?« Holland Barber, die sich noch nicht wieder hingesetzt hatte, tat so, als wäre sie die Leiterin dieser Versammlung.

»Die Khleevi sammeln sich zu einem Angriff auf Narhii-Vhiliinyar«, sagte Aari.

»Und das ist?«, fragte Holland Barber.

»Der Heimatplanet der Linyaari«, antwortete Aari. »Unser Heimatplanet.«

»Ich verstehe nicht, was Ihr Heimatplanet, so lieb er Ihnen auch sein mag, mit meinem Klienten zu tun haben soll«, erklärte die Anwältin.

»Gar nichts«, erwiderte Acorna. »Nur, dass Narhii-Vhiliinyar der wichtigste Planet unter denen ist, mit denen Onkel Hafiz vom Mond der Möglichkeiten aus Handel treiben wollte.«

»In anderen Worten, Holland«, warf Michaela Glen von der Hudson-Gesellschaft für Interplanetarische Immobilien ein, »Kundschaft. Wenn Sie sich hier wirklich noch stundenlang über ein paar Umbauten streiten wollen, für die das Haus Harakamian auch noch bezahlt, um das knauserige Firmenhinterteil Ihres Klienten zu retten, während diese Schaben die potenziell profitabelsten Handelspartner in der Geschichte der Föderation auffressen, dann machen Sie ruhig weiter. Aber Hudson wird in die Fußstapfen unserer ruhmreichen Raumfahrer-Gründer treten und nicht nur die Schiffe für Kampfzwecke umbauen, sondern auch kämpfen, um unsere Handelsinteressen zu schützen.«

Die Kaufleute applaudierten.

Becker und Nadhari hatten große Schwierigkeiten, der Ionenspur zu folgen, als sich Acorna bei ihnen meldete. »Kapitän, Mac hat einen Funkspruch der Khleevi-Flotte aufgefangen. Sie sammeln sich in der Nähe von Narhii-Vhiliinyar.«

»Wir sind schon unterwegs, Prinzessin«, erwiderte Becker. »Haben deine Onkel die Safttorpedos fertig?«

»Ja, Kapitän. Das gesamte vorhandene Personal ist damit beschäftigt, den Saft zu sammeln und ihn zu verdünnen, und Gill sagt, die Ingenieure haben ein paar sehr wirkungsvolle Torpedos entworfen und statten jetzt die Schiffe damit aus. Die *Condor* ist startbereit. Habt ihr irgendeine Spur von der *Acadecki* gefunden?«

Becker warf Nadhari einen Blick zu. Er hätte Acorna am liebsten verschwiegen, was er wusste.

»Wir haben keine Spur von ihnen, Acorna«, sagte Nadhari brüsk. »Aber es gibt andere Spuren, die auf die Anwesenheit von Khleevi-Schiffen hinweisen. Wir wollten ihnen gerade folgen, aber nun sieht es so aus, als wüssten wir schon, wohin sich die Khleevi von hier aus gewandt haben.«

»Ja«, erwiderte Acorna. »Aber es ist seltsam, dass ihr Spuren an einer Stelle gefunden habt, deren Koordinaten so weit von Narhii-Vhiliinyar entfernt sind.«

»Na ja«, meinte Becker. »Diese Käfer kommen eben weit herum.«

Zwanzig

Es war der Raumhafen auf Narhii-Vhiliinyar, der den ersten schweren Treffer des Raketenangriffs der Khleevi hinnehmen musste. Die dritte Angriffswelle machte den größten Teil des Technokünstlerdorfes dem Erdboden gleich, darunter auch die riesigen Evakuierungsschiffe, die die Linyaari benutzt hatten, um von ihrer ehemaligen Heimatwelt hierher zu fliehen.

Da die Linyaari im Stande waren, nicht nur Wunden und Krankheiten, sondern auch Gebrechlichkeit zu heilen, waren selbst die Alten nicht schwächlich, und die Reihen von Flüchtlingen, die auf die Höhlen in den Hügeln zumarschierten, wo die Ahnen wohnten, kamen rasch voran.

Die Komdiensthabende dieses Tages kam allerdings kaum mit ihrem Leben und dem tragbaren Kom davon, als ihre Dienststation hinter ihr explodierte.

Es gab nur wenig Bäume auf Narhii-Vhiliinyar, doch außerhalb der Wiesen, die zum Grasen benutzt wurden, war das Gras höher als die größten Linyaari und bot Sichtschutz. Die Ratsmitglieder zeigten den Bürgern die richtigen Pfade und führten sie hindurch. Die Betreuer der Ahnen kamen den Flüchtlingen an vorher festgelegten Orten entgegen und brachten sie von dort aus zu den Höhlen.

Zunächst waren die Flüchtlinge durch den Beschuss kaum gefährdet, sobald sie erst die Städte und Hauptsiedlungen hinter sich gelassen hatten.

Schweigend zogen sie zu den Höhlen. Nur das gelegentliche Weinen eines Kindes oder das Räuspern eines älteren Liinyar unterbrach die gedämpften Geräusche fester Schritte und das Rauschen und Rascheln, als die Linyaari sich rasch durch das hohe Gras drängten. Ein einziger Gedanke leitete alle: »Ruhe. Frieden. Bewegt euch rasch, aber leise. Helft euren Nachbarn, wenn sie stürzen.« Die Stimmen, in denen alle diesen Gedanken hörten, waren die derer, die sie am meisten liebten und denen sie am meisten vertrauten. Und die Meistgeliebten und Vertrauenswürdigsten hörten den Gedanken in der Stimme von Großmama Naadiina.

Dann dehnten die Khleevi den Beschuss über die Städte hinaus aus, und das hohe Gras, in dem immer noch Hunderte unterwegs waren, geriet in Brand. Linyaari rannten und schrien und stürzten, und einige wurden niedergetrampelt.

Die Khleevi, die um den Planeten kreisten, waren erfreut, endlich zu spüren, wie Angst in nahrhaften Wellen von der Planetenoberfläche aufstieg. Die Übertragung dieses Angriffs würde die Jungen ein wenig länger zufrieden stellen, bis die Schiffe landen und die Gefangenen einladen konnten.

Die Schiffe des Hauses Harakamian sammelten sich unter dem Kommando von Nadhari. Die meisten Sicherheitsschiffe brauchten nur die Torpedos in ihre Geschützbuchten zu laden, um kampfbereit zu sein. Die Anwältin der Cascade-Frachtgesellschaft wurde von ihren Klienten überstimmt, obwohl man ihr und anderen Nicht-Überzeugten ein Schiff zur Verfügung stellte, um zurück zum Hauptquartier des Unternehmens zu fliegen. Holland Barber hatte, wie Rafik Acorna erklärte, bei ihrem Protest nicht begriffen, dass ihr Unternehmen eine Tochtergesellschaft war, die einem entfernten Verwandten von Hafiz gehörte, dessen Wohlstand wiederum weitgehend vom Haus Harakamian abhing.

Acorna und die anderen Linyaari verbrachten inzwischen so viel Zeit wie möglich bei den Pflanzen der Rankenwelt. Die Ranken schienen in dem Meer von Saft, das sie selbst hervorgebracht hatten, regelrecht zu gedeihen; sie verströmten einen angenehmen Blütenduft, als wäre der ganze Planet nichts anderes als ein großer, unschuldiger Blumenstrauß. »Der Saft, der die Käfer tötet, hat offenbar für die Pflanzen eine heilende Funktion«, sagte Miiri.

»Ein Glück, dass er auf die Khleevi nicht so wirkt«, meinte Aari mit einem dünnen, angespannten Lächeln.

Ein paar weniger gefechtstüchtige Schiffe bildeten die Nachhut der rasch zusammengestellten Kampfflotte. Sie formten eine Nachschublinie bis zur Rankenwelt, um jene Schiffe neu zu versorgen, die, wie man optimistischerweise hoffte, bei dem Angriff auf die Khleevi und deren Schiffe alle ihre Safttorpedos abschießen würden.

Becker verpasste inzwischen den Kapitänen und Navigatoren einen rasanten Schnellkurs in Astrophysik.

»Wenn wir die Raumfalten zur Deckung nutzen, können wir dahinter hervorsausen und den Käfern eines verpassen, ehe sie auch nur ahnen, wo wir herkommen. Aber da wir so viele sind, müssen wir dies nach einem strengen Rotationsprinzip durchführen, sonst rammen wir einander oder schießen uns gegenseitig ab.«

Becker hatte ursprünglich vorgehabt, auf die *Condor* zurückzukehren, mit ihr in die Schlacht zu fliegen und Acorna und Aari bei den anderen Linyaari auf der Rankenwelt zurückzulassen – dem einzigen Ort, an dem sie vor einem Angriff der Khleevi sicher wären.

Doch die Khleevi sammelten sich rasch vor Narhii-Vhiliinyar, und statt wie bei früheren Angriffen Fähren mit Bodentruppen auszusenden, begannen sie mit einer massiven Bombardierung des hilflosen Planeten. Becker blieb bei Nadhari, die Spähflüge unternahm, um die Position der Khleevi auszukundschaften, die den Planeten mit ihren Schiffen ebenso umkreisten, wie sie es bei der Rankenwelt getan hatten.

»Also seid ihr auf euch selbst gestellt, Kinder«, sagte Becker bei seinem letzten Funkspruch an die *Condor* zu Acorna, bevor der Kampf begann. »Ich werde den alten Pott vermissen, aber die *Ifrit* ist leichter und manövrierfähiger, und Nadhari braucht mich, wenn es darum geht, die Schiffe umeinander zu fädeln, wenn wir eine Chance gegen die Khleevi haben wollen. Aari, sorg dafür, dass Mac dir berichtet, was er aus dem Funkverkehr der Khleevi entziffern kann, und wenn uns das weiterhilft ...«

»In letzter Zeit waren sie kaum noch zu verstehen, Kapitän«, meinte Aari betrübt. »Es klacken so viele gleichzeitig, dass Mac keine individuellen Botschaften mehr herausfiltern kann. Und die Geräusche der Raketen stören unsere Empfänger ebenfalls.«

»Wir werden bald selbst anfangen, Krach zu machen«, sagte Becker. »Passt auf euch auf, Leute.«

»Du auch, Joh«, erwiderte Aari und berührte den Komschirm.

»Pass auf dich auf, Becker, und auch auf die anderen«, sagte Acorna.

Sie fühlte sich vollkommen hilflos. Bei anderen Kämpfen hatte sie etwas tun können, hier jedoch standen sie mehr oder weniger auf verlorenem Posten. Der Saft nützte gegen die Khleevi. Vielleicht konnten sie rechtzeitig vertrieben werden, um die Linyaari zu retten, wenn auch nicht den Planeten selbst, doch es fiel ihr schwer zu glauben, dass diese Kombination aus Sicherheitskräften des Hauses Harakamian und Zivilschiffen eine Chance gegen die Horden des Khleeri haben sollte.

Noch bedrückender war im Augenblick allerdings, dass Becker und Nadhari bei ihren Spähflügen keine Spur der *Acadecki* gefunden hatten, und auch Mac in den Khleevi-Funksprüchen, die die *Condor* mit ihrem Stakkato erfüllten, nichts über sie gehört hatte.

Der Fahrer des Khleevi-Schiffs mit der Bezeichnung *Vierzehn Klacks und Zwei Klicks* war nicht, wie seine Nicht-Khleevi-Feinde manchmal annahmen, vollkommen unfähig zu unabhängigem Denken und Handeln. Ganz im Gegenteil. Der Fahrer, der nun versuchte, das Schiff mit nur fünf Füßen zu bedienen, nachdem er den sechsten geopfert hatte, wusste, dass er nicht mehr lange leben würde, sobald er sich wieder den anderen Khleevi anschloss.

Als der Hauptschwarm die wahre Heimat der Ein-Hörner entdeckt und mit der Bombardierung begonnen hatte, war er so entsetzt, dass er einen Sonderenergiestoß an die Jungen aussandte. Seine wunderbare Beute, die er so glücklich eingefangen und so bereitwillig zu den Jungen geflogen hatte, würde angesichts dieser neuen Entdeckung unbedeutend sein – es sei denn, er und die anderen leisteten ihren Beitrag zur Ernährung der Jungen bereits, bevor der Schwarm mit seinen Gefangenen zurückkehrte.

Einige andere Versprengte waren kaum mehr als Ballast. In seinem Flügel waren ursprünglich sechs Schiffe gewesen, und er wusste mit Sicherheit, dass auf dreien davon niemand mehr am Leben war. Niemand bediente die Komeinheiten, und die Schiffe wurden nur noch von dem Traktorstrahl geführt, der die *Vierzehn Klacks und zwei Klicks* und die beiden anderen Schiffe, von deren Besatzungsmitgliedern immer noch einige lebten, mit dem erbeuteten Schiff verband.

Der einzige Trost für den Fahrer bestand darin, dass viele Schiffe im Schwarm nicht besser dran waren als sein eigenes – und als die anderen seines Flügels. Die Funksprüche, die er empfing – und ignorierte – waren häufig ungeordnet und unsinnig, und er nahm an, dass nur die Struktur des Schwarms viele der Schiffe an Ort und Stelle hielt.

Vierzehn Klacks und zwei Klicks würde nicht der Schwarmlinie folgen. So schnell es mit einem fremden und drei Khleevi-Schiffen als Ballast möglich war, plus den beiden anderen, deren Fahrer, wie er annahm, stärker unter den Auswirkungen der verseuchten Fähren litten als er, flog er auf die Heimatwelt und die Jungen zu.

Die Bombardierung von Narhii-Vhiliinyar wurde fortgesetzt, und auch Acornas Pflichten als Heilerin nahmen kein Ende.

Als Erste zeigte Aaris Mutter Miiri Auswirkungen dessen, was auf ihrem Heimatplaneten geschah. Bei ihren Versuchen, auf der Rankenwelt noch mehr Pflanzensaft zu sammeln, wurde sie immer zerstreuter und verwirrter. Kaarlye erklärte, sie empfinge telepathische Signale von ihrem Planeten und spüre das Leiden ihres Volkes. Schließlich schrie sie plötzlich auf, brach zusammen und fiel mit dem Gesicht nach unten in eine Saftpfütze. Bis die anderen sie herausgezogen hatten, war sie schon beinahe erstickt.

Acorna, Neeva, Melireenya und Khaari legten Miiri ebenso wie

Kaarlye ihre Hörner auf, um sie wiederzubeleben. Doch es waren nicht die körperlichen Auswirkungen ihres Sturzes, die die Bewusstlose schreien und um sich schlagen ließen.

»So war sie auch, als die Khleevi Aari gefoltert haben«, sagte Kaarlye.

»Das verstehe ich nicht«, meinte Liriili. »Das nützt doch niemandem.«

Doch als die Zeit verging und weitere Berichte über die Feuer auf den Feldern, die Zerstörung der Städte und die fortgesetzte Bombardierung der Planetenoberfläche eintrafen, forderten die schlechten Nachrichten weiteren Tribut. Zunächst erlagen Melireenya und Khaari, dann auch Neeva und schließlich Kaarlye derselben Art von Verwirrung und Panik, mit der die Verschlechterung von Miiris Zustand begonnen hatte.

Selbst Aari versuchte, sein nachwachsendes Horn einzusetzen, um seinen Eltern und der Besatzung der *Balakiire* zu helfen. Er hatte nicht mehr Glück dabei als die anderen.

Acorna hatte nicht lange genug auf Narhii-Vhiliinyar gelebt, um eine derart intensive Verbindung zu den Linyaari dort aufzubauen, wie sie nun bei den anderen zu diesen Symptomen führte, doch sie vermisste Calum und Maati, Großmama und Hafiz und sogar Karina. Gar nicht zu reden von all den Kindern, denen sie geholfen hatte, sich aus der Sklaverei zu erheben, nur damit sie nun einem noch schlimmeren Schicksal zum Opfer fallen sollten. Jana würde sich um die anderen kümmern, und Maati würde ihr helfen. Ebenso wie Thariinye, der kein übler Bursche war, nur hin und wieder ein wenig eingebildet.

Calum hatte sie aufgezogen und war manchmal ihr engster Freund gewesen. Wenn sie mit jemandem dort draußen verbunden war, dachte sie, dann am ehesten mit ihm. Aber sie empfing nichts von ihm. Nichts. Leider hatte der starrköpfige Kaledonier zwar den Pragmatismus und den Einfallsreichtum der Besten seines Volkes geerbt, jedoch nichts von ihren eher magischen Eigenschaften.

Großmama hatte in ihrem langen Leben viel durchgemacht, doch nicht einmal der Khleevi-Angriff auf Vhiliinyar war so schrecklich gewesen. Damals hatten die Linyaari entkommen können. Nun waren sie auf ihrem eigenen Planeten in einen Hinterhalt geraten, ihre Fluchtwege waren abgeschnitten, und der Boden wurde ihnen rasch unter den Füßen weggeschossen.

Der Lärm rings um sie her war nicht schlimmer als der in ihrem Kopf. Ihr Volk starb. Es *starb*. Viele lagen bereits tot im verkohlten Gras, und sie konnte nichts tun. Das Schrillen der Totenlieder in den Höhlen war auf seine eigene Weise ebenso laut wie die Raketen.

Und nun waren es nicht nur Raketen, sondern ganze Schiffe, die vom Himmel fielen – große Brocken von ihnen gingen überall nieder wie gleißende Meteore des Todes.

Großmama heilte Brandwunden und Brüche, Druckverletzungen und Schocksymptome und versuchte dabei ununterbrochen, Ruhe und Beherrschtheit auszustrahlen, wie es auch all die anderen Ältesten taten. Doch nie zuvor hatte sie jedes einzelne Jahr ihres Alters so deutlich gespürt. Die Ahnen versuchten zu helfen, aber ihre Energie war noch älter als die von Großmama, und auch sie waren nicht immun gegenüber dem Chaos und der Tragödie, die so unvermittelt auf sie herniederbrachen.

Großmama blickte plötzlich aufgeschreckt von der stark verbrannten Leiche des jungen Hiiri auf, den das erste Grasfeuer getötet hatte. Eine der Ahninnen kam aus einer nahe gelegenen Höhle geschossen und galoppierte über die verkohlten Stoppeln, die von dem hohen Gras geblieben waren; sie sprang anmutig über den kleinen Fluss, der von einer unterirdischen Quelle in den Hügel gespeist wurde, und stürzte sich von dort aus ins hohe Gras auf der anderen Seite. Großmama sah zu, wie das Gras sich teilte und eine Reihe von Gestalten, schwer beladen mit Kisten und Kästen, durch das Gras auf die Ahnin zuschlurften. (*Aagroni Iirtye!)*, rief Großmama in Gedanken. (Dein Labor hätte als eines der Ersten evakuiert werden sollen!)

(Wir konnten doch nicht all die Jungen zurücklassen, die wir aus den Resten der Tiere von Vhiliinyar gezüchtet haben!), erklärte der *Aagroni* empört. (Wir haben ein wenig länger gebraucht, um sie einzupacken, aber alles ist sehr gut gegangen.)

Die Ahnin hatte ihre Dienste als Lastträger angeboten. (Selbstverständlich konntet ihr das nicht tun!), erwiderte Großmama. (Eure Hingabe an eure Schutzbefohlenen ist lobenswert.) Sie wandte sich wieder der rauchigen Höhle hinter ihr zu, um jemanden, der jünger und kräftiger war als sie zu bitten, mit den Bündeln zu helfen.

Der Feuerball raste an ihr vorbei, als sie sich umdrehte, und als sie herumfuhr, war er schon im hohen Gras gelandet. Sie konnte die Ahnin und den *Aagroni* nicht mehr sehen, aber sie hörte die Schreie und das verzweifelte Wiehern der Ahnin. Ein Betreuer kam aus der Höhle gerannt, doch Großmama war noch vor ihm aufgesprungen.

Sie versuchte, schneller zu sein als die Flammen, wollte sie umgehen, um die Wissenschaftler hinter ihnen zu erreichen, oder die Ahnin. All diese kostbaren Wesen durften nicht sterben! Sie hatten in so kurzer Zeit bereits so viel verloren. Dies durfte ihnen nicht auch noch genommen werden!

Doch sie sah nichts als Feuer. Sie hörte das Tosen der Flammen und die Schreie, und sie sah die Ahnin aus dem Feuer springen, die Laborkäfige auf dem Rücken, die Mähne in Flammen, bevor sie im Fluss landete. Großmama sprang selbst ins Wasser, sodass ihre Kleidung klatschnass war, und dann vollführte sie mit Körper und Geist einen gewaltigen Satz und sprang in die Flammen.

Nach zahllosen Stunden der Heilarbeit, während derer sie versucht hatte, Neeva, Khaari, Melireenya, Miiri und Kaarlye zu beruhigen, ruhte Acorna sich aus. Aari half ihr, indem er die Hände seiner Eltern hielt, ihnen leise von seiner Kindheit erzählte und sie an die spirituellen Lehren der Linyaari erinnerte, die besagten, dass geliebte Seelen mit dem frischen Geist der Jungen zurückkehren.

Acorna war schließlich eingeschlafen, während sie seiner Stimme lauschte. Sein Horn war noch nicht genug gereift, als dass er damit hätte heilen können, doch was er tat, war eine große Hilfe. Mehr als Liriili, die nur die Hände rang und verlangte, dass jemand endlich etwas *unternehmen* solle. Sie schien sehr aufgebracht darüber zu sein, dass all diese Außenseiter nun wussten, wo Narhii-Vhiliinyar sich befand. Auf völlig irrationale Weise schien sie irgendwie nicht zu begreifen, dass die Khleevi den Planeten bereits gefunden hatten. Und es wurde etwas unternommen. Die Bombardierung der Linyaari-Welt stieß jetzt auf Widerstand von außen, auf die moskitoähnlichen Angriffe der Vereinigten Streitkräfte des Mondes der Möglichkeiten. In den Berichten, die über die Nachschubkanäle kamen, hieß es, die Angriffe seien erfolgreich. War ein Khleevi-Schiff erst einmal mit Saft beschossen, blieb es nicht mehr lange flugtüchtig.

Andererseits erreichte auch ein seltsames Gerücht die Rankenwelt. Viele Khleevi-Schiffe, die gar keine Treffer abbekommen hatten, waren noch vor dem Angriff der Schiffe vom Mond der Möglichkeiten abgestürzt. Direkte Berichte von der Front waren selten und angespannt, also war Acorna nicht in der Lage gewesen, mit jemandem darüber zu sprechen, der vor Ort war, aber sie nahm an, dass ein Teil des Khleevi-Schwarms seit dem Angriff auf die Rankenwelt mit dem Saft infiziert war.

Die Schiffe vom Mond der Möglichkeiten hatten tatsächlich erst vor relativ kurzer Zeit angegriffen – vor weniger als achtundvierzig Stunden –, doch der seelische Schaden durch die telepathische Verbindung zwischen den Linyaari auf Narhii-Vhiliinyar und Aaris Eltern und der Besatzung der *Balakiire* hatte sich bereits gezeigt, als die erste Bombe der Khleevi die Oberfläche des Planeten traf.

Acornas Träume waren unruhig und beängstigend: Sie rannte, versteckte sich, wich aus, während rings um sie her ihre Welt zerfiel. Ein Teil ihres Geistes wusste, dass dies nicht nur ein Traum war. Dennoch, die Bande der Empathie, die sie mit ihren Freunden und Verwandten verbanden, begannen, auch sie in den Sumpf der

Emotionen zu ziehen, die die Linyaari auf ihrem Heimatplaneten empfanden.

Plötzlich machten Schreie Acornas unruhigem Schlaf ein jähes Ende, und sie riss die Augen auf. Sämtliche Linyaari, auch Liriili und Aari, hatten laut aufgeschrien.

»Was ist denn?«, fragte sie und kam mühsam auf die Beine.

»Großmama«, rief Neeva.

»Großmama«, wiederholten Kaarlye und Miiri.

»Und Maati«, fügte Aari staunend hinzu.

In dem Augenblick, als Großmama in die Flammen sprang, schlief Maati ebenfalls. Sie und Thariinye hatten alle Hände voll damit zu tun, die Kinder zu beruhigen und sie wenn möglich von den Ängsten zu heilen, die sie doch schließlich mit ihnen teilten. Dass Hafiz und Karina sich ebenfalls ganz offensichtlich fürchteten, half dabei nicht besonders.

»Hört mal«, hatte Maati zu den anderen gesagt, »ich glaube, es gefällt den Khleevi, wenn sie uns Angst einjagen. Irgendwie macht ihnen das Spaß. Je mehr Angst wir also haben, desto mehr freuen sie sich. Können wir nicht versuchen, ihnen diesen Spaß zu verderben?«

Jana nickte verständnisvoll. »Ein paar Aufseher in den Minen waren auch so. Und Kheti hat gesagt, dass auch ein paar Kunden in den Freudenhäusern so waren. Es hat ihnen Spaß gemacht, die Mädchen zu ängstigen und ihnen wehzutun, denn das war es, was sie wirklich wollten, nicht Sex.«

»Ich kann nichts dagegen tun«, flüsterte Chiura und drängte sich an Jana. »Ich habe Angst.«

Karina Harakamian hörte auf zu zittern und versuchte, sich zusammenzunehmen. »Ich weiß was. Wir könnten zusammen singen. Kennt einer von euch das Lied ›Kum-ba-ya?‹ Es stammt aus der antiken Erdkultur und ist sehr hypnotisch.«

Keiner kannte es. Karina sang es ihnen vor. Es war ein langsames Lied, und alle schwankten dazu, wie sie es ihnen vormachte, aber es war zu langweilig. Es änderte nichts an ihrer Stimmung und nahm ihnen nicht die Angst.

Calum Baird, der nun nichts mehr zu tun hatte, meinte schließlich: »Das ist ein hübsches kleines Lied, Karina, aber jetzt haben wir es zwanzigmal wiederholt. Sollen wir mal was anderes versuchen? Ich kenne auch ein paar Lieder. Das hier habe ich mal von Giloglie gelernt, als wir sturzbesoffen waren. Sein Volk hatte was für Lieder übrig. Wir haben das hier und ein paar andere immer Acorna vorgesungen, als sie noch klein war.«

Also brachte er ihnen alles bei, was er an alten irischen Volksliedern kannte, und Maati und Thariinye konnten endlich in einen erschöpften Schlaf sinken.

Und dann spürte sie die Flammen und hörte zum ersten Mal in ihrem Leben Großmama schreien, und auch sie erwachte schreiend. Thariinye schrie ebenfalls. Dann war Großmama irgendwie verschwunden, aber jemand anderes war in ihrem Kopf.

»Maati? Maati, wo bist du? Hier ist Aari. Sende weiter. Ich komme dich holen.«

Einundzwanzig

(Nein!) Maatis Gedanken waren laut und klar, und sowohl Aari als auch Acorna hörten sie, obwohl Miiri und Kaarlye beinahe sofort in ihre telepathischen Albträume zurückgesunken waren. (Hier sind überall Khleevi-Schiffe. Sie bringen uns irgendwohin.)

(Kannst du ihre Gedanken verstehen, Maati?), fragte Aari sie.

(Ein … ein bisschen. Ich weiß, dass sie uns wehtun wollen, aber ich habe einem von ihnen Angst eingejagt, indem ich Saft auf den Bildschirm geschmiert habe.)

(Das ist gut), lobte Aari. (Haltet sie davon ab, euch aus dem Schiff rauszuholen.)

(Maati, frag Calum, was eure Koordinaten sind), sagte Acorna.

(Geht nicht), erwiderte Maati.

(Ist er verwundet?), fragte Acorna erschrocken.

(Nein, er ist vollauf damit beschäftigt, in die Hände zu klatschen, zu stampfen und zu brüllen. Alle anderen tun das auch, also wird er mich nicht hören können. Aber ich kann die Koordinaten selbst ablesen.) Sie schwieg einen Augenblick lang, dann gab sie ihnen ihre derzeitige Position durch.

(Sende weiter), sagte Aari. (Wir sind schon unterwegs).

Die Koordinaten waren absolut nicht in der Nähe von Narhii-Vhiliinyar.

Der Khleevi-Schwarm umkreiste immer noch in zwanzig Ringen Narhii-Vhiliinyar. Blüten roten Feuers flammten aus den inneren Schiffen, wenn sie ihre Raketen auf den Planeten abschossen. Dann drehten die Schiffe zum äußersten Ring bei und wurden von neuen ersetzt.

Bis vor kurzem hatte niemand, der diese Schlachtenformation je gesehen hatte, überlebt, um davon berichten zu können. Hundert Prozent Zielgenauigkeit, Dominanz und Dezimierung waren garantiert. Normalerweise setzten die inneren Schiffe Fähren mit Bodentruppen statt Bomben ab, manchmal jedoch kamen die Bomben zuerst, um den Widerstand des Feindes zu brechen, bevor die Truppen landeten. Diesmal war geplant, dass die Mutterschiffe selbst landen und die Gefangenen aufsammeln sollten.

Diese Strategie war über lange Zeit erprobt worden und eignete sich perfekt, wenn sie gegen Planeten ohne eigene Raketen oder andere Verteidigungsanlagen eingesetzt wurde. Gegen Planeten wie Narhii-Vhiliinyar.

Die Aufmerksamkeit eines jeden Schiffs konzentrierte sich auf das Innere des Rings. Auf das Ziel, obwohl in dieser Formation viele Schiffe durch eine Substanz abgelenkt waren, die von beschädigten Fähren und verwundeten Besatzungsmitgliedern aus der Schlacht um die Rankenwelt an Bord gebracht worden waren. Diese Substanz war ebenso gnadenlos wie die Khleevi selbst; sie drang überall ein, breitete sich über alle Oberflächen aus, und wo immer sie auf einen Panzer oder ein Khleevi-Exoskelett stieß, brannte und fraß sie sich hindurch und breitete sich dabei noch schneller aus. Genau wie die Khleevi. Wirklich genau wie die Khleevi.

Die Besatzungen der Schiffe, die infiziert worden und beim Schwarm geblieben waren, baten die anderen Schiffe nicht um Hilfe. Sie wussten nicht genau, was sie schwächte und ihnen solches Leid verursachte, aber sie wussten, dass auf Schwäche Eliminierung folgte, also gaben sie ihr Leiden den Jungen und machten weiter wie bisher.

Neun Klacks und zweiundsiebzig Klicks war gerade zum äußersten Ring zurückgekehrt, als sein Rumpf implodierte und die Brücke von brennendem, klebrigem gelbem Saft und dem schrillen *Iiii* der Besatzung erfüllt war.

Neun Klack und zweiundsiebzig Klicks hatte nicht zu den Schiffen gehört, die im Orbit um die Rankenwelt infiziert worden waren. Doch die Besatzung hatte beobachtet, dass viele andere Schiffe Fähren und Besatzungsmitglieder aufgenommen hatten, die in jenem Kampf beschädigt worden waren. Zweifellos war eines davon nun defekt. Der Fahrer von *Neun Klacks und zweiundsiebzig Klicks* dachte in dem Sekundenbruchteil, der ihm noch blieb, bis ihn der verflüssigte Saft überzog, dass dies genau die Art Vorfall war, die es unbedingt notwendig machte, die Schwachen immer wieder zu eliminieren.

Zweiundsiebzig Klacks und neun Klicks andererseits hatte sechs Besatzungsmitglieder, die unterschiedlich stark von dem Pflanzensaft befallen waren. Als dieses Schiff von gewöhnlichen Raketen getroffen wurde, fragte sich der Fahrer, bevor sein Schiff gegen sechzehn andere Schiffe krachte, die wiederum auf ihrem Weg zur Planetenoberfläche mit anderen zusammenstießen, woher der Schwarm wohl gewusst hatte, dass sein Schiff infiziert war. Und warum sie mit der Eliminierung nicht bis nach dem Kampf gewartet hatten. Aber inzwischen war diese Frage selbstverständlich nur noch rhetorischer Natur.

»Das ist ja das reinste Scheibenschießen«, beschwerte sich Nadhari, doch sie war nicht unglücklich darüber.

»Mich erinnert es eher an Billard«, sagte Becker. »Schau dir diesen Abpraller an!«

»Hat hier jemand nach Ryk O'Shay gefragt?«, drang eine Stimme aus der Komanlage. »Ich bin hier bei Käpt'n Glen im Saftschiff *Bananas* von Hudson-Immobilien. Und wir empfangen Sie klar und deutlich, Kommandantin! Einer von den Käfern ist gerade auf einer unserer Schalen ausgerutscht und durch die Khleevi-Formation gekracht, wobei er, na, sagen wir mal zehn oder zwölf seiner kleinen Käferfreunde mitgerissen hat, und jeder von denen hat wieder zehn angedotzt.«

»Das ist alles sehr unsportlich«, meinte Kapitän Glen. »Und ich frage mich, ob wir den Saft hier nicht verschwenden. Was immer da passiert, es sieht so aus, als würde sich ihre eigene Taktik gegen sie wenden. Sie sind offenbar auf einen Angriff von außerhalb ihrer Formation überhaupt nicht vorbereitet.«

»Roger, Käpt'n Glen«, sagte Becker. Das Scan der *Ifrit* bot ihnen einen guten Blick auf die Khleevi-Formation.

»Au contraire, ma capitaine«, schaltete sich Adina Dimitri vom Intergalaktischen Reinigungsunternehmen Hausgöttin ein, das eine Unzahl von Reinigungsprodukten herstellte und den besten Haushalts- und Heimdekorationsservice der Föderation anbot. »Wir haben hier Statistiken gesammelt, und unseren Zahlen zufolge treffen die Schiffe, die mit Saftgranaten getroffen wurden, dreimal mehr andere als jene, die von konventioneller Munition zerstört wurden. Die Saftgranaten sind deutlich überlegen.«

»*Ifrit,* hier spricht die *Condor.* Wir rufen die *Ifrit*«, knisterte es aus der Fernverbindung.

»Aari, Acorna, wir haben hier wirklich unseren Spaß. Ich wünschte, ihr könntet bei uns sein.«

»Joh.« Aaris Gesicht auf dem Komschirm war ernst und hoffnungsvoll. »Khornya und ich versuchen, mit der *Condor* die *Acadecki* zu finden. Meine Schwester hat uns gerade die Koordinaten übermittelt.«

»Oh, fein, ich bin froh, dass es ihnen gut geht«, sagte Becker.

»Es geht ihnen nicht gut, Kapitän«, widersprach Acorna. »Die Khleevi haben sie in einem Traktorstrahl. Maati befürchtet, dass sie sie zum Heimatplaneten der Khleevi bringen wollen. Aber sie haben sie noch nicht angerührt.«

»Wie geht es den Harakamians?«, wollte Nadhari wissen.

»Gut. Maati sagt aber, Karina sei keine gute Sängerin. Calum hat den Kindern Gills Sauflieder beigebracht, hat sie erzählt.«

»In Ordnung«, sagte Nadhari. »Haltet uns über die Koordinaten der Khleevi-Schiffe auf dem Laufenden.«

Acornas Stimme bebte ein wenig, als sie fragte: »Wissen wir, wie … es den Leuten auf Narhii-Vhiliinyar geht? Weiß einer von euch, was mit Großmama passiert ist?«

»Ist Großmama etwas zugestoßen?«, wollte Becker wissen.

»Oh, ich habe ganz vergessen, dass ihr das ja nicht wissen könnt«, erwiderte Acorna. »Wir haben es alle gespürt. Ich fürchte ... sie weilt nicht mehr unter uns.«

»Wir werden uns so bald wie möglich darum kümmern, Schatz«, versprach Becker. »Nadhari will wieder etwas abschießen, also müssen wir jetzt aufhören. Gib mir noch mal die Koordinaten«, bat er. Sie tat es, und dann verabschiedeten sie sich gerade noch rechtzeitig für einen sehr verrauschten Ruf von der *Bananas.*

»Zur Hölle!«, rief Kapitän Glen. »Wir sind getroffen!«

»Zurückfallen«, rief Nadhari, als eine Rakete direkt backbord vor dem Bug der *Ifrit* explodierte.

»Haben sie endlich angefangen, auf uns zu schießen statt auf die Linyaari?«, wollte Gill wissen.

»Tarnvorrichtungen und Schilde einsetzen, Leute«, rief Becker. »Und zwar sofort!«

Die Moskitoflotte befolgte den Befehl und überließ den Raum um Narhii-Vhiliinyar den Khleevi, doch der Beschuss dauerte an. Die Spirale von Schiffen, die zunächst so ordentlich und symmetrisch gewirkt hatte wie ein Wasserballett, wies bereits klaffende Lücken auf. Jegliche Ordnung brach zusammen, als die Schiffe aus den inneren Ringen auswärts feuerten, die äußeren Schiffe dagegen nach innen, und beide ihre Schwarmmitglieder in der Mitte trafen, die daraufhin abstürzten. Feuer brachen aus, und Schiffe lösten sich in tausend Trümmerstücke auf, die an den Schilden der Flotte vom Mond der Möglichkeiten abprallten wie ein Meteoritenschauer.

»Mann!«, sagte Ryk O'Shay. »Seht euch bloß dieses Feuerwerk an.«

»Zur Hölle mit dem Feuerwerk«, meinte Becker mit sehnsuchtsvoller Stimme. »SB, siehst du all dieses *Bergungsgut,* und wir haben die *Condor* nicht bei uns!«

Nadhari schnaubte. »Die Khleevi haben unseren Beschuss anscheinend für Feuer aus ihren eigenen Reihen gehalten. Ich weiß nicht, wieso sie glauben, dass auch die Zusammenstöße geplant waren, aber genauso sieht es aus, und das ist für uns nicht schlecht.

Sie sparen uns die Mühe, sie umzubringen, indem sie aufeinander losgehen.«

»Das gefällt mir«, sagte Adina. »Sehr wirtschaftlich.«

»*Bananas,* wie schwer sind Sie getroffen?«

»Ich glaube, wir haben das Schlimmste im Griff, *Ifrit,* aber irgendwer sollte uns jetzt zur Basis schleppen.«

»Wartet noch ein bisschen. Es sieht aus, als wäre das hier demnächst ohnehin vorbei.«

Und so war es auch. In weniger als einer Stunde hatten Hunderte von Khleevi-Schiffen sich gegenseitig vernichtet. Nur wenigen gelang es zu fliehen.

Nachdem die Schiffe verschwunden waren, ließ sich zum ersten Mal feststellen, was von Narhii-Vhiliinyar übrig war. Die Oberfläche des Planeten, einstmals eine blaugrüne Landschaft mit bunten Städten, war nun ein rauchendes, verkohltes, kraternarbiges Ödland.

Zweiundzwanzig

Die Computer der *Condor* haben eine Abkürzung zwischen unserem Standort und dem der *Acadecki* berechnet.«

Mac, der jetzt nicht mehr durch die Kakophonie der Flotte gestört wurde, konnte die Funksignale der *Vierzehn Klacks und zwei Klicks* und ihrer Begleitschiffe mühelos auffangen.

»Sie haben Verwundete an Bord, Acorna«, sagte Mac. »Und sie kehren zu ihrer Heimatwelt zurück – der Kapitän des Flügels, wie sie diese Einheit von sechs Schiffen nennen, versucht, dem Rest der Flotte vorauszueilen, um jene friedlich zu stimmen, die er ›die Jungen‹ nennt, indem er ihnen Besatzung und Passagiere der *Acadecki* opfert.«

Die Langstreckenscanner erlaubten der *Condor,* einen sicheren Abstand zu der Gruppe von Khleevi-Schiffen zu halten, damit sie nicht von ihnen entdeckt werden konnte; nun jedoch fragte Aari: »Sollen wir dichter rangehen, Khornya?«

»Hm, noch nicht, würde ich sagen«, meinte sie. »Mac, versuch mal, von den Khleevi-Schiffen die Koordinaten ihres Heimatplaneten zu erhalten, oder zumindest eine Vorstellung davon, wo er sich befindet, bevor wir die *Acadecki* befreien.«

»Ja, Acorna«, erwiderte Mac und begab sich wieder auf seinen Posten am Kom der Khleevi-Fähre.

Maati sendete weiterhin einmal pro Stunde ihre Koordinaten.

(Viele Kinder schlafen jetzt), berichtete sie. (Ich habe Calum und Hafiz gesagt, dass ihr hinter uns seid, und Calum sagt, ihr sollt euch bitte nicht erwischen lassen. Ich habe ihm gesagt, dass ihr Saftgranaten habt, und er macht sich Sorgen, dass ihr sie nicht benutzt, weil Linyaari doch Pazifisten sind und so.)

(Das ist in diesem Fall nur eine kleine Formalität), erwiderte

Acorna energisch. (Mac kann die Torpedos abschießen, und er ist kein Pazifist. Aber ich nehme an, das hier ist ein Fall, in dem selbst Liriili froh wäre, dass Aari und ich der Linyaari-Kultur ein wenig entfremdet sind.)

(Hmpf.) Maati schickte ein Bild von sich selbst, auf dem sie schnaubte und kicherte. (Soll das ein Witz sein? Wenn Liriili glauben würde, es könnte sie retten, wäre sie die Erste, die auf den Knopf drückt.)

(Da könntest du Recht haben.)

(Khornya? Hast du schon etwas von Großmama gehört? Ich habe mich nicht mal von ihr verabschiedet. Glaubst du, sie hat vielleicht gedacht, ich wäre vor *ihr* davongerannt? Ich bin froh, dass ich meine – Aaris und meine – Eltern gefunden habe, aber Großmama ist ... Großmama war meine wirkliche Familie.)

(Ich habe dasselbe gespürt wie du, Maati, aber ich weiß nichts weiter darüber. Wir müssen nach Narhii-Vhiliinyar fliegen, sobald du frei bist, und mehr herausfinden. Kapitän Becker sagt, die Khleevi haben unsere Angriffe für eine Art Meuterei in ihrer eigenen Flotte gehalten, sich gegeneinander gewendet und sich gegenseitig über den ganzen Quadranten geblasen. Man hat ihm deutlich angehört, dass ihm beim Anblick von all diesem Schrott das Wasser im Mund zusammengelaufen ist.)

(Er ist jetzt auf dem Weg hierher, Maati. Und Sahtas Bahtiin auch), sagte Aari.

(Du kannst mit SB sprechen?), fragte Maati.

(Ja, aber du kennst ihn ja. Er hört weder auf mich noch auf irgendwen sonst. Wir haben allerdings eine ganz besondere Beziehung zueinander, seit ich auf Vhiliinyar geholfen habe, ihn zu heilen. Sag bitte Joh nichts davon, es würde ihn eifersüchtig machen. Aber Sahtas Bahtiin hat gerade an meiner geistigen Tür gekratzt. Er will, dass du weißt, dass er unterwegs ist, und er wird den Khleevi die Augen auskratzen und sie dann mit seinem eigenen Saft besprühen.)

Maati kicherte.

Nach einer Weile meldete sie: (Ich glaube, wir kommen ihrem Planeten jetzt näher. Der Khleev ist gerade wieder auf dem Schirm aufgetaucht, obwohl ich ihn mit dem Saft schon einmal ordentlich erschreckt habe. Er zeigt uns dieses … du weißt schon, Aari, das Vid von dir, das auf dem *Piiyi* war, um uns wieder Angst zu machen. Aber wir haben den Ton abgedreht. Hier versteht ohnehin niemand Khleevi, und die meisten schlafen. Calums Lieder sind ziemlich anstrengend, weil man dabei viel stampfen, klatschen und johlen muss. Er hat sich und alle anderen damit vollkommen erschöpft.)

(Diese Versionen haben sie mir offenbar vorenthalten), bemerkte Acorna. (Oder zumindest die Arrangements, die Stampfen und Johlen erfordern. Gill hat mir allerdings hin und wieder ein irisches Schlaflied vorgesungen.)

Unterdessen verringerten sie den Abstand zwischen der *Condor* und den Khleevi-Schiffen, bis sie auf Schussweite herangekommen waren.

(Calum sagt, ihr solltet wissen, dass wahrscheinlich jedes der Schiffe einen Traktorstrahl auf uns gerichtet hat. Aber ich glaube, mindestens drei von diesen Schiffen sind bereits tot.)

(So was nenne ich gute und schlechte Nachrichten!), entgegnete Acorna. (Aber ich habe eine Idee. Sag Calum, er soll sich bereithalten, zu beschleunigen und auf die Khleevi zu schießen, sobald die Strahlen verschwunden sind. Dann soll er die Schilde und die Tarnvorrichtung hoch fahren und euch alle so schnell wie möglich hier wegbringen.)

(Ich glaube nicht, dass er dich einfach hier zurücklassen wird.)

(Das muss er tun, schon wegen der Kinder.)

(Die werden sich alle in deiner Nähe sicherer fühlen, Khornya.)

(Das ist rührend, aber alles andere als hilfreich. Sag es ihm einfach, Maati, und dann wünsch uns Glück.)

Sie ging zu Mac in den Frachtraum. »Kannst du das Steuerpult der Fähre benutzen, um die Steuerpulte in ihren Schiffen fernzubedienen?«

Mac untersuchte die Geräte und sagte dann: »Nein, Acorna. Ich glaube nicht, dass es auf dieser Fähre einen solchen Mechanismus gab.«

»Oh«, meinte sie. »Hm. Sechs Schiffe haben einen Traktorstrahl auf die *Acadecki* gerichtet.«

»Ich könnte versuchen, ihnen zu befehlen, das Schiff loszulassen«, schlug er vor.

»Auf dreien der Schiffe ist die Besatzung offenbar schon tot«, erklärte sie. »Und ich fürchte, wenn wir auf sie schießen, um den Strahl zu durchtrennen, könnten wir die *Acadecki* beschädigen.«

»Vielleicht haben die anderen Khleevi-Schiffe die Möglichkeit, die Traktorstrahlen der toten Schiffe fernzusteuern«, sagte er. »Es wird vermutlich nicht schaden, es zu versuchen.«

Er sendete Klacks und Klicks im Kommandoton und benutzte dabei den Identifikationscode des Mutterschiffs der Fähre.

Vier der Schiffe lösten sich sofort von der *Acadecki,* und als Mac den Befehl noch einmal wiederholte, tat das fünfte es ihnen gleich.

Aber das sechste Schiff funkte zurück: »Hier spricht der Fahrer des Schiffs mit der Bezeichnung *Vierzehn Klacks und Zwei klicks.* Wie kommt es, dass ihr dem Schicksalsplaneten entkommen seid, *Dreiundfünfzig Klacks und sieben Klicks,* wo wir doch die meisten Fähren verloren haben?«

Mac zuckte die Achseln. »Was soll ich jetzt sagen?«, flüsterte er.

Aari, der gerade in den Frachtraum gekommen war, schlug vor: »Schick ihnen das hier«, und gab Mac eine Reihe von Klacks und Klicks, die der Androide übermittelte.

Nun ließ auch das letzte Schiff die *Acadecki* sofort los, die daraufhin von ihm wegschoss und auf jedes Khleevi-Schiff eine Salve abfeuerte. Drei Schiffe wurden getroffen und explodierten, doch die anderen drei manövrierten sich außer Schussweite und erwiderten das Feuer. Inzwischen hatte die *Acadecki* jedoch bereits wie befohlen Tarnvorrichtung und Schilde aktiviert.

»Das hat funktioniert«, meinte Acorna. »Was hast du ihnen gesagt?«

»Ich habe keine Ahnung«, erwiderte Aari. »Nur, dass es nicht sehr höflich ist und die kommandierenden Khleevi es immer gesagt haben, wenn sie besonders zornig waren – obwohl einem Khleev natürlich schwer anzumerken ist, in welcher Stimmung er ist.«

Die anderen drei Schiffe entfernten sich rasch von der *Acadecki* und der *Condor,* und zwar auf demselben Kurs, dem sie zuvor gefolgt waren. Sie waren außer Schussweite, ehe Acorna und Aari zur Brücke zurückkehren konnten.

»Ich empfange seltsame Signale, Aari«, sagte Mac. »Sie klingen ganz anders als alle Funksprüche der Khleevi, die ich bisher gehört habe.«

Acorna und Aari hörten ein schrilleres Geräusch, das Klicklaute enthielt, aber auch etwas, das sich mehr wie »zipp zipp« anhörte.

»Diese hier«, sagte Mac, als weitere Klick-Klacks ertönten und neue Lichtfunken auf dem Scanner erschienen, »klingen allerdings vertraut. Und sie kommen näher. *Vierzehn Klacks und zwei Klicks* hat unsere Koordinaten durchgegeben.«

»Ich glaube, es ist an der Zeit, *Vierzehn Klacks und zwei Klicks* mit Saft zu beschießen«, erklärte Acorna entschlossen. »Sie haben inzwischen wirklich genug Ärger gemacht.«

Der Fahrer der *Vierzehn Klacks und zwei Klicks* stand wieder schreckliche Qualen aus. Hinter ihm trieb der Schrott von vier Schiffen seines Flügels. Er allein hatte bemerkt, dass sich die *Dreiundfünfzig Klacks und Sieben Klicks* ungewöhnlich verhielt. Aber als der Fahrer ihn einen Fresser seiner eigenen Eier nannte, glaubte er, dieses Schwarmmitglied müsse von sehr hohem Rang sein, denn eine derartige Beleidigung stellte gegenüber jedem, der in der Rangordnung nicht unendlich viel tiefer stand, eine Einladung zum Verschlungenwerden dar. Also hatte er sich täuschen lassen und die Beute losgelassen – die Beute, auf die er seine letzte Hoffnung gesetzt hatte, die Nestwelt noch einmal lebendig verlassen zu können.

Und diese Hoffnung war inzwischen ebenfalls verschlungen worden.

Ein weiteres Besatzungsmitglied hatte sich infiziert, als es die Beine eines zuvor Infizierten abgerissen hatte. Nun kroch dieses Besatzungsmitglied auf den Fahrer zu, während dieser sich mit dem falschen Fahrer der Fähre der *Dreiundfünfzig Klacks und sieben Klicks* stritt. Das Besatzungsmitglied legte seine halb zerfressene Zange auf den Panzer des Fahrers und flehte darum, getötet zu werden. Der Fahrer tat ihm sofort den Gefallen, jedoch nicht bevor sich der Saft bis zu seinen inneren Organen durchgefressen hatte.

Inzwischen kamen Funksprüche von mehreren zurückkehrenden Schwarmmitgliedern herein. »Deserteur!«, sagten ihre Klicks und Klacks – oder zumindest etwas von ähnlicher Bedeutung. »Der Schwarm ist umgekommen, und jetzt wirst du ebenfalls sterben.« Das war die Botschaft, die hinter ihm ertönte.

Und direkt vor ihm, auf der Nestwelt, schrien die Jungen nach ihrer Beute und verlangten, dass sie zu ihnen gebracht würde.

Insgesamt schien es leichter, einfach zu tun, was sie wollten.

Der Fahrer der *Vierzehn Klacks und zwei Klicks* beschleunigte und schoss auf die Nestwelt zu, ohne sich um so etwas wie Landeprozeduren zu kümmern.

»Er ist abgestürzt!«, sagte Mac. »*Vierzehn Klacks und zwei Klicks* hat sein Schiff absichtlich auf die Oberfläche der Nestwelt stürzen lassen. Er hat ein paar von den Jungen getötet. Die anderen schwärmen nach allem, was ich hören kann, über die Toten aus, um sie zu fressen.«

»Zumindest müssen wir uns keine Gedanken darüber machen, dass wir unschuldige Kinder töten, wenn wir das Nest mit Saft beschießen«, meinte Acorna.

»Nein«, erwiderte Mac. »Aber ihr solltet euch lieber beeilen und dann verschwinden. Die Khleevi-Schiffe hinter uns holen auf.«

»Khleevi Steuerbord achteraus«, meldete Calum. »Wir geben euch Rückendeckung, *Condor.*«

»Nein!«, widersprach Acorna. »Bring die Kinder hier weg, Calum. Sofort. Du darfst ihr Leben nicht aufs Spiel setzen.«

»Hier spricht das Kommandoschiff *Ifrit*«, erklang Nadharis befehlsgewohnte Stimme. »Ihr habt gehört, was die Dame gesagt hat, *Acadecki*. Zieht euch sofort zurück.«

»Macht schon«, fügte Becker hinzu. »Wir haben sie im Visier, Calum. Haut ab und passt auf, dass euch keine Trümmer von achtern erwischen.«

Der Rest war fast enttäuschend einfach. Mehrere Schiffe der Flotte des Mondes der Möglichkeiten näherten sich rasch den Überlebenden der Horde und vernichteten sie mit einer Mischung aus konventionellen Waffen und Safttorpedos.

Die meisten Torpedos hoben sie sich allerdings für die Nestwelt auf, wo die Jungen bereits begonnen hatten, an dem Saft zu sterben, der aus der *Vierzehn Klacks und zwei Klicks* drang.

»Dimitri, Glen und Giloglie, ihr bleibt mit euren Schiffen in der Nähe, bis sicher ist, dass keine Käfer überlebt haben«, kommandierte Nadhari.

»Keine Sorge, Nadhari«, erwiderte Adina Dimitri. »Ich habe genau die richtige Sorte Haushaltsreiniger, um hier sauber zu machen.«

»Acorna? Aari?«, ließ sich Becker flehentlich vernehmen. »Ihr könntet nicht zufällig auf dem Rückweg zum Mond der Möglichkeiten ein bisschen von diesem Bergungsgut auflesen?«

Dreiundzwanzig

Zum ersten Mal, seit die Linyaari auf Narhii-Vhiliinyar gelandet waren, kam es zu einer Begegnung einer größeren Anzahl von Angehörigen anderer Spezies mit den Linyaari und den Ahnen.

Es war viel Fantasie und ein sehr präzises navigatorisches Gedächtnis nötig gewesen, um die Stelle wiederzufinden, wo Großvater Niicari begraben war. Früher hatte sich diese Stelle einfach ein paar Schritte von der rückwärtigen Klappe des Pavillons von Großmama Naadiina befunden, doch jetzt waren die Pavillons kaum mehr als ein kleines Häufchen Asche in dem riesigen Asche-See, der einmal Kubiilikhan gewesen war.

Neeva schluckte heftig und sagte schließlich laut: »Freunde und Klanverwandte, wir haben uns hier versammelt, um unsere geliebte Großmama, Mutter, Beschützerin und weise Beraterin vieler Generationen von Linyaari und gute Freundin für Außenweltler neben ihrem Lebensgefährten, unserem Großvater, zur Ruhe zu betten.«

Maati weinte leise, auf einer Seite von Aari und Acorna, auf der anderen von einem sehr ernsten Thariinye gestützt. Miiri und Kaarlye standen hinter ihrer Tochter, und Miiri hatte ihr leicht die Hände auf die Schultern gelegt.

Großmama sah so schön aus, wie sie dort lag. Man hatte die Brandspuren aus ihrer silbrigen Mähne entfernt, ihr Gesicht war glatter, als es seit langem gewesen war, ihre Hände ruhten friedlich und in natürlicher Haltung auf ihrer Körpermitte. Und ihr Mund war zu einem deutlichen, triumphierenden Lächeln verzogen. Sie war nicht im Feuer gestorben, wie es zunächst ausgesehen hatte, als Maati und die anderen Linyaari erst das Feuer und dann das Verlöschen von Großmamas Lebenskraft gespürt hatten.

Großmamas Sprung ins Feuer war allumfassend gewesen und

hatte nicht nur ihren Körper, sondern auch die außergewöhnliche Kraft ihres Herzens, ihres Geistes und ihres Willens eingeschlossen, als sie das Flusswasser aus seinem Bett gezogen hatte, um die Flammen zu löschen, die die Wissenschaftler und ihre kostbaren, unter so vielen Mühen aus den Labors geretteten Spezies bedrohten.

Niemals in der Geschichte oder auch nur in den Legenden der Linyaari hatte jemand so etwas getan. Doch Großmama Naadiina hatte auch länger gelebt als alle zweibeinigen Linyaari und hatte mit jedem *Ghaanyi* ihres Lebens an Weisheit und Stärke gewonnen. Leider war ihr Herz zwar mitgewachsen, was die Kraft seiner Liebe und Freundlichkeit anging, jedoch nicht, was physische Kraft betraf, und so war ihre letzte telepathische Anstrengung, um andere zu retten, zu viel für sie gewesen.

»Jene, die am Ende bei Großmama waren, sagen, dass sie genau so lächelte, wie ihr es jetzt hier seht. *Aagorni* Iirtye, möchtest du etwas hinzufügen?«

»Ja«, erwiderte er. Seine Mähne war sehr kurz und unregelmäßig, wo er die angesengten Stellen abgeschnitten hatte, und er hatte keine Augenbrauen und keine Wimpern mehr. Seine Haut war gerötet und schälte sich, ebenso wie die mehrerer anderer neben ihm. »Großmama ist genau so gestorben, wie man es euch erzählt hat – indem sie mich, meine Leute, und was das Wichtigste war, die Jungtiere gerettet hat, die wir aus Zellen von Spezies, die mit unserem geliebten Vhiliinyar untergegangen sind, neu gezüchtet haben. Ich habe gehört, dass ihr Dahinscheiden von ihrer Pflegetochter Maati und von Raumfahrer Thariinye über mehrere Galaxien hinweg gespürt wurde. Ich hatte das Privileg, ihr bei ihrem Tod am nächsten zu sein und ihre Gedanken zu hören. Ihre letzten Gedanken galten dir, Maati, und sie war voller Stolz auf deinen Mut, mit dem du dein Leben aufs Spiel gesetzt hast, um deine Verwandten und Freunde zu retten. Und sie galten uns allen, ihren anderen Kindern, und Vhiliinyar. So wie Großmama wusste, dass wir irgendwie gerettet werden würden, wusste sie auch, dass das Ende von

Narhii-Vhiliinyar nicht bedeutet, dass es in Zukunft keine Heimat mehr für die Linyaari geben wird. *Visedhaanye ferilii* Neeva?«

»Ich glaube, Großmama wäre sehr erfreut und stolz, die Botschaft zu hören, die meine Schwestertochter, *Visedhaanye* Khornya – von jenen Menschen, die sie als Kind gerettet haben, Ahkhorn-ah genannt – uns überbracht hat, nachdem sie uns von den Khleevi gerettet hat. Khornya?«

Acorna strich noch einmal über Aaris Hand und berührte liebevoll Maatis Schulter, dann kniete sie sich neben Großmama, um sie auf die Stirn zu küssen, bevor sie sich wieder erhob und – direkt neben Großmama stehend – verkündete: »Wie einige von euch bereits wissen, wurden die Khleevi von Leuten besiegt, die mein Onkel Hafiz in diesen Quadranten gebracht hat, in der Hoffnung, dass ihr mit ihnen Handel treiben würdet. Ihr solltet wissen, dass diese Leute, Kaufleute, Händler, sofort herbeieilten, als sie hörten, dass ihr in Gefahr wart, um euch so gut wie möglich zu helfen. Nicht alle konnten Khleevi töten. Wie die Linyaari sind viele von ihnen nur gut, wenn es ums Aufbauen, nicht wenn es ums Zerstören geht. Insbesondere Dr. Ngaen Xong Hoa hat lange versucht, jenen zu entkommen, die die Wetterkontroll-Wissenschaft, die er entwickelt hat, für kriegerische Zwecke nutzen wollten. Er fühlt sich den Linyaari sehr verwandt.

Er ist zusammen mit den erfahrensten Terraform-Spezialisten, die in der Föderation zu haben waren, von Rafik und Hafiz Harakamian zum Mond der Möglichkeiten des Hauses Harakamian gebracht worden, mit dem ausdrücklichen Ziel, uns dabei zu helfen, Vhiliinyar wieder seine frühere Schönheit und Lebendigkeit zurückzugeben.«

Sie hielt einen Augenblick inne, und ihre silbrigen Augen waren einen Moment lang unter langen zinnfarbenen Wimpern verborgen, ehe sie von neuem begann. »Ich kann mich nicht erinnern, Vhiliinyar je mit eigenen Augen gesehen zu haben. Aber in Träumen, die ich habe, seit ich ein kleines Kind war, sehe ich eine wunderschöne Welt mit Hügeln und Tälern, schneebedeckten Bergen, wilden Wasserfällen und Wäldern und großen Flächen köstlichen Grases. Man hat mir erzählt, dass Vhiliinyar einmal so aussah.

Großmamas letztes Opfer, das dafür gesorgt hat, dass die Mühen von *Aagorni* Iirtye und seinen Mitarbeitern, die Spezies, die einmal auf Vhiliinyar lebten, zu bewahren, nicht umsonst waren, stellt ihren letzten Beitrag zur Wiederbelebung dieser Heimat dar, die ich selbst nie gekannt habe, an die sich aber viele von euch erinnern. Ihr erster Beitrag«, und nun lächelte sie spitzbübisch, »bestand natürlich darin, viele Kinder und Enkel zu haben – uns alle.

Meine Adoptivväter haben mich gebeten, euch zu fragen, ob die Linyaari Dr. Hoa und die anderen Spezialisten bei ihren Bemühungen, uns unsere alte Heimat wiederzugeben, anleiten würden. Im Interesse derjenigen unter uns, die die Einsamkeit und Abgeschlossenheit einer friedlichen Welt brauchen, werden die Koordinaten von Vhiliinyar ein wohl gehütetes Geheimnis bleiben. Meine Onkel schlagen darüber hinaus vor, dass auch Narhii-Vhiliinyar und Kubiilikhan als Handelsbasis für Liynaari-Waren und -Fertigkeiten wieder aufgebaut werden und unser Volk sich hier mit anderen von allen Planeten und aus allen Spezies treffen kann, sodass wir alle von den guten Seiten der anderen lernen können.«

Abermals kniete sie neben Großmama nieder und legte ihre Hand auf Großmamas gefaltete Hände. »Großmama, wenn der Wiederaufbau vollendet ist, werden wir dich und Großvater nach Hause zurückbringen, damit ihr auf eurer Welt wieder bei euren Kindern seid.«

Es war vielleicht das erste Begräbnis in der Geschichte der Linyaari, bei dem die geliebte Verstorbene unter Freudenschluchzern und Rufen der Hoffnung auf eine bessere Welt zur Ruhe gebettet wurde.

Glossar

Aagroni – Linyaari-Wort für ein Metier, das eine Kombination aus Ökologe, Agronom, Botaniker und Biologe darstellt. Es ist der Ehrentitel für jene Linyaari, die für die physische, atmosphärische, klimatische und biologische Umwandlung neuer Welten verantwortlich sind, um sie für ihre Spezies bewohnbar zu machen. Ihrer Verantwortung obliegt auch die spätere Pflege und Aufrechterhaltung der Klima- und Ökostruktur bereits umgewandelter und besiedelter Planeten.

Aari – ein Liinyar vom Klan der Nyaarya, der im Zuge der Invasion Vhiliinyars von den Khleevi gefangen genommen, gefoltert und schließlich als tot auf dem ausgestorbenen Planeten zurückgelassen wurde. Er ist Maatis Bruder. Aari hat überlebt und wurde von Jonas Becker und Satansbraten gerettet und zu seinem Volk zurückgebracht. Aaris Andersartigkeit jedoch, die physischen und psychischen Narben, die ihm die Khleevi und seine spätere Leidensgeschichte zugefügt haben, machen es ihm schwer, sich wieder bei den Linyaari einzuleben.

Aarliiyana – eine Technokünstlerin, die am Bau von Linyaari-Raumschiffen mitarbeitet.

Acadecki: das Raumschiff, mit dem Calum und Acorna sich im Band »Die Fahrt zu den Sternen« auf die Suche nach dem Volk und der Heimatwelt des Einhornmädchens machen.

Acorna – eine wegen des kegelförmigen Spitzhorns auf ihrer Stirn auch »Einhornmädchen« genannte Angehörige einer menschenähnlichen Fremdspezies. Sie wurde als Kleinkind von den drei Erzschürfern Calum, Gill und Rafik in einer Rettungskapsel gefunden, die herrenlos durchs All trieb. Ganz wie das Einhorn aus den Sagen der Erde kann sie mit ihrem Horn unter anderem Kranke und Verletzte heilen, Luft und Wasser reinigen sowie Gifte neutralisieren. Ihre einzigartigen Fähigkeiten und ihr mitfühlendes Wesen haben großen Eindruck auf den von Menschen besiedelten Teil der Galaxis gemacht, besonders den Planeten Kezdet, in dessen Gesellschaft sie tief greifende Umwälzungen bewirkte. Mittlerweile ist sie eine voll ausgewachsene junge Frau und auf dem Weg zu ihrem Volk.

Ahnen – eine Einhorn-ähnliche intelligente Spezies. Von ihnen stammen die Linyaari ab. Auch als *Ki-lin* bekannt.

Almah – Rocky Reamers verstorbene Frau.

Andreziana – eine Sternenfahrerin der Zweiten Generation, Tochter der ermordeten Andrezhuria und Ezkerra. Ihr Rufname ist 'Ziana.

Annella Carter – eine Sternenfahrerin der Zweiten Generation.

Baird – siehe Calum Baird.

Balaave – ein Linyaari-Klan.

Balakiire – das Linyaari-Raumschiff, mit dem die in den von Menschen besiedelten Teil der Galaxis entsandten Linyaari-Botschafter Acorna zu ihrem Volk zurückbringen.

Becker – siehe Jonas Becker.

Becker, Theophilus – siehe Theophilus Becker.

Beschützer der Ahnen – eine uralte, raumfahrende Spezies, welche die Ahnen der Linyaari vor der Ausrottung gerettet und sie auf der ursprünglichen Heimatwelt der Linyaari angesiedelt hat. Durch selektive Kreuzung und Gen-Manipulationen schufen die Beschützer später aus ihrer eigenen Spezies und jener der Ahnen die heutigen Linyaari.

Caabye – ein Planet im ursprünglichen Heimatsystem der Linyaari, von der Sonne aus gerechnet der Dritte.

Calum Baird – einer der drei Erzschürfer, die Acorna gefunden und sie aufgezogen haben.

Carter, Annella – siehe Annella Carter.

Clackamass 2 – ein lebloser Planet in der Nähe des Kezdet-Systems, der als Müllabladewelt genutzt wird.

Condor – Jonas Beckers Bergungsraumschiff, ein vielfach umgebautes Gefährt, in das sein Kapitän und Eigner zahllose »Fundstücke« installiert hat, auf die er im Zuge seiner Weltraumreisen stieß und die er als Bereicherung seiner Bordausstattung erachtet.

Declan Giloglie – einer der drei Erzschürfer, die Acorna gefunden und sie aufgezogen haben. Sein Rufname ist Gill.

Deeter Reamer – der fünf Jahre alte Sohn von Rocky Reamer.

Delszaki Li – der reichste Mann von ganz Kezdet, der sich als vehementester Gegner der Kinderausbeutung viele Feinde geschaffen hatte. Aufgrund einer fortschreitenden Nervenkrankheit zunehmend gelähmt, konnte er sich am Ende nur noch mithilfe eines Antigravsessels fortbewegen. Er war ebenso hoch intelligent wie gerissen und hatte Acorna einst zugleich entführt und gerettet – und ihr dann eine Aufgabe gegeben: die Kinder von Kezdet zu retten. Sein kürzlicher Tod ist für Acorna immer noch ein andauernder Grund zu großer Trauer.

Didi – auf Kezdet gebräuchlicher Titel für die Leiterin eines Bordells oder für eine Frau, die Bordelle mit Kindern beliefert.

Edacki Ganoosh – ein korrupter Kezdeter Graf, der Onkel und jetzige Vormund von Kisla Manjari.

Enye-ghanyii – ein Zeitmaß der Linyaari, eine Unterteilung des Linyaari-Jahrs, also eines Ghaanye.

Epona – keltische, mit Pferden assoziierte Schutzgöttin; manche der einstigen Schuldknechtkinder von Kezdet halten Acorna für eine Inkarnation dieser Gottheit.

Ferrila – Acornas verstorbene Mutter. Sie gehörte dem Renyilaaghe-Klan an.

Fraaki: Linyaari-Wort für Fisch.

Ganoosh – siehe Edacki Ganoosh.

Geeyiinah – ein Linyaari-Klan.

Ghaanye (Plur.: Ghaanyi) – ein Linyaari-Jahr, entspricht etwa eineindrittel Erdjahren.

Gheraalye malivii – ein Linyaari-Titel: Navigationsoffizier/in.

Gheraalye ve-khanyii – ein Linyaari-Titel: Leitende/r Kommunikationsoffizier/in.

Giirange – ein Ehrenamt des Irriinje-Ordens der Linyaari.

Gill – der Rufname von Declan Giloglie, einem der drei Erzschürfer, die Acorna gefunden und sie aufgezogen haben.

Giloglie – siehe Declan Giloglie.

Giryeeni – ein Linyaari-Klan.

Greene – siehe Johnny Greene.

GSS – Gravitations-Stabilisierungssystem.

Harha Liirni – Linyaari-Wort für Weiterbildung und Erwerb eines höheren Wissens, dem sich die Linyaari für gewöhnlich im Erwachsenenalter widmen und für den sie vielfach eine Auszeit von ihrer bisherigen Haupttätigkeit nehmen.

Haarilnyah – der älteste aller Linyaari-Klans.

Hafiz Harakamian – Rafiks Onkel, das Oberhaupt des Hauses Harakamian und dessen interstellaren Finanz- und Geschäftsimperiums. Er ist ein leidenschaftlicher Sammler von Raritäten aus der ganzen Galaxis und begeisterter Anhänger des altertümlichen Pferderennsports. Obwohl er gerissen und verschlagen genug ist, um selbst die größten Gauner und Betrüger in den Schatten zu stellen, ist er doch ein aufrichtiger Freund von Rafik und Acorna. Mittlerweile hat er Rafik zu seinem Erben und zum amtierenden Oberhaupt seines Wirtschaftsimperiums eingesetzt, während er selbst sich in den Ruhestand und die Freuden der Ehe mit seiner neuen Gemahlin Karina zurückgezogen hat.

Harakamian – siehe Hafiz Harakamian.

Haven – ein Großraumer, der von den Sternenfahrern zu einem für überlichtschnelle Interstellarreisen tauglichen Generationsschiff ausgebaut wurde und den sie zu ihrer Heimat gemacht haben, nachdem ihre Elterngeneration von ihrem ursprünglichen Siedlungsplaneten vertrieben wurde.

Hiinye: ein Linyaari-Wort, das sich grob mit dem Begriff »Pferdehintern« aus der intergalaktischen Verkehrssprache übersetzen ließe.

Hoa, Dr. Ngaen Xong – ein Wissenschaftler von Khang Kieaan, der eine Technologie zur Wetterkontrolle erfunden hat. Er hatte Asyl auf der *Haven* gesucht, weil er befürchtete, dass die einander bekriegenden Regierungen seiner Heimatwelt seine Forschungen missbrauchen könnten. Als auf der *Haven* palomellanische Verbrecher die Macht an Bord an sich rissen, missbrauchten sie stattdessen seine Erfindung, um den Planeten Rushima zu verwüsten. Die Meuterer wurden später jedoch besiegt, und Dr. Hoa arbeitet seither daran, das Klima auf Rushima wieder in den Einstzustand zurückzuversetzen.

Hrronye – Melireenyas Lebensgefährte.

Iirtye – Leitender Aagroni von Narhii-Vhiliinyar.

Ikwaskwan – selbst ernannter »Admiral« und oberster Anführer der Roten Krieger von Kilumbemba.

Johnny Greene – ein alter Freund von Calum, Gill und Rafik, der sich den Sternenfahrern angeschlossen hat.

Jonas Becker – interstellarer Bergungskünstler, auch als Weltraumschrotthändler bezeichnet. Kapitän der *Condor,* Generaldirektor der Interplanetaren Bergungs- und Wiederverwertungsgesellschaft Becker mbH, einer Ein-Mann-und-Ein-Kater-Bergungsfirma, die Jonas von seinem Adoptivvater geerbt hat. Seine frühe Jugend verbrachte er in einem landwirtschaftlichen Schuldknecht-Arbeitslager auf Kezdet, ehe er im Alter von zwölf Jahren von Theophilus Becker dort herausgeholt und adoptiert wurde.

Judit Kendoro – früher selbst ein Schuldknechtkind auf Kezdet, hat sie das Einhornmädchen Acorna einst vor dem sicheren Tod bewahrt. Wenig später schloss sie sich Delszaki Li und seiner Sache an, wo sie auch Gill wieder traf und sich schließlich in ihn verliebte. Gemeinsam mit dem einstigen Erzschürfer kümmert sie sich mittlerweile um das Wohl der in der Maganos-Mondbasis lebenden, arbeitenden und lernenden Kinder.

Kaarlye: der Vater von Aari, Maati und Laarye. Er gehört dem Nyaarya-Klan an, seine Lebensgefährtin ist Miiri.

Ka-Linyaari: etwas, das gegen alle Linyaari-Werte und Glaubensvorstellungen verstößt.

Kando – siehe Nadhari Kando.

Karina – eine füllige Schönheit, Möchtegern-Geisterbeschwörerin und -seherin mit einem Ansatz tatsächlicher telepathischer Fähigkeiten sowie einer großen Begeisterung für Profit. Seit kurzem mit Hafiz Harakamian verheiratet. Es ist ihre erste und seine zweite Ehe.

KEN – eine allzwecktaugliche, mit einem menschlichen Äußeren versehene Roboter-Modellreihe, die auf entsprechenden Kundenwunsch teilweise mit Sonderausstattungen ausgerüstet ist und deren Exemplare durch fortlaufende Nummerierung voneinander unterschieden werden – z. B. als KEN640.

Kendoro, Judit – siehe Judit Kendoro.

Kendoro, Mercy – siehe Mercy Kendoro.

Kendoro, Pal – siehe Pal Kendoro.

Kezdet – ein abgelegener Kolonialplanet mit rückständiger Gesellschaftsordnung und Wirtschaft, die vordem zu großen Teilen auf der gewissenlosen Ausbeutung von Kinderarbeit basierte. Gegenwärtig durchlebt Kezdet eine Zeit großer wirtschaftlicher und sozialer Umbrüche, weil Delszaki Li und Acorna das dortige System der Schuldknechtschaft ein für alle Mal zerschlagen haben.

Khaari – eine der vier Linyaari-Abgesandten, die Acorna mit der *Balakiire* zu ihrem Volk zurückgebracht haben. Sie gehört dem Giryeeni-Klan an und ist die Navigationsoffizierin des Linyaari-Raumschiffs.

Khetala – ein ehemals auf Kezdet in Schuldknechtschaft zur Fronarbeit in einem Bergwerk gepresstes Waisenkind, das später an eines der vielen Bordelle des Planeten verkauft wurde. Von Acorna daraus befreit, ist sie inzwischen zu einer schönen jungen Frau herangewachsen. Ihr Rufname ist Kheti.

Kheti – siehe Khetala.

Khleevi – der Name, den Acornas Volk jener feindlichen, raumfahrenden Spezies gegeben hat, deren insektenähnliche Angehörige die Linyaari seit langer Zeit erbarmungslos verfolgen.

Kii – ein Zeitmaß der Linyaari, es entspricht einem Zeitraum von 57 Minuten Galaktischer Standardzeit, also etwa einer Stunde.

Ki-lin – der orientalische Name für ein Einhorn; zuweilen wird auch Acorna Ki-lin genannt.

Kilumbemba-Imperium – ein kriegerisches Sternenreich, dessen Machtbasis ein stehendes Söldnerheer ist, die Roten Krieger. Die Kilumbembaner verdingen ihre Söldner häufig auch an zahlungskräftige auswärtige Auftraggeber.

Kisla Manjari – die magersüchtige und hochnäsige junge Frau wurde als vermeintlich leibliche Tochter von Baron Manjari auf Kezdet aufgezogen. Für sie brach eine Welt zusammen, als ihr Vater wegen Acornas Kampf gegen die Schuldknechtschaft den Großteil seines Vermögens verlor und obendrein die Wahrheit über ihre niedere Geburt offenbar wurde.

Kubiilikhan – die Hauptstadt von Narhii-Vhiliinyar.

Laanye – ein von den Linyaari entwickelter Sprachlern- und Übersetzungs-Gerätetyp. Einige LAANYE-Modelle können schon anhand von nur wenigen Sprachproben jede beliebige Fremdsprache analysieren und sie den Linyaari in einer Lernschlafsitzung über Nacht beibringen.

Laarye – Maatis und Aaris Bruder. Er starb zur Zeit der Khleevi-Invasion auf Vhiliinyar. Er war während der allerletzten Phase der planetaren Evakuierung in einer weit vom Raumhafen entfernt liegenden Höhle durch herabstürzendes Gestein schwer verletzt und verschüttet worden und vermochte sich nicht mehr aus eigener Kraft zu befreien. Aari blieb auf dem Planeten zurück, um ihn zu retten und zu heilen, wurde jedoch von den Khleevi gefangen genommen und gefoltert, ehe er seine Absicht verwirklichen konnte. Laarye starb, bevor Aari den Khleevi entkommen und zu ihm gelangen konnte.

Laboue – der Planet, auf dem Hafiz Harakamian lebt und von dem aus er sein Wirtschaftsimperium regiert.

Li – siehe Delszaki Li.

Linyaari – Acornas Volk.

Liriili – die *Viizaar* von Narhii-Vhiliinyar.

Lukia aus dem Licht – eine Schutzgöttin; manche der einstigen Schuldknechtkinder von Kezdet halten Acorna für eine Inkarnation dieser Gottheit.

Ma'aowri 3 – ein von katzenähnlichen Wesen bevölkerter Planet.

Maati – ein junges Linyaari-Mädchen vom Klan der Nyaarya, die während der Khleevi-Invasion den Großteil ihrer Familie und später auch ihre Eltern verlor. Sie ist Aaris Schwester.

Maganos – der größte der drei Monde von Kezdet und Standort einer von Delszaki Li für die einstigen Schuldknechtkinder von Kezdet errichteten Arbeits- und Wohnstation. Hier werden sie liebevoll umsorgt, können gegen gerechten Lohn in menschenwürdigen Verhältnissen arbeiten und erhalten eine ordentliche Ausbildung, um später auf eigenen Beinen stehen zu können.

Makahomanische Tempelkatzen – eine auf dem Planeten Makahoma beheimatete Katzenrasse, die der Legende nach von einem archaischen Katzengott erschaffen wurde, um die Tempel dieses Katzengottes zu schützen und zu verteidigen. Sie sind im Vergleich zu anderen Hauskatzenarten ungewöhnlich groß, dazu unverbrüchlich treu, bemerkenswert intelligent und auch gefährlich, wenn man sie reizt.

Manjari – ein Baron der Kezdeter Aristokratie und einer der Haupt-Hintermänner der illegalen Kindersklaverei auf Kezdet. In dieser Unterwelt trat er unter dem Decknamen »der Rattenfänger« auf. Er ermordete vor den Augen seiner Adoptivtochter Kisla seine Frau und beging danach Selbstmord, als sein Doppelleben offenbar und seine kriminelle Organisation zerschlagen wurde.

Markel – ein Sternenfahrer der Zweiten Generation, der Sohn des ermordeten Ersten Ratssprechers Illart.

Melireenya – eine der vier Linyaari-Abgesandten, die Acorna mit der *Balakiire* zu ihrem Volk zurückgebracht haben. Sie gehört dem Balaave-Klan an, ist die Leitende Kommunikationsoffizierin des Linyaari-Raumschiffes und die Lebensgefährtin von Hrronye.

Mercy Kendoro – die jüngere Schwester von Pal und Judit Kendoro war ebenso wie diese einstmals ein Schuldknechtkind auf Kezdet und wurde von Judit freigekauft, woraufhin sie sich Delszaki Li und seinem Kampf gegen die Kindersklaverei anschloss. Sie lebt und arbeitet heute wie ihre Schwester auf Maganos.

Midas – Graf Edacki Ganooshs private Raumjacht, die er seinem Mündel Kisla Manjari anvertraut hat, um Becker und seiner *Condor* zu folgen.

Miiri: die Mutter von Aari, Laarye und Maati. Sie gehört dem Nyaarya-Klan an und ist die Lebensgefährtin von Kaarlye.

Mitanyaakhi – das Linyaari-Wort für eine unbestimmt riesengroße Zahl; es hat eine ähnliche Bedeutung wie bei den Menschen das Wort Zillion.

Naadiina – meist Großmama genannt, eine der ältesten lebenden Linyaari überhaupt. Sie gehört dem Regierungsrat von Narhii-Vhiliinyar an und hat sowohl Maati als auch Acorna bei sich aufgenommen.

Nadezda, Rafik – siehe Rafik Nadezda.

Naarye – ein Technokünstler der Linyaari. Er leitet die Endfertigung der Linyaari-Raumschiffe.

Nadhari Kando – bis zu seinem Tod Delszaki Lis persönliche Leibwächterin. Inzwischen ist sie im Rang eines Obersten als Ausbilderin bei den Roten Kriegern von Kilumbemba tätig, denen sie angeblich schon früher angehört hatte.

Narhii-Vhiliinyar – die neue Heimatwelt der Linyaari.

Neeva – eine der vier Linyaari-Abgesandten, die Acorna mit der *Balakiire* zu ihrem Volk zurückgebracht haben. Sie gehört dem Renyilaaghe-Klan an, ist die Sonderbotschafterin des Linyaari-Raumschiffs und Acornas Tante sowie die Lebensgefährtin von Virii.

Neo-Hadithianer – ultrakonservative, fanatische religiöse Sekte.

Ngaen Xong Hoa – siehe Hoa, Dr. Ngaen Xong.

Niciirye – Großmama Naadiinas verstorbener, auf Vhiliinyar begrabener Lebensgefährte.

Niikaavri – Acornas Urgroßmutter aus dem Klan Geeyiinah. Sie war Raumschiffkonstrukteurin.

Nirii – eine mit den Linyaari Handel treibende Welt, die von zweihörnigen Intelligenzwesen bevölkert ist. Die Niriianer sind technologisch hoch entwickelt, können sich telepathisch verständigen und haben ein behäbiges Temperament.

Nueva Fallona – eine von Palomella stammende Kriminelle, die sich den Sternenfahrern gegenüber als politischer Flüchtling ausgab. Ihre eigentliche Absicht war jedoch von Beginn an, bei günstiger Gelegenheit einen Handstreich zu unternehmen, der ihr und ihrer Bande die alleinige Herrschaft an Bord der *Haven* verschaffen sollte. Die Meuterei gelang ihr zwar zeitweilig, am Ende wurde sie jedoch mitsamt ihren Mordgesellen von den Kindern der Sternenfahrer besiegt und einer gerechten Strafe zugeführt.

Nyaarya – ein Linyaari-Klan.

Nyiiri: ein Linyaari-Wort für Dreistigkeit, Unverschämtheit oder andere Formen deplatzierter Forschheit.

Pahaantiyir – ein Puma-ähnliches, auf der Ursprungswelt der Linyaari beheimatetes Tier.

Pal Kendoro – der ehemalige persönliche Assistent von Delszaki Li ist der Bruder von Mercy und Judit. Er ist ein enger Freund Acornas und empfand eine Zeit lang sogar romantische Gefühle für sie, was sie jedoch beide nie vertieften, da sie verschiedenen Spezies angehören und das womöglich zu großen Problemen geführt hätte. Inzwischen ist er in ’Ziana verliebt, die Kapitänin der Sternenfahrer. Er lebt und arbeitet ebenfalls auf der *Haven*.

Pandora – eines von Graf Edacki Ganooshs Privatraumschiffen. Mit dem Auftrag, die Heimatwelt der Linyaari ausfindig zu machen, hat er das Schiff Hafiz Harakamians *Shahrazad* hinterhergeschickt.

Piiyi: ein niriianisches biotechnologisches Aufzeichnungs- und Widergabesystem. Die biologische Komponente erinnert an sehr intensiv riechenden Käse.

Rafik Nadezda – einer der drei Erzschürfer, die Acorna gefunden und sie aufgezogen haben.

Renyilaaghe – ein Linyaari-Klan.

Rocky Reamer – interplanetarer Mineralien- und Edelsteinhändler. Er ist der Vater von Deeter und Turi.

Rote Krieger – Söldner aus dem Kilumbemba-Imperium. Sie bilden die wahrscheinlich härteste und bösartigste Kampftruppe im gesamten von Menschen besiedelten Teil der Galaxis.

Rushima – ein von der Shenjemi-Föderation besiedelter Agrarplanet.

Satansbraten – meist nur SB genannt. Der Makahomanische Tempelkater wurde als einziger Überlebender einer Weltraumhavarie von Jonas Becker gerettet und als zweites Besatzungsmitglied auf seiner *Condor* aufgenommen.

SB – siehe Satansbraten.

Shahrazad – Hafiz Harakamians private Luxus-Raumjacht.

Sita Ram – hinduistische Erd- und Schutzgöttin; manche der einst im Bergbau versklavten Schuldknechtkinder von Kezdet halten Acorna für eine Inkarnation dieser Gottheit.

Skarrness – der Ursprungsplanet der berühmten und seltenen Singenden Steine, einer trotz ihres unscheinbaren Äußeren sogar hoch intelligenten, wenn auch sehr gemächlichen und selbstgenügsamen Lebensform. Jeder Stein gibt einen einzelnen, vollkommen harmonischen Ton von sich, wenn man auf ihn tritt (was ihnen weder schadet, noch sie stört). Sammler legen sich in der Regel gleich eine oder mehrere Oktaven dieser Steine auf einmal zu, samt zugehörigen Ober- und Unter-Halbtönen, um sogar vollständige Melodien darauf hüpfen zu können.

Sternenfahrer – diesen Namen haben die Siedler von Esperantza angenommen, als sie infolge von Machenschaften eines Bergbaukonzerns ihren Kolonialplaneten verlassen mussten. Sie rüsteten daraufhin ihr größtes Raumschiff, die *Haven,* in eine zu Interstellarreisen fähige Weltraumkolonie um, mit dem sie fortan eine gewaltfreie Protestkampagne gegen das ihnen zugefügte Unrecht von Welt zu Welt trugen, ehe ihre Kinder nach der traumatischen Episode mit Nueva Fallona und ihren Leuten beschlossen, den Weltraum und die *Haven* für immer zu ihrer Heimat zu machen.

Ta'anisi – das Flaggschiff der Roten Krieger von Kilumbemba.

Taankaril – eine Berufskollegin von Neeva, die für den Gamma-Sektor des Linyaari-Raumgebiets zuständige *Visedhaanye ferilii.*

Tapha – der unfähige Sohn von Hafiz Harakamian versuchte mehrmals vergeblich, seinen Vetter und Rivalen um das Harakamian-Erbe Rafik zu ermorden, ehe er bei einem letzten Attentatsversuch selbst ums Leben kam.

Thariinye – einer der vier Linyaari-Abgesandten, die Acorna mit der *Balakiire* zu ihrem Volk zurückgebracht haben. Er ist der einzige männliche Liinyar an Bord, ein stattliches, jedoch zu Überheblichkeit neigendes junges Exemplar seiner Spezies, der Besitzansprüche auf Acorna erheben zu können glaubt, was diese jedoch ganz anders sieht.

Theophilus Becker – Jonas Beckers verstorbener Adoptivvater, ein Bergungsspezialist und Astrophysiker, den nichts aufzuhalten vermochte, wenn es wieder einmal ein neues, bislang unbekanntes Wurmloch zu erforschen gab.

Thiilisis: eine Grasart aus Vhiliinyar.

Turi Reamer – die sieben Jahre alte Tochter von Rocky Reamer. Sie besitzt bereits großen Geschäftssinn.

Twi Osiam – dieser Planet ist Standort eines bedeutenden Finanz- und Handelszentrums.

Vaanye – Acornas verstorbener Vater. Er gehörte dem Renyilaaghe-Klan an.

Vhiliinyar – der ursprüngliche Heimatplanet der Linyaari. Er wurde von den Khleevi erobert und völlig unbewohnbar gemacht.

Viizaar – ein hohes politisches Amt bei den Linyaari, in etwa vergleichbar mit einem planetaren Präsidenten oder Premierminister.

Virii – Neevas Lebensgefährte.

Visedhaanye ferilii – ein Linyaari-Titel, der sich in etwa mit »Sonderbotschafter/in« übersetzen lässt.

Wahanamoianische Schlafblüte – Klatschmohn-ähnliche, seltene Blume, deren zermahlene Pollen ein höchst wirkungsvolles Betäubungsmittel ergeben.

Yasmin – Hafiz Harakamians erste Frau, Taphas Mutter, täuschte ihren eigenen Tod vor und lief ihrem Gatten davon, um ihre frühere lukrative Karriere in der Unterhaltungsindustrie wieder aufzunehmen. Nachdem ihr Stern mit zunehmendem Alter ins Sinken geriet und sie Didi wurde, wofür sie schließlich in einem Kezdeter Gefängnis landete, taucht sie nun unverhofft wieder bei Hafiz auf, um ihn zu erpressen.

'Ziana – siehe Andreziana.

Eine kurze Anmerkung zur Sprache der Linyaari

Von Margaret Ball

Als Mitarbeiterin von Anne McCaffrey bei der Transkription der ersten zwei Geschichten über Acorna habe ich mich sehr gefreut, dass das zweite dieser Bücher mir die Gelegenheit gab, meine lange brachliegenden Fertigkeiten in linguistischer Feldforschung neu zu beleben. Diese Aufgabe erforderte ein scharfes Ohr und ein gewisses Gespür für linguistische Analysen, um aus den subtilen Klangwechseln, mit denen die Sprache der Linyaari syntaktische Wechsel signalisiert, eine Struktur ableiten zu können, die einen Sinn ergibt; diese Herausforderung hat mir viel Spaß gemacht.

Die nachstehend aufgelisteten Erkenntnisse über die Strukturmerkmale der Linyaari-Sprache stellen meine erste und notwendigerweise noch vorläufige Analyse einiger Organisationsmuster der Linyaari-Phonemik und Morphophonemik dar. Sollten daher irgendwelche Widersprüche zwischen dieser Analyse und den in den späteren Abenteuern von Acorna zu Hilfe genommenen Transkriptionen der Linyaari-Sprachmuster auftreten, so bedenken Sie bitte zum einen, dass die Datenmenge, die mir für meine Analyse zur Verfügung stand, nur einen sehr kleinen Ausschnitt des Gesamt-Vokabulars und der syntaktischen Usancen der Linyaari darstellte. Und zum anderen, dass ich, was vielleicht noch schwerer wiegt, eine ganz entschieden nicht-menschliche Sprache mithilfe der einzigen Paradigmen zu analysieren versuchen musste, auf die ich mich stützen konnte: die im zwanzigsten Jahrhundert entwickelten linguistischen Modelle, die naturgemäß ausschließlich auf der Grundlage und nach dem Vorbild der menschlichen Sprachen entstanden. Das Ergebnis dürfte somit sehr wahrscheinlich ebenso ungenau sein, wenn nicht gar noch schlimmer, wie die ersten Versuche, die

Syntax des Englischen zu beschreiben, indem man versuchte, ihm die Sprachregeln des Lateinischen überzustülpen. Meine Kollegin Elizabeth Ann Scarborough hat dem schmalen Fundus der uns bekannten Linyaari-Namen und -Äußerungen mittlerweile ihre eigenen Erkenntnisse hinzugefügt, und es mag daher sehr wohl sein, dass wir auf diesem Wege im Laufe der nächsten Dekade einen hinreichend großen Datenbestand angehäuft haben werden, um ein wahrhaftig verbindliches Wörterbuch und eine korrekte Grammatik des Linyaari veröffentlichen zu können. Ein Unterfangen, das zweifelsohne von unschätzbarem Wert sein wird, nicht nur für jene Angehörigen unserer Spezies, die mit den diplomatischen und Handelsbeziehungen zu diesem faszinierenden außerirdischen Volk befasst sind, sondern auch für jeden anderen, der sich für das Studium von Sprachen interessiert.

Strukturmerkmale der Linyaari-Sprache

Von Margaret Ball

1. Die Betonung eines Linyaari-Wortes liegt stets auf der mit Doppelvokal hervorgehobenen Silbe. Beispiele: ***Aa*vi, Ab*aa*nye, khle*vii*.**
2. Die Betonung eines Wortes ist immer zugleich auch Indikator für seine syntaktische Funktion: bei Substantiven wird stets die vorletzte Silbe, bei Adjektiven die letzte und bei Verben die erste Silbe betont.
3. Ein intervokalisches »n« wird immer palatalisiert.
4. Um den Plural eines Substantivs zu bilden, das mit einem Konsonanten endet, wird der Singularform ein Endvokal *hinzugefügt*, in der Regel ein »**i**«. Beispiel: ein **Liinyar**, zwei **Linyaari**. Weil sich durch den zusätzlichen Endvokal die Silbenzahl des Wortes erhöht, führt die Pluralbildung automatisch zu einem Wechsel der betonten Silbe (in unserem Beispiel: von *LI-nyar* zu *Li-NYA-ri*) und folglich zu einer Verschiebung der Vokalverdoppelung.

   Bei Substantiven hingegen, deren Singularform mit einem Vokal endet, wird zur Pluralbildung der ursprüngliche Endvokal durch die Pluralendung »i« *ersetzt*. Beispiel: ein **Ghaanye**, zwei **Ghaanyi**. Da sich in diesen Fällen die Anzahl der Wortsilben nicht ändert, gibt es auch keine Veränderung hinsichtlich der Betonung bzw. der doppelvokalisierten Silbe.
5. Das einem Substantiv zugehörige Adjektiv wird aus der Singularform dieses Substantivs abgeleitet: Wenn das Substantiv mit einem Konsonanten endet, wird einfach der verdoppelte Endvokal »**ii**« *hinzugefügt*. Bei Substantiven hingegen, deren Singularform mit einem Vokal endet, wird der ursprüngliche Endvokal durch die adjektivische Endung »**ii**« *ersetzt*. Beispiele: **Maliive,**

malivii; Liinyar, linyarii. Auch hierbei hat der Betonungswechsel auf die Endsilbe zur Folge, dass der vormalige Doppelvokal der vorletzten Silbe zu einem Einzelvokal wird.

6. Bei Substantiven, die eine Kategorie oder Spezies benennen, wie z. B. **Liinyar**, kann auch die Pluralform des Substantivs adjektivisch benutzt werden (beispielsweise als Bestandteil von zusammengesetzten Wörtern), wenn nämlich damit die Bedeutung »dieser Kategorie zugehörig« ausgedrückt werden soll – und nicht die übliche adjektivische Bedeutung »besitzt die Eigenschaften dieser Kategorie«. Beispiel: die Linyaari-Sprache (die von den Linyaari gesprochene Sprache); ebenso kann beispielsweise zwar Acorna als »eine Linyaari-Frau« (eine Frau des Volkes) bezeichnet werden, Judit hingegen, weil sie ein Mensch ist, nur als »eine linyarii Frau« (eine Frau, die »ebenso zivilisiert wie eine echte Angehörige des Volkes« ist).
7. Das einem Substantiv zugehörige Verb wird aus der Singularform dieses Substantivs abgeleitet, indem man ihm ein nach folgendem Muster gebildetes Präfix voranstellt: [Erster Konsonant des Substantivs] + »**ii**« + »**nye**«. Beispiel: Das Substantiv **Faalar** (Trauer) wird zum Verb **fiinyefalar** (trauern). Da Verben stets auf der ersten Silbe betont werden (dem Präfix-»**ii**«) wird der vormalige Doppelvokal des Substantiv-Wortstamms automatisch zu einem Einzelvokal.
8. Zur Partizipialbildung wird das Verb um die Nachsilbe »**an**« oder »**en**« erweitert: Beispiel: **thiinyethilel** (zerstören) wird zum Partizip **thiinyethilelen** (zerstörend, zerstört). Hierbei kommt es zu keiner Betonungsverschiebung, weil das Partizip als eine Abart des Verbs gilt und die Betonung daher auf der ersten Silbe verbleibt.

Anwendungsbeispiele der Regeln 1–8:
Faalar – Trauer.
fiinyefalar – trauern.
fiinyefalaran – trauernd, getrauert.

Ghaanye; Plur.: **Ghaanyi** – Linyaari-Jahr.

Enye-ghanyii – Zeitmaß, Teil eines Linyaari-Jahrs.

Khleev; Plur.: **Khleevi** – ursprünglich der Name eines auf der Ursprungswelt der Linyaari beheimateten, kleinen, bösartigen, Aas fressenden Tiers mit giftigem Biss; jetzt der Name, mit dem die Linyaari die Invasoren bezeichnen, die ihre Heimatwelt verheert haben.

khlevii – barbarisch, unzivilisiert, grundlos bösartig.

Liinyar; Plur.: **Linyaari** – ein/e Angehörige/r des Volkes.

linyarii – zivilisiert, einem Liinyar gleichend.

Vhiliinyar – der ursprüngliche Heimatplanet der Linyaari. Er wurde von den Khleevi erobert und besetzt.

narhii – neu.

Narhii-Vhiliinyar – die neue Heimatwelt der Linyaari.

Thiilir; Plur.: **Thiliiri** – kleine, auf Bäumen lebende und auf der Ursprungswelt der Linyaari beheimatete Säugetiere.

Thiilel – Zerstörung, Vernichtung.

thiinyethilel – zerstören.

thiinyethilelen – zerstörend, zerstört.

Gheraalye malivii – Navigationsoffizier.

Gheraalye ve-khanyii – Leitender Kommunikationsoffizier.

Visedhaanye ferilii – Sonderbotschafter/in.

9. Wie bei allen Sprachen gibt es natürlich auch im Sprachschatz der Linyaari eine ganze Reihe von unregelmäßigen Wortkonstruktionen, die nur auf einer Einzelfallbasis erklärt werden können.

Dank

Wir danken wieder einmal Ryk Reaser für Wissenschafts- und Bergungsgut-Beratung. Dank auch an Denise Little für ihre vielen Vorschläge und für ihre harte Arbeit, mit denen sie unseren Raumschiffen und diesem Buch Starthilfe leistete.